文春文庫

火の路

長篇ミステリー傑作選

上

松本清張

文藝春秋

目次

火の路　下　目次

火の路　上

松本清張　長篇ミステリー傑作選

本作品の中には、今日からすると差別的ととられかねない表現があります。しかしそれは作品に描かれた時代が抱えた社会的・文化的慣習の差別性によるものであり、時代を描く表現としてある程度許容されるべきものと考えます。本作品はすでに文学作品として古典的な価値を持つものでもあり、表現は底本のままといたしました。読者の皆さまが、注意深くお読み下さるよう、お願いする次第です。

文春文庫編集部

酒の石

明日香《あすか》村の中心になっている町なみから南に行くと、人家の集まりがしばらく途切れてのち、岡の小さな商店街に入る。戸籍のように正統にいえば奈良県高市《たかいち》郡明日香村岡だが、岡寺のあるところとして通りがいい。

そこまでの舗装路は以前のままの県道だから東側の丘陵の線に沿ってゆるやかな屈折がある。西側は田畑になっている。

ひろい丘陵にも田にもまだ冬の色が残っていたが、晴れた午後の、かなり強くなってきた陽ざしにそれがぬくめられていた。田は鋤《す》き返されたままの粘りのある黒い土を見せ、畑には短い麦が青い色を伸ばしかけていた。

が、ひろびろとした風景には緑が少なく、主調は黄色と茶褐色、丘陵の雑木林は裸の梢《こずえ》の群れ、幹にからみついたツタカズラも枯れたままで落葉のつもる下草にずりさがっている。田圃《たんぼ》の木立ちもわびしいが、道から見える孤立した林に梅が白くのぞいていた。

梅だけは満開だった。農家の垣根の中にも、寺の塀の内側にもそれがある。くすんだ百姓家の屋根を背景にしてみると、枝に雪を置いたように見えるのだが、大和に多い白壁が後ろだと花の様子が分らない。げんに松林の中に咲いている一本の梅も、せっかくのことながら寺の細長い白塀のために目立たずにいた。その寺が川原寺《かわらでら》だった。

川原宮、岡本宮、浄御原宮《きよみがはらのみや》、板蓋宮《いたぶきのみや》と、この道のどこかの位置にたたずむと、それらの旧址を眺望して身はひとりでに「飛鳥の古代」に包まれるしくみになっている。田圃の向うには、これも冬枯れがまだ残っている甘樫丘《あまかしのおか》が見える。川原寺とは反対の北側には飛鳥寺の屋根が高い。飛鳥川が甘檮丘の裾から香久山《かぐやま》の方へ流れているが、低いので平地からは水が見えない。

道路には観光バスが通った。運転台の横にはマイクを口の前に添えたガイドさんが白い手袋を挙げていた。乗客の顔がどの窓からも一斉に田圃の向うを眺めていた。なかにはバスを除《よ》けて道のわきに待っている小さな、よごれた車を見おろす顔もあった。

「どんなふうに説明しているんだろうな、要ちゃん？」

と、その小さな車の中の男が、通り過ぎたバスを見送って言った。

その痩せぎすな男はコートの前衿に瀟洒《しょうしゃ》な柄のネクタイをのぞかせた三十四、五くらいのきちんとした支度だが、要ちゃんと呼ばれた横の男はそれより少し年下で、髪が長く、黒の革ジャンパーを着込み、髭《ひげ》を伸ばしていた。うつむいてカメラのレンズをまわしながら、

「さあ。飛ぶ鳥の明日香の里を置きていなば君があたりは見えずかもあらむ……そんな

歌をまぜて話しているんじゃないですか」

　と、低い声でいった。

「うまいね。よく覚えたものだ」

　うまいね、と伴《つ》れが万葉集を口ずさむのをほめたのは雑誌の編集者で、いま、車の運転席に坐っている明日香村役場の観光課主任にさきほど渡した名刺には、「雑誌『文化領域』副編集長　福原庄三」と刷りこんであった。

　カメラをいじっている革ジャンパーの男が渡した名刺のほうには「坂根要助」とあってべつに肩書はなく、東京の住所の横に或る写真家連盟の小さな活字がならんでいた。座席の横にも足もとにもカメラの道具函だの三脚だのがいっぱい置いてあった。

「要ちゃん、観光バスに乗ったことがあるの？」

　福原副編集長が煙草の煙に眼をすぼめてきいた。

「いや、ないです。いっぺん乗ってみたいと思ってますがね」

　写真家はカメラからレンズをはずして別のと取りかえながら、

「バスガイドというのは、実にいろんな歌をとり入れていますからね、想像でそう言っただけです。もう一つ言うと、この丘の裏に倉椅山《くらはしやま》が見えるから、それで、ええと、倉椅山をさがしみと……」

　と、詰まっていると、運転席に坐っている中年の観光課主任が前から、

「はしたての倉椅山を嶮《さが》しみと岩かきかねて我が手取らすも……ですな」

と笑って言った。

「そうでした」

写真家が長い髪を振った。

「杉井さん。それも万葉集ですか？」

福原が観光課主任の背中にきいた。というよりはうすくなった後頭部に質問していた。

「いや、古事記にある歌です。肥前国風土記にも同じような歌があって、たぶん歌垣《うたがき》の際の歌謡やろうということですが、そんな穿鑿《せんさく》よりも、死の悲恋逃亡行の歌と素直にうけとったほうがロマンチックな若い人の心を打ちますやろな」

副編集長は教えられて車の窓から窮屈げに倉椅山を仰いだ。春にはまだ遠い色が急な斜面をうそ寒く蔽《おお》っていた。

「ははあ。古事記と万葉集と、この里を訪れる者は古代の息吹《いぶ》きに窒息しそうなくらい感激するでしょうね？」

福原が顔を杉井主任の後頭部に戻した。

「好きな人はそうですな。眼に見える一木一草が飛鳥時代のままやと思うて涙を流されますよ。女性などは文庫本の万葉集などを片手に持って歩いてはります。年輩の方も、若いころは和辻哲郎《わつじてつろう》さんの『古寺巡礼』などを持ってこのへんや奈良の寺まわりをしたもんやいうてはる人が非常に多いですな。飛鳥の古代にあこがれる人もよけい来やはりますけど、遺蹟にも寺にもろくに眼もくれずに車で走り回るだけの無関心組も多うおま

酒　船　石

すわ。排気ガスと紙屑ばかり撒《ま》き散らされて弱りますねん」

役場の吏員は笑ってなげいた。

乗り捨てた車が丘の下に陽をにぶく反射していた。

県道わきの狭い空地で、車の横に「史蹟・酒船石《さかぶねいし》」の立札があった。あたりは畑地で、野菜の葉が短い。その中に細い小径がついてこの丘に人を誘導するようになっている。丘の斜面にも低い谷にも葉を落したままでまだ芽の出ない雑木林が屑のように群れていた。

丘陵は下の県道から見上げて二十メートルくらいはありそうだった。ほかの丘陵のつづきだが、その先端なので独立した丘のように見える。

小径の枯葉を踏みながら先頭に案内役の

役場の杉井主任、福原副編集長、坂根カメラマンがつづいた。福原庄三は長身で、坂根要助は普通より少し背が低い。ならぶと高低が目立った。福原は痩せ、坂根は肩幅が広く、箱のような感じの、がっちりとした身体つきだった。坂根はカメラ道具を入れた金属製の函を革紐でひろい肩に載せ、手に長い三脚を持った。函が坂根の尻の上で重そうに揺れる。福原がカメラ二台をぶらさげているのは、坂根の手伝いであった。

小径を上りながら、副編集長が前を歩む役場の観光課主任に話しかけている。

「杉井さん。さっきのお話ですが。いや、遺蹟に無関心組が車で走ってきて排気ガスと紙屑とを撒き散らすということですがね。その手合はだんだんふえているんですか?」

「ふえましたとも。高松塚ブーム以来激増ですわ。一種の流行ですが、この流行が落ちついたときが、若い人にほんまの古代飛鳥が定着するんでっしゃろな」

「まあ、しかし、古代を想うということだけでロマンがありますからね。雑誌も古代や万葉集を特集すると売れ行きがいいんです。ですが、記事だけでは駄目ですな。ロマンチックな雰囲気の出ているカラー写真をふんだんに入れんことにはね。……だから、わたしどもとしては、腕のいいカメラマンを指定して頼んでいるんですよ」

最後の言葉は、背後から重い函をかついで登ってくる写真家に、煽動的な激励であった。なにごとも商売である。副編集長は雑誌の写真ページの責任者だった。坂根要助はそんな言葉よりも足もとが大事だというように下を見つめて歩いている。小径の坂は上で急になり、ところどころ崩れかけていた。

「きました。これです」

頂上に達して立ちどまった杉井が手を水平にあげ、あとから来る二人に示した。

巨《おお》きな石が平地にすわっていた。厚さを見せたところが一メートルくらいの高さで、上部は細長い扁平だった。長さ五メートル、幅二メートルというのが目測で、上の平らな面には、楕円形と半円形の浅い穴が二つ、ならんでいた。これがまず目立った。

「まるで大きな手水石《ちょうずいし》ですな」

福原副編集長が風化で黒ずんだ巨石を眺め、役場の杉井主任に呟《つぶや》いた。

神社や寺の境内に置いてある手水用の石を思わせたのは、上の大きな平面に楕円形の穴がくり抜かれているからで、ほぼ一メートルの高さもそれと似合いである。周辺は自然石のかたちが残されているが、平面部は石工の手があますところなく入っていた。

「けど、穴はいくつもありますよ。まず、中央部にある小判形の大きな穴、それにならぶ半分くらいの穴、これは半円形というか栗の実のようなかたちですわな」

杉井は静かな笑みで、いちいち指さした。

「……この半円形の左右には、まるい穴が二つついてます。石の両端が剝《は》ぎ取られているので、まるい穴も少し欠けてますがね。また、小判形の斜め横には、やや小さめのまるい穴がありますが、これはかなり欠けています。それに、これらの穴と穴をつなぐ直線の細いミゾですが、そのミゾの行方は石の両端まで伸びてるでしょう。手水石の感じには似てるけど、まったく違いますやろ？」

福原は説明につれて視線を動かし、うなずいていた。坂根のほうは黄色い草の上に置いたジュラルミンのケースを開けてしゃがみ、撮影器具をひろげたり、三脚を組立てたりしてひとりで忙しがっていた。光った函にアリが這《は》い上がろうとしている。

「なにしろ大きい」

福原は一歩退《さが》るようにして、石の全体を眺めた。

「杉井さん、こっちにくるときのお話では、古代の酒造り石だといわれているということですが、ほんとうの用途は何でしょうか？　想像でもいいんですが」

「まあ、あの立札を見てもらいましょうか」

杉井に言われて、福原が石の傍に立っている立札の文句を読んだ。

「史蹟酒船石。——岡寺より飛鳥寺に至る東の丘陵上にある石造物で長さ約五・三メートル……俗に酒船石と呼ばれ、酒造石あるいは漕油石、辰砂《しんしゃ》（朱）の製造に用いた石などの説があるが明らかではない。昭和二年史蹟に指定された。——明日香村」

「漕油石」とはどういう意味か分らない。

福原の視線が文字から離れるのを見て、杉井が、

「わたしらのほうで、こないなことを書いておいたんですが、はっきりしたことはわからないというのが学問的な良心ですな」

と、微笑していた。

「この油というのは何ですか？」

「たぶん菜種《なたね》油をこの穴でしぼって溜め、ミゾに流し、麓《ふもと》の集落に配給したんやないかという説です」

「辰砂は？」

「丹朱《たんしゅ》です。水銀と硫黄との化合物で、その鉱石をこの石の穴で砕いて朱を取ったという想像説ですな。丹朱は防腐剤ですよってに、古墳時代には被葬者の棺などに入れてます」

　カメラマンの用意ができた。

　坂根カメラマンが石の巨体を撮りはじめた。三脚を高くし、石の平らな上部に大きなカメラを向けていた。

　福原副編集長と杉井主任とはカメラの仕事の邪魔にならぬよう横に退っていたが、福原が接写レンズをつけたカメラの角度に気づき、

「要ちゃん、何を撮っているの？」

と傍から訊いた。

「アリです」

　坂根がファインダーをのぞきピントを合せながら答えた。

「アリ？」

「石の小判形の穴の底にアリが二匹這っているのを撮ろうと思うんです。ちょっと面白そうですから、先にこれからはじめます」

風でファインダーに乱れかかる髪毛が邪魔そうだ。

福原はちょっと不服そうだったが、役場の杉井は珍しがって、

「やっぱりプロのカメラマンは眼の着けどころがちがいまんな。古代の石の穴底を這っているアリとはおもしろいです。それで無生物の石がぐっと生きますわ。それにカラーだとこの石が青っぽく出るやろから、黒いアリと対照的ですわな」

と坂根の思いつきをほめた。

「石の穴がわりかし浅いから、底を這っているアリがよく見えるんです」

坂根がそのままの姿勢で答えた。

「うむ。穴の底は浅いね。杉井さん。こんな底の浅い穴壺で醸造した酒が溜められたもんですかね？」

福原は仕方なさそうに穴の深さを問題にした。

「それなんですわ。おっしゃるように、この浅さでは、辰砂はともかくとして、酒はたいして溜まりまへんな。この穴壺から三方に分れたミゾを伝わらせて酒を丘下の集落に配ったんやろうというとりますけどな」

「ミゾが三方に分れているのは、どういうことですか？」

「よくわかりまへんな。そやけど、真ン中のミゾの方向はだいたい甘檮丘のほうだす。向かって左側のは浄御原宮趾の方角ですな。日本書紀には、壬申《じんしん》の乱に勝ちはった天武天皇の即位された皇居となってます。右側の方角は、檜隈《ひのくま》の平田のほうに向いてます。

檜隈は朝鮮から渡来したいわゆる帰化人の根拠地ですわ。高松塚もその域内におます。そうなると、このミゾも何やしらん意味がありそうだすな」

「なるほど」

福原が言われて身体を西側の麓にむけた。

陽は折りからのうす雲の中に入り、柔らかい光線が早春の金剛の山塊をまだらに照らした。——見まわす福原の眼が近くでふいにとまった。

すぐ下の田圃を隔てて左右に川原寺と橘寺《たちばなでら》の細長い白塀、雑木林をこんもりとのせた甘樫丘、その向う大和平野の南端、うす日にかすんだ金剛山塊——ぐるりと見まわしていた福原の展望的な眼が一点の凝視に変ったのは、この丘に向かって歩いてくるひとりの女性を見つけたからだった。

自分らの車が停まっているところと、ここへ登る小径のちょうど中間あたりに、うす茶色の短い綿のコートと青色のスラックスとが歩いて来ていた。

丘の上に立つ福原の位置から女性の顔は下をむき過ぎてよく分らないが、髪は肩から背中にふりかかって垂れ、その片方の肩からつりさげられた黒のバッグも大きなものだった。

福原は急いで石を撮影中のカメラマンの傍に戻ってささやいた。

「おい、要ちゃん。いいのがやって来たぞ」

声をはずませていた。

「何ですか？」

位置を変えながら坂根が問うた。

「若い女がここに登ってくる。この酒船石の横に立ってもらうんだな。古代の巨石と現代の女性とは対照だ。アリなんかを写すよりは、よっぽどいいぞ」

編集者の感覚だった。

「そうですか。そんなの月なみな配列ですがね」

カメラマンは無精げな口ぶりで答えたが、相手の気持も考えてか、

「まあ、ご本人を拝見してからですね」

と、妥協の余地を残した。

坂根は石をめぐりながらシャッターの音を立てていた。小さな音は冬枯れを持ちこしている丘上の澄明な空気の中で瞬《またた》きのようにつづけて鳴った。

福原と杉井とはカメラマンの動作を見まもっている。二人とも丘下からここに現れる女性を心待ちしていた。福原の場合は編集者の仕事と好奇心との半々で、杉井の場合はまったく傍観者の興味で。——折りから陽が雲間から脱け出て再び光度を強め、この役場の吏員のうすい後頭部を光らしはじめた。

女の姿が黄色い草むらの下からせり上がってきた。福原は眼の端に膝の上までしかない綿のうす茶色のコートとスラックスの青い色とを確認したが、すぐ正面からふりむく不作法をつつしんだ。

むこうのほうでも、ここに三人の男がいて撮影しているとは思っていなかったらしく、登り切ったところで躊躇《ためら》うように立ちどまった。福原ははじめて眼を女にまともにむける機会を得た。

プロポーションは悪くない、というのが編集者に先にきた印象だった。スラックスの脚は、バンドのついた短いコートの中で胴をくくって長いと見た。

「どうぞ」

と、福原は女の遠慮を解くように誘った。邪魔をしているのはこちらだという気持である。

女は黙礼で返した。悪くない、と福原は視線をはずしてから思った。写真用の顔のことである。

福原のほうで遠慮して、この場に新しく参加した女性を熟視することはなかったが、向うが酒船石を見るために足の位置をゆっくりと移しているので、佇《たたず》んでいる側からするとひとりでにその姿の全体が眼におさまってくるのだった。

肩に長く垂れた髪をふり分けている額の下は長顔で、頬のあたりがややぎすぎすした感じだった。眩《まぶ》しそうに細めた眼は対象を見つめているのと、そこに人が居るからで、普通はもっと大きいにちがいない。嚙むようにして閉じた唇の両端にくぼみができて、これが陽ざしの加減で少し深い影になった。顎《あご》のまるみはうすかった。こうした印象が、最初は若い女と思ったのに、三十近い年齢だと福原に判断させることになった。写真へージの責任者である彼はモデルにする女は見馴れている。

近ごろのことで、三十女もはたち前後の娘とあまり変らない身なりをして平気だが、その遠目が福原をいささか欺《あざむ》いたのだった。肩につり下げた一見不格好なくらい大きな寸法のバッグも、無造作なおしゃれを好む若い女性の傾向なのである。コートのバンドもバックルを通さずに端を挟みこんでいる。

専門の若いモデルのようなあつらえむきにはゆかないが、この古びた石の傍に立たせて充分な写真効果がありそうだった。顔は大写しにしなくてもいい。その服装、色彩をはなれたところから撮れれば、現代娘の感じは立派に出る。

福原は坂根要助を見たが、カメラマンは穴の底に動くアリばかりをファインダーで追っていた。同じ長髪でも坂根のはぼさぼさして埃《ほこり》っぽく赤茶けた毛だった。

福原は坂根にささやきかけたかったが、相手がカメラを操作して真剣な表情なので、そのきっかけがなかった。それにその女性がすぐ近くにいるので、小さな声でも聞えそうだった。石のそばに女性をならべるのが副編集長の希望だが、これはカメラマンからモデルをたのんだほうが都合よくゆく。

その女は、レンズの方向を避けながら石を見つづけている。右に左に歩を移し、首を横に倒したり、しゃがんで石の下方をのぞいたりしている。熱心なもので、すぐにここをはなれる様子もなかった。福原が望みを達する機会はまだあった。

カメラマンは石を撮りつづけている。女はそれと無関係に石を眺めまわしている。雑誌の編集者と役場の吏員とはならんで立っている。こうして四者の沈黙がつづいた。枯草がかすかに匂いを漂わせた。

杉井がポケットからうすい冊子を出した。低い咳払いのあと言い出したのは、この一種の窮屈ともいえる単調な沈黙を破りたいらしかった。

「ええと、ここに、この酒船石のことが載っている奈良県史蹟名勝天然記念物調査報告書の抜き刷りを持って参りました。ご参考のために、ちょっと要点を読んでみましょうか」

県の史蹟調査報告書の要点を読もうと役場の観光課主任が言い出したのは、少々窮屈な沈黙を破るためもあったろうが、一つには少し離れたところにいる女性見学者にも聞かせたい気持のようである。それほど彼女の様子は酒船石を観るのに熱心だった。

「ええと、では、読ませてもらいます。……酒船石は長さ十七尺五寸、幅広き処七尺五寸、厚さ三尺二寸……これは昭和二年の報告書やよってに尺貫法ですわ。お書きになった方は上田三平さんという学者です。今やったら長さ五・三メートル、幅二・三メートル、厚さ約一メートルでんな」

杉井主任は注釈を入れた。

「……で、その酒船石はそういう寸法の扁平な花崗岩《かこうがん》から成り、その長軸をほぼ東西に置き、石の西端に近い底部には径二尺六寸長さ約五尺の丸みを帯びた花崗岩の台石がある。その台石付近には、赤土を以て塡充した形跡がある。……酒船の表面はほぼ扁平で、やや西の方に傾き、主軸に沿うて東に南北の直径二尺四寸、東西の直径一尺五寸、深さ約二寸の団扇《うちわ》形の沈澱所を刻し、それより中央と左右とに各幅三寸、深さ二寸五分の直線の小溝を穿《うが》ち、中央のものは主軸に沿うて石のほぼ中央に刻せる楕円形の沈澱所に通じ、左右の溝は各反対の方向に斜に外方に走り、各支溝を石の左右側に近く刻せる直径一尺八寸、深さ約二寸五分のほぼ円形の沈澱所に通じている。……こないに読んでも何のことやら頭にはいってきィしまへんが、この実物をごらんになってはると分りますやろ？」

「そうですな」

福原が仕方なしにうなずいた。

女はスラックスの脚をとめ、視線を酒船石に注いでいるが、耳は杉井の朗読にむかっていた。

坂根要助はカメラをとりかえ、三脚の位置をうしろに退《さ》げた。中腰でファインダーをのぞいているのには変りない。

杉井は女性がそれとなく自分の声を聞いているのに力を得たようで、

「あとの各部の寸法のことは略します。ごらんの通りですよってな。で、次をつづけます」

と、朗読の声が高くなった。

「……古来、長者の酒船と称し、古代の醸造器の一部ならんとの説はあるが詳《つまびら》かでない。

長者伝説については、本居宣長《もとおりのりなが》の菅笠《すげがさ》日記に……ちょっと初めのほうは略しまして……そもそも此の石いづれの世にいかなる由にてかくつくれるにか、いと心得がたき物のさまなり、里人はむかしの長者の酒ぶねと云ひ伝へて、このわたりの畠の名をも、やがて酒船といふとかや、此の石、昔はなほ大きかりしを、高取の城築きしをりに、かたはらをば多くかき取り持ていにしとぞ、と記してある。酒船石の両側は現今石矢を用いて割り取りたる形跡があるから既に明和の頃にこのまま存在して居ったことは確実であるが、高取城の石垣に使用したかどうかは保証しがたい。……」

　女性が近寄ってきた。

　しかし、女性が杉井と福原のほうに寄ってきたというのは福原の感じで、一歩の移動程度だった。

　それにしても熱心な女だなと福原は思った。飛鳥を訪れてくる者では女性のほうがロマンチックで、この土地の雑草一つにも古代をしのび、万葉集をなつかしむということだが、この女もそうだろうか、それにしては面白くもない酒船石の報告書の朗読をよくも聞いているものだ、もっともその内容を理解しているのかどうか分らぬ、あるいは格好だけではあるまいか、などと福原は内心思ったりしていた。

　古寺の仏像などをいかにももの識《し》り顔に感服したように見せかけている女性もあることだった。

　杉井のほうは朗読に勢いづいている。

「ええとでんな。そうそう、ここからだす。……海抜五八〇メートルの山頂に石塁を築いた高取城には石の運搬に関する種々の伝説がある。なかでも猿石《さるいし》……これは石人でんな。……その猿石の伝説のごとき、また白橿村《しらかし》に属する著名な益田池の碑石を割って積みこんだ伝説のごとき顕著なものであるが、この酒船のごとき、この伝説に洩《も》れないところから見ると、飛鳥地方における古代の巨石遺物として屈指のものであったことを証《あか》し得らるるのである。……」

古代の巨石遺物の報告よりも、福原は女性のことが気になった。坂根カメラマンが早いとこ気をきかしてくれたらいいのに、と思う。が、あらわにはそのサインも出せないし、杉井の朗読もつづいているので、いらいらしながら我慢して傾聴を装った。

観光課主任だけが専心のていだった。

「酒船石の西南西約四町を隔てた飛鳥川の沿岸字出水《あざでみず》、通称ケチン田と称する耕地において大正五年五月に偶然これと類似の石造物を発見したのである。水田の溝に現れた石材の一端をたどって発掘せる結果、二個の花崗岩を組合せ、主軸は北北西に向かっているのを実見したが……つまり、この酒船石と同じような石が飛鳥川のふちの田圃から出てきよったというのですな。その各部の実測寸法が書いてありますが、面倒やからそれは略して、最後にいきましょう。……付近には竹片、土器片、木実、籾殻《もみがら》等も出土したというが、ここでも用途を明らかにする他の装置は発見されなかった。酒船石はやや高所に位するが、これは、……つまり飛鳥川岸で見つかったほうはでんな……酒船石とほぼ同様のものらしい。酒船石のごときは学術上顕著なものであるから史蹟保存要目第八に依り……以上、まあ、こういうことだすわ」

杉井は言い終って、詰めた息をふうと吐いた。

福原が、ごくろうさまでした、と言う前に、いままで黙って聞いていたスラックスの女性が、笑顔をうかべて杉井に近づいた。

「ちょっと、お伺いしてよろしいでしょうか？」

近くにいても素知らぬ顔をしているときと、その人がものを言いかけてきたときとは、もとより印象も変ってくる。その女の表情が言葉の交流を投げかけて親しい崩れを見せた。ぎすぎすした感じだった頰の線がうすれ、ほほ笑みの柔らかさがそこまでひろがった。化粧のない皮膚に歯の白さが目立ったのは顔が少々陽にやけてみえる色だったからである。

お伺いしてもいいか、というのは朗読した酒船石の調査報告書の内容と分っていたので、むろん杉井はよろこんで応じた。

「どうぞ、どうぞ」

観光課主任は刷りものを両手に持ったまま顔に皺《しわ》を波打たせ、それまで無断で傍聴していた女性を迎えるように一歩退った。

当然、杉井の横の福原もお付合いの微笑を浮べる。はじめて正面からみて分ったのだが、その女性のコートの前衿が開いたところに海老茶色の、というよりも深紅に近い毛糸編みのスェーターがのぞいていた。これは徳利型だがその襟首が少し高い。女は痩せているだけに頸《くび》が長いようであった。

「さっきお読みになったのを拝聴してたんですが、飛鳥川の岸近くで発見されたというこの酒船石と同じ石は、いまはもうそこにはないわけでございますね？」

三十くらいか、もうちょっと下ぐらいの女は片側に陽を受けた眼もとを微笑させながら歯切れのいい口調できいた。

「ありません。ずうっと以前にそこから持ち出されてます」

杉井は説明調で答えた。

「それは何処《どこ》に行っているのか分りませんか？　書物では行方が知れないように書いてありますけど」

「はあ。それは……」

と言いかけて、杉井は相手の顔を見た。普通の観光客にしては、よく知っていると思った。

「はあ。早くから所在不明といわれていましたが、近ごろやっと分りました。それは京都の南禅寺の故野沢恵七さんの別邸の庭に置かれているということです。わたしはまだ見ておりませんが。野沢さんは大阪の株屋さんで、いまの野沢物産を創られた方です」

「ああ、そうですか」

女性は短い外被《コート》のポケットから手帳を出してボールペンでメモした。その手帳も男が持つ無愛想な黒表紙で普通よりは大型だった。

福原は坂根を見た。カメラマンは石の反対側の撮影にまわっていてここから遠かった。

「あの、いまのお話では、この酒船石は酒の醸造、油の製造、辰砂の製造と三つの説があるとのことですが、そのほか何か想像説がございますか？」

女は手帳を閉じていた。笑顔には愛嬌があった。

「古代の水占《みなうら》をおこなったんやないかという想像説もおます」

女性は、再び視線をいくつもの穴と直線の溝を彫った巨石にむけた。それは「水占」の意味を知っていて、その上で石の用途が果してそうかどうかをあらためて観察する眼だった。

「ミナウラというのは何ですか？」

福原副編集長が杉井にきいた。一つには、女性に話しかけるきっかけをつくる気持もあった。彼はカメラマンを当てにできなくなっていた。

「水占というのは万葉集に一つだけ出ていますのんや。大伴家持《おおとものやかもち》が能登《のと》で作った歌で、妹《いも》に逢はず久しくなりぬ饒石《にぎし》川清き瀬ごとに水占はへてな、というのがおます。水の占いでんな。中国の易《えき》が入ってくる前の日本古代の占い法は、太占《ふとまに》というて、古事記に出ておるように鹿の肩胛骨《けんこうこつ》を火にあぶって、その焼けヒビで吉凶を判断する法、亀の甲羅を焼く亀卜《きぼく》、お粥《かゆ》さんを竹筒に入れて数を調べる粥占、そのほか文献にみえているもので、橋占、辻占、歌占、鳥占、水占などというのんがあります。水占は神前で祈請《きせい》して神聖な水に姿をうつしたり、その水を飲んで判断したという説がありますけど、どんなもんでっしゃろな。なにしろ、水占というのは家持の歌に一つだけしか出ておりまへんからな」

「ああ、そうですか。なるほどね」

福原は観光課主任の造詣に感心した。もっともそれは、この明日香村を訪れる学者などの話を聞いての耳学問であり、また当人も職務上、郷土史家ぐらいの勉強や研究はしているにちがいなかった。

「しかし、姿をうつすだけだったら、まるい穴は一つか二つでいいはずでしょう？　それにこんなにたくさんのミゾは要らないと思いますが」

福原が素人《しろうと》の疑問を提出した。

このとき、長い髪の女がちらりと眼をあげて、この質問にほほえんだのを福原は知った。

「それですねん。そやから水占説は弱《よ》おうおますな。もっとも、この石がそやないかという人の説では、この穴に水を溜めると、どっちゃかのミゾに水がよけいに流れるさかい、それで占ったという意味らしゅうおますけどね」

杉井が笑顔でいった。

「ははあ。そうだとすると何となく判りますね」

「その説がいちばんええというてはる学者もおます」

「けど」

と、長い髪の女が横から言った。

「万葉集の水占は、清き瀬ごとにとあって、川で行なわれたのでしょう？　それに伴信《ばんのぶ》友《とも》は『正卜考《せいぼくこう》』で水占は縄を使うものだろうと言ってますけど……」

だからこの酒船石では無理だろうという口ぶりだった。

坂根要助が撮影の場所から三人の立っているほうに歩いてきたのは仕事にひと区切りついたからでもあったが、酒船石を見にきた女と杉井の会話に興味を起したのである。

「水占」問答はつづく。

「伴信友先生がそないなことを書いておられますか？」

杉井は石に眼を落し、

「それはさっぱり不案内でございましたな。『正卜考』という書物名だけは聞いとりましたが」

と、少し元気を失った声で言った。

「いえ、それも合っているかどうかわかりませんわ。この石が欠きとられないで元のかたちを残していたら、用途にもっと見当がついたかもわかりませんけれど」

女は眼もとを笑わせた。

福原副編集長が中腰になって石のふちから外側の下までのぞき込むようにし、掌で撫《な》でながら言った。

「ずいぶん欠きとったものですな。高取城とかの石垣に使ったのだったら、その城あとに行って石垣を調べると、この片割れが見つかるかも分りませんな」

「おっしゃる通りですが、まだそこまでは調査をやってまへんで」と杉井が答えた。「高取城というのんは、この谷あいを南に上った南淵川《みなぶち》の西岸にある山の頂上ですけど、南北朝のころに築かれ、豊臣時代に大工事をやってます。そのときに、このへんの古い石造物を石垣にするためだいぶん運んでます。弘法大師のつくりはった益田池碑という大きな碑が平安朝以来橿原の近くにあって、その碑文も伝わり台石も残ってますが、碑そのものはおまへん。ところが、高取城には碑文の一点一画を彫った石材がところどころに積まれてます。弘法大師の碑は割りくだかれて石垣の中に散ってしもたんでんな。また、道の傍には猿石というのんが立ってますけど、これは橘寺の二面石や吉備姫《きびつひめ》の墓にあるけったいな石人像のひとつですわ。その同類の一つがいま東京博物館の構内にもおますけどな……」

観光課主任はようやく郷土史家的な雄弁をとり戻した。

「ああ、東京博物館の庭に置いてあるあれですか。奇妙な顔が二つそっぽをむいて抱き合っている男女の石像の……？」

坂根はカメラを手の先にぶら下げていた。

カメラマンというのは仕事の都合でいろいろなところに行く。坂根が東京博物館を言ったのも、どこかの出版社に頼まれてそこの陳列品を写したことがあるからだろう。彼は注文次第では海外にも出かける。

「そうです、そうです」

杉井は坂根の言葉にうなずいた。

「古い道祖神のようなものです。あれもこの飛鳥から掘り出されたんですがな。この辺の山には花崗岩が多いさかい、古い石造物がよけいおますわ」

福原は坂根にいらいらしていた。古代巨石と現代女性の組合せによる写真効果の妙には、どんな平凡なカメラマンでも気づくはずで、さきほどから坂根にそれを期待していたのだが、石を匍《は》うアリを追い、杉井の石造遺物の講釈に興味をもち、少しもそれに動く気配がなかった。横に佇んでいる女はいつ逃げるか分らないのである。

しかも坂根要助の根掘り葉掘りはつづいている。

「そうすると、この酒船石と猿石とかいうのは、飛鳥時代にいっしょに造られたものですか?」

「そう見られてます。酒船石、猿石、この先にある亀石、奈良市内の奈良坂、あそこの奈保山《なほやま》にある隼人石《はやといし》なぞ同じ時期のもんでっしゃろな」

「東博の猿石を見ても、ずいぶん変てこな顔つきをしていますね。あれは飛鳥時代の仏像の面相とはまるっきり違いますね?」

「違いますな。仏教が入ってくる以前のものやといわれてます。猿石や亀石などは帰化人の石工が悪戯《わるさ》に刻んだのやろと江戸の学者が書いとります」

「古い文献には載ってないのですか？」

「それがなんにも出てまへんのや。謎でんな。まったくの謎ですわ」

「学者はどう解釈しているんですか？」

「学者もはっきりしたことは言うてはりません。論文もほとんどおまへんしな。歴史学者にも考古学者にも。……先生がたは文献があるか、正体のはっきりした遺物については論文を書きはるけど、そうでないもんにはうかつに手をつけはらんようでんな」

傍に立っている女がくすりと笑った。

「それはどういうわけですか。謎だからこそ学問的な探究の対象になるんじゃないですか？」

カメラマンがむつかしい言葉で質問に深入りした。

「どない理由かよく分りまへん。謎が大きすぎるさかいでっしゃろか」

「謎が大きすぎて自分たちの手におえないから？」

「さあ」

観光課主任は曖昧《あいまい》に笑った。横の女性も誘われたようにもう一度微笑したが、それは何か関係者が浮べるような意味ありげな表情にみえた。

「失礼ですが……」

雑談に辛抱できなくなった福原が長い髪を肩に垂らした女に向けて頭を下げた。

女の眼が動いたのをきっかけに、

高取城趾　猿石

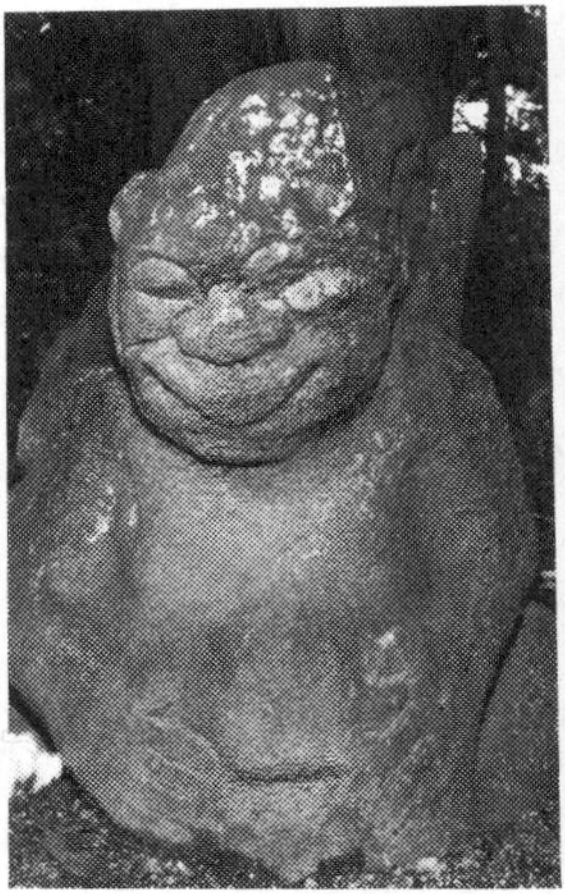

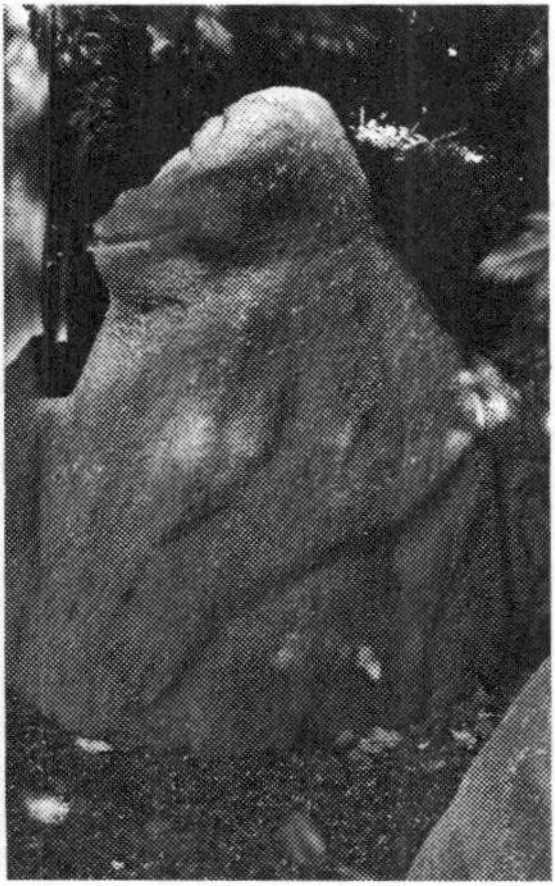

吉備姫王墓　猿石二体

「わたしどもはこういう雑誌をやっています」

と、福原は『文化領域』の名刺を逸早《いちはや》くさし出した。

「この酒船石を雑誌の写真にしたいのですが、恐れ入りますが、石の傍に立ってらっしゃるところをうつさせていただけませんでしょうか？」

福原の社名入りの名刺を女は手にとって眺めた。頭を下にむけると、長い髪毛がふくよかとはいえない頰に乱れかかった。

「せっかくですけど、遠慮させていただきますわ」

眼を彼の正面に停《と》めて答えた。おだやかな微笑があった。

「ご迷惑はかけないつもりですが」

半ば予期した返事だったが、彼も愛想笑いを浮べていた。

「カラー写真ですから色彩が欲しいのです。石だけではどうにも青味がかった灰色にしか出ません。そこに暖色か明るい色が欲しいのです。添景に人物が居るということだけでも画面に親しみが出るし、それに、人物を入れるとその比較からこの石の大きさが分るのです。お顔をお撮りするのがご迷惑でしたら、横向きとか遠景とか、また焦点をぼかしてもけっこうなんですが」

専門のモデルを連れてこない場合、よく通りがかりの女性を説得することがあるが、相手によっては頼みやすいのと、そうでないのとがある。様子から気軽に応じてくれそうな人や渋っても結局は承諾してくれそうな人だと言いやすいが、拒絶されそうにみえる相手にはどうも言葉がつかえがちになる。

あまり若くはない女性や自分を美人とは思っていない女性、それに多少とも教養ありげな女性はカメラに入ることをよろこばない。雑誌のこととなるととくに忌避される。いわば「硬質」な女である。

ここに佇んでいる女はその三つの条件を備えていると思えた。福原が説得するには苦手の部類である。さきほど杉井に出した酒船石の質問も十分に予備知識があっての言葉と思われた。これは福原にその不足が自覚されていたのでよけいにそう感じられた。

しかし、最初から見込みのない相手には福原副編集長も辞を低うして頼みはしない。期待したのは、その女性の身なりがいまどきの若いひとの流行になっている「甘さ」だった。

女性は三十を少し出ていると福原は踏んだ。

「済みません。お断わりします」

女は、彼の二度目の勧誘も断わった。前よりはもっと冷淡な口調だった。

福原はその女性に断わられて、口辺に微笑だけは残した。二度目の拒絶には素気ない口調が出ていたので、そういうときの、ちょっと引込みのつかない間《ま》の悪さを糊塗《こと》するにやにや笑いであった。彼は坂根要助に眼を移したが、坂根は空を流れる雲と同じにまるきり副編集長の交渉には無関心だった。だいたい、これはカメラマンが気をきかして先に口火を切るべきなのに、まだぼんやり突立っている坂根の態度が腹立たしかった。

かえって村役場の杉井のほうが気をつかって、

「あのう、あなたはいま話に出た東博の構内にある石人像を見られたことがおますか？」

と、女性にきいた。話題を継ぐことで福原の鼻白んだ気分を救うつもりらしかった。東博は、もちろん東京博物館の略称だった。普通の人はそういう言い方をしない。

「はい。ございます」

彼女はそれに素直にうなずいた。

「では、同類の橘寺にあるのんも見てはりますな？」

「いいえ。それはまだなんです。二面石という名がついているそうですね。これから回ってみようと思っています」

「さよか。東博の石人像は明治のころに、甘檮丘に近い飛鳥川のそばで掘り出されたそうですわ。石神という土地ですが、いまの飛鳥小学校の裏側の田圃《たんぼ》ですねん。やっぱり東博に置いてあるご承知の須弥山《しゅみせん》像石、まるこい石を三つ重ねていちばん上が小《ちい》そうて、雪ダルマのかたちにも見えるし卒塔婆《そとば》石のようにもみえる、そうして下の石には須弥山のようにも見える山形の連続文様が彫ってある、あれでんな……」

「石の内側がくり抜かれて空洞になり、外側に小さな孔《あな》が穿《ほ》ってあって、内側の空洞に水をいっぱいにすると、小さな小孔から水が噴き出すということですね。それもふしぎな石造遺物ですわ」

「東博の人に聞いたんですが、あの噴水塔のような仕かけになっている石は古代の水時計という説があるそうですね」

と、福原からみてよせばよいのに、カメラマンがその話に割って入った。

「ま、いろんな想像説はおますが、いまのところ須弥山と見るむきが多いそうですな。手がかりは日本書紀の斉明紀に、甘檮丘の東の川上に須弥山を造り、陸奥《みちのく》と越《こし》との蝦夷《えみし》を饗応した、とある記事ですが、はっきりしたことは分らんのとちがいますか？」

杉井が女に眼を移して言った。

「そうかもしれません」

女は明るい微笑で、ひかえ目にいった。

「とにかく、このへんにある石造遺物には謎が多うおますな」

「それで、お伺いしたいのですが、この酒船石は前からこの丘にあったのでしょうか？」

彼女は真顔《まがお》に戻って杉井に新しく質問した。

奈良の町

坂根要助はカメラの仕事にかかっている。福原副編集長は、指示者でもなく、付添人でもなく、また助手でもない格好で傍に立っていた。酒船石に行った翌《あく》る日だった。坂根の長髪が頭の上で騒いでいる。盆地を西から渡ってくる風が強かった。空は晴れているが寒い。下の周濠《ほり》を渡ってくるとき水の冷たさが入っているようにさえ思えた。水面にはさざなみが立っている。

崇《す》神《じん》天皇陵は後円部が山側に向かい、前方部は西側の平野にさし出ている。鍵穴のようなかたちで、後円部と前方部の接続したところを「くびれ」部と呼んでいるが、いま、坂根がカメラを持ってうろついているのはその辺である。南の側面から見て、二つの小さな丘がならんだような前方後円墳は、マツ、スギ、カシなどの常緑樹の密生林となっている。幕末期の植林だが、まるで自然林のように奥も木の下も暗かった。

墳丘の周囲には水を湛《たた》えた濠があり、その外側は高い土堤になっている。丘陵の斜面を利用した築造だから、濠の水が下の平野に溢れ出ないように堰《せき》がある。南側は後円部の中ほど、北側は「くびれ」部のところ、そこに細長い堤がつくられてある。が、これは幕末の工事だった。

坂根は南側の外堤を往復しながら早春の黒ずんだ色の墳丘の森を対象にアングルを変えて撮っていたが、

「ここは、こんなものでいいでしょうな」

と福原をふりかえって言った。

「ああ」

副編集長は寒そうに肩を縮め、

「では、奈良のほうにぼつぼつ行くか」

と早くここを引揚げたそうにした。

「ちょっと待ってください。陵墓の森の中をついでに撮っておきましょう」

カメラを胸のところに抱えて坂根は言った。

「中には入れないよ。見つかったら叱られるよ」

「なに、垣のところから撮ればいいでしょう」

歩き出したのが堰止めの細い堤の上だった。両側が濠の水だったが、西側はダムの堰《えん》堤《てい》のように高くなっている。福原が手でかこって煙草に火をつけ、仕方なさそうにあとから従った。

「なあ、要ちゃん」

呼びかけて福原はカメラマンの背中に煙を吹かしたが、風に横流れした。

「昨日の女さ、酒船石で遇《あ》ったあれ、どういう正体の女だろうなァ？」

「福原さんはだいぶん気になるようですな」

カメラマンの声は前から流れた。

崇神天皇陵の後円部南側、そのまん中を目ざして堰堤の上を福原は坂根のあとからぶらぶらと歩くが、

「気になるって、きみ、あのときは、きみが女性を酒船石といっしょに撮るように声をかけるかと思ったが、いっこうにその様子がないだろう。杉井さんにいろんなことを訊いたりしてさ。で、しびれを切らしてぼくがああ言って誘ったんだ。巨石と女、いい構図だと思ったからね」

と、坂根の言葉に言い返した。

「はあ、ぼくもそう思わないではありませんでしたが、頼んでも駄目だと思いましたから、はじめから口をかけませんでした」

坂根が近づいた陵の森を見上げながら言った。

「そういうの、分るもんかね、カンで？」

「だいたい分りますね、経験から」

とカメラマンは言った。

「ぼくもどうかと思ったんだがね。やっぱり断わられた。別れる間際にもう一度誘って

みたが、三度ともはっきり断わられたね」

「石と女、もうありふれた構図ですよ。だからそう惜しくはありません」

坂根は副編集長を慰めるように笑った。長髪で髭面《ひげづら》だが、童顔なので笑うと可愛気《かわいげ》が出た。

「ただね」と彼はつづけた。「ちょっと個性的なマスクではありましたね。あんな身なりをしているので、遠くから丘に上ってくるのを見たときは詰まらない顔かと思っていましたが、傍に来て、おや、と思いました。いわゆる美人型ではないけれど、少しおでこになっている額と、引っ込んだ頰と、眼のくぼみのあたりに個性がありましたよ」

「それなら誘えばよかったのに。ぼくなんかが言うよりも、専門家のカメラマンが誘ったら、向うも気が動いたかもしれないよ」

「見込みありませんね。あのひとはしんが強いと思いますよ。それに、表面には出しませんが、どうやら古代のことには相当詳しいようでしたね」

「酒船石がもとからこの丘の上にあったかどうかの質問かね。あれには杉井さんもはじめて気がついたように考えこんでいたな。まだ、だれもそういう疑問を出したものはいないらしい。実際、あんな巨きな石がそこに据わっているから以前から同じ場所だと思いこんでいる。だから、丘上から三方に石樋《いしどい》をつけて酒を麓の村に配給するという酒槽《さかぶね》説が唱えられたりしている。あの石の溝の方向からね」

「酒船石の同類が飛鳥川岸の田圃から発掘されているから、この巨石も前は飛鳥川の傍ではなかったかというのがあの女性の質問でしたね。須弥山石も川のそばから出ているし、猿石や石人像も現在の位置ではないから、聞いていて、なるほど、と思いましたね。ただ、あんな巨石をどういう必要から丘の上に難儀して運び上げたか、ですが」

堰堤の突き当りが後円部の中ほどで、墳丘の下で行きどまりでもある。古い棒杭に有刺鉄線が張りめぐらされているが、それも赤錆《あかさ》びていた。木戸のような小門もあるが、錠もまた錆びついたようになっている。

鉄線の中の斜面はマツ、カシ、スギ、シイ、クス、ヒノキなどの密林に蔽《おお》われている。ハゼ、カエデなどの落葉樹が少ないので裸梢がない。うす暗い林の奥をのぞいても、重なり合う葉と樹間に生えるシダ類に遮《さえぎ》られて見通しがきかず、近いところでは上から洩れる光線に赤マツの幹が数条、朱色に浮き出ていた。

「鬱蒼《うっそう》たるものだなァ」

福原が鉄線のすぐ前に寄って、密林を見つめながら呟いた。

「こういうところはだれも入りこまないから自然林のような状態になっているんだな。さすがに天皇陵だ。鉄線の垣をくぐって中に侵入する不心得者はないわけだ」

「そうでもないでしょう。その辺にいろんなものが散ってますよ」

坂根が斜面を指した。鉄線の中の少し平らな所にはジュースの空缶や菓子の包み紙、新聞紙などが散乱していた。そばにはシダが繁っている。

「うむ。アベックが入りこむのかな」

福原は顔をしかめた。

貧弱な小門に下がった錠は錆びついていて、三段の有刺鉄線も破られたあとはなかった。細い堰堤の左右の端は急斜面が濠の水に落ちこんでいて、その裾を歩いて回るのは危険にみえた。

「どこから中に入って行くのかな」

福原はふしぎがっている。

「入る気があれば、どこからでももぐりこめるでしょう。もっと裏側のほうにその出入口があるかもしれませんよ」

「アベックには格好な場所だからな。森が深いから人目にはつかないだろうし、夏は涼しいだろうしね。人間の欲望の前には天皇陵の尊厳も見えないわけだ」

「このぶんじゃあ、盗掘だってできそうですよ」

「盗掘だって？　天皇陵をかい？」

福原が眼をむいた。

「……いくら何でも天皇陵を盗掘するヤツはいまい。ずっと昔のことはいざ知らず、現代ではね。監視もきびしいし、第一、天皇陵を盗掘するなんて大胆不敵なことはできないよ」

「けど、人間の欲望の前には天皇陵の尊厳も見えないといま福原さんも言ったばかりじゃありませんか。色欲も物欲も変りはありませんよ。すでに、こうしてアベックが禁制の墳丘に入りこんでいるのですから、盗掘者はどこからでももぐりこみますよ」

「しかし、ここは天皇陵だからねえ。しかも崇神天皇陵だよ。いくらなんでもここを盗掘するとは考えられないなあ」

「いや、ぼくはアベックの侵入からその可能性をいっているだけで、盗掘が行なわれていると想像しているわけじゃないのです」

「こんな天皇陵だから、中には鏡やヒスイ製の腕飾りや勾玉《まがたま》や鉄の刀剣など、すごい宝物が納められているだろうけどな」

「なあに、盗掘は昔からで、この中にはそんな副葬品はもう残ってないでしょうよ」

坂根カメラマンは、福原の天皇陵宝庫説に反対した。

福原が声を落した。

「天皇陵でもそんなものかね？　ま、話には聞いていないでもないが」

「天皇陵の石室の中には副葬品があまり残ってないのじゃないかというのが学界のほぼ常識のようですな。あまり大きな声では言えないけど」

「天皇陵でもそうかねえ」

福原は未練気に言った。

「崇神天皇陵と名がついて決まったのは幕末ですからね。それまでは誰の墳墓やら知る者はいない。飛鳥にある天武・持統合葬陵というのは、鎌倉時代に盗掘に遇ってその記録が残っているそうですよ。まして室町からつづく乱世、江戸の将軍さま時代にはこの辺の住人によっていまの天皇陵と名のつく古墳のほとんどは盗掘の憂き目に遇っていると思いますな」

「宮内庁あたりが考古学者に学術的な調査発掘を許さないのは、一つには、そういう負《お》い目があるからだろうという推測をぼくも或る学者の話で聞いたことがある。宮内庁では御陵参考地というのも掘らせない。あれも同じ理由だと言っていた。しかし、そういう副葬品というの、宝ものはどこに行っているんだろうな？」

「古いのは好事家《こうずか》の手にわたり、転々として金持の家や博物館などに入り、わりかし新しいのはその趣味の財産家に納まっているんじゃないですかな」

「今は盗掘はやってないだろう？」

「警察や村民の眼がうるさいですからな。とくに天皇陵というのは国民に特別な観念がある上、宮内庁の出先機関の職員が絶えず巡回しているから盗掘はできないでしょう。さっき、ぼくが言ったのは、この中にアベックがもぐりこむくらいだから盗掘者も侵入できるという可能性を口にしただけですよ」

　坂根はしゃがみこみ、ジュラルミンの函から筒型のレンズをとり出し、カメラの前に接着していた。

「要ちゃん。望遠レンズでどこを撮るの？」

　福原が両手をコートのポケットに突込み、カメラマンの手もとを見下ろしてきいた。

「二上山です」

坂根は一五〇ミリの望遠レンズを手で回し固定させながら答えた。黒いカメラの端に赤土がついている。

「なるほど、あれか。これは真正面だ」

福原は向きを変え、平野を隔てて丘が二つならぶ西を眺めた。二上山は生駒《いこま》山塊と金剛山塊の中間に、色は少しうすいが、ヒョウタンを横に半分切ったかたちの稜線を雲の多い空につき出していた。

「望遠を使ったら面白いかも分りません」

福原副編集長は、坂根要助が長いレンズを向けている遠い二上山を自分も眺めて傍に寒そうに立っていた。カメラマンは三脚の上の写真機が、向かい風にブレないように気を配っている。

「望遠を使ったほうが面白いかね？」

太陽は頭のまうえにあるが、うすい雲がかかって光がにぶかった。

「遠近感がなくなるからいいんじゃないですか。この崇神天皇陵の端を近景に入れるつもりですが、中景の平野がうんと近くなって、二上山の頂上の大津皇子《おおつのみこ》の墳墓とこの天皇陵とが直接対峙《たいじ》する感じにしたいと思うんです」

坂根は着想を語った。

「大津皇子の墓とね。雄岳《おだけ》の頂上にあるアレか」

ここから見て右の雄岳が左の雌岳《めだけ》よりは少し高い。雌岳の頂上は上部を切り削《そ》いだよ

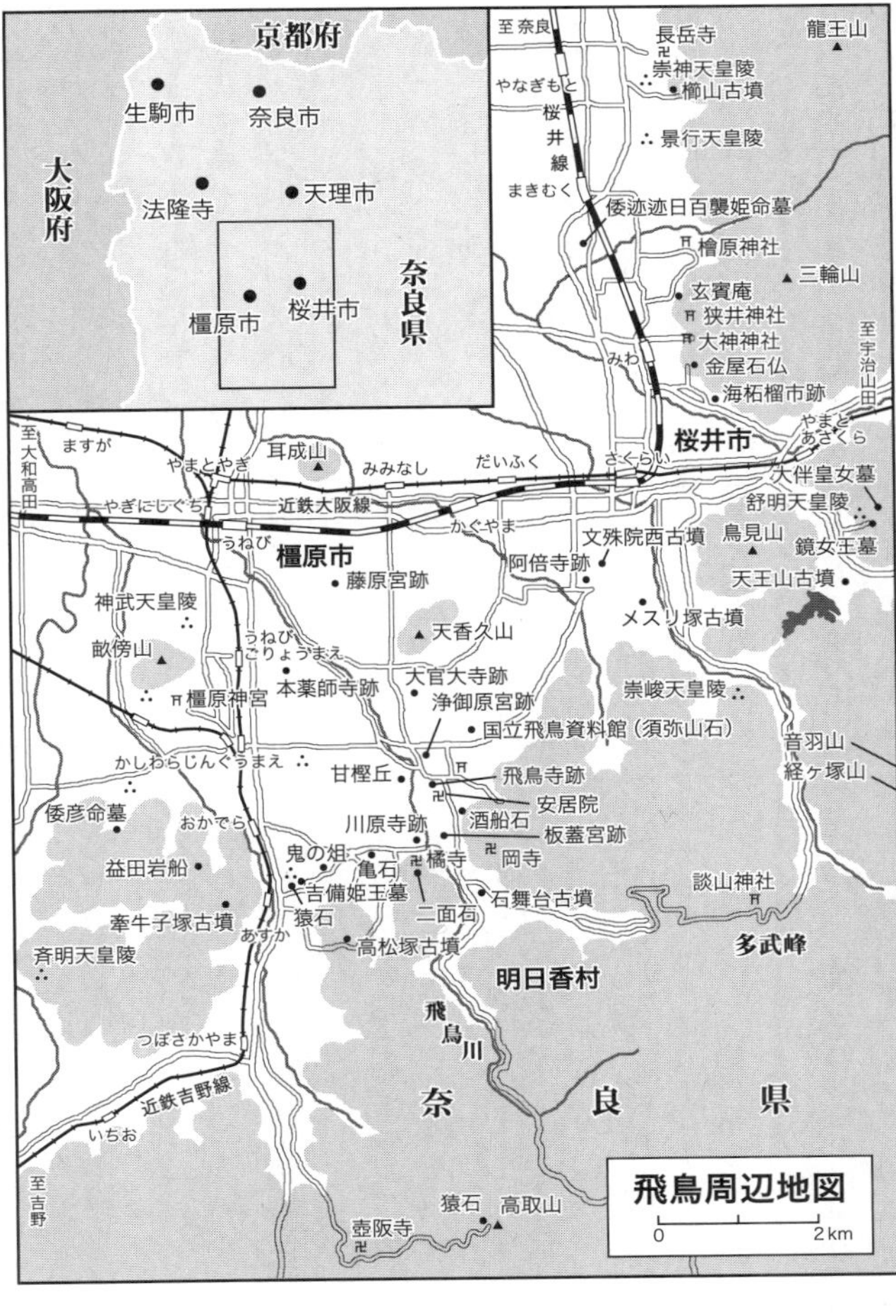

京都府
生駒市
奈良市
大阪府
法隆寺
天理市
奈良県
橿原市
桜井市
至奈良
長岳寺
崇神天皇陵
やなぎもと
櫛山古墳
龍王山
桜井線
景行天皇陵
まきむく
倭迹迹日百襲姫命墓
檜原神社
三輪山
玄賓庵
狭井神社
大神神社
至宇治山田
みわ
金屋石仏
海柘榴市跡
桜井市
やまとあさくら
至大和高田
ますが
やまとやぎ
耳成山
みみなし
だいふく
さくらい
大伴皇女墓
舒明天皇陵
やぎにしぐち
近鉄大阪線
かぐやま
うねび
鳥見山
鏡女王墓
橿原市
文殊院西古墳
阿倍寺跡
天王山古墳
藤原宮跡
神武天皇陵
メスリ塚古墳
天香久山
畝傍山
うねびごりょうまえ
大官大寺跡
本薬師寺跡
崇峻天皇陵
橿原神宮
浄御原宮跡
国立飛鳥資料館（須弥山石）
音羽山
かしわらじんぐうまえ
経ヶ塚山
甘樫丘
飛鳥寺跡
安居院
倭彦命墓
酒船石
おかでら
川原寺跡
板蓋宮跡
鬼の俎
亀石
橘寺
岡寺
益田岩船
談山神社
吉備姫王墓
石舞台古墳
二面石
牽牛子塚古墳
猿石
あすか
多武峰
高松塚古墳
斉明天皇陵
明日香村
飛鳥川
つぼさかやま
奈良県
近鉄吉野線
いちお
至吉野
猿石
高取山
壺阪寺
飛鳥周辺地図
0
2km

うに平らになっていた。これは戦時中に高射砲隊が削ったものである。

「崇神天皇と大津皇子とは関係がないだろう?」

「まったくありません」

シャッターの音が早春の風の中に鳴り、坂根はフィルムを一コマ巻いた。

「時代も違いますからね。崇神天皇が実在するとしての話ですが」

声が途切れたのは入念にファインダーをのぞいているからで、そこでシャッターを切ると、

「……こっちは山裾に堂々と偉容を張っている天皇陵、向うは山の頂上にぽつんと淋しく乗っかっている皇子の墓、その対照が面白いと思うんです」

と、溜まった息を吐いて言った。

「ふん、ふん。そういうアイデアか」

副編集長はうなずき、

「しかし、大津皇子の墓だけが、どうしてあんな山の上につくられているのか、ほかに例がないだけに謎になっているようだな」

と、コートをさぐって新しい煙草を出した。

「そうなんです。大津皇子は謀反《むほん》の疑いで捕えられて自殺したが、持統天皇方はミセシメのために、大和からも河内からも見える二上山の頂上にわざと墓を造ったのだろう、という説はあります」

「うがった話だね。大津皇子というのは文才があったのだろう。ほら、辞世の漢詩があるね、何とかいう……？」

「懐風藻《かいふうそう》ですか。あれはむずかしくて宙にはおぼえてませんがね。皇子の姉さんにあたる伊勢の巫女《みこ》のようなのが大和に駈けつけてきて、この世に残ったわたしは明日から二上山を弟背《いろせ》だと思って見つめよう、という意味の歌が万葉集にありますよ。うつそみの人なる吾《われ》や……何とかかんとか言うんです」

「悲劇の主人公らしくロマンチックだな。……それはそうと、あの髪の長い女性は今ごろ何処《どこ》を歩いてるんだろうなァ」

「へえ。ロマンチックにそんなことを考えてるんですか？」

「べつにロマンチックになっているわけじゃないさ」

福原副編集長は坂根の言葉に応じた。

「ただ、明日もいろいろ歩き回るといっていたから、あのへんの石造物を見て歩いてるんじゃないかなと、ふと思っているだけだよ」

「どうも彼女は福原さんに強い印象を残したようですなァ」

二上山にむかってシャッターを切りながら坂根は眼を細めた。

「そうでもないけどね」福原は苦笑した。「酒船石にならばせて写真にしたかったのを逃がしてから、気持に残っている。あれで君がさっさと彼女を撮ったら、何も印象に残らないだろうが」

「まだ、こだわっているんですか。いやだなァ」

坂根はフィルムを全部撮り終えてカメラから取り出し、新しいのを装塡《そうてん》していた。

「まだ、二上山を撮るのか？」

「ええ、もうちょっと」

「望遠で山上の大津皇子の陵墓が見えるかね？」

「そこまでは見えませんよ」

「君は山の上にある陵墓がよっぽど気に入ったらしいな」

「何か不気味なものがありますよ。持統天皇の継子《ままこ》に対する執念のような憎悪がね。あの二上山の麓は、こっち側の当麻寺《たいまじ》からはじまって孝徳陵、推古陵、聖徳太子墓、敏達《びだつ》陵など皇室陵のほかに古墳がいっぱいあって、まるで共同墓地の感じがします。ところが大津皇子の墓だけは山のてっぺんですから奇体です」

「ふうむ。君はよく知ってるな、いろんなことを」

「なに、われわれ写真屋はほうぼうに連れて行かれるから、執筆者からの耳学問ですよ。雑学の受け売りですな」

写真家は二上山からカメラをはずした。

「しかし、あの女はどういうんだろうな、独身のようだが。あれで若づくりしてるけど、三十を出てるかもしれない。どういう職業なのかまだ見当がつかないな」

福原は口から吐いた煙を風に流した。

「歴史には詳しいように見受けましたね。趣味でそういう本を読んでいるのかもしれません。それとも歴史小説などを書いている小説家でしょうかね？」

「いやいや、女流作家ではない。ああいう顔はいないよ。まだ名の出てない駆け出しなら別だがね」

「案外、人妻で、歴史本のファンかもしれませんよ」

「しかし、そういう素人にかぎってああいう場所ではしゃしゃり出て何かとおしゃべりしたがるもんだよ。ところが彼女にはそんな様子はなくて、控え目というよりも淡々としていたね。……おや、今度は何を撮るんだい？」

レンズの方向に気づいて福原はきいた。

坂根は望遠レンズの筒先をこの崇神陵の円墳部につづく裏山に向けていた。やはり三脚の上からだった。

「まあ、このへんの山も撮っておきましょう。何か役に立つときがあるかもしれません」

裏山は長い連山の一つで、南の多武峰《とうのみね》からきていったん桜井の谿谷《けいこく》で切れるが、さらに三輪山から起って春日山にいたる流れである。このへんの稜線は三輪山以北ほとんど起伏の変化がない。

——何かの役に立つかもしれない、と言ったのはカメラマンが二上山の撮影であまったフィルムをついでに一本まるごと費消してしまうつもりだったのだが、これがあとでカメラマン自身が予期しなかったくらい役立ったのである。

「あそこにも古墳があるね？」

福原がすぐ上の山の中腹を指した。

「このへんには古墳が集まっていますよ。ここからもっと南に行った山あいには小さな古墳が群がっています。群集墳とかいうんだそうですが」

坂根はシャッターを三、四度切ってはカメラの向きを少しずつ変えた。また金属性の音が聞えた。

「あれ、なんという名の古墳かな。この崇神陵よりはずっと小さい前方後円墳のようだが」

坂根は撮影を中断し、ポケットから小冊子をとり出し、冷たい風の中でページを繰った。

「ははあ、あれは前方後円墳じゃありませんね。よく似てるけど、双方中円墳といってまん中が丸く両端が四角い形、つまり前方後円墳の後円部にまた方形部が付いている形だそうです。櫛山《くしやま》古墳というんです」

坂根が拾い読みした。

「櫛山古墳……かね」

福原は興味もないふうだった。

「櫛山古墳は、崇神陵の背後に連なる一連の丘陵上にある。この二つの古墳は南北に小さな丘陵を控え、その背後には急斜面の山が重なり合っている。そこから西にむかって派生する支脈のうち、南方では景行天皇陵があり、また、北の方には継体天皇の皇后手白香《たしらか》皇女の陵がある、とあります」

小冊子は考古学関係のようだった。

「なるほど。この単調な連山も、尾根からいくつも支脈が麓に降りているから、よくみると案外複雑な谷間をつくっているね」

福原は、坂根の読んだ文章で山の地形を改めて見直した。学生のころから登山好きで、いまでも夏にはときどき山登りにでかける。

「山の頂上近くも、中腹も、麓も、谷間も、いたるところ古墳だらけらしいですな」

「要ちゃん。まだ撮るのかね？」

「もう、ちょっと。もう少しでフィルム一本ぶんが終りますから」

坂根はまた望遠レンズの方向を変えた。

春の浅い午後四時すぎの光の下で物の影が長く曳《ひ》き、風景がぜんたいに赤っぽく染まっていた。

西から東にむかってゆるやかな上り坂の通りもこの淡い朱色の中にあった。いっそう赤みを帯びた築地塀《ついじべい》に長く影を匍《は》わせた電柱に「上高畑町」の標示板が貼られていた。

築地塀の割れ目には枯れた蔦《つた》の先が入りこんでいる。低い屋根には冬を越した短い草があったが、先がうっすらと青みがかっていた。崩れそうな土塀の間にはこれも古びた木戸がある。梅の花が群がって中からのぞいているところだけは華やかだった。

格子戸の家が多いのは奈良の旧《ふる》い町なみの特徴だが、とりわけこのへんは悠長な荒廃が漂っていた。奈良の中心街から新薬師寺に行くにはこの町を通る。「高畑《たかばたけ》の道」と名づけて古都に懐旧的な人々は感傷に浸《ひた》って歩く。

坂を上って行く者の眼から見て、春日山の森が正面に屏風《びょうぶ》を立てたように塞《ふさ》いでいた。真っすぐに進むと奥山になる。右が新薬師寺となる。

しずかに古びた両側のしもた家も、格子戸のかまえだけではなく、このごろのことで商店もふえてきた。が、猿沢池から駅に出る通りにあるような派手な店屋は一つもなく、ものわびしい町の印象に調子を合せている。

《高畑の道筋は、注意してみればみるほどだんだん感心しなくなるように出来あがっているようだ。どこか薄汚い場末の感じがする。昔はこの辺に癩者《らいしゃ》など住んでいたのではなかろうか。築地の破れのひまよりは、秋草のしずかにゆらぐ様子などみえるのを期待したが、予期に反しておむつの乾してあるのが見えた。民家でこれはと思う風情をそなえたものはむろん一軒もない。不空院の門前から新薬師寺の東門を望むあたりの築地は古さびていいが、あまりに小さく侘《わび》しすぎる。》

とは、ある文芸家が戦前に書いた印象記である。現在でもどこかにそのかたちをとどめている。

しかし、長い築地塀の半分を壊して商店の店さきに改造しているのは、この文芸家が高畑の道を歩いたころにはなかった現象で、やはり当世風といえた。それでも、そうした商家の一つに骨董屋があるのは、あくまでも古びた町のたたずまいに行儀よく従ったようにみえる。

骨董店の低い屋根の上には「古美術・寧楽堂」という名が朽ちた木に彫られ、その隷《れい》書体《しょたい》の字画には緑の色が塗られていた。築地塀をとり払ったところが店の陳列窓になっていて、その間がせまい入口になっている。残りの半分の古い塀はこの家の住居をかこんでいた。

雑誌の副編集長とカメラマンが、その骨董店の前を通りかかった。

福原庄三と坂根要助は今夜奈良に泊まる。撮影予定の今日のぶんは終っていたので、重いジュラルミンの器材函と三脚などは崇神陵の下から乗ったタクシーで宿に送らせ、坂根はカメラ一つを持ち、福原は手ぶらだった。

「寧楽堂」の軒下に歩み寄ったのは坂根要助で、福原がその背後にのっそりと従った。

陳列窓のガラスには夕景の通りが写っていた。その中で女が見返って過ぎて行く。

骨董ものでも、ここはいかにも奈良らしい色があった。書画、茶道具などを主に扱う京都や大阪と違って仏臭い。焼きものといえば灰黒色のかたい土器――壺、杯、高坏《たかつき》、器台などの須恵器《すえき》の破片、寺院の古瓦の割れたもの、緑青《ろくしょう》のふいた銅製の仏具、胴体だけの木彫の仏像、寺の古材や斗栱《ときょう》の一部、小さな真黒い金銅仏などがならべられてある。

「古そうだな。いつごろのものだろう？」

福原がガラス越しに瓦を見ながら坂根に言った。

「さあ、奈良期でもずっと下ると思いますね。これは破片ですが、まんなかの花芯《かしん》にあたる円形が小さく、複弁だけど花弁が長いでしょう。奈良期でも天平《てんぴょう》ごろのものだと花芯の円形が大きくて花弁が短いのですよ。それに、これは彫りがにぶい。彫りが力強く花弁の先が鋭く反《そ》りかえっているのが奈良前期のものだということですが、これは反りが弱いですな」

坂根が、受け売りだがと断わって言った。

「こっちの水差しみたいな壺も奈良期かね？」

「いや、これは伊賀焼じゃないですか。伊賀焼だと江戸期か明治のものですよ」

「奈良期から一足とびに明治か？」

「そこが骨董屋ですな。いっしょくたです。博物館とは違いますよ。ほれ、そこに首も両手もない胴と脚だけの木の仏像があるでしょう。あれなんざ室町時代のものじゃないですか。こっちの壺の破片は須恵器で、古墳時代らしいですよ」

「ごちゃごちゃとみんないっしょなんだな？」

「そこが古道具式ですな。店つきからして何か掘出し物がありそうじゃないですか？」

「入口の表にある銅色の大きな甕《かめ》も古墳時代かね？」

「田舎の台所にあるようなアレですか？　常滑焼《とこなめ》ですな。大正のころでしょうな」

「大正の出来も骨董品か？」

「いや、あれは民芸品です。売物じゃありません。甕は口がひろいので、お金が入ってくるという呪《まじな》いです。奈良の骨董屋にはあれが多いようですな」

暗い奥から表を見に出た男が声をかけた。

「おや、福原さんじゃありませんか」

福原は自分に声をかけた男の顔を見て、ちょっとのあいだ記憶をさぐる眼つきをした。ほお骨が出た扁平な顔で、広い額の上に少ない髪がもつれている。眼を細め、広い口を半開きにして笑いかけていた。雑誌の編集者はおおぜいの人間に会うので、縁のうすい相手だといちいちおぼえていなかった。

「あ、野村さん」

ようやく福原に分ってきた。名前を問い返さないで済んだのは醜態を救われた。副編集長も一種の外交員である。

東京美術館の館員で、野村ナニガシと言う。名前まではおぼえていない。原稿を頼んだのは、この人の上にいる佐田久男という学術部の先輩館員だった。野村が館内でその取次をしてくれた。

「いつ、こっちへ？」

野村は細くした眼で福原をのぞきこんだ。

「三日前からです」

福原の動く視線で野村は陳列窓に眼を寄せているカメラマンを見た。

「そう。いや、どうもよく似た人がそこに立っていると思って」

わざわざ奥から確かめに出てきたのだという素振りをした。

「野村さんは、いつから?」

福原はきき返した。どうでもいいことだが挨拶である。東京美術館の連中が骨董屋に入ってひやかしているのは何かの用事で奈良に来たついでの愛嬌と思った。

「ぼくらは昨日から」

野村は複数で答えて、自分で気づき、

「実はね、佐田さんといっしょなんですよ。こっちには奈良博のものを見に来ましてね」

と、つけ加えた。

「へええ、佐田先生と?」

福原は奥をのぞきこんだ。が、そこにはうす暗い中に途方もなく大きな阿弥陀《あみだ》如来の坐像が不気味に眼につき、あとはごたごたした品物が雑然とひろがっているだけだった。

「と、どこに?」

「いや、いま母屋《おもや》のほうです」

野村は隣りに顔を振った。

隣りは店のつづきだが築地塀になっていた。母屋はその塀の中にあった。外からだとその低い屋根だけが見える。枝だけの太い木蓮《もくれん》の樹が二つ、土塀の上に出ていた。

「いま、佐田さんは裏の茶室です。ぼくもそこにいたんですが、店にちょっと用があって戻ったところ、あなたを見つけたんです」

野村は話し、口をひろげて笑った。

福原は坂根を呼びこみ、野村に紹介した。二人とも名刺は出さなかった。

「撮影ですか？」

野村は福原にきいた。

「ええ。このへんを少し……」

福原はぼかした。編集企画を隠す癖がついている。

店の奥から三十ばかりのスェーターにズボンの男が下駄ばきで出てきた。

「おいでやす」

色の白いその男は、野村の知合いと見て福原と坂根におじぎをした。

福原が会釈《えしやく》すると、

「福原さん。この人はね、この家の息子さんですよ」

と野村が紹介した。

息子はここに名刺を持ってないから、のちほどさし上げると詫びて福原の名刺を押し頂いた。鼻が大きく、眼が細かった。

「まあ、中にお入りになって。こないにとり散らかしてえろうきたならしゅうおますけど」

息子は木彫の阿弥陀如来像の前からさらに奥に抜ける通路にイスを三つならべた。通路の片方は上がり框《がまち》で、諸道具の中からわずかに人が二人ぶん坐れる畳が空けてあった。畳には紺の座布団が一枚置かれている。

息子はそこには上がらず通路の先の開き戸をあけて忙しそうに去った。奥行きのある家だった。

「あれがこの家の跡取りです」

野村が開き戸の閉まる音が消えないうちに福原に小さく言った。

「ああ、そうですか。そうすると主人はだいぶ年配ですね？」

「もう六十五、六でしょうな。この店は旧いほうです。骨董屋でも、ほかの店と違ってこの寧楽堂だけはこんな淋しい町にぽつんとはなれているんです。もっとも骨董屋というのは通りがかりの客はたいしたことはないんで、前からの顧客《とくい》がおもですから、場所は、まあどうでもいいのでしょう」

話をしているうちに息子が手に名刺を持ち、開き戸をあけて戻ってきた。のみならず、その後には四十五、六の眼鏡をかけた、顔の長い、痩せぎすの洋服男がついていて、またそのうしろには白髪の丸顔の老人が従っていた。眼鏡の男は撫で肩の長身で、老人は猫背に洋服の肩を丸めていた。

福原がいち早く眼鏡の男を見つけて、

「あ、佐田先生」

と、イスから立ち上がって頭を下げた。イスは阿弥陀如来のほうに三十センチもずれた。

　息子が傍にどいて、正面に出た佐田先生と呼ばれる男は、どちらかというと蒼白い顔をニヤリと笑わせて福原にむかった。格好のいい鼻の上にうすい皺を寄せ、こけた頰の下にえくぼをつくった。

「ご無沙汰を申し上げております。いつぞやはご無理なお願いをお聞きとどけいただき、ありがとうございました」

　福原は佐田にむかって前にもらった原稿の礼を言った。ご無沙汰しています、というのは編集者がしばらく依頼をしていない寄稿家への慣例的な挨拶である。

「やあ、あれ以来だね」

　と、佐田も副編集長に言った。

　この家の手伝いの若い女が新しくイスを持ってきて、狭い店の通路に客が四人腰かけ、白髪の店主と、色白で鼻の大きい息子とは上がり框の畳にズボンの膝を揃えて坐っていた。

　店主親子と福原、坂根の名刺交換も済んだ。寧楽堂の主人は長岡秀満、息子は秀太郎という名であった。秀太郎の嫁が茶を運んできて六人の前に配った。店主の秀満は猫背をいよいよ前こごみにしていた。

電灯がついて店内の骨董品のそれぞれが光を点じ、ふちをきらめかせ、倚《よ》り合っていた。木彫に胡粉《ごふん》を塗って彩色した阿弥陀如来は泥絵具の大人形のように毒々しく、ほかの緑青のついた銅器や、くすんだ土器の壺や、灰色の古瓦などからそれだけが浮き上がってみえた。金箔ものや鍍金《ときん》の類だけが灯を賑《にぎ》やかにはじいていた。積み重ねた木箱の中には小さな品がならべられてあるにちがいなかった。

「今度はご出張だそうで？」

福原が湯呑を両手で囲いながら背中をまげて佐田に言った。佐田は東京美術館の学術部考古美術課の課長待遇であった。特別研究委員という名もある。

「うん。ちょっとね。しばらくこっちに来ないから拝見に回ったのだが……」

奈良博物館や文化財研究所の新しい購入品のことらしかった。寺まわりもしているのだろう。やせているので、うすい唇の両端には、ものを言ったり笑ったりすると急に皺が出てくる。眼鏡の奥の眼はかなり神経質にみえた。

「新薬師寺に行ったついでに、ここにお邪魔していたのさ」

佐田が言うと、店主が白髪頭を下げた。

「せっかく佐田先生にお立寄り頂いたのですけど、相変らずガラクタものばかりで、お恥しい次第でございます」

「このごろは、掘出し物も少なくなったようだね」

佐田が番茶を半分飲み残して湯呑を置いた。

野村の言葉によると、たったの今まで佐田は主人と母屋の茶室で話し合っていたらしいから、茶はもうたくさんなのだろう。それにしても店主との茶の席からわざわざ店さきに出てきたのは、福原が来たというこの家の息子の報《し》らせをよほど珍しがったようである。福原はそう感じた。

坂根はカメラを膝の上に女のハンドバッグのように載せて、神妙に湯呑を唇に当てていた。

店主の長岡秀満は、頬に柔和な皺を寄せ、困ったときの微笑で歎《なげ》いてみせた。

「もう、さっぱりでございますな。景気がもうちょっとあかんようにならんと、出るとこからはよう出まへんな。昔は不景気のたびに御大家から結構な売立てがございました。仲間が寄ると、みんなその愚痴こぼしですわ」

「コレクターのほうは早くいいものを持ってこいと言ってるんじゃないの？」

「へえ。その通りでございます。そやかて、先生、無いものはどもなりまへんよってにな」

息子は下をむいて笑っていた。

福原のような骨董にはまるで素人の眼にも、この店さきの品物にはろくなものがあるとは思えなかった。陳列窓のは看板だからまだいい品ものなのだろう。坂根要助の付焼刃的なさっきの「目利き」では、平安、鎌倉、江戸、明治期にまで亙《わた》っているという。雑然としたものである。その陳列窓にも蛍光灯の輝きが入っていた。外はまだすっかりとは昏《く》れず、蒼白い明りが残っていた。

「福原君。この前の君のとこの雑誌、二、三カ月前の号だったかな、平安朝文化特集という号さ」

佐田が言い出した。

「はあ。先々月号でございました」

副編集長が答えた。

「あれ、売れたの？」

「はい。おかげさまで。売切れの書店が続出して編集部用のものまで出してしまいました」

「ああ、そう？」

佐田の表情に不審とも不満ともつかぬ色が現れた。彼は指の先で眼鏡を鼻の上にずり上げた。

「あの号で、密教美術について藤田雄治先生が長い文章を書いておられたね？」

「はい、一般むきの解説的なお原稿でございますが……」

藤田雄治はK大の教授だった。福原が「一般むきの解説」と答えを先回りして言ったのは、東京美術館が国立のT大学系だから佐田の批判が出るのを予防するためだった。

「うむ。一般むきだろうけれど……いくら一般むきの解説でも、あれは出来がよくなかった」

佐田のうすい唇は副編集長の予防線を無視して断言した。

「はあ、そうでございますか？」

「いかん、あれは論証に間違いがある。それに藤田先生の解釈も感覚も古すぎるよ。今はもっと研究がすすんでいるのにね。どうして気鋭の若い学者に執筆を頼まなかったのかね？」

福原は困った。

「はあ、どうも、適当なお方が居られなかったものですから」

「そんなことはないよ。ぼくがちょっと考えるだけでも優秀なのが五人は居るな。まだ若いけどね。何かね、やっぱり有名な先生でないと雑誌は売れないものかね？」

「そういう傾向はたしかにございますが、ウチの雑誌はそれでもそういうことが少ないほうでございます」

福原は佐田の批判をかわそうとしていた。彼は佐田特別研究委員の性格を知っているので、弱っていた。この人の自負心は、自分たちの陣営でないものには蔑視的であった。言葉が露骨になる。それはかねての評判だった。

福原はうかつにも骨董店に入りこんだのを悔やんだ。野村に見つけられたばかりにこんなことになった。だいたい自分のほうがこの場の闖入者《ちんにゅうしゃ》なのだ。その意識が、福原の尻を落ちつかなくさせた。

このとき、店さきの陳列窓に表から人の姿が寄ってきた。窓の照明に長い髪の女の顔が映っている。こっちから見つけて野村が腰を浮かした。

骨董店付近

野村は佐田の洋服の肘《ひじ》をついて眼で合図した。佐田も陳列窓に現れた女の顔を内側から認めた。

「高須《たかす》通子《みちこ》じゃないか」

イスの上から半身を捻《ね》じって眼鏡の奥から見つめた。口のまわりから顎にかけて髭が青いのである。

やはりその方向をむいて口を半開きにしているのが福原と坂根だった。窓の照明の中に、肩に髪を流した女の顔はガラスに貼りついて浮び出ていた。硬い半コートの、狭い襟からのぞいた柔らかい毛糸の深紅は、人工の光に冴えていた。

外の陳列窓の前にいる者にはこちら側がよく見えないらしかった。品物に注いだ女の瞳に蛍光灯の光が凝集している。軽く力をいれて閉じた唇にも鈍い輝きが乗っていた。

——これが店内にいる連中にとってまるで肖像画を眺めるように観賞できたのである。

福原と坂根は眼を見合せた。

「高須通子があんな格好をしてこっちに来ているとは知らなかったな」

佐田が視線をそのままにして意外そうに呟いた。

「まったく、見違えるようですな。ちょっと呼んでみましょうか、佐田さん」

野村が先輩の顔色を観察した。

「うん……」

佐田は煮え切らない返事だったが、野村と同じようにその表情は十分な興味を示していた。

息子の秀太郎が気を利かして表に飛び出しそうなのを野村が止めた。

「ぼくが行きますから」

「いや、野村君」

佐田がまたそれを抑えた。

「ふいに飛び出したりなどしてはいけないよ」

「はあ？」

注意が呑みこめずに野村が佐田の顔を見た。

「アベックかもしれないからね。ああいう風采《ふうさい》だ。伴れがいるかどうか、よく見きわめてものを言いかけることだ」

野村はいったんはなるほどという顔になったが、まさか、という表情になって微笑した。

「とにかく気をつけて言葉をかけます」

早くしないと彼女が立ち去ってしまう。野村にはその急ぎがあった。佐田がニヤリと笑った。イスの上で撫で肩の上体をやや斜《しゃ》にかまえていた。身体を曲げたり動かしたりしないのが彼の習慣とみえた。

陳列窓の向うで女と野村の口だけが動く短いパントマイムを店内の見物人は眺めていた。福原も唾《つば》を呑みこんで外を見ていた。

女は野村がそこに出てきたのではじめおどろいていた。頰にかかる長い髪を女は指先で耳のうしろに押しやっていた。野村の勧誘に女は躊躇《ちゅうちょ》している。

「べっぴんさんでんな、先生」

白頭の店主が佐田に言った。

「なァに。もう若くはない」

佐田が鼻の先で答えた。

「どなたでっか？」

「T大学の助手。史学科のね」

酒船石の前に佇んでいた女がT大学の史学科の助手だという。佐田の言葉に福原はおどろいた。が、これには、道理で、と合点するものが入っている。坂根も眼をひろげていた。

「どうやら交渉成立のようだな。伴れはいなかったのか」

佐田が軽く言ったが、鼻が詰まったような声だった。

陳列窓の二人の顔が入口のほうに動いた。成行きを見つめていた息子が今度はすばしこく迎えに立った。

木綿の短いコートにスラックス姿が野村のあとから現れた。野村は照れた顔をしていた。

「今晩は。ようおいでやす」

店主の秀満が白髪頭を下げて腰を折った。

「今晩は」

女は店主に会釈したあと、正面の佐田に顔をむける前に横の福原と坂根を先に認めた。

「あら」

彼女は眼をみはったが、すぐにその眼もとに微笑が出た。

福原がイスから腰を浮かした。

「昨日は、どうも、たいへん失礼をいたしました」

顔をあからめて丁重におじぎしたのは、写真のモデルになるのを三度まで要求したからである。坂根は膝のカメラを抱え上げ、中腰でおじぎをした。

「おや、君、知ってたのか？」

イスの上に上体をまっすぐにして身動きもしないでいる佐田もこのやりとりには意外

のようで、福原を見た。

「はあ。昨日の午後に、ちょっと。あの、偶然ですが……」

福原は口の中で言いよどんだ。当人の前で、佐田やほかの者に明言していいかどうか判断に迷った。が、ひとまず遠慮するのが礼儀と心得た。

「酒船石のところでお目にかかったんですの」

女のほうから説明した。

佐田は眼をそらせて少しいやな顔をした。挨拶抜きに話しかけられたのが彼の自尊心に障《さわ》ったようである。かすかだが、額の横に筋が浮いた。

息子の秀太郎がまた新しくイスを持ってきて、どうぞおかけねがいます、と頭を下げて女にすすめた。野村がもとの位置に腰を戻していた。

「ありがとう。でも、もう失礼しますから」

そこはごたごたしてせまくるしかった。

「まあそうおっしゃらずに」

佐田は彼女を直接見ず、外の陳列窓に視線を投げ、冷淡な調子で言った。陳列窓には古瓦の破片の向うに電柱の一部が光に浮いているだけだった。

「昨日、お会いになっているんだったら、べつに紹介することもないでしょう？」

佐田は細い声で福原のことを女に言った。

「お名刺をいただいておりますの」

と、女は立ったまま、ほほ笑んで答えた。

「ああ、そう。で、君たちのほうは？」

福原が頭をかいて、どういう方だか存じ上げてなかったという意味を示した。

「高須通子さん……」

と佐田はやはり低く福原に言った。気取った声に聞えた。

「……T大の文学部史学科日本史専修の助手。日本古代や上代史が専攻でね。新進気鋭の学徒でいらっしゃる」

普通だったら、ここで、女らしい抗議の声が入るのだろうが、高須通子は表情を動かすこともなく、唇を少し開け白い前歯をのぞかせただけで、何も言わなかった。佐田が口の端を曲げた。

「存じませんことで、昨日は重々失礼を申し上げました」

福原があらためて頭をさげた。

「いいえ、わたしこそ。ご期待に副《そ》えなくて」

高須通子は今度は明るい声で言った。

「T大の史学科とおっしゃると……久保能之《よしゆき》先生のところと違いまっしゃろか？」

店主の長岡秀満が猫背を低め、お世辞のつもりで慇懃《いんぎん》に佐田にたずねた。

「そうなんです。久保先生が主任教授ですわ。わたくしにとって、こわい恩師です」

高須通子が自分のことを引き取って答えた。

「へえ。さようで。結構でございます」

秀満が頭を下げると、野村が割って入った。

「そして助教授が板垣智彦《ともひこ》さん、講師は村田二郎君でしたな、たしか高須さんの所属してらっしゃる日本史の構成は？」

さん、君、と呼び方を使い分けているのは野村の位置を標準にした気持を現わしているようであった。

「その通りです。野村さんは村田さんとお親しいから、わたくしの研究室のことをよくご存知でいらっしゃいます」

立っている高須通子は、腰かけている野村に視線を落とし、眼もとを笑わせた。

「いや、べつに村田君をそう深く知っていなくても、そりゃあんた、この世界は狭うござんすからね、隣組のことは常識ざんすよ」

野村は佐田に気を兼ねてうろたえたが、それを軽口で紛らわした。「隣組」というのは東京美術館がT大系だからであろう。が、これには「学部」に対する「外局」的な野村のコンプレックスがにじみ出ていないでもなかった。

佐田は神経質に黙って聞いていたが、

「福原君。君はさっきから高須君に詫びてばかりいるようだが、何を失礼したんだね？」

と、副編集長に顔を向け直した。

「はあ。それが……」

福原はまた頭に手をやった。

坂根がうつむいてマッチを擦った。煙が佐田の胸の前に流れた。煙草を喫《す》っているのはカメラマンだけだった。

「うむ、なるほど。モデルさんにねえ……」

福原が仕方なく肩をまるめてした告白を、佐田はかたちのいい鼻に笑い皺を寄せて聞き、まだ突立っている高須通子に静かな眼を上げた。眼鏡の反射が動いたのは、彼女の風体をしさいに観察したからだった。

「それはグッドアイデアだが、雑誌に出た写真を見たらさぞ学生が騒いだことでしょうな」

佐田は上品に笑って言った。

「いや、しかし、高須君がそんな姿で奈良の街を歩いているとは思いがけなかったですね。ときに美術館へこられたり、大学のほうで見かける姿からは想像できませんからね。これはよっぽど気をつけて見てないと、横をすれ違っても分らない」

「そうですか。似合いませんか？」

高須通子は下をむいて自分の支度を見回すようにした。

「いや、似合います。よく似合いますよ」

野村がわきから言ったが、まんざら口先だけでもないようだった。

「ありがとうございます」

彼女は顔を上げ、軽く笑って片手で髪毛をうしろに払い除《の》けた。

「ほんと。しかし、いつもの地味なくらいの髪型をよく思い切って派手に垂らしたもんですな」

野村はまだ見つめていた。

「はじめはそのつもりじゃなかったんです。こうした旅に出て田舎道を歩いたり小さな山坂を登ったりするでしょう。どこでも腰を下ろせるように気楽な支度にしようと思ったら、流行《はやり》のこんな埃っぽい身なりになったんです。そうすると髪までそれに合せることになってしまって。面倒がなくて、いいんです」

彼女はいくらか早口で説明した。

佐田のほうはさきに視線をはずして、冷えた湯呑をとりあげていた。

「酒船石は初めてですか？」

と、彼は茶を少し舌に流してきいた。

「三度目です」

「三度目？」

佐田はおどろき、湯呑を宙に止めた。

「そりゃ熱心ですな。ぼくは一度見に行っただけだ。あんなもの、面白くないと思って」

おどろいて見せたのは詰まらなさをいう誇張だった。

「それから何処かに回られましたか？」

野村が佐田の無愛想を気にして彼女に親切にたずねた。

「橘寺に行って……」

「二面石ですね」

「ええ。でも、ほかの山にも上ってきましたの。ハイキングのつもりで」

「ほかの山って、どこですか？」

「あの近くです。山というほどでもない丘ですが。でも、わたくしにとってはちょっとした登山でしたの」

佐田が湯呑の糸じりを上がり框に鳴らして置いた。

「山登りって、どこですか？」

野村が高須通子にきいた。

「多武峰《とうのみね》です」

彼女は答えてからも唇を少し開けていた。

「談山《たんざん》神社ですか。バスでしょう？　桜井へ出てバスを使えば境内下まで行けます」

佐田はカメラマンの流れる煙に当惑そうにしていたが、自分もポケットから煙草をとり出した。店主が前から灰皿を引き寄せ、息子が横からライターを鳴らしてさし出した。

「足でも登りましたわ。今日は益田岩船のある山に行ったんですから」

「そら、しんどおましたやろ。急坂やし、道もろくについておまへんよってに」

店主の秀満が愛想を言った。

「ええ。日ごろあまり歩かないもんですから」

彼女は店主に微笑を返した。

「そうでっしゃろ。毎日机の前に坐ってはるよってに無理おまへんわ。……あの益田岩船いうのんは、わても二度ばかり行って見たことがおますけど、大和名所図会《ずえ》に載ってるのとそっくりでんな。あれよかちょっと小《ちい》そうおますけど」

あとの言葉は佐田と野村に話しかけた。

「大和名所図会のほうは誇張して描いてあります。実物はあんなに大きくはないが、しかし、巨石です」

と、野村がひき取って言った。

「あの益田岩船は益田池を掘りはった弘法大師の碑の台石やと昔から由来を言うとりますが、どないなもんでっしゃろ？」

「どうかかな。石の上に四角い穴が二つならんでいる、それが碑石を立てるホゾ穴だというんですが、あの巨石の上に建てる碑だととてつもない大きな碑石になる。そんな途方もない大きいやつを建てたかどうかですな」

「けど、なんでっしゃろ、高取城の石垣をつくるとき、その碑石をこわして持って行ったということですやろ？」

益 田 岩 船

「集古十種というのに『雷』という大きな字の拓本が載っていて、それが碑文の一部というのだけど、これも疑わしいですね」

「そうやそうでんな。それで、古墳の石槨《せっかく》やろうという話も出ているそうですが、これはどないでっしゃろ？」

「さあ、どうですかな」

野村はそれににわかに賛成できないがといった曖昧な顔つきで、佐田のほうをちらりと見た。

「先生。益田岩船はやっぱり謎ということでっか？」

店主が、黙って煙草ばかりふかしている佐田に気がねしたように問いかけた。

「ぼくにも分らんね」

佐田は手を伸ばして煙草の灰を叩き落した。

「高須君」と彼はゆっくり呼びかけた。

「酒船石とか二面石とか益田岩船とか、何だね、今度は謎の石ばかりを調査して論文でも書くんですか？」

「論文なんか書けませんわ」

高須通子は、東京美術館の佐田特別研究委員を斜めから見下ろす位置で言った。

「……ただ、わたくしはどこもあまり知ってないもんですから、見学に歩いただけですの」

佐田が指にはさんだ煙草を口に当てた。

坂根がそっと福原の顔を見た。崇神陵にたたずんで、あの女性はいまごろ何処を歩いているのだろうと二上山を見ながら福原は呟いたものだが、彼女は橘寺や多武峰を回って橿原の南に当る丘上の益田岩船に向かっていたと知ったからである。

「いやいや、ただの見学ではないでしょう」

佐田はうすい唇から煙草をはなした。

「あなたのことだから、きっと何かの着想が浮んで、その目的から謎の石を見回ったにちがいない。あなたの脳細胞は絶えず活動している。たいへんなものだと、いつか久保教授から聞いたことがありますよ」

「久保先生がそうおっしゃったのでしたら、たぶん皮肉でしょう。いつも君は考えが突走りすぎると先生にわたしは叱られてばかりいるんです」

高須通子はうすい笑いを表情に流していた。

「久保教授は慎重型だからね。助教授の板垣君にしても師の道を守っている。そういえば、いつかの板垣君の論文ね、『史学叢苑』に載った七世紀の地方勢力と王権の統轄の問題というの、あれはどういうんだろうね。諸学説の異同を検討しているだけで、自分の説は何も出てこない。これから出るのかなと思っているところで終っている」

　佐田は顔をしかめて言った。

「そうでしたね。あれは歯切れが悪かったですな」

　横から野村が賛同した。

「歯切れが悪いというよりも、そもそもがティミッド、臆病なんだな。その臆病は久保教授への遠慮からきている、とぼくは見る」

「板垣さんはそんなにグズのほうじゃないのですがね。あの人はもっと頭脳のいい学究だと思いますがね。ねえ、高須さん、そうじゃないですか？」

「板垣先生は立派な学者ですわ」

　高須通子は即座に答えた。

「そうでしょう。まだ若いしね。けど、あんなふうに板垣さんが久保先生に遠慮していなければならないとなると、ご当人も辛いでしょうな？」

　彼女に返事はなく、代りを佐田が引きうけた。

「板垣助教授がT大教授になるまでは、いまのグズの態度も仕方がないだろう。久保先生はあと何年ぐらいで定年だったかな。六年ぐらいじゃなかったかな。とにかく、あと六年間ぐらいはトモさんも石にかじりついても辛抱することだよ。たとえよそからグズだとか、はっきりしないとか鈍感だとか言われてもね」

板垣智彦のことを学生もトモさんと言っていた。通称であった。

高須通子が腕時計に眼を落した。

「わたくし、これで失礼します」

「まあそうおっしゃらずに……」

佐田は引きとめた。

「……つい、立入った話になって恐縮でしたな。もう口に出さないから、いま少しここで話して行きませんか？　せっかく奈良で遇ったんだからね」

佐田は眼尻に皺を寄せた。眼鏡の載った格好のいい鼻の下で唇がやや捲《ま》くれたように微笑していた。

「遅くなりそうですから」

高須通子は耳にかかる長い髪を気にして小さくおじぎをした。

「そう。残念ですな。君が謎の石についてどんな着想を持たれたかぜひ伺いたかったたが、それはまあ容易に教えてもらえないでしょう。論文の発表を期待していますよ」

着想をうっかり洩らすと、ほかの学者がそれにヒントを得てすぐに書く傾向が学界の一部にはある。先にツバをつけて発表したほうが勝ちだった。学界の「新説」もパテント（新案特許登録）に似たところがあった。佐田の言葉の意味はそこから来ている。もっとも師が弟子の新説を途中で取り上げるぶんには弟子のほうで泣寝入りになるという。

「ご期待いただいても失望をお与えするだけですわ。此処《ここ》は見物に歩いているだけですから。そんなにわたくしを買いかぶっていただけるのは光栄ですけれど赤面します」

顔も赧《あか》くならず、高須通子はおとなしい笑みを顔に保っていた。

「ご謙遜です。君のことは久保教授から伺っているからね。……ま、やめましょう。また君のほうの教室の話になりそうだ。で、今夜はどこにお泊まりですか？」

「奈良です。申し上げるような旅館ではありません」

「ご婦人単独のようですから、礼儀としてお聞きしますまい」

佐田は「単独」というのに妙に力を入れて細く笑った。

「せめてここで落ち合ったのだから記念にみんなで写真を撮りたいですな。幸い、ここにカメラマンも居ることだし、福原君の希望もやっとかなえられる」

高須通子の表情が硬くなった。

「福原君、カメラの人に頼んでもらえるかね？」

「ストロボを持ってきていませんが」

坂根要助が膝に置いたカメラをちらりと見て閃光器のないことを先回りして言った。

「ストロボがなくても、このくらいの電灯の明りでは撮れるんじゃないかね？　最近は感光度の高いフィルムがあることだし……」

佐田が言った。

「フィルムはASAの80のものしかここにないのです」

坂根が不用意を詫びるように下をむいて言った。

「失礼します」

高須通子は、男六人におじぎをすると、たちまち背中をかえして出て行った。

「かしこそうなおなごはんでんな、先生」

寧楽堂の店主秀満は消えた高須通子の残像を追うような眼つきで佐田に顔を向けた。

彼女の後ろ姿が白頭男の瞳の中に揺曳《ようえい》しているみたいだった。

「かしこそうな、という上に、コを字をつけたほうがいいかもしれない」

東京美術館の特別研究委員は鼻の先で笑った。

「コかしこそうな……」

「小賢《こざか》しげな、という言葉があります」

野村が店主に注釈した。

「へえ。なァるほど」

秀満はオチを聞かされたときのように首を合点合点させたが、いっしょになって笑うわけにもゆかず、

「あないな身なりをしてはると、えろう若う見えまっけどな」

と当り障りのない受け方をした。

「それほど若くない。あれで、三十二かな、三かな、野村君？」

「そのあたりでしょうな。ええと大学院が五年で、助手になってから六年ぐらい……」

野村が頭の中で勘定した。

「じゃ、三十三だ、いや、やっぱり二か」

佐田も分らなくなってきた。

「まだ独身でっか？」

「らしいね。内輪のことはよく分らないが。なんでも私立の高校の講師もしているというがね」

「へえ。勉強でんな」

「助手の給料はタダみたいなもんだからね」

「彼女、それほど美人じゃないから、男のほうがほうっておかないという事情でもなさそうです。ガリ勉はできますよ」

野村が言った。

「成績は優秀なんですか？」

福原が遠慮気味に口をはさんだ。

「どうだろう、優秀というのかね？」

佐田が野村を顧みた。

「才女ですね、たしかに。頭の回転が早くて、興味が強い。考え方にも奔放なところがありますす」

「才女という表現は適切だな」と佐田は面白がった。「それがピタリだ。けど、小型だ。だから彼女のときどきの短い論文を読んでも、その小才の利いたところがギラギラと出ている。つまり、浮き上がっていて、重厚さがない」

「久保教授の重厚さとは反対ですがね。その下についている助教授のトモさんは久保先生の顔色ばかり見ている人だから、彼女とも合わないでしょう？」

「トモさんは久保さんのご機嫌うかがいだから論外とする。久保さんは高須君のいわゆる才女ぶりを可愛がりながらも煙たがっていると思うね。なぜかというと久保教授の重厚というのは、はっきり言うと無能と同義語だからね」

「そりゃ、よく分ります」

第三者には聞きづらい話になった。福原が汐どきとみて、腕時計をのぞくと、佐田がそれと察して質問した。高須通子は酒船石を見て君たちに何か言ってなかったか、というのである。

酒船石のところでは高須通子とべつに話もしなかった。自分たちの案内役として村役場の観光課主任が石の説明をしてくれたが、彼女もいっしょになって黙って聞いていた、と福原は佐田に答えた。

「その観光課の人に、彼女は何か質問しなかったのかね？」

佐田はまた訊いた。

「いや、高須さんはその場に来合せたことでもあるし、説明を傍聴するといった様子でした。二、三の短い問答はあったようでしたが」

「短い問答？　どんなことかね？」

「むつかしくてよくおぼえていませんが……」

福原は横の坂根の顔を見たが、坂根が口を閉じているので、

「そうそう、こういうことを質問されたのをおぼえています。酒船石は昔からこの現在位置に在ったのだろうかって……」

「ううむ。昔から現在位置にあったかとねえ……」

佐田は唇の端を笑わせた。

「で、観光課の人はどう答えていた？」

「それはですね、そう、こんな重い巨石をどこから運んできますか、飛鳥時代当時のまま ここに在ったに間違いない、この石のことは江戸時代に本居宣長も何とかいう書物に書いていますから、と観光課の人は言ってました」

「それは本居宣長の菅笠日記というんだけど。……それ以前に酒船石の記録はないが」

「そりゃ、佐田さん。南妙法寺の益田岩船も同じでしょう。あれだって江戸時代の大和名所図会に載っているだけで、日本書紀にも続日本紀《しよくにほんぎ》にも記事はないですし……」

「うん」

「その観光課の人じゃないけれど、酒船石にしても益田岩船にしても、あんな途方もない巨石をどこからどうして運んできますか？」

「それはそうだけどね」

「須弥山石や道祖神像を飛鳥川畔の石神の地から東博の庭に持ってゆくようなわけにはゆきませんよ」

佐田は眼鏡をはずしてハンカチを取り出した。息を吐きかけては眼鏡の曇りを拭っている。強い近視眼なので眼つきが急に悪くなった。その鋭く切れ長な眼で眼鏡のレンズを見つめハンカチをしきりと動かしていたが、その作業を続けながら何か思案していることははたの眼にも察しられた。

ハンカチの手が急にとまった。

「彼女は多武峰に行ったと話していたね？」

佐田は眼鏡を持ったままだった。

「そうです。橘寺で二面石を見て、談山神社に参拝したのでしょう。バスが出ていますから」

「多武峰に彼女が行ったのは談山神社にお詣りしたのじゃないだろうね」

と、佐田は磨き上げた眼鏡を鼻の上に戻して言った。

「彼女は黙っていたが、ぼくは見当がついたよ。……あれは両槻宮趾《ふたつきのみやあと》に行ったのさ」

「両槻宮趾ですって？」

と、野村が佐田の顔を眺めた。

「多武峰にはそんな遺趾なんか何も残ってないじゃありませんか？」

「そう。斉明天皇のときのあの宮の造営は難工事だった。石垣を築くために香久山の西から石上山まで運河を掘り、二百隻の船で石上山の石を運んだ」

「狂心《たぶれこころ》の渠《みぞ》ですね。書紀に有名な……」

「運河をつくるのに三万人余の人夫、石垣をつくるのに七万人余の人夫を要した。石上山は石上《いそのかみ》神宮のある山ではなくて、イシガミ山という別な場所だと近ごろいわれている。いずれにしても、両槻宮というのは、未完成だったはずだがね。ちょっと待って。いま確かめてみるよ」

　東京美術館の学術部考古美術課課長待遇でも古代史に関連が深いので、さすがに旅先に『日本書紀』の文庫本ぐらいは持参していた。佐田は秀太郎にいいつけて母屋に置いたスーツケースからその文庫本を持ってこさせ、該当のページを開いた。声を出して読む。

「田身嶺《たむのみね》に冠《こうぶ》らしむるにめぐれる垣をもってす。また、嶺の上の両《ふた》つの槻の木の辺《ほとり》に、観《たかどの》をたつ。なづけて両槻宮とす。または天宮《あまつみや》という。時に興事を好む。すなわち水工《みずたくみ》をして渠穿《みぞほ》らしむ。香山《かぐやま》の西より石上山に至る。船二百隻を以て石上山の石を載《つ》みて、流れの順《まま》に控引し、宮の東の山に石をかさねて垣とす。時の人の謗《そし》りていわく『狂心の渠』……ええと、そうだ、ここだったよ。……また謗りていわく『石の山丘を作る。作る随《まま》におのずからに破《こぼ》れなむ』という。若《も》しくは未だ成らざる時によりて、此の謗《そしり》をなせるか。……やっぱり間違いなかった。両槻宮は工事未完成のままに終ったらしい」

佐田の小さな声の朗読を聞いていた野村が、

「それじゃ多武峰に両槻宮趾が残っている道理はありませんね。高須通子が見に行ってもしようがありませんな」

と、ひとりでうなずいた。

「しかし……」

佐田は小首をかしげて、

「これも石に関係があるからなァ」

と呟いて、眼を半眼に閉じた。

「けど、多武峰には石は残っていませんよ」

「石は残ってないけど、石に関連がある」

佐田は、高須通子が何をしに行ったのだろうとしきりに考えている模様だった。

「やっぱり、なんですかね、彼女、今度は飛鳥の謎の石ととりくむつもりですかね？」

野村はいう。

「そうかもしれないが、高須君は何を思いついたかということだよ。何か発想のいとぐちでもない限りあんなふうに石ばかり見ては歩かないだろう」

佐田は気にしていた。

「彼女はあれで端倪《たんげい》すべからざるところがありますからね。そこが才女かもしれませんが……」

入口に人影がさした。

福原は、横で退屈そうな坂根を促して帰ろうと思っている矢先に、人が入ってきたので、来客ならいい折だと思った。腰を浮かしかけると、前に坐っている秀満は新しく来た客には頭を下げないばかりか、挨拶もしなかった。愛想のいい店主にしては奇妙なことで、しかも彼は顔をしかめて迷惑そうな表情だった。

福原は、つい、うしろを見返った。そこには五十すぎの顔の長い男が眼をきょろきょろさせて立っている。着古したオーバーの前によじれたネクタイがのぞいていた。頭は五分刈りだが、白髪がまじっていて、顎に剃り残した髭にも白いのが多かった。どうみても農家の人だった。

店主はその男にちょっと手をあげて横に二、三度振った。ここに入ってきてはいけないという合図に見える。と同時に息子に眼くばせした。

秀太郎は父親の意を受けてその男に近寄り、彼の耳のそばで小さくささやいていた。男はこっくりとうなずき、すぐに身体を回して、一言もいわずに出て行った。時間にして一分間くらいのことだった。表の陳列窓に男の姿が灯の前を横切って右に通り過ぎるのが写った。

店主はその男について何も説明しなかった。佐田も野村も問おうとはしなかった。むろん客には関係がなく、よその事情のことだった。

「どうもお邪魔をいたしました」

ころあいをみて福原は、佐田と野村、店主と息子に頭をまわして下げ、イスから立ち上がった。坂根もカメラを片手に持ちかえてそれにならった。

「もう、帰るかね？」

佐田が上半身を斜《しゃ》にかまえて福原を見上げた。

「はあ。ここにとびこんで、つい、長居をしました」

「いや、お引きとめしたのはこっちのほうです」

野村が言った。

「まあ、もう少しよろしやおまへんか？」

白頭の店主が、たった今とは打って変って満面に愛嬌を浮ばせた。

「わたしのほうはかめしめへんで。かえって、佐田先生や野村先生からいろんな面白くてためになるお話をひき出していただいて結構でしたわ。よろしかったら、もうちょっとの間どうでっしゃろ？」

「さあ、どうぞどうぞ」

と息子も口を添えた。この息子のほうもなかなかの商売人とみえた。

「はあ。またいずれ。……佐田先生。近いうちに東京でお目にかからせていただきます。ご都合を伺った上で、美術館のほうにお邪魔をさせていただきます」

「ああ。どうぞ」

別れ際には佐田も機嫌がよかった。編集者が近いうちに訪問するというのは原稿依頼の含みである。そう取ったか佐田はわざわざ立ち、福原とカメラマンを出口のところまで送った。

古都の殺傷

高須通子は、高畑町の裏通りから大仏前までぶらぶらと歩き、そこで自衛隊前行のバスを待った。六時近くでもう夜の風景になっていたのだが、土産物店などのまぶしい灯の下には修学旅行の生徒がまだ群れていた。言葉尻に強い訛《なまり》がある。土産物屋の大仏のタオルと鹿の角の箸《はし》を手に持った女生徒に聞いてみると熊本県の高校生だといった。引率の男と女の先生が軒の下から出て集合を叫んでいた。

定期バスの中は柔らかい関西訛ばかりだった。ゆっくりとした勾配の道を下りた近鉄奈良駅前と、次の高天町《たかまちよう》の停車で乗客が半分くらいになった。膝の上のショルダーバッグを座席に置いてもひろびろとしていた。

北に曲って法蓮中町から西に折れた。これからはまっすぐな長い道である。付近に学校が多く、街灯だけが目立つ寂しい通りであった。踏切を渡ると暗い中に田畑がひろがった。地図にはこの辺が「佐保路《さほじ》」と出ている。

また町に出た。角を曲ってすぐが「法華寺《ほっけじ》前」の停留所だった。通子を含めて三人が降りた。二人の男はコートの背を曲げて足早に歩き途中で消えた。夜はまだ冬の残りだった。店が早々と戸を閉めていて、その音に寒さがひびく。法華寺の町は暗くて静かだった。寺の本尊になっている十一面観音を拝みにきた人たちも観光バスもとうに姿を消していた。

寺の西側に当る町の中ほどに「佐保旅館」はあった。通りから見てそこに看板がなかったら、小さな門を持ったしもたやとしか思えない。通子は門をくぐり、格子戸の開けてある玄関までの短い石だたみを踏んだ。

靴音で分ったか、中から肥《ふと》った中年の女中が顔を出して客をのぞいた。

「お帰りやす」

「ただいま」

女中がショルダーバッグをうけとり、廊下を案内した。

「さきほどからお待ちしておりました」

「済みません。もっと早く帰るつもりでしたが、途中で知った方にお遇いして」

廊下の右側がせまい中庭を見せた。古井戸の上に梅がほの白くひろがっていて半分が灯の影で暗かった。

「梅、此処も満開ね」

「へえ、さかりでございます。……此処も、と言わはると、どこぞお回りになりはったんですか？」

「昨日のつづきよ。今日は山歩きなどしたりして」

部屋には朱塗りの台をのせたコタツが友禅模様のかけ蒲団を見せていた。

おかみさんが挨拶に出てきた。眼の大きな、痩せたひとで、五十前だった。高須通子の長い髪とスラックス姿を珍しそうに見ていた。綿製のごわごわしたコートは脱いでいたから、スラックスの上が深紅のスェーターだった。

「昨日お着きのときもそう思いましたけど、ようお似合いですえ。皆さんとおいでになった十年前の高須さんとお会いしてるようですがな」

「そういわれてもうれしがる年をすぎましたわ、おかみさん」

通子は頰を指の先で叩いた。

「いえ、ほんま。大学四年のときに柿田さん、中池さんとはじめてウチに来やはったときと違わしまへん」

柿田知子は弁護士と結婚して現在二児の母だった。中池那美子は商社員の妻となった。カナダで暮らして、これも二児をもっている。卒業前に三人で奈良に遊びに来てほかの旅館がいっぱいだったため、この家に泊まったのが縁だった。奈良の町外れにあるのが気に入って、大和にくるたびにここに泊まるようになった。小肥りの女中も三人で来た当時からいるひとで、心が落ちつく。第一、ほかのホテルや旅館は女の一人客だといい顔をしなかった。なかには自殺を警戒するところもあった。

「お風呂は先にしやはりますか、それともお食事から？」

「おなかペコペコだわ。一ん日《ち》じゅう歩き回って」

「いつもですね。ほなら、食事をすぐに出します」

「待って。やっぱりお風呂からさきにいただくわ。埃っぽいから」

「さよか。お召しかえは？」

「あとにするわ」

これも習慣で、宿の着ものや丹前で食卓に坐るのをきらった。

あたたかい鍋ものが出た。お給仕は女中のおさよさんがしてくれた。二人でしゃべった。旅館はこの季節がいちばん閑《ひま》で、ほかに二部屋がふさがっているだけだった。

おさよさんは食卓を片づけたあと、床を伸べはじめた。

「お召しかえしやはりまへんか？」

「そうね」

時計を見ると、まだ八時半だった。床に入って本を読むことも考えたが、今日のことをノートにつけておこうと思った。

書きものをするというので、おさよさんはコタツの台の上にスタンドを持ってきてくれた。

「おやすみなさい」

おさよさんは襖《ふすま》ぎわに両手をついた。

「おやすみなさい。ありがとう」

スーツケースの中からノートを出してメモの手帳をわきにひろげたが、ノートの間にハガキがのぞいていた。用意してきた十枚の一枚がノートにまぎれこんでいた。ハガキを取り出してノートの上に置いたとき気が変った。

重い仕事にとりかかる前に気分ならしをしてみる気持はだれにもある。万年筆も横にあることだし、通子はハガキのほうから先に書きはじめた。

《お話ししたように昨日から大和を歩いています。ハイキング用に便利な支度で来たらどう間違えられたかカメラのモデルを所望されました。来週まで学校は休ませていただきます。勝手をして済みません。夕方、奈良大仏前で九州の高校生の修学旅行団に遇いました。引率の先生がたを見て、糸原先生を思い出しました。高須通子》

宛先を糸原二郎のアパートにした。高校宛てでもいいが、職員室の机ではほかの教師らが見たときの面倒を考えた。

ノートをとろうとメモを繰って眺めたが、まだその気にならなかった。書いたハガキを読み直して糸原二郎の顔を想像した。まだ気分が遊んでいる。糸原は、二人でコーヒーを飲むときによく修学旅行付添いの苦労をこぼした。生徒が自由時間に散ったあと集合になってもなかなか集まらず、バスの車掌や運転手に文句をいわれる話、解放感と群集心理で事故を起しそうな心配のあることなど。糸原二郎は通子より五つ年下の社会科の専任教師だった。

気分を変えるつもりで通子はコタツの前から離れた。二十分ぐらい散歩してくる考えで半コートをひっかけ、ついでに糸原二郎宛てのハガキを手に持った。

「あら、今ごろからお出かけでっか？」

廊下でおかみさんと出遇った。大きな眼で見つめていた。

「外をちょっと歩いてきます」

「こないに外が冷えるときに……それにこの辺は暗うおますえ」

「時間がまだ早いから大丈夫ですわ。二十分ぐらいで帰ります」

「気ィつけておいでなはれや」

玄関では、おさよさんが靴を出してくれた。

「あ、そうそう、郵便ポストで近いのはどのへんにありますの？」

おさよさんは手をあげて動かし、方向を教えた。

「わたしもごいっしょにそこまで参りましょうか？」

玄関から降りかけた。

「いいわよ。大丈夫よ。あなたも忙しいんだから」

「さよですか。ほんならお気をつけて。早うお帰りやす」

佐保旅館の通りは商店がとびとびにあって、そういうのは表戸を入口だけ開けて戸一枚ぶんの灯を道に投げていた。農家も多く、その前は暗かった。だが、街灯が両側から灯を傾け合っているので、道だけはわりあいに明るかった。ずっと向うに三人の男の影が歩いていた。

方角を聞き違えたのか、おさよさんが教えてくれたポストが見当らなかった。ほかのがあるだろうと糸原二郎宛てのハガキは指に持ったまま歩いた。墨で書いた「法華寺へ」の小さな標示板が塀の角につけてあった。通子はその角を折れた。車の入れないせまい道で、深い奥行きに法華寺の屋根が星空を黒く截《き》っていた。この通りの家も戸を閉めている。ポストの赤い色が右側に沈んでいた。

ポストにハガキをすべりこませたとき、通子は犬の低い唸《うな》り声を聞いた。

この通りはふるい農家のままの土塀や板塀の家もあったが、二階屋で間口のせまい家ならびがはさまっていた。階下が格子戸、二階が櫺子窓《れんじまど》で、アズキ色に塗ったそれを長年かかって拭き上げ艶《つや》を出したといったしもたやであった。軒灯と街灯のほかには格子戸の内側に橙色の明りがうすく映っている家もあった。奥でテレビを見ているらしく、人声と音楽が洩れていた。

犬の唸りも、はじめはそうしたテレビの声かと通子は思ったくらいだった。が、それは低くても近いところから伝わってきているし、うめき声にだんだん聞えてきた。

通りには人影はなかった。突当りの法華寺の屋根が黒々と夜空に大きく貼りついている。犬は見えなかった。

声は右側の短い板塀の下で起っているように思われた。そこまではまだ、五、六メートルくらいあったが通子は少しずつ進んだ。電柱と板塀とのせまい間が街灯のうしろになっていて暗かった。そこに溜まった闇に、犬よりはずっと大きいものがうずくまっているのがぼんやりと見えた。

近寄って知ったのだが、人が背中をまるめ、腹を両手で押えるような格好で地面に折りかがんでいた。

通子は、急にぐあいが悪くなった男が道ばたにしゃがみこんだまま動けなくなったのかと思った。男と分ったのは曲った背中が黒っぽい冬オーバーで、その先に短い髪がのぞいていたからで、呻《うめ》き声も太かった。

通子は男の背中に手を当て、うつむいた頭に声をかけた。

「もし、どうかなすったんですか？」

掌を当てた感じではオーバーは粗悪な生地だった。ざらざらしている。男が背中を動かした。同時に地面からも呻きが、明らかに人が来たのを意識して、大きく聞えた。

通子は扶《たす》け起すつもりで腹を押えている男の腕の間に手を入れようとした。が、男は意外なくらい強くそれを拒絶して腕をかたく横腹に付けていた。オーバーの下からズボンが揃って出て、靴の裏側をならべて見せていた。ちょうど法華寺の屋根にむかってイスラム教徒が礼拝しているような姿だった。

男の傍に通子は片膝を折った。もう一度声をかける前に人をさがすつもりで道の前後を見まわしたが、ほの白い舗装の上には街灯の光が輪になってならんでいるだけだった。

「おぐあいが悪いんですか？」

通子はうなだれた頭の耳のところで言った。

「救急車を……早く……呼んで」

男は声を出したが、きれぎれだった。

「わかりました」

急いで膝を起しかけると、男はまた何か言った。

「え、何ですか？」

「警察に……知らせてください。……刺されたのです」

正確にいうと、三月十五日の午後九時十分であった。

声で若い男でないことは通子に分った。佐保旅館の玄関に入るまで長い時間がかかったと思ったのは、膝頭に力がなくて自由に走れなかったからである。途中で人に遇ったかどうかもおぼえていない。自分の手に血がついているのを知ってから冷静が遠のいていた。

出てきたおさよさんがびっくりして通子を見つめた。あとで聞いたのだが、蒼《あお》い顔だったので、夜の道で痴漢に追われたのだと思ったそうである。

おかみさんも出てきて、おさよさんに警察へ電話させた。通子には現場の町名も番地も分らなかったが、おさよさんはその話で見当をつけ場所を警察に言っていた。

「こちらは佐保旅館です。いえ、怪我人を見つけはったのはウチのお客さんです。え、お名前ですか?」

おさよさんは傍の通子に眼を走らせた。通子はうなずいた。

「高須通子さんとおっしゃいます。ええ、女のお客はんだす。東京のお方だす。タカは高い低いのタカ、スは、ええとどういうたらよろしやろかな、東京の須田町のスだす。ミチは通りのミチだす。へえ、いつもわたしのほうに泊まっていただいとります。今晩もお泊まりだす。……へえ、さよか。おおきに」

おさよさんは受話器をおくと、

「すぐに救急車でそこに行くということだす」

と、通子とおかみさんの顔を見くらべ、自分も息を呑んだ表情になっていた。

「こっちゃの名前を詳《くわ》しゅう聞かはったりして、仰山《ぎょうさん》なことでんな」

おかみさんの眼はいよいよ大きくなっていた。

「それはわたしが発見者だからでしょう。警察では発見者の話をあとで聞きたいと思っているのでしょう」

普通の怪我人ではなく、路上にうずくまった男はだれかに刺されているのだ。背中をエビのように曲げ、腹を両手で押えていたのはそこが傷口で、自分で出血を止めていたのだと今になって気づいた。

「何やしらん電話口で警察がざわざわしてましたで」

おさよさんは言った。

「あんたの話を聞いてかいな？」

おかみさんがきいた。

「いえ、わての話とは別に、前からあたりがざわついてる感じでしたわ。ほかの電話でせわしのう話す声が聞えたりして……」

「どないしたんやろ。おお、怕《こ》わ。……」

おかみさんは肩を縮めたが、通子の手に血があるのを見て、あ、と小さく叫んだ。

「あらあら、その手、どないしやはったん。早う洗ってきておくれやす。おさよはん。手洗場にお連れしてあげんかいな」

洗面所では水が白いタイルの中でいっぺんに真赤《まっか》になった。おさよさんは気味悪そうな顔をしていた。

「おさよさん。わたくし、あそこにもう一度行ってみますわ。あなた、ついて来てくださる？」

通子は負傷者が気がかりだった。

二度目に同じ場所に行ってみると、二十分前とは様子がまったく違っていた。法華寺にむかって折れる狭い小路前の角では三つの赤色灯が車の屋根の上でめまぐるしく回っていた。白い救急車と黒いパトカー二台がとまっていて、そのまわりに群衆の影が集まっていた。冷えこむ夜だし、見ただけで胴ぶるいが出るような緊迫した空気だった。

人々はサイレンにおどろいて家からとび出したらしいが、まだ、ほうぼうの通りから駆けてくる人が少なくなかった。通子が二十分前に来たときの無人の街は、息を詰めた群衆に埋まっていた。

小路の入口には警官が立っていて中に人を入らせなかった。郵便ポストのある向うでは黒い人影が集まって、懐中電灯の光がしきりと動いていた。その中に白い上被《うわっぱ》りも見えた。

「負傷された方は大丈夫でしょうか?」

通子は警官に訊いた。

「さあ」

巡査は彼女の顔をじろじろ見た。いま流行《はや》りの長い髪にスラックスの女である。

「このお方が怪我人を一一〇番に電話しやはったんでんがな」

若い巡査の胡散《うさん》くさげな眼つきに、おさよさんが腹を立てて傍から教えた。

「あ、さよか」

巡査の眼が動き、小路の刑事たちに顔をむけた。そのとき、白い上被りの男二人が担架の棒先を前後に持って歩いてきていた。重そうな担架の上に人が寝ていて、その上に頭からすっぽりと毛布がかけてあった。

通子の見ている前でその担架は救急車の中に運び入れられた。毛布は少しも動いていなかった。車の中では白いマスクに上被りの係員が毛布の頭にかがみこんでいた。野鳥が啼《な》くような警報を出して白い車が走り去ったのはすぐだった。いかにも猶予ができないといったあわただしい出発だった。

　騒ぎを見に出てきた人々は救急車が去ったあと半分以上が散って行った。残りがまだそこに佇んでいた。何が起りましたか、と訊く者もあれば、喧嘩らしいな、怪我人があそこで倒れてはったんや、と言う者もいた。怪我人やというけど、もう死んでるのと違うか、担架の上ではちょっとも動かへんかったがな、と話す者もいた。

　懐中電灯を持った私服の刑事らしいのが一人、小路から歩いてきた。現場ではまだ七、八人の影が立っていた。

「一一〇番に通報してくれはった人は？」

　刑事は巡査に聞き、通子の前に近寄った。

「あんたでっか？」

　刑事はまず通報者の顔と風采をのぞいた。

「そうです」

「済んまへんな。お名前と住所を」

　通子はT大助手の身分証明書を出した。

　刑事はそれを手帳に書き写したあと、

「負傷者を発見しはったときの様子を話していただけますか」

と、少していねいになって言った。

　通子は怪我人を発見したときの様子を刑事に手短かに話した。

「その際、犯人らしい男の姿を目撃しませんでしたか？」

刑事はやはり手帳を開いたままで訊いた。

「いいえ、見ませんでした」

「ほかに通行人は？」

「そのときはわたくしひとりでした」

刑事の頭の後ろに法華寺の黒い屋根がそびえていた。横にいるおさよさんもそうだったが、通子のうしろにかたまっている人々がこの問答に聞き耳を立てていた。

「そうですか。もう一度確認しますと、当人があそこに倒れているところを通りがかりに見やはったわけでんな？」

そうですすと通子が答えると、

「ありがとうございました」

と、刑事は礼を言った。

「あの、怪我人は大丈夫でしょうか？」

通子は、向うの軒下で懐中電灯を動かしながらテープを伸ばしたりして検証中の現場に引返しそうな刑事をひきとめて訊いた。

「生命は取りとめるらしいです。発見が早かったからよかったんでんな。もうちょっと遅れてたら、病院に送りこんでも出血多量で危なかったかもしれまへんな」

おさよさんが通子の顔を横から見た。

「よかったでんな。高須さん。ご当人にとって高須さんは生命の恩人ですがな」

「ご本人も腹をおさえて出血を止めるようになさっていました」

「いや、そんなことをしても時間が経てば手遅れになります。あなたはやっぱり生命を救ってあげはったわけです」

刑事も言った。

「ご年配の方のようでしたが」

通子は男の格好と声とを思い出した。

「六十近い人と違いますか。当人はまだ口が利けませんが。……しかし」

と、刑事は気がついたように通子の顔を見た。

「あなたも危ないところでしたよ。もう三十分ばかり早うこの道を歩いてはったら、同じ災難に遇われたかもしれませんな。ほかに死んだ人が一人と、目下重体の人が一人いてはるのです」

いま、死者一人、重傷者一人が出ているという刑事の話に通子はおどろいた。

一一〇番に電話したとき警察がざわざわしていたというおさよさんの話を思い出した。その事件の発生で警察署が騒然となっていたのだろう。

一時に三人も殺傷されたというと、遺恨の凶行にちがいない。喧嘩でないことは、自分が見つけて救急車で運ばれて行った男の様子でも察しられた。年齢は六十に近いと刑事もいっていた。六十近くでも喧嘩をしないわけではないが、負傷者の印象はそうした荒っぽさに遠かった。

「刃物は何でっしゃろ?」

おさよさんが訊いた。

「ナイフだんな。登山用ナイフといった大型のものでんな」

刑事は背後の現場を気にしながら答えた。

「怪我の個所はどこですか?」

通子が問うた。

「右側の脇腹だす。腸を切ってるかどうか病院で検《しら》べてみんと分らんということだす。もし腸が切れてると、あとが厄介でんな。余病を併発しますさかいな」

いまのところ生命を取り止めたとしても予後は分らないという刑事の口ぶりだった。

通子は、もう少し早くこの道を歩いていたら同じ災難に遇ったかもしれないといった刑事の言葉を思い出した。そうすると、犯人は通りがかりの人間を見さかいもなく襲ったということになる。ほかの二件の殺傷もその偶然の「災難」だったのか。狂人の犯行ということになる。

「いまのところ、そうとしか思えまへんな」

眉のうすい刑事は通子のいったことにうなずいた。

「殺されたのは旅館の料理人、負傷したのは農家の主婦だす。この二人はまったく見ず知らずの間で、何の関係もないのんですわ。襲われた場所も別々だす」

まだ、この町には農家も多く残っていた。

「犯人はまだ捕まりしまへんの？」

おさよさんがきいた。

「まだだす。いま捜査中だす」

通子は、さっき刑事が男を目撃しなかったかと質問したのを思い出した。

「犯人は男のひとですか？」

「目撃者がおますのんや。主婦が刺されたとき、その声を聞きつけて前の家の人が道路にとび出しはったんやな。そのときばたばたと逃げてゆく男の後ろ姿を見てはります。背格好などの特徴がよう分ってますさかい、間もなく見つかると思いますけどな」

通子はおさよさんと肩をならべて足早に佐保旅館に帰る途中、夜の町の向うで走り回るパトカーのサイレンを聞いた。

「おお、怕《こ》わ。怕わ」

おさよさんは通子を促して小走りに走り出した。


眼をさますと障子に雨戸の隙からの光が白い筋になっていた。

枕元に新聞が置いてあった。睡っている間におさよさんが持ってきたのだ。昨夜の事件がこの新聞に載っているから早く読みなさいと催促しているようである。

社会面のトップだった。

《シンナー幻覚殺人　奈良市で常習者――夜の街路で通行人を刺す　一人が死亡、二人が重体》

大見出しの活字が眼をむいていた。

《十五日午後八時五分ごろ、奈良市東ノ阪町、旅館料理人山根敬三郎さん（三二）方の前の道路で、山根さんが首や頭から血を出して死んでいるのを用たしから帰宅した妻よし子さん（二八）が見つけ、一一〇番した。

ところが同四十分ごろ、同市佐保町、農業小島安男さん（五四）の妻好子さん（五一）が自宅から約百メートル西の路上で胸を刺されて倒れているのを残業帰りの食品工場工員田村源次さん（三〇）が見つけて一一〇番した。

奈良県警捜査一課と奈良署では殺人および傷害事件として捜査中、今度は九時二十分ごろ同市法華寺町佐保旅館の婦人客が近くの道路で腹部を刺されて倒れている大阪府和泉《いずみ》市一条院、保険勧誘員海津《かいづ》信六さん（五八）を見つけ一一〇番した。

田村さんが倒れていた小島さんを発見する直前、同路上の西二百メートルのところですれ違った若い男についてひきつづき厳重捜査中、十一時ごろ佐保川岸の草むらにひそんでいる同市南紀町、無職上村邦夫（二三）を見つけ、調べたところ犯行を認めたので、殺人傷害の疑いで緊急逮捕した。

調べによると、上村は少年時代からシンナー遊びの常習者。十五日昼も自宅でシンナーをかいだのち、午後六時ごろ同市三条池町の運動具店で登山用のナイフを買い、さらに同町の金物屋でシンナーを求め、それより同市般若寺町《はんにゃじ》の裏山に入って、再びシンナーをかいだ。

七時半ごろになって山をおり、東ノ坂町の路上で行き遇った山根さんをいきなり刺し、さらに西に道を歩いて通行中の小島さん、つづいて海津さんを刺したものである。上村は被害者三人にそれまで会ったこともなかった。

調べに対し上村は「山根さんに出会ったとき、自分に敵意をもっているような気がしたので刺した。小島さんも海津さんもその一味だと思ったので刺した」と自供した。山根さんが死亡、小島さんと海津さんは出血多量で重体。

警察ではシンナー常習者特有の幻覚が、見ず知らずの三人の殺傷に走らせた、とみている。

上村は盗みなどで少年時代に五回捕まっている。最近では四十三年一月、神戸市で強盗傷害事件を起し、四十四年八月に成人になって少年院を出たあと、鉄工所の臨時工や塗装工として働いていたが、どれも長続きしなかったという》

朝食の前におかみさんとおさよさんが通子の部屋に来た。三人で新聞に出た昨夜の事件の話になった。

「おそろしいことでんな。それまで会ったこともない見ず知らずの他人を三人も殺したり傷を負わせたりして。シンナーを吸うと幻覚が生れるというのんは聞いてますけど、そないにこわいとは知りまへんでした」

おさよさんは通子といっしょに負傷者の現場を見ているし、おかみさんは一一〇番したのが自分の旅館からだったので、事件にはそれぞれ実感があった。二人は顔をまだ硬《こわ》ばらせて、こもごも言った。

「アメリカのどこかで麻薬常習のヒッピー族が関係のない他人の一家を皆殺しにしたちゅう事件がおましたなァ。あれも麻薬の幻覚で、一味の親分の命令で配下の男と女が四、五人でやったそうでんな」

「そうや。おとどしあたりの新聞に出てたな。幻覚でその一家の人たちが悪魔に見えたということでしたな。こわいこっちゃ。シンナーにも麻薬と同じものが入ってますのか?」

「よく分りませんが、アヘンやヘロインとシンナーとは成分が違うんじゃないですか。幻覚は神経中枢の麻痺《まひ》で起るように思いますが、その神経中枢の麻痺の仕方が両方とも似ていると思います」

通子はいった。

「シンナーを吸うと、アヘンとおなじように夢見心地になって、ええ気分になるそうでんな。それでいっぺんその癖を覚えた若い者はやめられへんそうでんな。昨夜の犯人かて少年のときからシンナーを吸うてたというさかいな」

「新聞では塗装工をしていたとありましたね。シンナーは塗料、とくにラッカーをうすめて粘っこさを下げるために使われるそうですから、そのときにシンナーの蒸気を吸うシンナー遊びをおぼえたのでしょうね」

「その蒸気を吸うと幻覚が起るんでっしゃろか？」

「酔ったような快感になるらしいです。それが昂《こう》じて中毒症状になると幻覚に襲われるようになるんでしょう。大麻《たいま》も同じように麻酔性をもっていますから、これは法律で禁じられています。若い人のシンナー遊びも警察が取締まっているのですが、中毒にかかるとなかなかやめられないとみえます」

「自分だけならええけど、幻覚で会ったこともない他人を殺したり傷を負わせたりするのんやからかないまへんなァ。社会の害毒ですがな。……高須さんも命拾いをしやはったようなもんでっせ。もうちょっと早うあの路を歩いてはったら、あの気違いにばったり遇《お》うて、どないなことになりはったか分りまへんがな」

「ほんま、昨夜、あそこで刑事はんもそう言うてはりました。危機一髪というとこやねん。……それにしても新聞には発見者として高須はんの名前が出てまへんな。佐保旅館の婦人客とだけですがな。ほかの二人の発見者はちゃんと名前が出ているのに。どないなわけでっしゃろか？」

「新聞などに高須はんの名前が出んほうがええがな」

おかみさんはおさよさんの不審を押えるようにいった。

「そりゃ、それにちがいおまへんけど。……新聞のタネは警察からの発表でっしゃろ。それやったら、昨夜も刑事はんが高須はんの身分証明書をちゃんと手帳に書きとって行きはったから、新聞にはほかの人といっしょに名前が出るはずですけどなァ。T大学の助手というのんで警察が発表を遠慮しはったんでっしゃろか、おかみさん」

おさよさんは想像を言った。

「さいな、そういう考えもおましたかもしれまへん。旅行者のご婦人には迷惑だすさかいな。警察も近ごろは昔にくらべて気を使いはるようになりはったさかいに」

「それとも、おかみさん、警察ではウチに遠慮しやはったんかもしれまへんで」

「それやったら佐保旅館の名を出しはるもんかいな」

「旅館の名前はしゃないけど、お客はんの名前まで新聞に出ると旅館の人気にかかわりますよってにな」

「そりゃそうや。そこまで警察が気をきかしてくれはったのんやったら、ありがたいこっちゃけどなァ」

おかみさんはうなずいて通子に向かい、

「なんにしても高須はんは災難をのがれてよろしおましたな。これが厄落しになって、これから長生きしやはりまっせ」

と、はじめて笑いかけた。

「そうですがな。ものは考えようや。こりゃ、今夜は赤飯でもたいてお祝いせななりまへんな」

おさよさんも明るくいった。

そのときほかの女中が襖を少し開けて顔をのぞかせて低声《こごえ》でいった。

「おかみさん。警察からお人が見えてます」

「わてにかいな？」

おかみさんはふりかえった。

「いえ、高須さんにお目にかかりたいというて二人づれで来てはります」

通子とおさよさんは顔を見合せた。

「昨夜、わたくしがあの怪我人を見つけて警察に報らせたので、その事情を参考に聞かれるのでしょう」

「そうですやろな。……ほなら、あんた、玄関わきの応接間にお通ししといておくれやす」

来訪した二人づれの刑事で年かさのほうが、昨夜通子が現場で話をしたり身分証明書を見せたりした刑事であった。

向うでも、おかみさんの後から応接間に入ってきた通子の顔を見ると、長イスから立ち上がって頭を下げた。

「昨夜はいろいろとありがとうございました。今日はそのお礼かたがた伺いました」

愛想のよいことであった。

茶をもって入ってきたおさよさんがそのまま横に坐った。

刑事は熱い茶をすすって言い出した。

「高須さんが、倒れたところを見つけてくれはった負傷者の海津信六さんは、昨夜から市内の病院で手当てをうけとりますが、幸い凶器の切先が腸まではとどかずに、いまのところ生命には別条ないように医者は言うてはりますけどな」

「そりゃ結構や。気違いに刃物いうことがおますけど、見ず知らずの通行人がそれでなん人も生命を失うようなことになったら、こんな間尺に合わん話はおまへんがな」

おかみさんは言って、

「そんで、その人の家族は昨夜から病院に詰めてはるのでっしゃろな？」

ときいた。

「それがな、家族が一人もない人でして」

刑事は眼を湯呑に落して答えた。

「え、家族が一人も？　新聞には五十八歳と出とりましたけど、奥さんや子供はんは居てはらしめへんのか？」

「奥さんは死にはったか別れはったかしらんけど、和泉市に十年以上も住みついていて、とにかく独身ということです、海津さんという人はな。家には農家から通いの雇いの婆さんがいるだけですがな。そやさかい、病院にはだれも身内の人は来てはりません」

「そら気の毒なことやな。ご本人はさぞ心細いことですやろ」

「そうでんな」

「そんで、意識ははっきりしてますのか？」

「意識は、はっきりしてます。当人は肉親の連絡先はないというてます。ただ、知合いの人の名を二、三あげて、入院費用が要るのんやったら、そっちから払わせるというようなことをいうてますが」

「さよか。それにしても、家族が居てはらんのは困りまんな。保険の外交やと新聞に載ってましたけど」

「そうですやろ。家族がいないと万一のときに困りまんな」

「いま容態はええようにいうてはったのんと違いまっか？」

「そんでも六十に近い人やさかいにな。病院でも警戒してはるようや。やっぱり出血が相当なもんでしてな」

「へええ」

「輸血をだいぶせなならんのやけど、その血液型がO型でしてな」

「O型というと、少ない方の血液型でっしゃろ？」

「そうでもないようです。むしろ、ＡＢ型は少のうおますけどな。そりゃ病院にも用意おますけど、手術用などになんぼでも要りますさかいにな。本人が輸血に使うたあと、親戚なり友人なりがそのぶん血を提供して補充すれば病院でよろこばれます。それにはどんな血液型かてかめしまへんが」

通子はO型だった。保険外交の初老の男が頭の中をかすめて通った。

「すみまへん。被害者を発見しやはったときの様子をあらためて伺いましょうか？」

刑事はおかみさんやおさよさんとの話をうち切り、通子に顔をむけた。

通子は、負傷した被害者を発見したときの様子を刑事に話したが、刑事は聴取書の資料にするのか、手帳に要点を簡単にメモした。昨夜、現場でひと通り聞いているので、喰い違いがなかったらそれでいいといった態度だった。

おかみさんが、新聞に通子に限って発見者の氏名が出ていなかった理由をきいた。刑事は、地元の人ではなし、婦人の旅行者だからその必要はないと警察で判断して公表しなかったと説明した。これは想像通りだったので、おかみさんもおさよさんも満足した。

通子は刑事に言った。

「いまのお話では、負傷された方は輸血が相当に必要なんですか？」

「はあ。病院の先生はそういうてはりますけど……」

「O型でしたね？」

「そうです」

「実はわたくしもO型ですの」

「……」

「わたくしの血をその方の輸血に使っていただきましょうかしら？」

刑事二人も通子の顔を見たが、おかみさんとおさよさんの二人はびっくりして見つめていた。

「そんなことしやはってよろしいのんか？」

と、おかみさんが咎《とが》めるように言った。

「ええ。わたくしの血はどの型の人にも輸血できる万能供血型ですって。博愛型にできてるんですわ」

O型は、A型の人にもB型の人にもAB型の人にも、もちろんO型の人にも輸血できる。だが、受血となるとO型の血液でないと合わないという損な血液型だった。

「その方はご家族が居られないそうですから、そうして上げたいのです。これも発見者として何かの因縁でしょう」

「そりゃ、よけいにそのお方を助けて上げることになりますけどな。そやけど、血ィわけてあげはるとなると、高須はんが疲れはるのと違いますか？」

「おかみさん。わたくしはまだ若いですわ」

通子はおどけてみせて笑った。

「そうしやはると、今晩もウチにお泊まりやすや。そのまま東京にお帰りになるのは無理だっせ」

「どうせ今夜もご厄介になるつもりです」

「まさか輸血用の血を上げたあと、今日もどこぞお歩きになるのやおまへんでっしゃろな？」

おさよさんが気づかって訊いた。

「スケジュールを決めてきてるんです。ですからなるべく変更はしたくありませんけど、昨日のようにピクニックはしませんから大丈夫です」

だが、おかみさんもおさよさんも見ず知らずの被害者に供血までしてあげる必要があるだろうかと納得できない顔色でいた。

「その病院はどこでしょうか？」

通子は刑事に言った。

「県庁の近くで、A綜合病院というのです」

「今日の午前中に行きます」

おさよさんがついて行くというのを通子は断わった。

幻覚

通子が県庁前停留所でバスを降りて歩いていると、カメラの道具を肩にかけ、たたんだ三脚を手にもって向うから歩いてくる髭面《ひげづら》の男を見かけた。

先方でもこっちに眼をとめて、まだ距離があるのに頭をさげて笑いながら近づいてきた。

「昨日はどうも失礼しました」

坂根要助は髭を伸ばしているが、眼は若かった。

「こちらこそ」

一昨日の酒船石の前と昨日の骨董屋、今日がつづけて三度目の出遇いだった。向うではまだ白い歯を出して笑っていた。

「今日も撮影ですか？」

通子はジュラルミンの道具函と三脚に眼を落してきいた。

「はあ。相変らずです」

観光客が二人の立ち話を除けて歩いた。

「福原さんはお見えになりませんの？」

坂根要助の傍にはだれも居なかった。

「はあ。福原さんは今朝早く京都に用事があって行かれました。夕方にはこっちに戻ってこられるはずですが、その間ぼくが予定のところを撮ってまわっているのです」

坂根は説明した。

行きずりの会話だからそれで終る。が、坂根はまだ何か話したいふうだった。その様子が見えているので通子もすぐには、さよならとも言えなかった。

「佐田先生や野村さんとは、あれからも長く話されましたか？」

通子はそんなことでも言うより仕方がなかった。

「いや、すぐに引きあげました。もっともぼくは向うの人たちには初めてお会いしたので、話ってべつにありませんから」

「そうですね。福原さんとお知合いでしたからね」

骨董屋の店さきが通子に浮んでくる。佐田の細い銀ぶち眼鏡が頭の中で光っていた。まあ、そうおっしゃらずに、という静かな、鼻にかかった声が聞える。

「あの、ちょっと、おたずねしてもよろしいでしょうか？」

坂根が道具函の革紐を肩にずり上げて言い出した。

「はいどうぞ」

「今朝の新聞に、昨夜、三人つづけて殺されたり傷害をうけたりした事件が載っていました。その中に、ケガをした一人を見つけたのは旅館の婦人客とありましたが、あれはあなたのことではありませんか？」

坂根要助は遠慮そうにそう訊いた。

昨日の夕方、骨董屋の寧楽堂で、今夜は奈良に泊まると福原たちに話したのを坂根が横で聞いていたから、その記憶を偶然的な想像に結びつけたのであろう。何か変ったことが起ったとき、よくあるような他人の連想であった。

「そのとおりですわ。あれはわたくしでした」

否定することもないので、通子は笑ってうなずいた。

「やっぱり、そうでしたか」

坂根はあらためておどろいたように通子の顔を見つめた。

「想像というものは当るもんですな。あの新聞記事を見て、高須さんじゃないかとふいと思ったんですがね。……そうですか。しかし、その負傷者を見つけられたときは、びっくりなさったでしょう?」

「思いがけないことだし、わたくしには初めての経験でしたから」

「犯人はシンナー遊びで錯乱していたそうですね。通行人を見さかいもなく刃物で刺したんじゃあかないませんね。行き遇ったのが災難ですが、しかし、殺された人の遺族からすると諦めきれませんね。あなたが見つけて一一〇番された人は、生命には別条ないのですか?」

「いまのところどうということはないのですが、かなりな年配のうえに、出血のあとだから輸血が相当に必要だそうです」

「いくつでしたっけ、その男の人は?」

「五十八歳だそうです」

「六十に近いのですね。それは気の毒です。輸血のほうは家族や友人が血を提供するから大丈夫でしょうが」

「ところが、その方は独身で近くに身寄りの方がいらっしゃらないそうです。わたくしは、これから病院に行って輸血用の血を取ってもらおうかと思っています」

「え、あなたが?」

坂根は眼をまるくした。

「その方の血液型はO型だそうです。わたくしもO型ですから」

「おどろきましたね。その人を徹底的に助けてあげるわけですね?」

「助けてあげるというと恩着せがましく聞えますが……」

「いや、そういうつもりで言ったわけじゃありませんが……」

坂根は少しあわてた。

「わかってます。いいんです。わたくしとしては、これも何かの因縁だと思ってます。もし、その人の血液型がA型とかB型だったら、こんなお節介はやかなかったと思いますの」

「なるほどね。お気持はよく分りますよ」

坂根はカメラの道具函の紐を肩の上にふたたびずり上げて、少しの間、思案顔をしていたが、

「高須さん。実はぼくもO型なんです。よかったら、病院にごいっしょして血をとってもらいましょうか?」

と、遠慮そうに言い出した。

A綜合病院は、丘陵をうしろに白亜の両翼をひろげていた。近くの背景が大仏殿裏の講堂趾の礎石や正倉院などをかこんでいる松林の流れだった。それで、アメリカ式の建

物がちぐはぐに浮き上がってみえる。これには非難があったが、県庁や裁判所のモダンな建物も近くにある。古都にふさわしい病院の建築様式だと、北山十八間戸のような鎌倉期式の長屋ふうにしなければあかんな、と非難を皮肉る者もいた。

病院の受付はどこも待合室のそばにある。近代的な、明るい、能率的な設計にできている待合室は、終日静かな陰鬱《いんうつ》さが薬の匂いといっしょに漂っている。

革ジャンパーに銀色のカメラ道具函を担いだ髭の男と、髪の長い、ごわごわの短いコートにスラックスの女が外科の受付に立った。

「海津信六さんの主治医の先生にお目にかかりたいのですが。海津さんは昨夜負傷されてこちらに入院された患者さんですけれど」

係の男は入院患者名簿を繰らなくても、昨夜の事件で判っていた。

「御家族の方ですか？」

主治医に会いたいと言ったので、先方はそうきき返したのだろう。通子は言い直した。

「家族ではありません。主治医の先生でなくても、医局の先生でけっこうです。お忙しかったら病棟の婦長さんにでも」

「患者さんの容態を聞きたいのですか？」

家族ではないと言ったので、丸い窓の中の受付の男は、通子の服装とカメラ函をかついでいる坂根とを新聞社の者と見たらしく警戒をみせた。

「容態もですが、輸血用の献血にきたんです。どういうふうな手続きをしたらよいでしょうか？」

「供血ですか」

係は黙って眼の前の電話を指で回した。

外科の医局ですか、と、受付は低い声で海津信六に供血の申込者が来ていることを告げていた。

「いま、医局の人が降りてきます。しばらくそこでお待ちください」

受話器をおきながら通子の顔を見上げて言った。

「変な行きがかりになりましたのね」

通子は、受付からはなれた待合室近くにたたずんで坂根要助に言った。

「まったくです」

エレベーターから出た看護婦が肥った男といっしょに外科の受付に来て係に訊いていた。係が顎をしゃくって、こっちの方を眼で教えた。これが通子によく見える。男は五十年配、頭髪の薄い、赤ら顔だった。青っぽい紬《つむぎ》の羽織の下に茶色の角帯がのぞいていた。背は低かった。小柄な看護婦が、その男といっしょに二人の前にきた。

「供血をなさる方は？」

看護婦は通子と坂根の顔を等分に見た。

「わたくしたちです」

看護婦のうしろから肥った男が満面に笑みをたたえて通子の前に出てきた。

「失礼ですが、海津さんとはどういうご関係ですか？」

頭を下げて、

「申しおくれましたが、わたくしは海津さんにご懇意をねがっている村岡という者ですが」

と、名刺を出した。

《普茶料理　大仙洞　村岡亥一郎《いいちろう》》

横に京都南禅寺のある地名が添えてあった。

「ぼくからご説明しましょう」

坂根要助が自分の名刺をとり出して相手に渡して、

「こちら、昨夜海津さんが倒れておられるのを見つけられて一一〇番されたんです」

と紹介した。

「え、あなたさまが？」

普茶料理屋の主人は眼をみはって通子の顔を見た。だいたいが眼のまるい男で、ちんまりとした鼻と、おちょぼ口が、ふくれ出た両頰の真ん中におさまっていた。

「それは、どうも、えらいご厄介になりましたな」

村岡亥一郎は改めてていねいにおじぎをした。腹が出ていて身体を折るのに難儀そうだった。腹の下で角帯が締まっている。

「わたくしは、高須と申します」

通子は小さな名刺を出した。大学の学部の名が刷ってあった。

大仙洞主人村岡は眼をすぼめ、名刺を遠くに離して見ていたが、無理だと分ると、失礼、と言って袂《たもと》からサックをとり出し、眼鏡をかけた。

名刺の活字が判って村岡は、ほう、といった顔つきになった。大学院生でないことは分っている。助手と察したようだった。

「海津さんのご容態はいかがですか？」

通子は村岡が眼鏡を袂に戻すのを待って訊いた。

「へえ、おおきに」

村岡は二重にくくれた顎を引っ込めた。

「……おかげさまで、順調のようどす。今日の午後二時から手術しやはりますけど、主治医の先生も心配はないと言うてはります」

それまで横でじりじりして待っていた看護婦が言った。

「あの、供血をされるのでしたら、血液を最初に検べさせてもらいますから」

供血の部屋は建物の地下にあった。

「ご気分が悪くはありませんか？」

ベッドに横たわっている通子に、身体の小さな看護婦が訊ねた。看護婦は手首の脈搏をとっている。

血を採られて三十分は経っていた。献血の前にこの輸血部の医者から簡単な問診があった。病気をしたことはないか、とくに肝炎の既往症はないかと聞かれる。血液判定には更に一時間もかかった。通子のO型は合格した。一回の供血量が二〇〇ｃｃ。患者には、一、〇〇〇ｃｃ以上の輸血が必要だということだった。が、通子の血液がいますぐに海津信六の血管の中に入ってゆくのではなかった。少なくとも三日間は供血者の血液検査が行なわれる。肝炎や梅毒の有無がとくに検査の重点になる。

「けっこうです。どうぞお引きとりください」

看護婦は通子の手をはなし、その顔色をのぞいて言った。

「……でも、急にお歩きにならないほうがよろしいと思いますけど」

地下室の階段をゆっくりと上がった。坂根はまだ出てこなかった。重いカメラの道具函を担ぐので休息を長くとっているのかもしれない。頭もふらつきはしなかったし、身体が浮いたような感じにもならなかった。二〇〇ｃｃの血をとられても人間の身体は何の支障もないらしかった。

ガラスの円筒には鮮紅色の液体が充たされつつあった。瞬時に見ただけだったが、自分の体内が分離されるような気がした。

夜の法華寺の小路にうずくまっていた被害者は、出血をできるだけ少なくしようと身体を前に折っていた。地上に流れ出る血を防ぐことで、自己崩壊の進行を彼は懸命に喰いとめていたのだった。通子は、男の顔や手に噴き出ていたアブラ汗のねばねばした感触を憶えている。汗というよりも樹液のような感じだった。

待合室には村岡亥一郎の和服姿が待っていた。

「ありがとうございます。えらいご苦労さんでしたな。大事おまへんか？」

背の低い村岡は通子を少々仰ぐようにして感謝と気遣いとをいっしょに見せた。

「大丈夫です。ご心配なく」

「さよか。おおきに、おおきに」

村岡はつづけて頭を下げ、猪首《いくび》をまわして地下階段のほうを眺めた。坂根さんが上がってみえたら、お食事をごいっしょしたいと彼は申し出た。

「血を採っていただいたから、早速にも栄養をつけていただかんことには心配どすよってにな」

村岡亥一郎は昼の食事の誘いにそう言ったが、通子は辞退した。彼女の遠慮ととって村岡はなおもすすめた。

「坂根さんにもおねがいしますが」

あとから上がってくる坂根が承諾すれば通子も動くと思っているらしかった。村岡は二人をそういう仲に見ているようだった。

通子は坂根が現れるまではと思って、空いている長イスに腰を下ろした。外来患者や薬取りの人たちがいっぱい坐っていたが、そのほとんどが身じろぎもしなかった。不幸な静寂が薬品の匂いと共に流れていた。

村岡も遠慮そうに通子にならんで、イスの端にかけた。彼も坂根がくるのを心待ちしているふうだった。

「患者さんはお元気ですか？」

通子は小さな声できいた。

「おおきに。いま、病室に行ってきたところどす。高須さんと坂根さんの献血のことを話しましたら、本人はとてもよろこんで、よろしくお礼を申し上げてくれるようにと申しておりました」

肥った村岡も低い声を出した。

災難に遇った海津信六という人には家族がないそうだから、この村岡亥一郎が病院にきて世話をやいているのであろう。生命保険の外交員と普茶料理店の主人とどういうつながりがあるのか分らなかった。

「高須さんと坂根さんのお名刺も本人に渡しておきました。高須さんのお名刺を本人はとくによく拝見しておりました」

女の名刺はとかく興味をもって読まれる。大学の学部と研究室の活字で、学生でないことは分る。だが、助教授や講師だとその肩書を入れる。それがないのは助手とみていいのだ。村岡もそう思ったのだろう。眼がまたとくべつなものになっている。

「そら、そうにちがいおへんどす。高須はんは生命の恩人どすさかいに。病院の先生も、発見がもう少し遅れてたら、出血多量で危なかったかも知れんと言うてはりますから。

それだけでも恩人やのに、輸血の血までいただいたのやから、こんなにありがたいことはおへんわ」

そういう意味で患者が名刺を熟視していたのだと村岡は説明した。供血までしたのは出すぎたことだったという後悔が通子に起きないでもなかった。家族がいないという負傷者の環境に同情したのだが、人には恩着せがましくとられるかもしれない。また、見ず知らずの他人の環境などは、刑事からちょっと話を聞いただけで分りはしないのだ。

「本人はこの病院に担ぎこまれはったときから意識がはっきりしてました」

村岡は、周囲の勢いのない静穏の中で低い声をつづけた。

「……自分は、刺されるようなおぼえはないと言うてましたけどな。今朝の新聞記事から、わたしが犯人はシンナー遊びの若者で、幻覚症状を起して通行人を襲ったのやと話すと、先生は苦笑して、麻薬の酒か、と言うてはりました」

シンナーをかぐと、その成分に含まれているトルエンという毒素が中枢神経を麻痺させ、幻覚を生じさせる。それを海津信六は「麻薬の酒」としゃれて言ったのだろう。そんな比喩が当人の口に出るくらいなら大丈夫なのだろう、と通子は思った。

「……それにね、先生はアシンとかアサシンとか薬の名前のようなことを呟いていましたよ」

村岡は言い添えた。

アシンでは分らないが、アサシンというのは通子に心当りがあった。それは薬の名前などではない。アサシンという英語は、語源はたしかハッシーシュ（インド大麻）だが、普通には暗殺者のことで、現代ふうにいえば殺し屋の意味になろう。だが、西洋史では、イスラム教徒の秘密暗殺団のことになる。アサシンからアサシネーション（暗殺）という言葉になっている。

ベッドの被害者は、自分を刺したのがシンナー遊びの常習者だと聞き、幻覚犯罪の共通性からアサシンといったのであろう。

「村岡さん。いま、海津さんのことを先生と言われましたが？」

「へ、そないなことをわたしが言いましたかいな？」

村岡は少しうろたえたが、

「いや、それは何どすな、海津はんは俳句の上でわれわれの師匠どすよってに、先生と言いつけてるさかい、つい、それが口に出ましたんやろ」

と弁じた。

俳句の地方的な結社は多い。保険の外交であろうと何であろうと、俳句がうまく、句作歴が旧《ふる》ければ結社の指導者にはなり得る。「先生」の意味はそれだった。

「海津茅堂《ぼうどう》はんいいましてな。そういう人やさかい、こういうとき、ぼくらでお世話してます」

弟子の村岡亥一郎は説明した。

このとき、坂根要助がカメラ函をかついで、地階の階段から上がってきた。

村岡亥一郎は急いでイスから離れ、彼の前に寄った。厚い礼を述べて、食事に誘っていた。

村岡の気の配りようが、見ている通子にもよく分った。俳句の弟子が病院で家族代りになっている。

坂根も招待を辞退していた。頭を片手でかきながら村岡に断わりを言っていた。村岡は、あなたが受けてくださるなら高須さんにも食事を承諾してもらえるだろうというようなことを話していた。彼は二人をまだ同伴のように考えていた。

誤解のないようにすることと、坂根は坂根の立場で村岡の好意を受けるようにすすめるため通子はイスを立った。坂根をこの供血に誘う結果になったのは偶然に彼と出遇ったためで、立ち話の成り行きからとはいえ、やはり責任を感じる。若いし、頑丈な肉体をもっているとはいってもカメラマンの重労働では、村岡が言うように「栄養をつけたがいい」のである。

その気持で通子は村岡と坂根の傍に行きかけて脚を止めた。一人の女が村岡のうしろに来て、坂根との話が済むのを待っていた。

うすい臙脂《えんじ》色の和服コートを被《き》たその女は通子の眼にもつい一分ぐらい前から入っていないではなかった。病院の玄関から入ってきてフェルト草履の音を忍ばせるような急ぎ足で外科の窓口に立ったのを見た。

なか高な顔の、色の白い、中年の女であった。短めの髪を無造作に詰めたように見えるが髪結いの手が入っていた。コートから出た衿と裾は渋い色だが塩沢の系統のようだった。病院の玄関の中は雑多な身なりの人が動いたりイスにかけたりしているが、和服だと目立ちやすいうえに、上質のものには人目が集まる。通子も何となく落ちついた派手さを持つそのひとに眼をとめていた。だが、このような場所は、ホテルのロビーとも違い、相互には無関係で、それぞれの目的が薬局から出される薬の順番だったり、医局からの呼び出しだったり、金の支払いだったり、患者の見舞いだったりである。その和服の女が受付と短い話をしていてもすぐに通子の関心から遠くなったのも、そうしたばらばらな雰囲気のせいだった。

二度目の関心は村岡のうしろにその婦人が立っているのを見たときだった。受付が村岡の姿をそのひとに教えたのは、海津信六の見舞いだったらあの人が病室に詰めているからおたずねなさい、と指示したように思えた。海津信六の病室はもちろん面会謝絶であった。

坂根も村岡の背後に佇んでいる婦人に気がついて、それを村岡に小声で教えた。村岡は見返っておどろいた表情になった。たちまち婦人に向きを変えた。婦人は挨拶ぬきで、というよりも声が出ないといった様子でいた。

坂根が村岡からそっと離れて通子のほうに来た。

病院の玄関を出てから通子はふり返ったが、村岡の姿は見えなかった。

村岡はまだ和服の婦人と中で話しているにちがいなかった。話がはずんでいるというよりも、真剣な会話から村岡がそこを動けないというようにも思えた。そうでなかったら、あれほど供血者に気をつかった彼が、途中から見えなくなった自分ら二人をそのままにしておくとは考えられなかった。

その感じを通子が持ったのは、あの婦人が村岡に話しかけたときの様子で、何か思いつめたような態度があった。

「あの婦人は、海津さんの災難を新聞で知ってあわてて病院に駆けつけたらしいですね。村岡さんに話しかけている言葉がそうでした」

ならんで歩きながら坂根要助は言った。坂根は村岡と話しているときだったから、その眼の前で見た様子をもっとよく知っていた。

「海津さんというのは俳句の結社の指導者なんですって。村岡さんも先生と言ってましたわ。あの女の方も俳句のほうのお弟子さんかもわかりませんね」

俳句をする婦人には豊かな家庭の人も多い。婦人の和服を思い出していた。あれでも目立たぬ身なりだったのだろう。

「ほう。俳句の師匠ですか」

坂根は初めて知ったようである。保険の外交員としか彼も思っていなかった。

「俳句のお弟子さんだとすれば、遠方に住んでいて、そこから駆けつけたといった様子でしたね。村岡さんがあの女の方の顔を見て、びっくりしていましたから。ふだんからつき合っているようにはみえませんでしたよ。むろんどこかの奥さんでしょうが、東京の言葉でした」

坂根は言った。

東京言葉でも東京から駆けつけたとは限らない。東京人で関西に住んでいる人はいっぱい居る。

「それに」

と、坂根は言い足した。

「あの婦人が俳句の弟子だとすると、よほど海津という師匠について旧い弟子なんでしょうね。というのは、婦人は見舞いの品を何も持っていませんでした。普通の見舞心理として、急な入院でも、ちゃんとした見舞品はあとのこととして、先ず花ぐらいは持って行くんじゃないですか。それをしないというのは、突発した事故があまり重大すぎて、花を持参する余裕すらない、つまり、そういう形式を必要としない親しい間柄の人があわてて来た、という感じがしたからです」

坂根はこまかい観察を述べた。

興福寺が眼の前に見える通りに出た。左右の往還は近鉄奈良駅と大仏前・春日大社を通じる道路で、そのゆるやかな勾配《こうばい》には、バスや車の通行が多かった。人々は片側町の、旧い家なみのつづく軒の下を拾い歩きしていた。

二人はそこで立ち停まった。が、話したいことは両方で残っている気持だった。

「わたくしは、これから一応、宿に帰ります」

通子は言った。

「そうですか。ぼくは、スケジュール通りに春日奥山に行くつもりにしていますが」

坂根はカメラ函を肩にゆすって言った。この県庁前のバス停でそれぞれが逆方角のバスに乗るところである。だが、どちらからともなく、車の少ない興福寺の境内を歩いて近鉄駅前に出ようということになった。

「歩いて疲れませんか？」

坂根は供血したあとの通子を懸念《けねん》して訊いた。

「大丈夫です。でも、坂根さんこそいいんですか、もう少しお憩《やす》みにならなくても。撮影のお仕事というのは相当なハード・スケジュールのようですけれど」

通子は問い返した。東金堂《こんどう》の前をすぎて宝物館の角にきた。車も通行人も少なかった。五重塔が見えた。木立の中に桃が少し開き、柳が小さな芽を青く持っていた。

「撮影というのは、どうしても欲張りますから、自分でハード・スケジュールにしてしまうんです。そういうふうに身体が鍛えられていますし、少しぐらい血を採られたほうが、血の気が少なくなっていいかもしれません」

坂根の髭面が笑っていた。背がやや低いだけに肩幅の張った身体が箱を見るようであった。笑ったあと髭を気にして片手で撫でていた。明治の紳士のように髭を捻っている格好だった。

「ところで、あの輸血部では、ぼくは何枚か写真を撮らせてもらいました。献血する代り、そのくらいの許可はもらったのです。ストロボなしで、電灯照明がたよりですが、ちょっと面白い画になりそうです」

カメラマンらしく坂根は愉しそうに言った。猿沢池の方角には進まないで、途中の宝物館の角から北円堂のほうに折れた。

「フラッシュなしでも撮れるんですか。電灯だけでは暗いんでしょう？」

通子はきいた。寧楽堂の店を思い出したのである。

「ぼくの使っているフィルムはＡＳＡ４００という高感度ですから、たいていの場所では撮影できます。……あ」

坂根も思い出して、小さく声を上げた。

「高須さんは、昨日の夕方の骨董店のことをおっしゃってるわけですね。ああ、なるほど」

ここで坂根は含み笑いした。

「あのときも、この感度４００のフィルムが入っていたんですがね。高須さんを入れて記念撮影をしてくれという美術館の人たちの要求には気乗りがしなかったもんですから、ＡＳＡ８０のフィルムだと嘘を言って、ストロボの用意がないからだめです、と体《てい》よく断わったんですよ。美術館の人、高須さんにふざけてるようでしたからね。あれは不愉快です。男たちがかたまって女のひとをひやかすのは。……」

通子は、坂根の話を聞くまで昨日の撮影不能の詭計《きけい》が分らなかった。あのとき、東京美術館の佐田特別研究委員が、ちょうどいい折だからカメラの人に頼んで高須通子君を入れて皆で記念撮影をしようではないか、ねえ、福原君、そうしてくれないか、と言ったものである。その言葉に同じ美術館の野村が追随した。佐田が冷嘲的な気分で思いついて言い出したのは分り切っている。が、正面切って断わると角《かど》が立ちそうだし、大人《おとな》気《げ》ないことにもなる。困って言い訳を考えているときに坂根がフィルムの低感度のことを言い出したのだった。が、あれはあの場の雰囲気を見かねた坂根の機転だったのか。

「そうでしたか」

通子は、嘘で救ってくれてありがとう、とも言えなかった。

「出すぎたことをしてお気分を悪くされたかもしれませんが、もしそうだったら、ごめんなさい」

坂根は通子の横顔を見て謝った。

「いいえ。いいんです」

「どうも、ぼくは気が早すぎて。それにオッチョコチョイの癖がまだ抜けないようです。……しかし、あの佐田という学者、西洋人のような銀ぶち眼鏡などかけたりして、キザでいやだったんです。銀ぶち眼鏡などどうでもいいんですがね。そういう物体に、あのもったいぶった学者態度がよく象徴されているような気がしましてね。……ぼくの欠点は人間の好悪《こうお》が強いことです。いつも反省してるんですが、その場になると我慢できなくなって」

北円堂の前では老人夫婦が八角の屋根を見上げて立っていた。走り回っている子供が若い母親に呼ばれていた。

賑やかな街の入口になった。

通子は、喫茶店に入って坂根とコーヒーぐらい飲んでもいいと思ったが、これ以上、二人きりでいるのに気が重くなった。結果的には自分の話から坂根に供血させたといえなくはないので、「栄養」食の一つでもご馳走してあげる義務も感じるが、まだ気がすすまなかった。坂根要助はいい人と思うけれど、一昨日知り合ったばかりである。それも変則的な識《し》りかただった。少し冷たいようだが、仕方がないと思った。

街の中に本屋があった。通子はその前でとまった。

「わたくし、探したい本がありますので、勝手ですが、ここで失礼させていただきます」

きちんと脚を揃えて頭を下げた。

「あ、そうですか」

坂根は不意だし、拍子抜けの顔をしていた。しかし、近鉄の駅はここからはすぐだった。

坂根はそこから本屋の中に視線を走らせた。が、自分もそこに入って本を見たいという意志も態度も、彼にはないようだった。

「どうも、いろいろと」

と、坂根のほうから言った。

「……また、東京でお目にかかれるときがあるかもしれません。どうぞ、ご無事な旅を。失礼します」

彼は頭を上げると同時に、ずり落ちたカメラ函の紐をつかみ、肩をそびやかすようにして紐をたくし上げた。

通子は本屋に入ると、客の間をすり抜けて店の奥に進んだ。どこの書店でも辞書類はたいてい奥まった棚にならべてある。

立ち読みで、重い英和辞書を繰ったのは「アサシン」の意味を確かめるためだった。

《assassin ①暗殺者（ふつう雇われて暗殺する人）②「史」（イスラム教徒の）秘密暗殺団（員）（十一—十三世紀頃近東でキリスト教徒暗殺に従事）《hashish, hasheesh. インド大麻（花や葉から麻薬剤を製する）Arab. hasin》

憶えているのとあまり違わなかった。語源の説明もついている。

うろ覚えが、これで明確になった。アサシンはハッシーシュというインド大麻を語源とし、この英語は同様な意味の「ハシン」というアラビア語に由来しているらしい。

通子は英和辞書を閉じて棚に戻した。わきのレジに坐っている店主が横眼で通子のうしろ姿を見送った。

賑やかな商店街には人が流れていた。銀色の重い函を肩に提げて消えた坂根要助の姿が瞬時の残影となった。

——インド大麻を吸飲することによって中枢神経が麻痺し、エクスタシーから幻覚が生じる。その幻覚によって命令者の意志のままに他人の暗殺を行なう。これがアサシン＝アサシネーション（暗殺者＝暗殺）の原意だという。

数年前アメリカに起って新聞を昂奮させた女優シャロン・テート殺し事件の犯人も、付近にたむろしていた男女の麻薬常習者たちだった。首領の幻覚的な命令に部下の男女が陶酔的な集団殺人を行なった。関係のない被害者を「人類の敵」と思ったそうである。

昨夜のシンナー遊びの青年は、出遇った見ず知らずの人間を、幻覚から「自分に敵意を持っている」と思って次々と刺して行った。麻薬の幻覚による殺傷は新聞にも外電でときどき出る。

病室の海津信六が新聞記事の内容を村岡亥一郎から聞いて「アサシン」と呟いたのは、この麻薬による幻覚殺人儀式に思いいたったからであろう。

アサシンという言葉を普通の人がそうやたらと知っているとは思えなかった。常識語ではない。独身の保険勧誘員で、俳句に凝っている初老の海津茅堂のイメージとは少し違うように通子には思えた。面会謝絶だから、遂に当人を見ることはできなかったが。

——インド大麻の語源がアラビア語から来ているというのは、イスラム教徒がこれを常用していたためか、または、その麻酔性をもつ植物がもともとイラン高原やアラビア半島を原産地としたのによるのか、そのへんのところはよく分らなかった。

宿に帰ると、おかみさんが迎えて、いちばんに通子の顔の色をのぞいた。

「血ィどのくらい上げてきやはりました？」

「二〇〇ｃｃです」

おかみさんにはその分量の見当がつかなかった。

「ぎょうさん出しはりましたな。今日はウチでじっとしてなさいや」


東京都立Ｏ高校教諭糸原二郎宛ての通信。

《卒業生を送ったあと、学期末テスト、進学の組替え、新入生の受入れ準備などで担任の先生方は「雑用」に追われてお忙しいことでしょう。そこへゆくと私などは時間講師の気楽さ、大和あたりをぶらぶら歩いているのが申し訳ない次第です。

今日は兵庫県の高砂《たかさご》市に来ました。市から北四キロばかりのところに「石の宝殿《ほうでん》」というのがあり、それを見に来たのです。山陽線の宝殿という駅で降りました。

糸原先生は石などに興味がないでしょうが、国文学がお好きですから、万葉集巻三の次の歌がその石の宝殿のことといえば、多少興味を起されるだろうと、この手紙を書く気になりました。

生石村主真人《おふしのすぐりまひと》の歌一首
大汝少彦名《おほなむちすくなひこな》のいましけむ志都《しつ》の石室《いはや》は幾代経《へ》ぬらむ（３５５）

つまり、この石室が、いま「石の宝殿」と言い伝えられている巨石のことです。

宝殿駅からタクシーで西南に行くと、町はずれの低い山塊につき当ります。この山は石英粗面岩から成っており、採石がしきりと行なわれていて、白い断崖となっています。石の宝殿のある生石《おおしこ》神社はその山塊の南面した突端にあります。高い石段があって、拝殿の下をくぐるという変った建築です。

うらさびれた前殿と本社の背後に「四方三間半、棟へ二丈六尺」という四角な巨石が立っています。上部の平らなところには土がたまって樹木や雑草が生え、繁茂しています。この石造物は周囲の粗面岩の山裾を四角形にくり抜いて独立させたもので、下のまわりにはくり抜きのあとが水溜りとなっています。巨石にはタテにいくつかのミゾが入っていたり、横に三角形につき出た抉《えぐ》り出しもあります。どういうかたちをあらわしたのかよく分りませんが、これを横から起してタテのかたちにするはずのところが、そのままになっているのだという学者もあります。屋形のかたちから大きな家型石棺だろうという人もありますが、私にはそのようには見えませんでした。しかし、考古学的なセンサクは糸原先生には面白くないでしょうからこれでやめます。

とにかくこれが生石神社の御神体です。『播州名所巡覧図絵』には江戸時代のこの様子がよく出ており、その部分を複製した版画を社務所からいただきましたので、一枚お送りします。

この巨石のことは『播磨国風土記《はりまのくにふどき》』印南《いなみ》郡の条にも出ています。国文学の好きな糸原先生にはこのほうが興味があろうかと思います。「原の南に作石あり、形、屋の如し。長さ二丈、広さ一丈五尺、高さもかくの如し。名号《な》を大石といふ。伝へていへらく、聖徳の王の御世、弓削《ゆげ》の大連《おほむらじ》の造れる石なり」。

いまは、参拝者も少ないということです。

私の「謎の石の旅」はこれでおしまいです。高須通子》

海津茅堂

雑誌『文化領域』の副編集長福原庄三は、国立東京美術館に、考古美術課の課長待遇で特別研究委員の佐田久男を訪ねた。上野の桜が七分咲きという日の午後だった。

美術館の応接室は広く、テーブルやイスがなん組もあって、それぞれ面会人と館員とが坐って用談していた。室内のまわりには、そこはお手のもので、古い美術品が効果的に配置されてあった。

福原の今日の用件は、佐田に原稿を依頼することだった。原稿紙二十枚くらいで、古代美術についての随筆ふうなものである。

佐田は痩せた身体をおっとりと斜《しゃ》にかまえていた。細い銀ぶち眼鏡を当惑そうにしかめ、多忙なことをいろいろ述べて一応拒絶の理由にした。が、その実、彼にはじめから引きうける意志のあることは、ベテランの編集者福原にはよく分っていた。

　福原としては、奈良の骨董屋寧楽堂でのお愛想的な口約束を今日実行したわけだが、それはもとより佐田の原稿がそれほど欲しいからではない。このへんで付合いをよくしておかねば、あと東京美術館に何か頼むときに支障をきたすと思ったからである。

　この国立の美術館には貴重な参考品が種々所蔵されている。出版社では美術関係の書籍を出すときとか雑誌を特集するときなどに、それらの所蔵品の撮影を許可してもらわねばならない。あるいは美術館側が撮影したフィルムの借用を頼んだりする。写真は、複写ではなく原版のほうがもちろん鮮明に印刷に出るからである。

　そういう際に、美術館側との間が円滑を欠いていれば、何らかの理由をつけて拒絶されるおそれがあり、その実例もあった。所有権が先方にあるので仕方がない。美術館側のこの「意地悪」は、出版社の間に知れ渡っていることだった。たとえば、この美術館蔵の貴重な漢式鏡の鮮鋭な写真は或る出版社の刊行物には掲載されるが、他の出版社のそれには出されないということなどがある。

　そのほうの係でなくても、美術館員のだれにでも心証をよくしておくことが商売上大事であった。敵をつくってはならないのである。『文化領域』の福原副編集長が、奈良の骨董屋での口約束を果しに、今日、佐田に会いにきたのにはそういう配慮もあった。

　佐田特別研究委員は、依頼の原稿を結局引き受けたが、はじめから機嫌はよかった。雑談をしているうち、彼はふいと思いついたように言い出した。

「それはそうと、福原君。いまから二十日ぐらい前の新聞に、奈良でシンナー遊びの若者が通行人三人を殺傷した事件を載せていたね。東京の新聞にも大きく出ていたが」

「はあ、ぼくもそれは読みました」

福原もおぼえていた。

「事件の起った日を見ると、ぼくらが寧楽堂で君たちと会った同じ晩だね。ぼくらはあれから大阪に出たので、事件のことは知らなかったよ」

「ぼくもあくる日の早朝に京都に発《た》ったので分りませんでしたが」

福原は、奈良のその殺傷事件を京都に行って新聞で知った。夕方、奈良の旅館に戻ったが、宿では昨夜の殺傷事件の話でもちきりであった。カメラマンの坂根要助とも話したが、坂根はあまり興味がないのか、案外に無関心そうだった。そういうことを福原は記憶している。

――坂根要助がその日の昼ごろ高須通子と奈良県庁前の路上で遇って、シンナーに狂った加害者に刺された男への献血に通子といっしょに病院に行ったことなど、福原は要助から何も聞いていなかった。要助は、通子にも言ったとおり、福原にそのことが分ると突飛な行動をひやかされそうなばかりでなく、時間の浪費を非難されそうで、何も打明けなかったのだった。要助は、フリーのカメラマンだが、依頼主に従って撮影旅行している間は、スポンサーから時間的な拘束を受けた。

そこで、いま、佐田からその事件の話が出たとき福原は、その日の夕方お互いが奈良に居たという因縁だけの雑談だと思っていた。

だが、佐田の端正な顔には日ごろのとり澄ました表情とは違って、何か感動的な色が出ていた。

「あの事件をぼくは新聞で読んで、実に珍しい人の名前を発見したよ」

佐田は銀ぶち眼鏡の奥で眼をむき出して言った。

「ほう。それはどういうことですか？」

福原は話の相槌《あいづち》のつもりで訊いた。

「被害者の一人に海津信六という名が新聞に出ていたね、殺されたほうでなく、重傷者のほうだ。おぼえているかね？」

「名前までは覚えていませんが、たしか重傷者は二人でしたね？」

「そのうちの一人だ。男のほう。五十八歳。保険の外交さ」

「保険の勧誘員という活字があったのは、かすかにおぼえています」

「それだ」

と佐田は言ったが、いつも低い声でゆったりと話すこの男にしては高い声だった。もっともイスにかけた上体を静止させているのは常からの癖で、これは崩れなかった。

「その人だよ、君。海津信六。実に久しぶりに見た活字だ」

佐田はひとりで感動している様子だった。

「先生のお知合いの方ですか？」

「直接の知合いじゃない」

佐田は答えたが、あとはつづけない。思わせぶりな口ぶりはこの人の癖であった。そうして、ひとりごとのように呟いた。

「……しかし、大阪の近傍で、保険の勧誘員をしていたとは、知らなかったな。今度のような事件が新聞に出なかったら、とても判るようなことではなかった」

「人違いじゃないでしょうか、同名異人の？」

福原は話相手になっているつもりだった。

「同名異人、ね」

佐田は福原の言葉をうけて、しさいらしく首をかしげた。口辺に静かな笑みがあった。

「……ぼくも当初はそう思っていた。あの新聞記事を読んだときはね。世の中には同姓同名の人が多い。簡単な話、東京都の電話帳には同姓同名が四つも五つもならんでいるのがあるよ。しかし、海津という姓はそうたくさんはない。ぼくの佐田というのも少ないほうだ。が、名の久男は珍しくない。ところが信六というのは、ザラにあるようであまりない。いいかね、海津姓も珍しい、信六名もあまりない、そういう姓と名とが組合わされているとなれば、さらに同名異人という線はうすくなるのではないか」

「ははあ、なるほど」

福原はうなずいた。

「それに、年齢だ。これが、およそ合っていれば、ますます同一人物の可能性が強くなってくるね」

「年齢は……たしかに五十八歳とありましたね？」

「そう。現在が正確にその年齢かどうかは分らないが、だいたい、そのあたりのはずだ」

この言い方は、当人に佐田がずいぶん長い間会っていないことを想像させた。が、そういう知人として佐田には確信がありそうだった。

どういう方ですか、と気楽そうに訊くのも悪い気がした福原は、

「職業の点は、どうですか？　生命保険の勧誘員とありましたが……」

と、たずねた。

「それだけは、まったく違う。いや、違うというよりも意外だったな」

佐田は、実際に意外だったことを口調の上からも強めて言った。

「といわれると、全然、別な方面の職業？」

「当時はね」

佐田は視線を落して答えた。そこに感慨といったものがはさまれているように見える。もっとも、いちいち思索めいたものを表情にうかべて言うのがこの人の癖なので、福原もその顔色の通りには、相手の感情をうけとらなかった。

当時というのは、よほど前なのか。福原が問う前に佐田が言った。

「新聞には、その海津信六という人が大阪府の和泉市に住んでいるとあったね。和泉市

というのは行ったことはないが、大阪の小さな田園都市なんだろう？」

「ぼくもよく知りませんが、たぶん、そうでしょうね」

「都落ちというよりも、落ちぶれて田舎にかくれている、という感じだな。保険の勧誘員をしていたことといい、ね。それも、その人のその後のイメージにぴったりだよ」

「いったい、どういう方ですか、海津信六さんというのは？」

福原は、痺《しび》れを切らして質問した。

「史学者だ。いや、史学者だった。いま、学界に健在でいたら、たいへんな学者になっていたろう」

「史学者ですって、海津信六さんが？」

佐田の言葉に、福原はおどろいて問い返した。

その声が高かったので、銀ぶち眼鏡の下で佐田の瞳があわてたようにまわりに走った。応接室にならんだテーブルにはほかに二組が坐っていた。すぐ隣の組は、どこかの出版社が美術出版でも企画しているとみえて、社員がテーブルの上に計画表をひろげて中年の館員と話し合っていた。話に夢中になっているので、福原が思わず出した高い声も聞えなかったようである。

「済みません」

福原は頭をかいた。

佐田は自分のイスをテーブルに引き寄せ、いつも姿勢のいい男が前かがみになった。

「困るね、だれに聞かれんとも限らない」

佐田は、さらに低い声になって注意した。

「はあ。どうも」

福原は恐縮し、自分も坐ったままイスをテーブルにひき寄せて顔を相手の前に近づけた。

「海津信六という名前を知っている人がいたら、ぼくらの話に聞き耳を立てるよ」

佐田は、もう一度眼を横に流した。

「済みません。……ところで、先生、その海津さんがいま学界に健在だったら、たいへんな史学者になっておられたろう、と先生はおっしゃいましたね？」

福原は気をつけて小さな声できいた。

「そう。ぼくはそう思っているけど」

「わたしは学界のことにはうといんですが、海津さんはそんなに偉い史学者なんですか？」

「だった、と言ったほうが正確だね。現在ではないから」

佐田は福原の言葉を訂正した。

「いったい、いつごろの方で？」

「そう。かれこれ二十年ぐらい前になる。学界から消えたのはね」

「二十年前？」

「だから、ぼくも海津さんを見たことはない。そのころは大学を卒業するかしないころだったからね。が、その名前や学問は専門雑誌で知っていたよ。先輩からも聞かされていたし、われわれ若い仲間でも海津さんのことはしきりと話題に上ったものさ。端的に言うと、一種の畏敬の念を海津信六という名前に寄せていたものさ。こっちが若かったせいもあるがね。若いうちは、憧憬心が強いからね」

「と、おっしゃると、現在の先生から改めて見られると、その海津さんの学問は当時抱いておられた評価ほどではない、ということですか？」

「いや、そんなことはない。いまから見ても立派なものさ。途中からの脱落で大成は見なかったが、研究の目のつけどころといい、深さといい、着想といい、鋭敏にして非凡、現在でも多くの示唆に富んでいる。ああいう天才的な人は、その後出てきていないね」

福原はポケットをさぐった。

人を滅多にほめることのない佐田が、二十年前に史学界から消えて、現在では大阪府下で保険の勧誘員をしていると分った海津信六のことを、天才的という言葉まで使って激賞したから、福原も少々興味が湧いてきた。その人の現在が分ったきっかけが、自分らも当夜泊まっていた奈良のシンナー殺傷事件の新聞記事なので、身近な感じだった。

佐田はポケットから取り出したパイプをくわえ、ライターの炎を横にして近づけた。

このとき隣のテーブルでは話合いが終って対談者は応接室から出て行った。あと、もう一組残っているが、これはいま空いたテーブルを隔てた向うだし、気楽な話合いに哄《こう》笑《しょう》などしていた。

「海津信六の学問的な感覚は鋭かったね。いまも言ったように早く消えたから、まとまった著書はないがね。当人はそのつもりだったんだが、準備だけで終ったね。しかし、専門誌に書いてきた論文などを見ると、非常に示唆に富んでいる。学問の先を見通している。その点、予言者的ですらあったね」

佐田は、細い声だが、海津信六を熱心に賞讃した。

「へええ、そんなにたいへんな方ですか？」

「君はぼくが大げさに言っていると思っているだろうが……」

「いえ。先生が、失礼ですが、そんなにお認めになるのは、よっぽどのことだと思います」

「事実そうなんだから仕方がない。大きな声では言えないがね、いまの史学界の教授クラスのなかには、海津信六の論文を下敷きにして自説のごとく装って澄ましているのが居るよ。こういうケース、奈良の寧楽堂でも話さなかったかな？」

「はあ」

それは先生が弟子の論文を平気で盗用するということである。弟子は、学界での自分の将来を先生に託しているので、文句も言えずに泣寝入りになる。それが学界の「慣習」だと佐田は言うのである。

「海津信六の論文を、さすがにそのまま盗用する学者はいない。しかし、海津論文は示唆が多いから、下敷きにするにはもってこいだよ」

「しかし、そんなことをしてたら、タネが分るんじゃないですか？」

「海津信六の古い論文を知っている者には、ははあ、この先生の学説はこれからタネを取っているのだな、と推定がつく。が、それが表立って非難されないのは、お互いが同じようなことをやっている点にもある」

「その場合、自説の基礎となった海津さんの論文を出典名として挙げないのですか？」

「とんでもないよ、君」

と、佐田はパイプを口から放した。

「……そんな公明な心がけの学者はほとんどいない。自信のない人たちばかりだからね。それに海津信六の論文名を挙げたら、それだけで自己のマイナスになる」

「どうして海津信六さんの論文を出典として挙げると、その学者のマイナスになるんですか。そんな天才的な学者の説だったら、かえってプラスじゃないのですか？」

福原は素人っぽい疑問を質《ただ》した。

「そういう正論が通らないのが学界だ。派閥がある。ご承知の通りにね。で、どんな権威ある学者の説でも、反対派の学者に引用されることは、まず、ないといっていいね。引用した学者が自派から総スカンを喰うからね。まして海津信六は若いときに脱落した学者だ。そういうのを出典として明記したら、ひどい目に遇う」

佐田はパイプを弄《もてあそ》んで口からはなしたり当てたりしていた。

「そういう脱落した学者の説を下敷きにして論文を書くというのは、どういうことですか？」

「大きな矛盾だ。その矛盾がまかり通るところが学界の特殊性だね。要するに、海津信六の考えをとらざるを得ないくらいに現在の学者、学部や研究所の教授、助教授、講師連の頭は貧弱なんだよ」

佐田の口吻から、福原は奈良の骨董屋で聞いたT大の久保教授と板垣助教授への批判を思い出した。批判というよりもそれは悪口に近かった。

向うのテーブルの一組が談笑しながら立ち上がった。それらが消えると、この広い応接室は佐田と福原とを残すだけとなった。

「海津信六さんが学界を脱落した原因は何だったのですか？」

だれも居なくなったので、福原は少し大きな声が出せた。

佐田もいくらか楽な気分になれたらしい。パイプを卓上に置き、細い銀ぶち眼鏡をとってハンカチでその曇りを拭きはじめた。

「海津信六がいま学界で健在でいたら、現在の教授連はみんな顔色なしだね」

佐田は、福原の質問にはすぐには答えないで言った。

「そんなに、優秀だったんですか？」

「優秀というよりも、凄《すご》かったね。そう、ああいうのが凄いというのだろうね。たとえば、ほかの人がこつこつと実証的なところを歩いているとき、海津信六はその十歩も二十歩も先を歩いていたからね。その天才の予見に、遅れて来た実証型の努力的な結論がようやく追いつくという状況だった」

「実証的というのは学問的には尊重されるのでしょう?」

「まさに、その通り。実証性のない学問は学問ではない。しかし、このごろは実証というのが資料の羅列に終るということといっしょくたにされているね。これは才能のない学者がわざとその混同に持ちこんでいる傾向がある。たとえば、奈良で君に話したように、板垣助教授などは資料として他の学説を紹介するだけで、自説はあまり出さない。先生はそれが実証的で科学的だと思ってるんだね。ぼくに言わせたら、それはエセ実証主義で、本人の無能露呈以外の何ものでもない。……だいたい、板垣君の上にいる教授の久保能之君にしてからそうなんだ。あの男、堅実型といわれているが、この堅実も無能という語に置きかえてもいいね。無能だから、発想が他に伸びない。いきおい、安全な自己の守備範囲だけを固めることになる。これを世間では、久保の堅実主義だとか慎重主義だとか言っている。それを助教授の板垣君が見習ってるのさ。まあ、久保教授についてはそう言われても仕方がない。久保君は、もともと史学の出身ではなく、法学畑から横すべりして来て、教授になったようなものだからね」

ほかに人がいなくなり、応接間は自分たちだけになったので、佐田の口はなめらかになった。彼はアメリカンスタイルの銀ぶち眼鏡の曇りを拭い去って格好のいい鼻の上に戻すと、今度はパイプを丹念に磨きはじめた。

「久保教授は法学部だったんですか？」

福原が、佐田の眼鏡の輝きを見つめながら訊いた。

「あれ、君は知らなかったのかね？」

「古代史の講座を受けもってらっしゃるから、てっきり文学部史学科の出身だと思っていましたよ」

「法学部時代から久保君は法制史の上から古代や上代の研究をしている。彼の専門は律令制度だろう。大化改新とか近江令とか養老令とかね。古代では記・紀にみえる刑法的制度の論文がある。たとえばスサノオノ命《みこと》が高天原《たかまがはら》を追放されるときの罪科は、部落共同体の村八分的な制裁だとか、千位《ちくら》の置戸《おきど》は財産の没収懲罰だとか、いまでは常識的になっていることを平気で言っていてね、当り前のことを当り前に言うだけさ。だから、どうでもいいような細部をことこまかくならべている。テーマに関係ないことをゴタゴタとならべるのが実証主義かな。そんなのは自分の貧弱さをペダンチックな虚飾で蔽いかくす詐術以外の何ものでもない」

佐田の口調は、静かな昂奮が伴うにつれて、論文調を帯びた。

「久保君はそういう男さ。そういうやりかただ。だから古代の罪科でも祝詞《のりと》にあるような天津罪《あまつつみ》・国津罪《くにつつみ》になると、もう、お手上げだ。民俗学の連中の言っていることをそのまま援用している。だいたい、民俗学を古代歴史学の補助学問とか隣接学問と思いこんでいるのが奴《やっこ》さんの無知でね。民俗学なんてものは学問にはほど遠いものさ。民俗学に歴史性の欠落が言われているのを、いまさらとぼくは言いたいね。久保君は、神がかり的な折口信夫《おりくちしのぶ》あたりの直観説を引用すれば、信者の民俗学者どもがみんな恐れ入ってしまうから、自説の強化になると思っている憐れむべき男だ。彼の古代法制というのも、日本のことばかり見ているから、分らないのさ。皆目、無知なことのみ言うようになる。古代の朝鮮、北アジア、東アジアの民族習慣に眼をむけないから、トンチンカンなことばかり書いたり言ったりするようになる。まあ、そう彼に注文するほうが、どだい無理な話だがね。それで大学教授だから、大学教授も質が落ちたものさ」

パイプが飴色《あめいろ》の艶《つや》を出しはじめた。

「久保教授の無能ぶりはこれくらいにするがね」

佐田は艶の出たパイプを満足げに眺めたあげく、一服ふかしてゆっくりとつづけた。

「……困ったことに、彼は自己の無能にはまったく気がついていない。学問というのは自分流の実証主義でいいと思っているんだな。これについては外からの批判がないから、当人はいつまで経っても分らない」

「どうして批判しないのですか？」

学界から脱落したという海津信六の話が途中で消えてしまった。そのことを福原は聞きたかったのだが、へたに催促すると佐田の話の腰を折ることになって機嫌を損じそうなので、それは黙っていた。しかし、久保教授についての話はそれはそれなりに面白そうであった。

「第一に、批判しようにも久保君の論文は資料の羅列だから、これは批判のしようがないやね。資料について新しい解釈があるのではなく、独自な意見があるわけでもない。これじゃ文句がつけられないよ」

「ははあ」

「第二に、学者の間は、裏ではとにかくとして、表面では礼儀正しく対手方《あいてがた》を立てるようにしている。蔭では、あの野郎呼ばわりでも、公開の場では、久保教授とか久保博士という敬称がいちいち付く。論争にしてからがそうだ。礼儀を守って、実に慇懃《いんぎん》なものだ」

「ははあ」

「これじゃ鈍感な奴がさらに鈍感になるよ」

「そういうものですかね」

雑誌編集者の心得として、相手の悪口に決して同感を現わしてはならなかった。黙って笑うか、うなずくかがせいぜいである。でないと彼の同調者に見られて、あとで相手方に知られたときに憎まれるおそれがある。福原も、そういう心得から、そういうものですかね、と消極的な相槌を打ったのだった。

「そういうものさ」

と、佐田はダメ押しをした。

「……しかしね、そういう久保君にもひそかなコンプレックスはある。それは彼が文学部史学科の出身ではなく、法学部から横滑りしてきているということだね。史学の教授は何といっても史学科出身が正統派さ。これが彼のひそかな悩みでもあり劣等感でもある」

「ははあ」

「だいたい久保君をそこまで引張りあげたのは、前の主任教授で今も名誉教授としてカクシャクとしておられる垂水《たるみ》寛人博士だ。垂水さんは肚《はら》の大きい人だが、大ざっぱな性格でもある。だからこそ学界のボスにもなれた。神経の細い人間はボスにはなれんよ」

「ははあ、そういうもんですか」

「そりゃそうさ。だから久保君はボスにはなれん。ま、その垂水さんは古代の法制に弱いもんだからバカに久保君に惚れちゃって、自分の下に引張ってきたんだよ」

佐田の話題は、もっぱら久保教授と板垣助教授に集中している。同じ大学系統だが、「外局」的な東京美術館にいる佐田としては「本部」的な大学の学部に対して偏見を持っているらしい。それで、いつもは傍観的なものの言い方をする佐田が学部の話となると自然と熱がはいる。

もっとも、久保教授や板垣助教授に関する話は、それはそれなりに福原にも興味があった。

「垂水先生が主任教授時代に久保君を自分の後釜にすえるつもりで引張っていた。垂水先生はそういう呑気というか、ものごとに拘泥しないところがあったからね」

佐田はつづけた。

「……久保君に幸いしたことは、それまで垂水先生の後継者として自他共に認めていた折原政雄助教授が病死したことさ。でなかったら、いくら久保君が垂水先生に忠勤を励んだところで、後釜にすわれるわけはない。垂水先生もそれはできない」

「それで、いきさつはだいたい分りました。ところで、海津信六さんの当時の位置ですが、年齢からいって垂水先生の少し下と思いますが……」

「そのころ垂水先生が助教授で、海津信六は助手だった。教授が山崎厳明先生」

「あ。あの有名な山崎厳明先生」

「いまからみると、この先生もスケールが大きかったね。専門の学問だけでなく考古学にも仏教美術にも人類学にも発言していた。それでいてちゃんと見識をもっていた。明治から大正初期の学者は偉かったね。近ごろは、専門が細分化されたためにますます小粒になっている」

「あのう、助手時代の海津信六さんは……？」

「海津信六は官学の大学出ではない。私立の大学にも行っていない。地方の高等師範学校出身さ」

「へえ。そうなんですか」

「郷里はたしか岡山県の津山だったと思うがね。旧制中学校の歴史の教師をしていた。それがしきりと山崎先生に歴史の論文を書いては送ってくる。山崎先生が読まれて、見どころあると思われ、勉強させるつもりで自分の大学に助手として採用されたのさ。そのときはもう垂水寛人さんは助教授だった。年齢は垂水先生のほうが海津信六より八つぐらい上だったと思う」

佐田は顔を上にむけて、海津信六が五十八歳と報じた記事から逆算するかのように記憶をまさぐっていた。窓からの光が、彼の銀ぶちの眼鏡を真白にした。

「……助手の先輩として海津信六の上に折原さんがいた。ところが、垂水助教授も折原助手も海津信六にはかなわなかった。垂水さんは史料の読み方が粗いしね、折原さんは勉強家だがヒラメキがなかった。で、山崎先生は海津信六を可愛がっておられたよ。何しろ両人とは出来が違っていた。……」

佐田が、久保教授と板垣助教授の悪口を忘れたように海津信六の話になったので、福原は気が楽になった。現役の学者の批判はやはり聞きづらかった。

佐田はパイプの煙を吐いた。

「そのころだね、海津信六がさかんに論文を書いていたのは。史学科の所属学術雑誌の『史学叢苑』にもかなり載っているよ。現在では考えられないことだが、あのころは学界も自由主義だったんだね。それになんといっても海津信六には山崎厳明先生の推挽《すいばん》があった。『史学叢苑』の編集委員はみんな先生の弟子だから一も二もなかった。だれにも文句を言わせない。さすがに垂水先生も折原さんも分《ぶ》が悪かった」

「そういうことが原因で、山崎先生が亡くなると、海津さんは学校から追い出されたのですか?」

よくあるケースなので福原は訊いた。

「山崎先生を失った海津信六が大学に居づらくなったのはたしかだ。先生が唯一の庇護者だったからね。だが、少数だが外部の支持者もいたね。T大に対立する私立大学なんかでね。彼の論文が山崎先生の健在なときから『史学叢苑』だけでなく、他大学の専門誌に載ったのはそういう理由からさ。……現在だったら、とても考えられない。今はますますなわ張りが強くなって間仕切りの障壁が高くなっている。昔の学者は広量だったよ」

「海津さんはT大を追い出されて、結局、学界から消えなければならなかったんですか?」

「そんなことでは消えやしないよ。もっとも当時は彼の論文を表立って評価するようなことはなかった。みんな黙って読んでいたのだ。感心している証拠さ。あるいは恐れていたんだね。なかには、その考え方が先走りすぎると批判するものもあった。当時から海津信六には先験的な傾向があった。だが、彼は勝手な臆測で唱えるのではなくて、ちゃんと史料に即して言っていたからね。史料批判もきびしかったよ。一部の学者のように、史料から都合のよいところを取ってきたり、思いつきから勝手な解釈をして自説に合せるようなことは決してなかった。で、そのころ先走ると見られていた海津説が、その後の研究の進歩から現在学界で認められるようになったよ」

「海津さんは、そんなに偉かったのですか？」

「偉かった。しかし、惜しいことに本格的な論文がない。みんな雑誌に発表した小論文ばかりだ。まとまりがない。対象も多岐にわたりすぎている。これは何といっても惜しい。もう少し学界に残っていれば、もっと本格的な研究著書が出ていただろうにね。そのくらいだから、仮に海津信六があのまま大学に残っていたら垂水先生だって安泰ではなかったし、まして久保教授や板垣助教授の出現なんて、夢の夢でけし飛んでいるよ」

「………」

「あの二人は無能のコンビだからね。そのくせ、久保君にはさっき言った劣等感があるから、板垣君に冷たい。……」

佐田の話は、またぞろ久保教授と板垣助教授の上に戻った。これではいくら経っても海津信六の「脱落」の事情が聞けないので、福原は少しいらいらしてきた。

が、佐田のほうは、目下の話に熱心だった。

「久保教授がなぜ板垣君に冷たいかというとだね」

彼はパイプを手に持ったまま言った。

「……さっきも言ったように、久保君は法学部から史学科に来た異色種だ。つまり正統派ではない。だから文学部史学科育ちという板垣君にコンプレックスを持っている。それが裏返しに出て、久保教授は長いこと板垣君を助手のままにしておいた」

「講師にもしなかったそうですな？」

「よその大学に出す間際に、そこで助教授の資格を取らせるために講師にしたのさ。ほんの短い間だけね」

「板垣さんは、よその大学に出て助教授になったんですか？」

「そうさ。長いこと板垣君は久保教授の下で助手として冷や飯を食わされていた。学生たちは『板垣大助手』だなんて冷やかし半分に呼んでいたがね。そのころから久保君は板垣君に冷淡だとか面倒見が悪いと言われていた。さすがに久保君も気がさして、いま言ったように同系統の他大学に助教授として出し、一年半ぐらいで自分の下に引き取った。久保君は神経質だから、他人の思惑《おもわく》をひどく気にする。板垣君の処置もそのためさ」

「ははあ、なるほどね」

「助手時代が長かっただけに、板垣君もやっと一陽来復、いまでは久保教授に低頭している。久保教授がエセ実証主義の慎重居士《こじ》という無能だから、板垣君も久保君の前に出るような出過ぎた真似をしてはいけない。ひたすら久保教授に気を使って、久保君の研究態度の範囲から出ないようにと心がけている。もっともそれほど前に出ようにも板垣君自身がダメな人だからね」

「久保教授には、よその学部から来たということがそれほどコンプレックスになっているのですかね？」

「もともと官僚主義というのは、そういうものじゃないかね。血統の純粋を尊重するのさ。毛並みのよし悪しは、学問研究とは何の関係もないことだがね」

「そりゃ、そうです」

「いや、そうは言うものの ね、君、久保教授がすぐれた史学者だったら、われわれも久保君のいわれなきコンプレックスだと同情するが、どうもあの久保教授じゃあね。人類考古学のほうでは、たとえば医学部の教授が評価をうけることはある。学問の性質上そうなる。だが、史学ではそういうことはない。とくに久保君の古代法制史じゃあ、どうにもならない」

佐田が消えた煙草の殻を灰皿に叩き、パイプをしまいかけて、ふと思いついたように言った。

「そうだ、この前奈良の骨董屋で遇った女性ね、高須通子という助手さ。彼女などはね……」

佐田が高須通子の名を出して、彼女などはね、と言いかけて止めたのは、折からこの応接室に新しい一組が入ってきたからだが、安心していい連中と見きわめたか少し低い声でつづけた。

「……彼女などは、久保、板垣の下についているのが気の毒なようなものさ。あれは才女だからね。上のほうにあんな無能な連中がいたんじゃ、自分の才能を伸ばそうにも抑えつけられてどうにもならんらしいよ。重石《おもし》をきかされたのではね。奈良では、彼女をひやかしたが、なかなかユニークな発想を持っているよ」

「高須さんからお話を聞かれたことがあるんですか？」

福原は彼女の姿を浮べながら訊いた。

「彼女の書いているものは読んでいる」

「やはり『史学叢苑』で？」

「あそこは伝統的権威の象徴のようなものだが、実はもっぱら助教授や講師連の舞台だ。教授クラスはときたまにしか書かないが、執筆者には教授連の息がかかっている。助手でもそういうのは書いているが、彼女は毛色が変っている。あそこにはあまり書いてない。高須通子の名は、在野の歴史研究団体の雑誌とか歴史書を主に出している出版社の専門誌とか同人誌的な研究誌などで見かける」

「どうしてですか？」

「彼女が上のほうへのゴマすり助手だったら書いたものを見てもらったり、『史学叢苑』に提出したりするだろうね。だが、外部雑誌への発表は自分の気ままでやっているよ。自信があるからだろう」

「それじゃ久保先生や板垣先生のご機嫌がよくないでしょう？」

「よくないだろうね。黙認というよりも黙殺のかたちだね。一つは女だからという意味もあろう」

「女だから？」

「久保教授の側近的な男の助手はもう一人居る。これは久保君の自宅に通いづめで、史料の整理とか雑用とか、家庭的な走り使いまでさせられている。久保君は、高須通子を後継者グループの一人にする意志はない。また彼女のほうでも望んではいないだろう。……」

「消極的な抵抗ですか、彼女の？」

「抵抗というよりも、そういう生き方が近ごろの若い人の性格ではないかね。以前のように弟子が使徒意識をもつ師弟関係はうすれた。功利的な弟子以外はね」

「それじゃ、助手として高須通子さんは、久保教授や板垣助教授の指導は受けてないのですか？」

「指導だって？」

佐田は銀ぶちの眼鏡をきらりと光らせた。

「それは側近の助手ならいざ知らず、彼女の場合なんかにはまったくないね」

「先生方が彼女には面倒を見ないのですか？」

「面倒が見きれないだろうね。彼女は独立独歩だよ。大学院生などと違って学者のタマゴとしては一人前だから。それにあの才女ではね」

「ぼくは史学科の研究室のことはよく分らないのですが、医学部では教授が助手に研究テーマを与えて指導するでしょう。ああいうことはないのですか？」

「ないね。医科の場合は共同研究だから、研究の細分化によって、いくらでもミクロ的なテーマが助手に与えられる。助手は教授の下働き、お手伝いをしているようなものさ。

史学科の場合は、そんなことはない。第一、久保教授にしたところで、兼任教授として私立のV大学に行っている時間が多くて、T大にはほとんど出てこないというじゃないか。V大のほうが快適らしい。助手高須通子が研究室に行ったところで、久保教授の顔を拝むことは珍しいだろうね」

「板垣助教授は？」

「ああ、あの人は何度も言うように、テンから駄目な人さ。久保さんの顔色ばかりうかがっているから、眼はそっちのほうばかり向いている」

「それでは、高須さんは、史料を見に研究室に行くだけですか？」

「史料だって？　見るべき史料が研究室なり大学の図書館なりに置いてあるかね？　上代史や中世史、とくに現代史だが、大事な史料や資料は、教授の個室の鍵のかかった机の中か、自宅の書棚の奥さ。そんな重要な史料や資料を助手や学生なんかに見せていた日には教授の地位が危なくなる。だって、先生方は、それを保有していることによって研究者らしい体面を保っているんだからね。もちろんその史料の購入は大学の費用であり、官立の場合は税金であり、私立の場合は学生や父兄の金からだ。公私混同もいいところだし、史料は研究者全体に見せるべきものだが、それを私有すること以外に久保君や板垣君の手合は実力のカバーができない」

「ははあ。そういうものですかね」

福原は唸った。

「どうだね、おどろいたかね?」

佐田は向かい側からニヤリと笑った。

「おどろきました」

「部外の人はおどろくだろうが、部内では常識になっている。だれもおどろきはしない。馴れっこになっている。みんな感覚が鈍麻しているんだよ。だから高須君なんかは、ひとりで史料や資料をさがして見て歩かなければならない。彼女はアルバイトに高校の時間講師をしていて、その間隙を縫ってやるのだから、これもたいへんだよな」

さっき入ってきた組がテーブルに坐ったばかりですぐ出て行った。

「ところで、先生」

福原は、佐田の大学関係の話が一段落ついたところで、うずうずしていた質問に移った。もう、頃合としてもいいのである。

「海津信六さんは、どうして学界から姿を消されたのですか?」

佐田が、上体を斜めにし、片方の肘をイスに凭《もた》せ、首を傾けた。いつもの得意なポーズだし、静かで複雑そうな微笑も同じだった。

「ぼくは海津信六と同じ時代ではないから、そのへんのところはよく分らないね」

というのが、最初の返事だった。二年前に佐田はボストンやニューヨークの美術館に半年ほど見学にやらされていた。帰国当座はアメリカ人のような身振りをして鼻もちがならないという評判だった。そのアメリカ見学も、「外局」に居る佐田が主流派に対する劣等感から不平不満を絶えず呟くので、それを宥《なだ》めるために当局者が彼を海外に遊びに遣らせたという噂だった。

いまも福原の質問に対して佐田が外人のように肩をすくめてみせても少しもおかしくはない。もっとも当人はアメリカから帰ってきてから、何か日本精神主義者のようになっている。一般雑誌にもときどきそんな色彩の雑文を書いている。この傾向がよく分らないという人もいるが、佐田のことをよく知っている一部の人間は、なァに、あれは商売の上からだよ、とうがった見方で言う。どういう意味なのか、謎である。

そういえば、佐田も、

「謎というほかはないね」

と、海津信六の脱落の具体的な原因には答えができないようだった。

「さっきも言ったように、海津信六が若くして活躍していたのは、山崎厳明先生や垂水寛人先生の時代だからね。ふた昔も、み昔も前のことさ。ぼくらの学生のころだよ。その辺の事情が分るわけはない」

この返事を、福原は佐田に似合わない慎重と取った。

「しかし、何か伝説としては残っているでしょう？」

「伝説か。ふむ、君はうまいことを言うね。ふむ」

佐田は鼻を鳴らすようにし、眼尻の皺を見せたが、皺は銀ぶちの下に大部分かくれていた。

「だが、伝説にもならんだろう。いまの若い人は海津信六の名も知りはしない。ポピュラーでないと伝説にはならん。さっきも言ったように海津の価値を知り、その論文を下敷きにしているのは、現在の教授連だからね。あのシンナー殺傷事件の記事は全国紙に出たから、海津信六の名を読んで、あいつ、まだ生きていてあんなところにいたか、とびっくりしているロートル学者もいるだろうね」

応接室にまた新しい組が闖入《ちんにゅう》してきたのをしおに佐田特別研究委員はイスから立ち上がった。福原とならんで出口に向かうとき、佐田がほかの声に紛らわすように福原にささやいた。

「噂だけだがね、なんでも、海津信六の転落は、女のためだったということだよ」

「女？」

「それこそ伝説だ。……詳しいことは知らん」

佐田の痩せた片頰に笑いの皺が打っていた。

福原は社に戻った。日が少し長くなったとはいえ、六時は暗かった。編集室の隅では、机いっぱいにカラーページの校正刷りやフィルムや単色の写真などがひろげてあった。整理係のまわりには部員二、三人と印刷所の営業部員とがとりまいていた。

雑誌『文化領域』の特集「奈良」は、そのカラーページが校了間近い段階になっていた。二度目の色合せを済ませた校正刷りが派手に散乱していた。一人はその一枚にルーペを当てて細部の色具合をのぞいているし、校正係は写植の活字を丹念に読み合せていた。グラビアのページは校了にはまだ間があるので、レイアウトをうけもった男は、赤鉛筆を握って組合せをやり直していた。進行係はその受持ちから印刷所の営業部員に最終締切りの延長を交渉していた。そういうところに福原がイスに戻った。

「付きもの」と称されている写真ページは福原が責任者だった。彼は席につくと、カラーページの校正刷りの一枚一枚に注意深く眼を通した。あとはダメ押しして印刷所に渡し「責任校了」にしてしまうので、これが編集部側の最終の検索だった。眼は、いきおい真剣になる。印刷機に大量の紙をかけての刷り上がりよりも、一枚刷りの校正刷りのほうがきれいだから、その減殺効果も考えて細部の調子も見なければならなかった。気にするとキリがないので、たいていのところで眼をつぶることもある。

写真は奈良県ぜんたいにわたっているが、やはり重点は、飛鳥地方の遺蹟や奈良の彫刻・寺院だった。このような題材はこれまで他誌が繰り返しやっているだけに、アングルの新しさを狙うほかはなかった。いま、二度目の校正を済ませるに当ってカラーの全部をまとめて検討した福原は、まあまあの出来具合だ、とだいたい満足して煙草に火をつけた。あとは雑誌が売れてくれるのを願うだけである。

まだ校了には間のあるグラビアもそうだが、カラー写真は坂根カメラマンが担当した撮影場所のほとんどに福原は立会っていた。で、印刷所から来た営業部員の連絡係に眼をつぶって校了を言い渡せば、あとは向うさま任せで、今度は各写真に対して眼もいくらか醒めて客観的になろうというものだ。すると坂根要助と歩いた早春の思い出が、肌寒い感覚と共に戻ってくる。

その中に、飛鳥の酒船石があった。斜め上から写した石の彫刻ぜんたいと、直線の溝のついた円形の穴だけをアップにしたのとがある。アップのほうは坂根要助が穴の底を匍《は》っているアリを狙ったものだが、アリは画面に出ていなかった。カメラを持って石にかがみこんでいる坂根のまるい背中が浮んでくる。

浮んでくるのにもう一人あった。その高須通子の話を、たったいま、東京美術館で佐田特別研究委員から聞いてきたのも一奇であった。あのとき坂根に、スラックスの女を石にならばせるように眼合図でしきりと催促したものだが……。

「おい、だれか、要ちゃんに電話してくれ」

福原は思いついて部員に言いつけた。

新宿駅の東口に近い裏通りの飲み屋に、坂根要助の伸びた髪と髭と小肥りの身体とがカウンターに凭《よ》りかかっていた。八時すぎで、このせまい店はようやく混みかけてきていた。

入ってきた福原がその丸い肩を見つけてつつくと、坂根は髪を揺さぶって顔を上げ、眼を笑わせた。髭はいかめしく埃っぽいが、眼は子供っぽかった。彼は隣りのまるイスの上から黒革のカメラ・バッグを取った。

「よく家に居たね、要ちゃん？」

福原はバッグと交替にイスの上に尻を置くと坂根に言った。

「ちょうどいいお誘いの電話でしたよ。昼間、繊維会社のくだらんPR写真を撮らされて、クサクサしていたところですから。……あ、お先にやっています」

坂根は盃をあげる真似をした。彼の前にはトリのカラ揚げと小芋の皿がならんでいた。

「途中、車が混んでね、時間が遅れた」

福原は、同じものをママに注文して、手提鞄《てさげかばん》の蓋を膝の上に開け、中から二枚のカラー写真を出した。これ、と小さな声で言って坂根に渡すと、坂根は盃を措《お》き、手に一枚ずつ持って眼の前に立てた。

「ほう。……これ、二度目の校正刷りですか？」

二枚の酒船石だった。電灯の下にかざし、カメラマンらしい厳しい眼つきで画面を見つめていた。

「そう。いま印刷所に責了を渡してきた。これは控えの校正刷りのほうだが」

「そうですか。こっちのアップの写真、青い色が強いようですが……」

「責了にしたほうは、それがもう少し弱かったがね。まだ青っぽかったので、それは言っておいた」

「反対に、こっちのほうは黄が出すぎている」

坂根は石の全体図のほうを言った。

「それも調節するように言ってある。三校をとるといいが、時間切れだ」

「そうですか」

坂根は二枚を睨んでいたが、不満と落胆が表情にだんだんと現れた。

「どうも色が明るすぎますなァ。色調が浮き上がっている。もっとネガの原板を見てくださいよ。色調が重く沈んでいるはずですが。これじゃ、中間色がけし飛んで、古い石の感じがまるでない。色が明るすぎて、てんで軽いですよ」

「まあ、辛抱してくれや、要ちゃん」

と、福原は運ばれてきた盃を彼に向けて挙げた。

「……もう一色、うす青かネズミの中間色をかけると、原画に近い沈んだ、重厚な色調になることは分っているがね。上から経費を抑えられているので、それが出来ん。四色刷りでは、その程度が限度だ。君の原画とくらべたら見劣りがするが、この刷りを見る限りでは立派なものだよ」

「そうですかね。印刷インキが悪いんじゃないですか？」

「まあそう言いなさんな。妥協してくれよ。……それよりも、要ちゃん、この酒船石の写真、思い出があるだろう？」

福原は坂根をなだめたあと、口もとをニヤニヤさせた。

カウンターは混んできて、両側で不透明な声や笑いが高くなっていた。

銚子を運んでいる女が二人のうしろを通りかかって足をとめ、坂根の背中からその手の写真をのぞきこんだ。

「まあ、きれいな写真。……それ、何ですの、米つき臼《うす》ですか？」

と、顔を傾けて訊いた。

「そうらしいな」

坂根は二枚とも福原に返した。無愛想な返事に、女の足音がうしろで逃げた。

「なあ、要ちゃん」

福原は笑って写真を鞄に納めてから盃を坂根に出した。

「あのときのスラックスの女性、やっぱり石の写真に登場させておくべきだったね」

注がれた酒を坂根は一口すすって、

「福原さんはまだそれに執着をもっているんですか。おどろいたな。崇神陵のところでも、いまごろ彼女は何処を歩いてるかな、なんて追想してましたが、あのあと、奈良の骨董屋で本人に再会したから、気が済んだと思ってましたがね」

と、背中をかがめて言った。

「そら、本人には再会したさ。しかし、君からすすめて写真は撮るべきだったよ。カメラマンが積極的にたのんだら、ぼくが無残に断わられたような結果にはならなかったろう」

「ぼくだってダメですよ。彼女、あんなに強硬だったんですから。しかし、石造物の写真に女を添えたって、石そのものが持つきびしさが甘くなっていけませんよ」

「いや、そうじゃない。あれはあとになると、記念すべき写真になったろうね。だから惜しい」

「どういう意味ですか?」

「実は、今日、高須通子さんに遇った」

「え、何ですって?」

坂根要助はおどろいて髭面をあげた。

「……何処で?」

「東京美術館で」

福原は坂根から盃を返してもらい、注がれる酒を見ながら唇に笑いを漂わせた。

「それは奇遇でしたね。彼女、元気でしたか?」

坂根はなつかしそうにきいた。

「いや、話のなかで高須さんに遇ったのさ」

福原は盃をなめて言った。

「話のなか？　どういうことですか？」

「実はこうさ。昼間、例の佐田さん、東京美術館の。奈良の骨董屋で君も見た……」

「ああ、あの人……」

坂根の眉がかすかに動いた。

「その佐田さんに会った。話だと、高須助手は、なかなか将来性があるらしいね。あまり人を賞めない佐田さんがそう言ってたよ。あんな才女をいつまで高校の時間講師にしておくんだ、とね。荻窪のO高校だかで教えているらしいけど」

「ひやかし……じゃないですかね、あの人の？」

「でもないらしい。本気らしかった。で、将来、彼女の名声が出たときにだな、あの際撮っておけば、いい記念写真になったろうね」

「高須通子さんは、学者の卵としてそんなに有望なんですか？」

坂根が間を置いて福原に訊いた。

「佐田さんはあまり人をほめない性質《たち》だ。というよりも、あの人は、近ごろの言葉で言うと疎外者意識……正統派から外されているというひがみから大学をいつもきびしく批判している。というよりも、毒舌を振るっている。久保教授や板垣助教授にいたっては佐田さんの舌にかかるとまったくの無能者扱いさ。その人が高須通子を認めているのだから相当な評価だよ」

福原は小芋を箸の先でつつきながら言った。

「しかし、高須さんは久保研究室の助手でしょう？」

「助手といっても直接の指導はあんまり受けてないらしいね。久保教授は古代法制、板垣助教授は古事記・日本書紀そのほかの古典を主とした説話の実証的研究、村田二郎講師は古代から平安期までの風俗史、とそれぞれ専門分野がズレている。これも佐田さんから聞いた話の受け売りだがね。一面、それでお互いに衝突しないから円滑にいっている」

「どうして同一テーマを専攻すると衝突するんですか？　共同研究になったり、助教授、講師は教授の指導が受けられたりでいいじゃありませんか」

「学者の世界は微妙だ。同一テーマだと、どうしてもお互いに侵略し合う。これが弟子だと、先生の言うことに反対できない。その先生が死ぬまではね。いや、死んでも造反はできない。生存している他の先輩門下生に睨まれるからね。しかし、久保教授と板垣助教授、村田講師とは師弟の間柄ではないから、お互いのためにも専門分野を違えたほうがいいのさ。資料のためにもね」

「資料？」

「佐田さんの話だと、教授は珍しい資料はガメツく握りこんでほかの者には見せないそうだ。それをタネに小刻みに論文めいたものを発表することで権威的な体面を保っているそうだがね。同じ分野の研究になると、そんなところがむずかしくなってくる。そんな厄介を避けるためにもテーマのズレたほうがお互いに円滑にゆくんだそうだ」

「そう聞くと、なんとなく分りますね」

坂根は箸を置いて盃をとり上げた。

「だろう？　あの世界、面倒なものさ」

福原は盃を乾した。

「ところで、高須助手はどうなるんですか。研究のテーマのほう？」

「そこは聞き洩らしたが、直接の指導を受けてないというからこれも久保さんや板垣さんとはテーマがズレているんだろう。だが、佐田さんは高須助手の才女ぶり……才女というと軽薄に聞えるが、あの口ぶりでは相当に買っているらしいよ」

「そう言えば思い出しました。高須さんがあの骨董屋から出て行ったあと呟いたことを……。福原さん、おぼえていますか？」

「さあ」

福原は盃を指先でつまんだまま首を捻った。

「……どういうことだったかな」

「ぼくはおぼえてますよ。高須さんがあの店を出て行ったあと、みんなで彼女を話題にしましたね。佐田さんは、酒船石での高須さんの質問をとても気にしていたでしょう。野村さんも、彼女は今度は飛鳥の謎の石と取りくむんですかね、などと佐田さんに訊いてました」

「うむ。……」

福原は天井を睨んでいた。寺社の守り札を五、六枚貼った天井は、鍋の湯気と煙草の煙とでかすんでいた。

「あのとき佐田さんがひとり言のように言ったことです。……何か発想のいとぐちでもない限り、あんなふうに石ばかり見ては歩かないだろう……、とね。いかにも油断できないといったように呟いていましたよ」

福原はまだ天井の聖天《しょうでん》さんの守り札を見つめていた。

「佐田さんは鷹揚《おうよう》にかまえていましたが、それが気になって仕方がないふうでしたよ」

福原が顔を坂根に急転換させて、指先でカウンターの端をたたいた。

「おう、いま思い出したよ、要ちゃん。そうだったな。佐田さんはそう言ってたな」

カウンターを叩いたので、向うに居たママがこっちに急いで寄ってきた。

「何か御用？　福原さん」

「用なんかないよ。こっちの話だ」

「あら、ご挨拶ね」

ママが笑って向うに移った。

「要ちゃんは無頓着のようだが、いやによく憶えているね。あの場面がよっぽど印象的だったんだね」

「印象的でした。ぼくにはね。……それから、しばらくは高須さんを話題にしてましたからね」

「しかし、君は退屈そうにしてたよ」

「そうでもありません。けっこう興味深く聞いていました」

「佐田さんの話が長引いていたからね。あのとき、店にだれかが入ってこなければ、ぼくらは腰を上げるきっかけがちょっとなかったよ」

坂根が何を思いついたか、脚の下に置いた黒革のカメラ・バッグを膝の上にとりあげた。今まで気がつかなかったが、その紐には筒状に巻いた紙がゴム輪でとめられて結わえつけられていた。

「これを見てください」

ゴム輪を抜いてひろげると、それは四つ切りの印画紙で、画面いっぱいに黒い山林がひろがっていた。

「山の写真かね？」

「福原さん。おぼえていますか。崇神陵で二上山などを望遠で撮ったあと、フィルムがあまったので、ぼくが崇神陵の裏山を望遠レンズをつけたままで何気なく撮ったのを。……これはその引き伸ばしですよ。まあ、よく見てください」

よく見てくれ、と坂根は言ったが、四つ切りの画面は樹木の塊が波打っている山の斜面で、何の変哲もなかった。

「これですよ」

坂根が横から福原の手もとをのぞきこみ、指先を当てたのが写真上辺の右寄りで、同じような黒い松林の一部である。

「ここに、人物が写っていませんか？」

坂根が注意した。

「どれどれ」

福原が眼を近づけた。

ほとんどベタ黒で、ちょっと見では分らないが、言われてみると、なるほど谷らしい斜面に人間が立っている。服装が黒っぽいので、人のかたちの判別がすぐにはつかなかったのだ。しかし、顔だけは白く写っている。

その一人の男は谷の向う側になる急斜面の林の中に左斜めむきに立って、顔だけをこっちにむけていた。何げなくふりむいたという格好であった。

黒い冬オーバーの肩にリュックサックを背負っていた。リュックの端が白く出ていた。

「ハイカーか」

崇神陵の裏山には陽が当っていた。あのとき、坂根が剰《あま》ったフィルムで目的もなく写した望遠写真で、それは福原も傍にいて知っている。山は南の三輪山（四六七メートル）から北の春日山にかけての山塊で、その稜線は屛風《びょうぶ》を立てたように高低がない。高いところで四〇〇メートル級だから、のぼっても「登山」とはいえない。

「これには櫛山古墳が写っていないね？」

崇神陵のすぐ裏、東側斜面にある古墳が「双方中円墳」の櫛山古墳とは、あのとき坂根から福原が教えられたことだった。カメラマンの耳学問はそういう名前まで知っていた。櫛山古墳は方形部を西の平野部にむけ、かたちも大きい。その記憶のある古墳が画面に見えないので、福原はそう訊いたのだった。

「レンズの角度が東南にズレているので、櫛山古墳は切れているんです」

坂根は、説明した。

「ああそうか。この山、なんだか深い谷間があるようだな」

「そうです。山の奥にむかって刻み込まれていますね。渓流でもありそうですが、写真では分りません。渓谷のこっち側の斜面は隠れて見えませんが、向う側の斜面は陽の加減でこの通りよく出ています。そこに一人の人物が立っているんですよ」

「うむ」

「早春で、雑木の葉が落ちていたから、人の姿がよく見えたのかもしれませんね。しかし、松が繁っているから、その中に入りこまれたら分りません」

「いくら望遠レンズでも、距離がありすぎて人の姿が小さいね。……で、このハイカーがどうだというのかね？」

その問いに、坂根が黙ってバッグから拡大鏡《ルーペ》をとり出した。

「これで、よく人物の顔を見てください」

坂根は拡大鏡を福原に渡した。カメラマンだけにいつもこういうものを持ってまわっているらしい。

福原はレンズをのぞいた。人物の顔が拡大された。が、目鼻立ちはぼんやりしていて、はっきりしなかった。

「分りますか？」

「顔がぼやけているね」

「これで精いっぱいです。はじめキャビネ型に伸ばしたところ、何だか人が写っているようなので、さらに四つ切りに伸ばし直したんです。しかし、ぼんやりしてるけど、この顔の印象に思い当ることはありませんか。よく見てください」

顔の輪郭は長かった。顴骨《ほおぼね》が張っている。それでタテに菱形《ひしがた》の顔になっている。眼がくぼんで、そこが黒くなっていた。それに、よれよれな黒い冬オーバーだった。少々猫背であった。

「あ」

福原は小さな声を上げた。

「……奈良の骨董店に入ってきた男じゃないか？」

「ね、福原さんもそう思うでしょう。よく似ている。ぼくらが寧楽堂を切上げる前に、店にひょっこり入ってきて、店主があとで来るようにというようなしぐさをしたら、そのまま黙って出て行った、あの人に……」

「ちがいない。顔やオーバーの感じからいって、そっくりだ。顔の感じからして、年齢も似ているようだ」

着古したオーバーで、衿もよれよれになっていた。店主も無愛想なら、この男も無口であった。

「この写真を写したのが午後三時ごろでした。寧楽堂で遇ったのが六時ごろでしたかね。だから、この人はこの辺の山に上ってうろついたあと、山を下りて高畑の骨董屋に現れたのでしょう」

坂根は時間的経過を推測した。

「ハイキングしてるのだね？」

福原はまだ写真を見詰めながら言った。

「そのようですね。けれど、これ、土地の人でしょう。よそから来た人ではなさそうです」

「うむ、店でちらりと見た感じでは、農家の人のようだったね」

「土地のお百姓さんが山のハイキングをするのも、少し変ですね。焚木《たきぎ》を採りに入っているなら別ですが、この人はリュックサックを背負っていますよ」

「うむ。……しかし、骨董屋に現れたときは、リュックを持ってなかったよ」

「どこかに置いて店に来たのでしょう」

「そうかもしれない。……しかし、そのとき店で見た男がこの山に立っているのがどうして要ちゃんには興味があるのかね？」

「好奇心を持ったのです。で、この写真の場所を少し調べてみたんです」

坂根は、福原から返された写真を前のようにくるくると巻いてゴム輪で止めた。

「……この場所は古墳群のあるところだと分りました」

写真の山の場所が古墳群だと坂根から聞いても、福原はピンとこなかった。

「あのへんの山は古墳だらけだろう、どこへ行っても。そこにも有名な前方後円墳があるのかね？」

「まあ聞いてください」

坂根は注がれた酒に手もつけずに言った。

「……ぼくは、R出版社のカメラの仕事で近づきになった或る考古学者のところへ行ったのです。手がかりは、崇神陵の後円部から東南に見たところというと、あの谷間です。それで簡単に分りました。考古学者は念のためだと言って、文化財保護委員会から出されている『全国遺蹟地図』のうち『奈良県』の部を開いて見せてくれました。その中の『櫻井』で、これが縮尺七万五千分の一です。それをのぞくと、崇神陵・櫛山古墳の東側が山の斜面で、等高線が南北からはさみ打ちして、ちょっと長い渓谷になっているのを示していました。地形はこの写真とまったく同じですから、間違いありません」

「それで？」

福原は盃を持って促した。

カウンターの近くでは若いサラリーマンの四人づれがいて陽気にしゃべっていた。

「その渓谷を中心に、地図には横にひろく楕円形に赤い線が引かれていました。その赤線の囲いの中に、７２８と数字がやはり赤色で刷りこまれていました」

「その数字というのは？」

「文化財保護委員会が付けた古墳の番号ですな。７２８はそこの古墳全体を一つにひっくるめたものです」

「７２８古墳群か」

「いや、名前はあるそうです。柳本《やなぎもと》の東ですが、いまは天理市竜王山横穴《おうけつ》古墳群といわれてるそうです」

話が面倒臭くなりそうだった。横穴《おうけつ》だとか竪穴《たてあな》だとか横穴《よこあな》式石室だとかまでは何となく見当がつくが、それ以上にこみ入ると素人には分らないし、面白くもなかった。坂根は耳学問からその興味が発達している。

「福原さん、埼玉県比企《ひき》郡にある吉見百穴というのを見たことがありますか？」

坂根は理解させようと例を持ってきた。

「うむ。もう十何年か前に見たことがあるよ。崖の斜面にまるで、ハチの巣のように穴を穿《うが》っている横穴群だろう？」

「そうです。あれは有名ですからね。この天理市竜王山横穴古墳群は、吉見百穴のようには崖の高いところまで十何層もの横穴はないそうですが、それでもずいぶんあるそうです。現在分っている確実なものだけでも百何十とあるから、全部で五百ぐらいはあるんじゃないか、とその学者は言ってました。横穴は古墳時代の終りごろで、庶民の墓だということですがね」

「横穴の講釈は分ったよ。それと、写真の人物との関係に、要ちゃんはどういう興味があるのかね？」

「この横穴古墳群は盗掘されているのもあるが、まだ盗掘をのがれているのもある、ということでした」

「え、盗掘？」

福原が聞き咎《とが》めた。

「ええ。盗掘者が古墳の副葬品を盗み出すんですな」

坂根は盃のふちをすすった。

「しかし、ほとんどの古墳は盗掘を受けているという話じゃないか？」

「そうです。そうだけど、まだ盗掘をまぬがれているところもあるそうです」

「この竜王山横穴古墳群とかいうのも、そうだというのかね？」

「分っている横穴古墳群は、みんな盗掘されているでしょう。しかし、まだまだ分ってない横穴もたくさんあるそうですから、そのなかには、盗掘されてないのもあるようだと、その考古学者は言ってました」

話がここまでくると、福原の脳味噌も働きだした。

その横穴古墳群のある山の斜面に立っている男と、骨董屋に黙って入ってきた男が同一人だとすると――

「その横穴古墳群からは、これまでどういうものが出ているの？」

「話だと、鉄製品が多いそうです。土器は須恵器が主だそうです。直刀《ちよくとう》とか鉄鏃《やじり》とか、耳飾りの金環とか帯鉤《たいこう》とか。帯鉤はベルトのバックルですな。しかし、河内《かわち》あたりの中期や後期の古墳から出るようなスキタイ文化の影響をうけたといわれる動物文様を彫った金銅製の立派なものは出ないそうです。直刀にしても頭椎《かぶつち》の太刀というのは、画の神武天皇や聖徳太子が腰に提げている柄《つか》の頭がまるい、あれですよ」

「それ、立派な太刀なんだろう？」

「いや、それも関東の群馬県あたりの古墳から出る金銅製の造りとは違って、刀身は鉄、飾りの部分だけが銅に鍍金《ときん》、つまり金メッキをした程度のものだそうです。刀の鞘《さや》なんかもね」

「しかし、値打ちものだろう？」

「骨董的価値はありますよ。帯鉤にしても耳飾りにしても」

「ううむ」

福原は盃を置いて唸った。

「要ちゃん、君は望遠レンズでエライものを写したね」

「ぼくも、何げなしに崇神陵のところで向けたカメラにこんなのが写っているとは知りませんでした。まったく偶然です」

「その崇神陵では、天皇陵でも盗掘されてるだろうと内緒話をしたっけね」

「そうでした」

「そうすると、要ちゃん、横穴古墳群をうろついていたその男が、骨董屋の寧楽堂に現れたとすると……」

福原が興奮した眼になったとき、近くにいたカウンターの四人組が急にナツメロを唄い出した。

「いや、その想像は当りませんね」

と、坂根が騒がしい合唱のなかから言った。

「……奈良の骨董屋は、奈良県の盗掘品を持ってきても、買わないんだそうです」

「ああ、そうか」

奈良の骨董屋は県下の盗掘品は買わないものだと坂根に聞かされて、福原は、自分の推理が外れたのを知った。

「だが、それはどういうわけかね。警察がやかましいからかね？」

「やはり、それが第一でしょう。文化財だし、それを盗掘品と知って買えばケイズ買い（故買者）ですからね。万一、検挙されたら、店の信用にかかわります」

坂根は答えた。隣りの唄はつづいている。大きな声を出しても大丈夫だった。

「そりゃ、そうだ」

「それとですな、怕《こわ》いのは税務署でしょう」

「なるほど。そういう値打ちものを売っていると分ると、商売の利益がよっぽどいいと税務署に睨まれるわけだね？」

「その通りです。だから、仮に県下の盗掘品が手に入っても、奈良の骨董屋は地元では売りません」

「おや、県下の、と言ったね。じゃあ、他県の出土品はどうなる？」

「そんなことは知りません」

坂根は笑った。

福原は、その坂根の笑い顔を見て、自分も複雑な微笑になってうなずいた。

「とにかく、寧楽堂に関する限り、福原さんの想像は外れましたな。さっきもいったように、奈良の骨董屋さんは、地元の盗掘品は買わない建前を崩さないそうですから」

坂根があとの言葉を継いだ。

「しかしね、要ちゃん、あの店のオヤジさんは入ってきた男、写真に写っているお百姓さんのような人に、困った顔をしてたよな。手を振って、あとで来るように、といったような眼顔をしてね。そうだとすると、客が帰ったあとに出直してこいという意味になる。これは、どういうことだろう？」

「知りません」

「それからさ、あの男は、どんな用事で古墳群のある場所にリュックを背負って立っていたのだろう？」

「リュックを背負っていたから、たぶん山のハイキングをしていたんでしょうね」

坂根は、とぼけた笑いを浮べていた。

「青丹《あおに》よしの奈良の都だが、入ってみると、いろいろふしぎな現象に出遇うものだね」

福原が忘れていた盃をとりあげて飲み干した。

「ほかにも？」

坂根が関心を変えた。

「新聞に載っていたシンナー遊びの若者による殺人傷害さ、ぼくらが奈良に泊まった晩に起ったあの事件だよ」

坂根の眼が急に別な表情になった。写真から離れた。

「これも、今日の昼間、東京美術館で佐田さんから聞いたんだがね」

と福原は言った。

「新聞に負傷者として名前が載っていた保険外交員の海津信六という人、あれは若いときには有望な歴史学者だったそうだよ。久しぶりで海津信六の名を新聞で見たと言って、あの口の悪い佐田さんが昂奮して話してたな」

「俳句の上手な人じゃないんですか？」

坂根が思わず言った。

「俳句が上手だって？　海津信六という人が？」福原は坂根の言葉を咎めた。「君、どうしてそんなこと知っているの？」

「いや、何となく、そんな気がしたんです。ほかの人のことと思い違いしたのかもしれません」

——坂根要助は踏みとどまった。というのは、すんでのことで、その海津信六に高須通子といっしょに病院で供血したことが口に出かかったからである。

しゃべりたい誘惑はあったが、福原に今ごろ打明けるのは遅すぎて気が引けた。これまで言いそびれているのも、彼女といっしょに事件の被害者に供血したことがいかにも突飛すぎて福原に妙に思われそうな、その気おくれがまだ残っている。

奈良の病院で遇った村岡亥一郎は、海津信六が「茅堂」と号して自分たち俳句結社の指導者だと高須通子に説明したという。村岡は、京都南禅寺通りの普茶料理屋「大仙洞」の主人である。そういう名刺をくれた。

ところが、いま福原は東京美術館の佐田特別研究委員の話として、海津信六が若いときに有望な歴史学者だったと言っている。坂根要助にとって案外なことであった。俳句の上手はともかくとして、生命保険の勧誘員と、曾《かつ》ての若い歴史学徒とは、どうもイメージが違いすぎた。

「海津信六という人が、そういう人物とは知らなかったですな。おどろきましたね。佐田さんがそう言ったのだったら、本当でしょうがね」

坂根は言った。

「佐田さんは悪口屋で皮肉屋だが、嘘は言わない。あの人が、若いころの海津信六をほめるのだから、相当に学問的な素質があったらしい。現在の教授クラスでも、海津信六の書いたものからヒントを取って論文にしたり、ひどいのになるとそれを論文の下敷きにしているそうだからね」

「へええ。そうですか」

「いや。論文の下敷き云々《うんぬん》は、例によって佐田さんの大学派への攻撃からだから、割引きして聞かなければならない。また海津信六への回想も、とかく過去の人、とくに自分だけが知っていて世間にあまり知られていない人間については、評価が大きくなるものだよ」

「つまり、誇張して話されるわけですね？」

「その通りだ。マイナス面の話とプラス面の話とが両方とも誇張されているから、両面を適当に差引いて聞く必要があるね。だから、海津信六は佐田さんが言うほどのことはなかったかもしれない。でなかったら、いくら女のことがあってもそんな優れた素質の学徒が埋もれ切りになることはないと思うよ」

「女のことって、何ですか？」

坂根が福原の横顔を見た。

「うむ。なんだか知らないけどね、海津信六は女の問題があって転落したんだそうだ。今から二十年も前のことらしいから、ふるい話だ」

坂根の脳裡《のうり》を走ったのは、病院の薬品臭い待合室で普茶料理屋の村岡亥一郎と話しているときに、駆けつけてきた女性のことである。

――その婦人は、こちらの話が済むのを待つように村岡のうしろにたたずんでいた。はじめあわただしく受付へ向かって入ってきたが、事務員に教えられて村岡のうしろで足をとめた。そうして村岡に話しかける機会を待っていた。

中年でも、やや年齢がすすんでいる。四十六、七と見えたが、眉と眼が細いのが坂根の最初の印象であった。撫で肩に和服がよく似合ったが、生地が艶を殺した渋い中に派手な感じのする塩沢だった。カメラマンはいろいろな仕事をするので、着物のことも耳学問の一つになっている。事実、村岡のうしろのそこだけに明るい灯がともった感じだった。

入院している人の近親者が急いできてそこで村岡を見つけ、まず患者の容態を訊きたいというふうにみえた。それで坂根は村岡との話をあわてて打ち切り、うしろにどなたか待っておられますよ、と小声で村岡に知らせたものだった。村岡が気づいて振り返り、その婦人の顔を見て、おお、これは、とおどろきもし、あわてもしていた。村岡はしきりとその婦人におじぎをしていたが、それから先の会話は分らなかった。坂根が、向うに立っている高須通子の傍に歩み寄ったからだ。

が、その婦人が通りいっぺんの見舞人でないことは、あわただしげにそこに来た様子、憂いの真剣な表情などでわかった。患者とは非常に近い人だという直感を坂根は持った。だから、初めは患者の家族だと思ったくらいだった。そのことは、婦人が花一つ持ってきてないという点からもいえることで、その想像は高須通子にも伝えた。

海津信六には家族がいないそうである。妻がいないとすれば、あの女は親戚のひとかもしれない。朝のテレビ・ニュースか朝刊で知ってあの時間に病院に来たとすれば、奈良からはそう離れていない京都か大阪か、とにかく近畿の土地に住んでいるひとのように思われる。……

坂根はこれまでそういうふうに推測していたのだが、いま福原から、若いころの海津信六の転落は女性が原因だ、と聞き、病院に駆けつけてきたその婦人のことを思い出したのだった。

坂根要助は、三日前にもらった海津信六からの礼状もこのとき思い出していた。

便箋三枚ばかりのものだったが、供血の礼が述べられてあった。

《陽春の候と相成りましたが、御清祥のこととお慶《よろこ》び申し上げます。

陳者《のぶれば》、今回小生の奇禍に際しましては、わざわざ病院にお出でをいただき、小生の輸血のために貴重なる供血を頂戴し、何とも勿体なき次第にて御礼の申し述べようもございません。ことに一面識もなきお方からかような御親切を頂戴したのは思いがけないこととて、ひたすら恐縮すると共に深く拝謝申し上げます。

降って小生の予後につきましては経過順調で、近日退院許可の運びと相成るようでございます。これも偏《ひとえ》に尊台の御好意の賜《たまもの》であります。いただいた御名刺により本礼状を認《したた》めますに当り、感銘を一入《ひとしお》にしております。

いずれ健康を完全に回復致しました節は上京して拝眉の上、それにまた高須様にもお目にかからせていただき、御礼を言上したい所存でございます。失礼ながら取敢えず本状を以て拝謝を申し上げる次第でございます。

病室にて　海津信六拝》

——枯れた筆蹟だった。

「いやに考えこんでいるが、どうしたんだね？」

福原が坂根の前に銚子を傾けながら言った。

「気になっている仕事のことを思い出していたんです。済みません。……で、福原さん、海津信六さんの若いときの転落が女性のことだとすると、それはどういうことなんですか？」

坂根は追想をふりはらった眼になって訊いた。

「分らんね。ぼくもそれを佐田さんにたずねたんだが、先生は例の静かな含み笑いを浮べて、知らない、という返事だったよ。いや、あれは何か知っている顔つきだが、はっきり言えないんだね。何かさしさわりがあるらしい。先生にしては珍しく歯切れが悪かった」

カウンターの向うからママが寄ってきた。

「お二方《ふたかた》ともお話ばかり……」

「うむ。くだらん話さ」

「何だか深刻そう」

「でもない。これが恋の悩みを語り合ってるところだと、ニクイんだがね」

福原は盃を向う側に立っているママにつき出した。

「あら、そうじゃないの？」

ママは注がれる酒に頭を下げて笑った。

「たとえばさ、ママに岡惚《おかぼ》れしてもどうにもならないといった悩みとか」

「かまわないわよ。あたしのほうは……」

「ま、無理せんほうが、身が持てて、無事だろう。……男は女で失敗する。なァ、要ちゃん」

「女は男でしくじるわ」

福原の言葉の意味を知らずにママが受けた。

不接続

坂根要助は、高須通子に電話したものかどうかと迷った。『文化領域』の福原と新宿の酒場で会った翌日の昼ごろだった。

話したいことはいろいろあった。まず、彼女と自分が奈良の病院で輸血のために供血した海津信六という人が、若いころは有望な歴史学徒だった話である。それも、福原が東京美術館の佐田特別研究委員から聞いたところによると、海津は才能に恵まれていて、二、三十年前のことだが、その論文を読んだことのある佐田が海津の素質を絶讃していたという。あの悪口屋の佐田がそう讃《ほ》めるからには、よっぽどのことにちがいない。

もっとも、佐田は現在の学者には辛辣《しんらつ》だが、過去の学者にはその対比上からいっても、点が甘いという意味を福原は言っていた。それは納得できるが、それにしてもシンナー遊びの若者に殺されかかって病院に担ぎこまれた保険外交の初老の男が、そういう経歴の人だったとは高須通子にとっても意外にちがいない。

単に意外なだけでなく、彼女もT大学の史学科の助手だから、海津信六のそうした経歴は、きっと興味のあることだろう。それに彼女の場合は、現場に仆《たお》れている海津を発見して警察に通報したのだ。供血も彼女の考えであった。病院に行く途中の彼女とは、奈良県庁前で遇ったが、血液がO型だったばかりに、こっちは自然と病院にひきずられて行く気になったのである。海津信六に関心を寄せるのは彼女のほうがはるかに大きいはずだった。

福原の昨夜の話によると、現在の学者で、海津信六の名を知る者は、ある年齢以上の学者以外にはほとんどいないそうである。それは、史学科助手高須通子が、助けた当人の名前を聞いても何も知らなかったことでも分る。彼女は負傷した被害者がただの生命保険勧誘員だと未だに思いこんでいるのだろう。

坂根はまた思った。自分には海津信六から供血の礼状が来ている。むろん高須通子にも届いているにちがいない。いささか古風な手紙の文章だが、それには「いずれ健康を完全に回復致しました節は上京して拝眉の上、それにまた高須様にもお目にかからせていただき、御礼を言上したい所存でございます」とあった。

つまり、海津信六は、東京の男女二人がいっしょに来て供血してくれたので、アベックと思いこんでいるのかもしれなかった。でなかったら、手紙にわざわざ「それにまた高須様にもお目にかからせていただき」などと書き加えるはずもないように考えられる。彼女宛ての手紙にも「それにまた坂根様にもお目にかからせていただき」とあるにちがいない。

いつか海津信六が東京に出てきて、自分たちをそのように扱うと彼女は当惑するだろう。これも坂根は高須通子と話しておきたかった。

海津信六の件のほかに、坂根が高須通子に話したいことがもう一つあった。もっとも、これは海津信六の話題からすれば余談のようなものである。

崇神陵の裏山、正確には東方向の連山の斜面だが、そこに向けて偶然に望遠レンズで撮った写真に、寧楽堂で見た男とそっくりな人物が入っていた。もっとも、この人物は、高須通子があの店を出たあとに現れたので、彼女は見てなかった。だが、もしかすると、彼女はその男と、途中ですれ違ったかもしれない。が、そういうことがなくても、古墳群のある山に立っているリュックサックの男と、骨董屋に現れた男とが同一だとすれば、そこにさまざまな空想が働き、余談としては興味あるものになりそうだった。

——そのようなことを含めて、坂根要助は高須通子に電話して、できたら彼女とどこかで会い、奈良以来の対面で、あのときの話もしたかった。

坂根は高須通子から名刺をもらっていなかった。こっちは病院に行くときに渡してある。酒船石のところで福原が『文化領域』の副編集長の名刺をさし出したのに、彼女は名刺はおろか、名前も言わなかった。男性には無愛想のようだった。

だが、坂根は奈良の病院で高須通子が供血申込書の本籍地、現住所、氏名、生年月日、職業、血液型、病歴の有無、家族関係などの欄に書きこむのをそばに立って眼の端で見ていた。本籍は長野県南安曇《みなみあずみ》郡、現住所は東京都世田谷区までは分ったが、あとは字が細かいので分らなかった。他の欄の記入もそんなにじろじろと見られないので読めなかったが、家族関係の人数は少なかったようである。

世田谷区のどこかに住んでいることは分っても、これでは役に立たなかった。しかし、福原の話では、大学の助手のほかに東京荻窪のO高校などで時間講師として働いているらしい。電話をかける手がかりは、この二つの勤め先であった。

坂根は、そうと分っていても、彼女に電話をかける勇気がすぐには出なかった。

自分の名刺を渡さない女である。供血をいっしょにしたのだし、それがたとえこっちの勝手からとはいえ、もともとは彼女の言葉に何となく誘われたような結果になったのだ。普通なら名刺ぐらいは呉《く》れてもいい。

そのあとも病院を出て興福寺の境内を二人で話しながら歩いた。このときも、普通なら名刺を呉れるところである。

彼女のこの無愛想が、警戒心からなのか、男性への興味のうすさなのか、よく分らなかった。カメラマンでもあり、また当世ふうに頰ひげを伸ばしている坂根は女性に対して決して臆病なほうではなかったが、どうも高須通子には馴れ馴れしくできなかった。彼女のあとにつづいて本屋に入れなかったのも、その気怯《きおく》れからであった。

坂根要助は、気迷いのあげく、小型車で家を出てから電話ボックス前で停めた。彼の家は東京都との境の千葉県市川市にある。前から首都圏だったが、京葉高速道路ができてからは首都圏の中心に近くなった。工房を兼ねた家には若い助手二人を置き、三十歳になった今でも独身であった。

公衆電話から局に二つの電話番号を教えてもらった。一つはT大で、一つはO高校だった。

大学よりは高校のほうが電話をかけやすかった。

交換台が職員室らしいところにつないでくれた。

「高須先生ですか。今日の予定は、ええと……ちょっとお待ちください」

職員らしい男の声が休むと、まわりにいるらしい男と女の話し声が受話器に入ってきた。三、四人はいるようで、雑談を交わしていた。イスを引いて立つ音が聞える。

「お待たせしました。高須先生は、今日は午後二時からの授業になっています。その三十分前に、学校においでになると思います」

「授業が終るのは何時ですか?」

「三時と、四時半です」

二組を教えるらしかった。彼女がいくら時間講師でも、四時半を過ぎてから、ほかの、たとえば定時制高校に回るようなことはないと思われた。

「そうすると、今はT大のほうでしょうか?」

「どちらさんですか?」

高校の職員は少し不機嫌な声になって訊き返した。

「失礼しました。坂根という者です」

「高須先生が本校にお見えになるまで何処に居られるか、こちらでは分りません」

電話が切れた。その職員の声に、学校の臨時雇いに対する無関心さと軽蔑が響いているように思われた。

四時半に高須通子の身体が空いたとしても、坂根のほうに先約があった。

明日の彼女の授業時間は違うだろう。が、坂根はO高校にもう一度電話し直して問い合せる意欲が起らなかった。いまの電話の冷たい応対ぶりでは気持が重かった。

もう一つ番号をメモしたT大に電話した。交換台は文学部の何処かと早口で訊いた。史学科だというと、史学科のだれの研究室かとまた訊いた。

「久保先生の研究室ですが、でなかったら、板垣先生のところですが」

坂根は、寧楽堂で美術館の佐田から聞いた名前を出した。

久保教授の研究室では若い男の声が出た。

「ああ高須君ですか。さあ、ここんとこ一カ月ぐらい顔を見ないようですなァ」

坂根があとを言う前に、電話は向うから切れた。

約束で、午後四時に坂根はカメラ道具を担いで現代創始社へ行った。この社は『現代創始』という総合雑誌を発行している。フリーのカメラマンはいろいろな出版社の仕事をするが、「生活のため」には繊維会社、自動車会社、食品会社などのほか銀行や生命保険会社などのPR写真も引きうける。

玄関わきのロビーで『現代創始』のグラビア担当デスクと坂根は会った。

今度、六月号からの新企画として雑誌に「日本の峰」という写真ページをつくる。峰といっても山岳のことではない。

「まあ、いってみれば日本の人物山脈、そのいろいろな山脈中にそびえた峰に、各界の代表的人士を擬そうというわけです。ほら、すぐれた人のことを斯界《しかい》の高峰とか巨峰なんて言うでしょう？　あれですよ」

この企画を最初に説明された一カ月前に坂根は鈴木デスクからそう聞いたものである。

日本の各界だから広い領域にわたる。二年間連載で二十四人が登場するが、デスクの話だと「予備」としてほかに十人ぐらい撮っておきたいということである。

「予備というのは、どういう意味ですか？」

答えでは、なかには年寄りもいるので、亡くなった場合を考えて、その代りが要るという。

しかし、「高峰」の代りになる人がそんなに居るものだろうか。

「そりゃね、人物が小粒、いや峰が少々低くなっても仕方がありませんな。雑誌で格好をつけると、なんとなく読者の眼には高く見えるものですよ。それに二年も連載していると、途中で、予定した人より後輩のほうが伸びて先輩の標高を追い越してしまうことがありますからな。そういうときには非人情なようですが、予定の取換えをしないといけません。いや、ジャーナリズムは冷酷非情なものでしてね」

坂根は、そのうちの五人を撮ることになった。政界人一人、財界人一人、宗教人一人、評論家一人、画家一人。

今日は、その画家を撮りに行くために来たので、鈴木が同行する。坂根の小型車は出版社の車庫に預けて行く。画家は北鎌倉に住んでいる。六時半に来てくれと言われていた。

ロビーで鈴木との打合せが三十分かかった。坂根は時計を見た。四時四十分になっていた。社の車が玄関に着いたと報らせてきた。

「ちょっと、待ってください。電話するところがありますから」

坂根は断わって、受付わきの赤電話に十円玉を入れた。

「高須先生は、たった今、帰られましたよ」

　O高校の職員の声が切り口上で答えた。たった今だというから五、六分前だったのだろう。一足違いである。坂根は残念がった。こうなると余計に彼女に会いたくなった。

「明日の高須先生の予定は分りません」

電話の返事はやはり無愛想であった。


北鎌倉の鷲見《すみ》晴二画伯の家に着いたが、約束より三十分おくれていた。暗い山の坂道の途中、テレビの七時のニュースが石垣上の灯のある家から車に聞えていた。

画伯邸は丘の上にあった。二十年前に建てた南欧風な家はひところ話題になって雑誌の写真などに出たものだが、いまは東京のほうぼうに似たような建築物が出現してさほど珍しくなくなっている。が、鷲見邸はそのような安手な見かけ倒しのものではなく、貝殻の白色の光沢に構成されてはいても、視覚に重厚さを充分に訴えていた。五百坪の半分が針葉樹の亭々たる杜《もり》だった。

西洋の紋章を施した鉄柵の門を入ると、芝生の中につけられた三十メートルの甃《いしだたみ》の路を踏んで意匠的な玄関に到着した。『現代創始』のデスク鈴木正雄が重々しいノッカーの金輪を叩いた。

楡《にれ》の扉を開けて二十《はたち》ばかりの肢体の伸びたお手伝いさんが顔を出した。連絡していたので、心得て二人を招じ上げた。坂根はカメラの箱や三脚などの金属が木の床に傷をつくらないように気をつけた。

応接間はヨーロッパ風な張出し窓のある広い部屋で半円形を描いていた。瀟洒《しょうしゃ》な飾りものの配列が統一された色彩のなかに置かれているのはいうまでもなかった。画商が涎《よだれ》を垂らしそうな主人の描いた五十号大の風景画が白い壁に圧倒するように掲げられ、白い文様を刻んだマントルピースの上には二十号の花と壺がおさまっていた。そのほか小品が四、五点もほどよい位置にはまっていた。絵具の色が野放図に明るいのと線の奔放なのはここの主人の特質である。

鷲見晴二はフォービズムの伝統をついでいる。そうして現代画壇では最も人気のある画家であり、画の値段は最高の一人であった。そうでなければ『現代創始』がとり上げる「日本の峰」の一峰にはなり得なかった。

十分くらい待たされて主人が応接間に現れた。六十代半ばだから、この世界では若い大家であった。頭はまん中が禿げ上がっているが、両側に残った長い髪には白いものが混じっているとはいえぜんたいが黒々としていた。眉が濃く、鼻と唇の厚いのが鷲見晴二の精力的な顔の特徴で、写真家に意欲を起させる被写体であった。

鷲見は、黄褐色の地に太い朱線の入った格子縞のシャツの上に粗い生地のニットをつけ、折り目のくずれたコールテンのズボンをはき、ロッキング・チェアに上体をよりかからせていた。その胸は厚かった。

さきほどのお手伝いさんがブランデーのグラスを三つ、銀盆の上に運んできた。

「家内がちょっと用事で東京に行っているもので、失礼している」

鷲見はそう言って断わり、洋酒を客にすすめ、自分もグラスをつまんだ。機嫌がよく、グラビア用の写真を撮りに来た二人を歓迎していた。

「先生、お話を伺っているところを撮らせていただきましょうか?」

鈴木が言った。

「ああ、いいように撮っておくれ」

濃い眉毛が下がり、細まった眼の端に皺が集まって憎めない笑顔である。坂根は撮影の準備にかかった。

「先生、最近、お仕事のほうはいかがでございますか?」

と、鈴木がそのようなことから鷲見晴二に話しかけた。カメラマンの注文で、被写体が硬い表情やレンズを意識した顔になってはならないので、話をしているところを撮るようにする。

「うむ。まあ、適当に遊び、適当に描いているよ。性来怠け者でね。仕事をちょっとすると飽いてくる」

画伯は笑った。口を開けると下の歯の左一本が欠けている。坂根はそこを撮った。

「それでは画商のほうが困るでしょう?」

「画商に愛想よくしてたら、こっちの身体がもたんよ」

「先生は、絶えず意欲的な作品と取り組んでいらっしゃるのですが、次はどういうものをお描きになるのでございますか？」

「どういうものになるか、いまのところ自分でも分らんがね。夏がくるまでゆっくり考えようと思っている。……画描きは困果な商売でね、人さまが山だの海だののレジャーをたのしんでらっしゃる夏の間じゅう、画室で汗を流している」

秋の展覧会に出す作品の制作のことだった。坂根は鷲見の顔の真横に近づいてシャッターをつづけて切った。

「それまでの間が休暇のようなものさ。頭の中だけは忙しいがね」

「と、おっしゃると、新しいテーマとか構図とかを？」

「新しいかどうか分らんが、構図にしてもさ、在来の絵画史的な構図だけではもう意味がないからね。古くは黄金率からはじまって、三角形とかW形とかZ形とかさ、そのほか基本的構図が何種類あるかしらんが、画家のみなが飛躍を試みているつもりでも、結局そこから脱け出しておらんね。ぼくはね、構図の複重層性を考えておる」

しゃべっているところを坂根は斜めから正面から角度を変えては撮った。ライトは三方に固定したままだが、アングルによっては一方の光線を弱めたり消したりした。

「構図の複重層性というのは？」

「無限の構図だな」

「無限とおっしゃると……ははあ、アブストラクトで？」

「君、バカなことを言ってはいかん。ああいうのとは全然違う。抽象なんてどだいデッサンも構図力もない手合のやることさ。だから行きづまる。ネオ具象だとか何とか言ったって、皆目手さぐりじゃないか。旧いところに逆戻りしそうで、手も足も出ずに往生している。……」

坂道を上がってくる車の音が聞えた。夜は静かな界隈である。横須賀線の電車の音だけがときどき響いてくる。

「ぼくの言う複重層性の構図というのはね、構図の単一な『面』をだな、たとえば中核分子とする。これがいくつにも分裂して、重なり、外被し、小を大が包みこんでゆく……」

車の音が門の前にとまったので画伯が耳を傾けた。

「君は、ラッキョの皮を知っているね？」

鷲見晴二が鈴木に言った。玄関のドアの開く音を聞いて画伯の眼が鈴木の顔に戻ったのだった。

「はあ、ラッキョの皮ですか？」

鈴木がきょとんとしてオウム返しにきいた。

「そう。むいてもむいても皮が際限なくあるやつさ。ぼくの構図の無限的複重層性というのもそれでね、構図の皮をむいてもむいてもさ、キリなく構図が中から現れてくるのだよ。逆にいうと極端に圧縮された原構図がだな、そこから分裂し、派生し、変形し、上から上からと外被してゆくのさ。分るかね？」

「はあ。いや、どうも、いちどきには……」

「分らん？」

「はあ」

鷲見晴二は顎を上げて大いに笑った。それを、絨毯《じゅうたん》の上に尻をついた坂根がカメラを仰角にして撮る。シャッターの金属音が自動小銃のように連続して鳴った。

鷲見の言葉は、美の根元、造型の真理法則を説くが如くで、俗人の理解を超えている。近ごろ鷲見の言うことは、カリスマ的になったとか、神がかり的だとか画壇でも取沙汰《とりざた》されるようになっている。

その鷲見のカリスマ的言辞が急に世俗的な顔に戻ったのは、ドアが軽くノックされ、ベージュ色のツーピースをきた女が入ってきたときである。

その中年の女は果物を盛った鉢と皿とをひろい盆の上に載せてテーブルに歩み寄った。

鈴木がイスからすっくと立ち上がり、不動の姿勢で、彼女のほうにむかって深々と頭をさげた。

「奥さま、お邪魔をしております」

「いらっしゃいませ」

画伯夫人は果物の盆をテーブルの上に置くと、あらためて鈴木にていねいなおじぎをした。

「留守をしていて失礼いたしました」

夫人は坂根にも会釈したが、カメラマンは床に匍《は》って面伯の顔を撮るのに専念していた。

「ただいま。おそくなりました」

夫人は主人に挨拶した。

「お帰り。途中、混んでたのか？」

「ええ、とても。高速道路を下りてからすごい車のラッシュなんですの」

さっき玄関前に停まった車の音が夫人のものだと分った。

夫人は広い盆から果物鉢や皿をとってテーブルの上にならべはじめた。

「このごろの車の混みようったらありませんね。一年前までは東京と鎌倉の間が一時間で行けたのに、このごろは倍かかりますからね」

約束時間より三十分おくれた鈴木が、自分の言訳をかねて言った。

坂根は床から膝を起した。カメラを片手でかばってイスの前にまわった。鈴木が代表して夫人に挨拶したので、黙って腰を下ろしたのだが、ふと夫人の顔に視線をむけたとき、彼は思わず声が出そうになった。

坂根がわが眼を疑ったのは、画伯夫人の顔に見おぼえがあったからだ。たしかに、記憶があった。しかも最近のことである。

坂根は緊張して、夫人が果物鉢を置き、皿に果物ナイフとフォークを添えて一人一人の前に配るのに眼を伏せていた。自分の前に皿が置かれると同時に、夫人の眼が自分の顔に注がれて、軽い叫びが出るものと期待していた。

が、それはなかった。夫人は普通に主人と客に果物皿を配り終えた。

「あんたも、そこに坐ったらどうだね……」

「よろしいんでございますか？」

夫人が微笑しながら三人に眼を走らせた。

「いま、ぼくの構図論をしゃべっているところだ」

夫人がイスにかけて、

「いつもの判らないお話ですのね。まるで禅のお説教を聞いているようですから」

と、客二人の顔に言った。

坂根はいまにもその夫人の眼が自分の上に停止して、表情の変化が起るものと思っていた。奈良の病院の待合室で、普茶料理店の主人のうしろにこのひとは佇んで、こっちの話が終るのを待っていた。だから、あのとき、夫人のほうが自分の顔をよく見ていたはずである。一カ月ぐらい前のことで、夫人が忘れるわけはないと思った。

「奥さまは、もちろん先生のお話はご理解になっていらっしゃるのでしょう？」

鈴木が心安だてにきいていた。

「禅の坊さまの話は、何回聞いても俗人には分りませんわ」

夫人は、坂根の顔をいっこうに注目することなく答えていた。

「慧《けい》なるは一たび聞いて大悟す、鈍なるは百回にして通ず、これ禅の大道だ。家内はこれでぼくの話を百回近く聞いているが、いっこうに通じそうにない。女子と小人は度しがたしじゃ」

画伯は片方の眼を細めた。

「ええ。それでけっこうでございますとも」

明るい笑顔だった。

坂根は、内心で首をかしげた。鉢からオレンジを取ってナイフでタテ割りにしながらである。夫人はさいぜんから何度も自分の顔に視線を当てている。が、それは編集者についてきたカメラマンを見る眼で、何の感情もない。ないどころか、まるきり無視していた。

これはこっちで間違ったのかな、と坂根は思い直してみた。あのとき言葉を交わしたわけではないから、見間違いということがある。錯覚もあり得る。

正面から直視はできないけれど、それとなく窺《うかが》うようになおも夫人の顔を見たのだが、どうも人違いとは思えなかった。この洋装を塩沢の着物に更《か》えたら、間違いなくあのときの女性がここに居る。――

鷲見晴二は皿の果物に次々とフォークを刺している。おどろくべき健啖《けんたん》ぶりだった。夫人は画伯のために次の果物の皮をむいてやっていた。ナイフの手もとに眼を落している。

坂根は、そのうちに、あることに思い当った。奈良の病院に行ったことは夫人にとってだれにも知られたくなかった行動ではないだろうか。普通の見舞いでない様子は、すでに彼女が待合室に立っている「大仙洞」の村岡亥一郎の傍にあわただしげに寄ってきたときから分っていた。見舞品らしいものとしては花さえも手に持ってなかった。患者の親戚か、よほど親しい人だろうとあのときも高須通子に感想を言ったくらいだった。

海津信六の「転落」が「女の問題」だったという話が坂根の胸をかすめた。

二十年も前の話だったというが、女の年齢を十八か二十ごろの間に置くと、ちょうど、いま、果物の皮をむいている鷲見画伯夫人の年齢に当りそうである。

坂根は自分で鼓動が速くなるのをおぼえた。もう夫人の顔を見ることができなくなった。夫人のように平気を装おうとしても、動揺が画伯や鈴木に訝《あや》しまれそうだった。そう思うと顔にひとりでに血がのぼって狼狽が起った。彼は皿の果物を半分残してでも、早くカメラを持ち、夫人には背をむけて撮影に動きたくなった。

「この前、鳥居君の回顧展を観に行ったがね、どうして昔からしっかりしたものさ。色が渋いとか何とか言われてきたが、あの色彩の豊富さがほかの人には分らんのかね。原色を金屏風《きんびょうぶ》の上に塗りたくっているような画が豊かな色だと思っているから困りものさ。あの老大家は、このごろでは筆力が落ちて惰性で描いているというが、ぼくにいわせたら、もともと筆力なんかありはしない。若いころ、文士連におだてられてそう見せかけてきただけさ。あの人、長生きしすぎたね。長生きした者が大家になるという画壇の典型的な例さ」

果物を食べてもブランデーの酔いがまわってきた画伯は、一本欠けた下顎の歯をむき出しにしてしゃべっていた。

「あなた」

夫人が鋭くたしなめるようにいった。

「なに、いいさ。いま初めて言ってるわけじゃない。前からだれにでも放言している」

「いえ、そうじゃありません」

と、夫人は高い声でつづけた。

「……姉は昨日、イスタンブールに発ちました」

「うん？」

画伯が不意にきょとんとなって妻を見つめた。

「どう言ったんだね？」

「姉は昨日の朝、イスタンブールにむけて羽田を発ちました」

夫人は繰り返した。きちんとした言い方だった。

「そりゃ、聞かんでもわかってる」

と画伯が呆れた顔で言った。

「羽田にはおれも送りに行っているからな」

中央線吉祥寺駅近くのスシ屋に高須通子は、O高校の教師糸原二郎と入っていた。暗くなって間もない時分で、商店街から入りこんだこの路地には、天ぷら屋、中華料理屋、トンカツ屋といった小さな食べもの店がならび、客足は多かった。

二人は隅のイスに席を取っていた。通子は普通に髪をうしろに束ね、グレイのツーピースで来ていた。こういう支度は、高校の臨時の講師として教師や生徒の前をかなり意識したものだった。

二人の前には刺身がならんでいる。ビールは三本目だった。糸原二郎の頭はばさばさ髪で、黒い太ぶちの眼鏡の下には活発に動く小さな眼があった。上着の色が肩のあたりで白っぽいのは陽にやけているからで、端のめくれたカラーの下には、結び目がよじれて細くなったネクタイがあった。

「そこが大学構内の自由の限界ですな。それで、来週も休んで、またどこかに行くんですか？」

「こんどはどこへも出ずにいるつもりです」

「よその高校のほうもお休みにするのですか？」

「そう。二つの学校とも教務主任さんに届けてきました。言いにくかったけど」

「二つの高校かけもちというのは忙しいな。みんなで週十時間くらいですか？」

「そう。でも、A高校は週一回五時間をいっぺんにやればいいことになってるの。O高校は二時間ずつ週二回、結局週に三日学校に通うことになるので、何かしようと思ったらその週はみんな休まねばなりません」

高須通子は、非常勤講師として、二つの高校で社会科の歴史科目を教えている。

高校の担任教師は雑用が多くて教科以外のことで忙しい。文部省高校教育指導要領に決められた歴史学習の時間をとうてい消化することができないので、教員資格をもった大学の助手とか院生とかに講師を依頼する。この場合、三学年なら三学年のひと組の歴史を一年間受け持ってもらう。これが普通のかたちだった。

助手や院生からすると高校講師はあくまでもアルバイトという建前だから、自分の研究時間のために、高校側と出講時間の交渉をする。理解のある高校の教務部長なり教務主任は、なるべく本人の希望通りに予定時間表を組んでくれる。が、高校側にも都合のあることで、そうもゆかない。講師からすると、一週に一回出て五時間ぐらいをいちどきにやる集中授業が望ましいが、学校側では生徒の学習能力を考えて、週二回の二時間ずつを希望するところがある。二つの高校をうけもっている高須通子の場合は、O高校が週二回、A高校が週一回だった。一時間単位の報酬額はきわめて安い。

このような講師は、受持ちの時間前に学校に現れ、授業が終ると、さっさと帰ってしまう。その学校の教師たちとも交流がなく、お互いに親密感が生れない。

生徒も、学校所属の担任や専任の教師にくらべて、こうした外来の時間講師には疎遠の気楽さをおぼえている。もっとも、教壇で教師用教科書の記述通りを棒読みしているような学校所属教師よりも、授業内容の豊富な外来講師に親しみを感じる生徒も少なくない。生徒は教師の頭脳に敏感である。

教師は、教壇に立ったときに生徒たちの頭の動きや眼の集中度で、この時間の生徒の気持が自分に向かっているかどうか、口を開かない前から分るものである。教室の雰囲気は、敏感で、むら気な生物のようなものである。うまくゆけば授業を中心に教師と生徒との間が一体となって、教師はのびのびと教室を統御してゆけるが、いったん生徒が離れてしまうと、奔馬に立ちむかうのと同じで、教師がどのように手なずけようとしても始末におえなくなる。こうなると教師の言葉はいたずらに窓の外の空気の中に消えて行き、やり切れない無力感に襲われる。

高須通子は週に三回、二つの高校に通うのに一種の生甲斐に似たものをおぼえていた。生徒の反応が自分に集中しているのはうれしいことだった。教壇に立った瞬間、それまでざわめいていた生徒たちがぴたりと静止し、たくさんの輝く眼に見つめられる。一人の講師と多数の生徒とが、静かな熱気のようなもので一つにかたまる。両方で、いちいち反応し合った。

彼女のほうは、生徒たちの顔と名前をどうにかおぼえているという一介の非常勤講師のつもりだが、生徒からは授業の批評や身上相談に託したファン・レターが来た。

「一週間、高須さんがまた休まれると、生徒が失望しますよ」

糸原二郎は、不粋な太ぶちの眼鏡をずり上げ、高須通子にビールを注ぎながら言った。

「それがわたくしにもつらいの。責任を感じるわ」

通子は注がれたコップを前にしたまま、糸原にビールを注ぎ返した。スシ屋の中はアベックの客が多かった。

「教務主任も困っているようですよ。高須さんに生徒の人気があるのが分っているから。歴史専任の畑山君は受け持たされた組しかやらない男だし、担任の中村さんが忙しすぎるから、どうせ生徒にはその時間、自習ということになりそうですね」

「それがとても気になります。畑山先生にも中村先生にもご迷惑をかけて。わたくし、生徒たちの人気とかそういうものにはちっとも関心がないのだけど、真面目に授業を聞いてくれるのはうれしい。生徒たちとは、うまくいっているような気がするんです」

「うまくいってますよ、完全に。いきすぎていますな。校長や教頭はよろこんでますが、ここだけの話だけど、先生がたのなかには、ちょっと面白くない気持の人もいるんじゃないですか」

「あら、そうですか。だったら気をつけるわ」

「ちっとも気にすることはないですな。先生がたの大半は高須さんの支持者ですから」

「そうかしら。先生がたのご様子を拝見してて、とくべつにそんなふうには見えませんけど」

「表面に現わさないだけですよ。そういっては何ですが、これまでの時間講師に対する概念があるんですな。それを急に変えたくない、変えると、はたから妙に思われそうだ、という詰まらない体裁があるんですよ。そこへゆくと、ぼくは前から校長ににらまれるくらい行儀の悪い教師でとおっているからトクですな。校長の公認のようなものですよ。

こうして高須さんとはいっしょに平気で酒が飲めるし……おい」

糸原は通りがかりの女中のほうをふりむいて、ビールのお代りを注文した。

「あら、そんなにはいいただけないわ」

「いや、いいです、ぼくが飲みますよ。ほかの教師たちを尻眼に、高須さんとこうして飲んでいると思うと愉快なんです」

「糸原先生。そんな大きなことをおっしゃっても、ここは吉祥寺ですから、荻窪とは近いんですよ。生徒が入ってきますよ」

「生徒？」

糸原は眼鏡のふちをつまみ、

「生徒と聞くと、弱いですな。なるほど、スシを食いにくるかもしれませんね」

と、首をすくめて見回したが、それほど困った顔でもなかった。

「あ、思い出しました」

糸原が新しいビールを受けとったとたんに言った。

「今日の二時ごろでしたか、高須さんに電話がかかってきましたよ、坂根さんという方からですが」

坂根からの電話があったと聞いて、高須通子は奈良で遇ったカメラマンの顔が浮んだ。北円堂からだらだら坂を下りて商店街に入り本屋の前で別れてから、はじめての声のことづけだった。

「事務員の倉田君が電話を受けていたのを、ぼくは職員室に足を入れたとたんに聞いたんです。倉田君は言いませんでしたか？」

糸原はたしかめるように訊いた。

「いいえ……」

「怪《け》しからんな。どうもそういう気がしてました。あの倉田というのは、根性がちょっとひねくれてますからね。無愛想を通りこして、意地悪なところがあります……、どうも、わが校にはいろんな型の人物がいて、申し訳ありません」

「いいのよ」

「倉田君は、高須先生の授業は三時と四時半に終ると例の愛嬌のない声で言ってましたから、坂根さんという方から、もう一度電話がかかってくると思ってましたがね。その電話、ありませんでしたか？」

「それも聞いてないんです」

「そうですか」

糸原は何か問いたそうにしてビールを飲んでいた。それと察した通子は、

「坂根さんという方はカメラマンですわ。きっとその方でしょう。奈良で偶然お遇いしたの」

通子は先に説明した。

「カメラマン？　坂根要助と違いますか？」

糸原がコップを口からはなして顔をあげた。

「ご存知？」

「いや、直接には知りません。会ったこともありませんが、雑誌の写真ページではよく名前を見かけますよ。いま売れっ子のカメラマンの一人です。……へええ、坂根要助さんに奈良で遇われたんですか？」

彼は眼鏡の中でまだ眼を大きくしたままでいた。

「雑誌社の方といっしょでした。わたくしの知っている美術館の方と、その雑誌の編集長だかの人と坂根さんとが話しておられるところに行きあわせたものだから」

通子は、それ以上のいきさつを糸原二郎に話したくなかった。シンナー殺傷事件は東京の新聞にも載っていたし、話すと糸原の好奇心を増大させるばかりである。

それにしても坂根要助はどういう用事で電話をくれたのだろうか。考えられるのは、あの事件の被害者の海津信六から供血の礼状がこの前に届いたので、坂根もたぶんそれをもらったにちがいないから、彼はその話をしたかったのかもしれない。共通のなつかしさだろうと思った。

「高須さんも、旅先ではやっぱり、いろんなことに遇うんですねえ」

糸原二郎が赤い眼で通子をじっと見た。そこには年下の男にありがちな、ある種の感情が滲《にじ》み出ていた。

「わたくしなんかは旅先でそんなに変ったことは経験しませんわ。あまり人の行かない古くさいところを見てまわっているだけですから」

通子は、糸原二郎の視線をはずして言った。年下の男の眼は、ときに甘えたり、ときに背伸びして倨傲《きよごう》になったりするものである。

「ひとりでそんなところを見て歩いて、面白いですかねえ？」

糸原は片肘を台の上に突き、通子の顔にちらちらと眼をむけた。

「あら、それは一人のほうがいいんですよ。じっくりと見ることができていろんなことが考えられて」

「ぼくには夢があるんです。いつか、高須さんとそういう場所に行って、話をしてもらうことなんですがね。そしたら、どんなに愉しいかと思うんですが」

糸原は少し酔ってきた。その眼で、黙っている通子を見ると、

「……まだ夢なんですよ。そんな先のことよりも、旅先の高須さんからもらう便りを読むほうが、現実的な愉しみかもしれませんな」

と、言い直した。それから間を置かずにつづけた。

「この前の奈良通信や播磨の石の宝殿の便りなんかは面白かったですな。ああいうのを読むと、こっちの空想がかきたてられますよ。いや、石のことよりも高須さんが歩いている様子が眼に浮ぶんですな」

眼をふさいでコップの残りを仰向いて飲んだ。

「恥しいから、もう書いてお送りするのはやめます」

「いや、そんなことを言わないで、次の旅行でもぜひお願いしますよ。ぼくの愉しみを奪わないでください」

「そう。じゃ、書きましょうね」

「で、来週の休みは、ほんとにどこにも出かけないんですか？」

「書きものがあるんです。締切りぎりぎりになって追い込まれてるのですよ。これも雑誌ができたらお見せしますわ」

「ぼくには分らないようなしち面倒な論文でしょうが、在野の雑誌に発表して研究室の教授や助教授にイヤな顔をされませんか」

「それは、もう、とっくですわ」

通子は声を出さずに笑った。


通子が下北沢のアパートに帰ったのは八時半ごろだった。

駅前の細長い商店街を南に抜けて、だらだら坂を下りると、昔ながらに世田谷の狭い道がいくつも入りくんで伸びている。路傍には切り残されたケヤキやスギが何本かずつ立っていたりするが、雑木林も農家もとっくに消えて、密集した閑静な住宅街となっている。

アパートは二階建てで、上が六室、下が四室の素人経営だった。階下の二室ぶんには家主の若い夫婦が住んでいる。地主の親が建ててくれたもので、夫は会社勤めである。

通子は二階南側の1DKの部屋だった。

机の上に速達が一通と手紙とがあった。手紙は母の字だったので、それから先に封を切った。

信州も諏訪の上社《かみしゃ》の酉《とり》の祭りが済んで急に新緑がふえた、槍や穂高の雪も半分になった、と書いてある。今年は寒《かん》がきびしかったので麦の出来もいいようである。叔母は豊科《とよしな》の小穴病院で盲腸の手術をうけたが経過はよい。自分は二度見舞いに行った。そういう母の前置きは長かった。

伸一の縁談がまとまった。上諏訪の造り酒屋の娘である。酒造業ではこっちの荷が重いが、当人どうしが気に入っているので結局話をきめた。式をあげるのは秋のはじめになろう。あんたにももっと相談したかったが、そういうわけで親でも口が出せる余地がないくらいに進行したので、後からの報らせというかっこうになって、済まない。あんたも夏休みに入ってすぐに帰ってきてくれたらうれしい。ほかにも相談したいことがある。

——弟の縁談で、母が長女の結婚を暗に促していた。このごろでは正面から言っても通子が動かないと分って、こういう遠回しの言い方になっている。ほかにも相談がある、というのはそのことだった。あまり手紙を寄越さない父は、母を通じて黙って金を送ってくれる。

伸一は三つ下だった。恋愛らしい。弟は何も言ってこない。おさないと思っていたが、夫になる年齢となった。

　手紙を戻した封筒が机の上で裏になった。上手ではないが、母の筆蹟は几帳面である。長野県南安曇郡三郷《みさと》村住吉。——通子が生れた農家がその安曇野にあった。天井が黒い簀《す》の子になっているカイコ部屋のついた広い家である。

　もう一つの速達の封筒は出版社のものだが、横に『史脈』編集部と刷りこんである。中は便箋二枚に、締切りが迫っているので早く原稿を出してくれという催促だった。編集委員をしている私立大学助教授の書き馴れた崩し字であった。

　ドアに細い音があった。家主の若い主婦が顔をのぞかせた。

「お帰んなさい、高須さん、お待ちしてましたのよ。お茶が入りましたから、下にどうぞ」

石の論考

　雑誌『史脈』六月号は高須通子の「飛鳥の石造遺物試論」の稿を掲載した。

《ここに掲げた主題の範囲は、奈良県飛鳥地方一帯に遺存し、またはもとその地域にあって現在は他に移されている古代の石造物についてである。巨石に加工したものには、高市郡明日香村岡字酒船の丘陵上にある酒船石、同所近くの畑にある亀石、橿原《かしはら》市南妙法寺町岩船山にある益田岩船がある。人体像の彫刻には明日香村下平田の吉備姫王墓前にある猿石、同村橘寺境内に置かれている二面石、同村石神《いしがみ》より出土して東京博物館構内に置かれてある道祖神石、須弥山《しゅみせん》像石などがある。

これらに共通した特質は、次のようになる。

①これらの石造物については古事記・日本書紀などの古典に記事がない。

②製作年代は七世紀中葉と思われる。

③石の材質が付近の古墳の石槨《せっかく》や石棺などに使用されている凝灰岩よりも硬い花崗岩である。

④彫刻などの技術は稚拙である。

⑤未完成のものが多い。

⑥製作目的や用途がはっきりしない。

⑦飛鳥地方に集中している。

いちおう、こうならべてみた。

もっとも、①については須弥山像石だけが例外である。

日本書紀斉明紀三年(六五七)秋七月辛丑の条に「須弥山《すみのやま》の像を飛鳥寺の西に作る」とあり、同五年(六五九)三月甲午の条には「甘橿丘《あまかしのおか》の東の川上《かわら》に、須弥山を造る」とある。

東博構内にある須弥山像と道祖神像が明治三十五年に発掘された石神の地は、「飛鳥寺の西」「甘檮丘の東の川上」に当るので、遺物と古典の一致だとされている。

知られているように東京博物館の「須弥山像石」は高さ約二・四メートルの雪ダルマのような形をなし、これを三個の石で積み重ねている。石の周囲に浅く彫刻されたシワのような模様が重畳《ちょうじょう》たる連山のかたちであるというところから須弥山をあらわしたものとされているが、これは連山とも見えるし、層雲とも見えるし、また波の模様にも見える。

そこで、他の石造物にふれる前に、「石造須弥山」の記事について少し考えたい。

前記のように、斉明紀で、須弥山をつくった記事は、三年の「飛鳥寺の西」と五年の「甘檮丘の東の川上」の二つである。

この二つの記載がもし同一場所とすれば、なぜ須弥山を一年置いて二つも同じところにつくらねばならなかったのか。この記事は重出とは思えないのである。

三年七月には、覩貨邏国《とからのくに》の男女二人、女四人が筑紫に漂着したのを呼びよせたという記事が前にある（覩貨邏国については諸説があり、いまのタイ国の南部にあった王国ドヴァラヴァティというのが有力だが、一方、中央アジアの吐火羅《とから》＝ボハラという説もある）。須弥山の像を飛鳥寺の西に作る、盂蘭瓫会《うらぼんのをがみ》を設く、暮（月末）に覩貨邏人を饗す、とあるのはその同じ七月の条である。

また、五年の条には吐火羅人の夫婦が来た、甘檮丘の東の川上に須弥山を造った、陸奥と越との蝦夷《えみし》を饗したとつづく。

須弥山は、外国からきた人とも関連があるらしい。須弥山の記事の初見は、斉明紀より前の推古紀二十年（六一二）である。これは渡来した百済人の面身がみな斑白《まだら》もしくは白癩《はくらい》だったので、これを忌み、海の島に棄てようとしたところ、その者が、自分は山岳《やまおか》の形を構築する技術をもっていると言ったので、宮居の南庭に「須弥山の形」と「呉橋《くれはし》」をきずいたというのである。

はじめに須弥山をつくったのは推古の小墾田宮《おはりだのみや》の南庭であった。これからすると、斉明紀三年の「飛鳥寺の西」と同五年の「甘檮丘の東の川上」とは同一場所ではなく、近いけれど違っていたのではないだろうか。

ところが斉明六年夏五月の条には、「石上池《いそのかみのいけ》の辺に、須弥山を作る。高さ廟塔の如し。以て粛慎四十七人に饗したまふ」とある。

石上池は、現在の天理市石ノ上で、石上神宮の近くにある将軍池のことだという。五年の翌年にまた須弥山をつくったのである。推古二十年のを入れると四度つくったことになり、とくに斉明三年、五年、六年と矢つぎ早である。

もっとも五年の条と六年のそれとは記事が似ているので、同じことを両年に分けたと疑うむきもある。もしそうだとしたら、斉明帝が「興事を好む」性格を強調したのかもしれない。須弥山石もいまのところ一つしか出土していないのである。

ただ六年の記事で参考になるのは、高さ廟塔の如しの字句である。東博蔵の須弥山石は三個の石を積み重ねて形をなし、その内部をくり抜いて空洞とし、それより外にむかって小孔を穿《うが》ち、内部の空所に水を満たすとその小孔より噴出するので、あたかも噴水塔のような装置になっている（石田茂作『飛鳥随想』）。

しかし、現在の三個の石の積み重ねでは、内部の水路に当る溝が合わないので、原形は中間にもう一個か二個の石があったことが推定されている。そうなると、須弥山石は現在の形よりずっと高くなる。

これが「能く山岳の形を搆《つ》く」という築山の上に立っていたとすれば「高さ廟塔の如し」という形容も、あながち誇張ではないともいえるが、「廟塔」とは「塔」じたいのことであるから、土壇としての築山は問題ではなく、対象はあくまでも「塔」である。ところが、須弥山石は四個（または五個）の石を積み重ねても、形は低くて小さい。築山の下から望見しても、とても廟塔には見えない。このことから、わたしはいわゆる須弥山石と称される山形石は、書紀の伝える須弥山の施設ではなかったと推測するのである。

道祖神石（山形石）といわれている男女が抱き合って盃を捧げている石人像は、二人の口から小さな孔があけられ、それが途中で合流して体内を貫通して脚部に及んでいる。

須弥山石と道祖神石と、二個の石造物の出た石神の田圃を昭和十一年五月に石田博士が発掘されたところ、底に拳骨大の栗石《くりいし》を敷き、両側は自然石を積み上げた溝の遺構が発見され、さらに円形井戸を思わせる穴も見つかった。溝の遺構は、南北に長いが、東西に交差する屈曲した溝もあり、また東に石を敷いた「広場」と、西に川原石群の場所もあった。このことから石田博士は「そうなると、川原石群の東方の石敷広場は、山形石すなわち噴水塔並びに石神を前にし、甘檮丘を借景とした饗応の場であったかもしれない」といっておられる。矢島恭介氏は、発見された溝が屈折しているので、奈良期の貴族の間に流行した「曲水の宴」が早くも行なわれていたであろうと推測された（「飛鳥の須弥山と石彫人物について」＝『国華』六九三号）。

饗応の場とは、斉明紀三年に覩貨邏人を饗し、五年に陸奥と越にいた蝦夷を饗した「須弥山」の場所である。此処がそうだとすれば、溝を十字形につくったことでもあり、水に関係のある庭園だったことになる。飛鳥川はその西に流れていることでもあるし、もっとものように思える。ただし、地の高低からいって飛鳥川の水は右の溝には直接には引かれないという。

ここは飛鳥川の川原であるから、斉明紀五年の甘檮丘の東の川上（此をば箇播羅《かはら》と云ふ）と一致する。

しかし、普通の川原に庭園をつくって人を饗応したとは思えないので、この川原は宮廷の域内に含まれていたろう。

後飛鳥岡本宮はその前の斉明二年に焼けている（書紀）が、火事は庭園には関係なかろう。

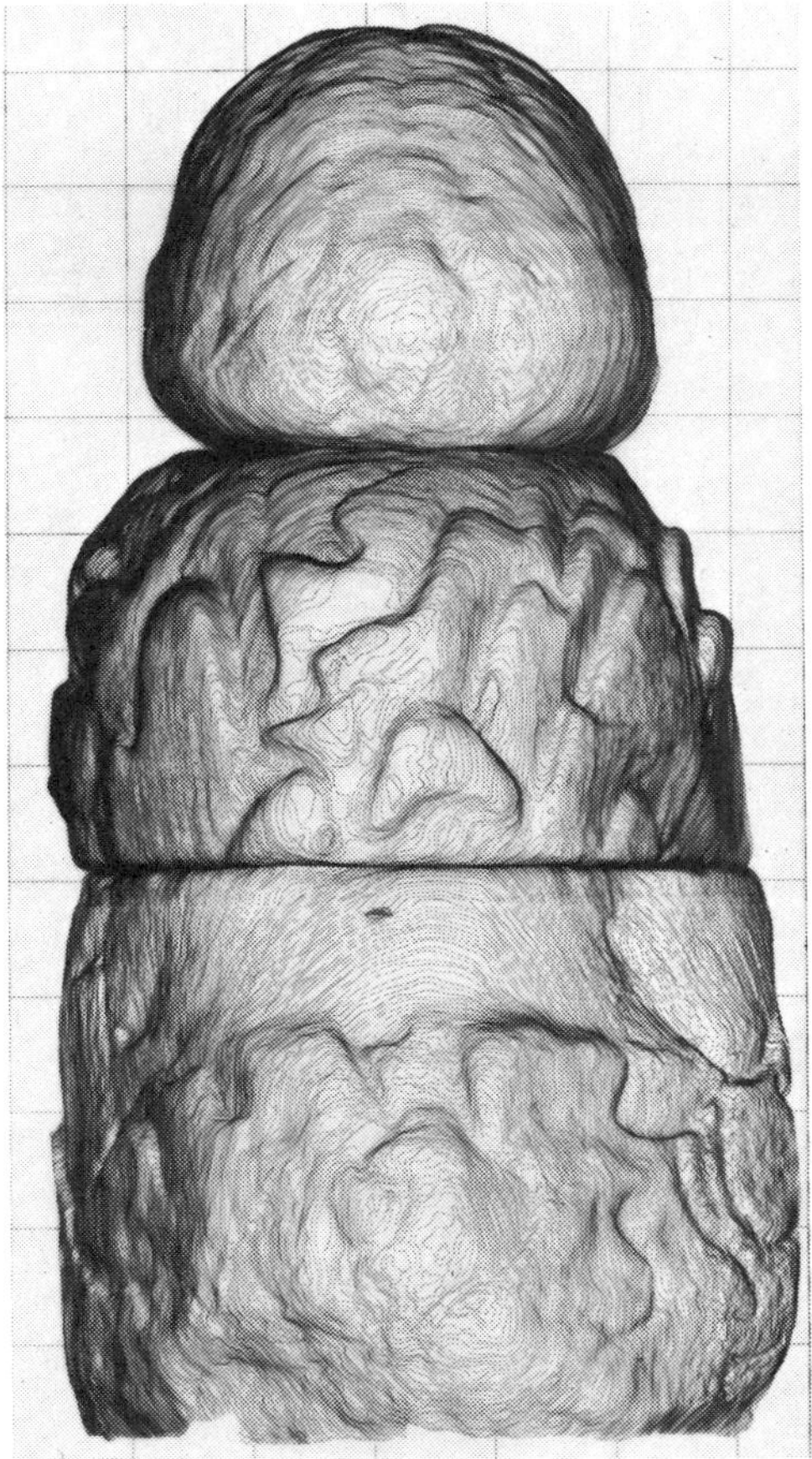

石造須弥山立面図　奈良国立文化財研究所

次は酒船石についてである。

酒船石は楕円形、円形の凹所が液体を溜め、それらを連絡する直線の細い溝は液体を流す目的であるらしい。問題はその液体が何であったかである。凹所の底が浅いので酒醸造用の沈澱装置に適しないことは多くの人に言われている通りである。灯油、辰砂の製造説は必ずしも説得力があるとはいえない（酒船石写真・一三頁参照）。

そこで連想されるのは、ここから約四百メートルはなれた飛鳥川ぞいの字出水通称ケチン田の耕地から発見された類似の装置を持つ二個組合せの石のことである。この石は現在京都市の某氏邸内に置かれているので実見の機会を得ないが、昭和二年の奈良県史蹟調査報告書中、上田三平氏によると、「幅広い沈澱所を有するものは長さ七尺四寸幅五尺七寸の扁平な薄い石材で沈澱所は略《ほぼ》軍扇状を呈し長さ四尺二寸幅三尺三寸深さ約二寸、一方に小溝を有し之より他の石の溝に連絡する装置である。然して第二石は幅狭く丈高く長さ約十尺幅一尺、上端に幅平均三寸の多少彎曲した溝を造り、溝は傾斜し、中に二個の沈澱所を造り、末端は小孔を以て外方に放出する様になっている」とあるから、酒船石の溝と接合する排水施設だったとみられる。

これとは別に、昭和十年に酒船石の東約四十五メートルの地点から土留め用として十六個の加工石が発見されたが、いずれも細長いかたちで、その長軸の方向に溝がつくられていて、うち一個は折れ曲がった溝になっていた。この十六個の石材をつなぐと、延長約十五メートルに及ぶ石樋となる。だから酒船石はこの石樋をつないで出水発掘の石造物で終る巨大な液体流通の設備だとみる説がある。十六個の石材はその石樋の一部だというのである。

酒船石のある場所と出水発掘石の発掘場所とは、ともに須弥山の遺構といわれる溝の発見場所からは遠いが、石に液体を溜める凹所や液体を流す溝が彫られているところからみて、酒船石も「液体」の施設のようである。

しかし、酒船石と、出水発掘の石とを、須弥山庭園の施設物とするには、難点がある。両者とも石神の地からは離れすぎている。ことに酒船石の場合は丘上にある。重量ある巨石（原形は現在の一・四倍に近かったろう）を運搬に困難な丘上にどうして置く必要があったのだろうか。

付帯施設の一部とみられる石が川のそばに埋没していたから、酒船石ももとは出水付近にあったかもしれないという想像は現況からみて成立しない。酒船石も出水発掘石も須弥山庭園の施設ではなかったのである。

ここで一応考えられるのは、蘇我馬子《そがのうまこ》が家につくった島のある小さな池のことである。「飛鳥河の傍に家せり」（書紀）とあるから、池には飛鳥川の水をひいたのである。馬子馬子の邸宅が、彼の墓とされている石舞台の下手になる斜面にあったとすれば、島ノ庄と酒船石の丘や出水とは近いから、あるいは両石は馬子の池の施設であったかもしれないという想像が起る。

けれども馬子の家の池が、単に池中に島を造った程度であるらしいので、酒船石のような施設はなかったとみるのが妥当のようである。島のある池が、単に地面を深く掘って水を引いただけの池だったことは、それがのちに草壁皇子《くさかべのみこ》の住居になったらしい「島の宮」の勾《まがり》の池の様子でも分る（万葉集一七〇・一七二）。もっとも島ノ庄にはほかに貴族の邸宅があったらしいが、その池も島大臣《しまのおとど》（馬子）の池のかたちとだいたい同じであったと思われる。

酒船石のような巨大な石造物が、須弥山庭園の施設物でもなければ、また馬子邸の島の池の付属物でもないとすると、どう考えたらよいだろうか。

飛鳥地方の石造物には、酒船石、出水発掘石、益田岩船、亀石のような巨大なものと、須弥山像石、道祖神石、二面石、猿石などの小像のものとがある。いずれもこの近くの花崗岩で、製作期もだいたい同じとされている。巨石と小石像とは、その製作者の目的も異なるものとみなければならない。

酒船石に比すべき巨大な石造物は橿原市南妙法寺町の岩船山（一四〇メートル）なる独立した丘阜《きゅうふ》上の益田岩船である（益田岩船写真・七九頁参照）。益田岩船についてはすでに実測報告も出ているのでここでは簡単にふれるが、平面は不整な長方形で、側面は上部がやや狭まった富士山型の方形の台といった感じである。ただし、東と西側は山の斜面にしたがって半分以上は土に埋まっている。東西の長さ一一メートル、南北の長さ八メートル、底部の土がえぐられている北側面の高さ約四・七メートルである。

石の台上にはほぼ一・六メートル正方形の穴が長軸線に沿って二個ならび、その穴の深さはだいたい一・三メートルくらいであるから、ちょうど角材を立てるホゾ穴のようである。石造物はよく仕上がっていて側面はつるつるにすべるくらいだが、下方に格子縞のような模様が刻してある。

益田岩船は、『大和名所図会』にも絵が出ているように江戸時代からすでに知られている。これまで、その用途については弘法大師撰「益田池碑文」を刻した碑石の台石であろうとされていたが、それだと岩船に見合うには巨大すぎる碑石になるので、否定説が強い。

現在は、二つの穴を火葬の蔵骨器を入れる場所と考えて、それが大型で、しかも合葬墓の形式をとったために、かく巨大な石室になったと推定する火葬墳墓説がある（川勝政太郎「益田岩船墳墓説」―『史跡と美術』五九。其他同調説がある）。

ほかには、漢氏の城塞の物見台を兼ねた水槽ではなかろうかという説（北島葭江《よしえ》「岩船巨石と漢氏」―『近畿文化』一五八）、天武朝につくられた占星台の基石と見る説（藪田嘉一郎「益田岩船考」―『史跡と美術』三六一）などがある。

このうち、後者は天武紀の「始興占星台」の記事に着目し、後漢の占星台（霊台）を参考にして、岩船の台上の二つの穴はその施設のあとであろうとされている。藪田嘉一郎氏のこの見方はもっとも着想に富んでいる。

私としては、火葬墳墓説には従えない。火葬墓または終末期古墳としては付近に中尾山古墳、牽牛子塚《けんごしづか》、鬼の俎《まないた》・鬼の雪隠《せっちん》などがあるが、いずれも益田岩船にくらべて石室は小規模である。それに、火葬墓とすれば上に封土がなければならないが、岩船の現場にはそのあとがない。

私は右の「占星台」説にもっとも魅力を感じるものだ。が、あとで述べる点で、少し異なった見方をとっている。

益田岩船の用途そのものについては、私も確かな推定ができない。

そこで、形はまったく違うが、巨石という点で亀石についてみる。これも花崗岩だが、ぜんたいの形は亀がうずくまっているようである。しかし、背中にあたる上部はまるくもりあがった自然石のままで何らの加工がされてなく、その西端の下方に眼蓋《まぶた》のような二つの彫刻がある。その下は先が三角形の平面に彫られていて、ぜんたいが亀の顔とみえないこともない。わずかに稚拙な人工の手が入っているのはこの小部分だけで、それも仕上がってなく中途半端である。この未完成の石造物は側面の一部下方に石矢が入っていて、割りとられたあとがある。高取城の築城に使ったかどうかは分らないが、酒船石と同じ破壊に遭っている。

この亀石については、一部に朝鮮にある陵墓碑（金春秋墓・太宗武烈王陵）前の亀の形をした台石「亀趺《きふ》」に擬した説がある。亀石は朝鮮のそれとは比較にならないほど粗野で稚拙だが、それはこれをつくった「帰化人」新羅《しらぎ》系工人の腕の違いであろうという。門脇禎二教授は「とくに亀石は、中国にもあったことはまだ聞かない。新羅の亀趺と飛鳥の亀石、これはアジアでも珍しい例ではないだろうか。そういえば、その陵の前に亀

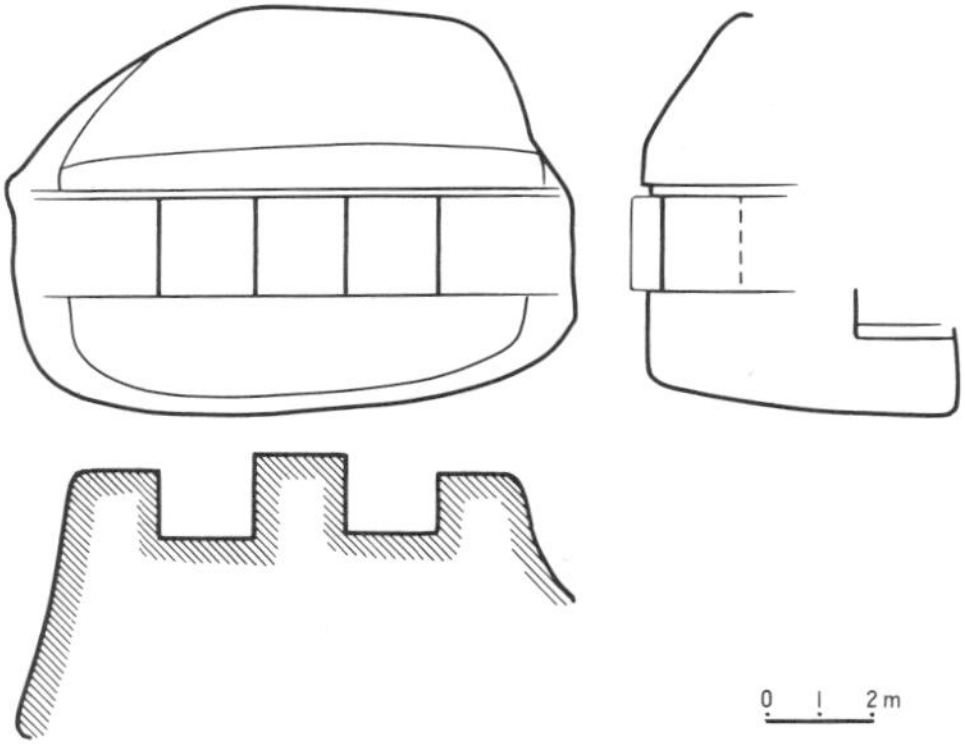

益田岩船図

亀　石

趺の記念碑が建てられた太宗武烈王が、六四七―八年に日本に滞在したころの金春秋その人であったのも、単なる偶然であろうか」といっておられる（『飛鳥―その古代史と風土』）。

亀石を朝鮮の陵墓碑の亀趺台石に擬すのは、容易に連想できる。しかし、飛鳥の亀石はこの一個だけで、国内に他の類例がないのだからこの説にもすぐには首肯しかねる。その上、未完成ながら亀石の背中はまるくもり上がっていて、碑石を載せるような加工のあとがまったく見られない。七世紀の日本の墳墓が、墓前に墓碑銘を立てたという考古学的な証明はまだないのである。

門脇教授は猿石について、面相じたいを大きく刻んだところや帽らしきものが表現されているのは新羅の陵の石人とあい通じるといえないだろうか、と言われている（猿石写真・三五頁参照）。これも現在の天皇陵その他の古墳の前に猿石のような石人像がある例を見ないのだから、説得力に欠ける（いうまでもなく猿石はあとから吉備姫墓の前に移したもの）。日本の古墳に明瞭に石人像（猿石のかたちとはまったく違う武人の石像）があるのは九州筑後の石人山古墳（磐井《いわい》の墓といわれる）だけで、近畿を含めて筑後以外にはない。

門脇教授も亀石や猿石を供するような「近くに然るべき陵墓を見出し難いので、ここがわたくしの仮説の弱点である」（前掲書）と率直に告白しておられる。

そこで筆者には一つの仮説がある……》

高須通子は憶えている。

《筆者には一つの仮説がある。》

ここまで書いてきて、通子はペンを指からはなした。

開けた窓から風が入ってカーテンの端が動いていた。屋根にさえぎられて見えないが、電車が通過する音を五、六分おきに聞かせた。そのたびにこのアパートの二階は微震のように揺れる。

仮説の先を述べるのは、荒い海に漕いで行く小舟の心地だった。櫂《かい》を握り直すために手を休める。久保教授や板垣助教授の姿が浮んできた。村田講師の顔も見えた。そのほか身近な史学関係の人たちの顔が映った。

四角な空間に雲がひろがっている。まだら雲に四月中旬の眩しい光がふちどりしていた。窓に緑はなく、鯉のぼりの先の矢車が金色を回転させていた。通子は信州の青い高原を思い出していた。

家主の妻が上がってきて、三時のお茶を誘いにきた。子供はなく、主人は会社に出ている。寂しいので、よく通子を呼びにくるが、ほかの部屋の人はほとんど招かなかった。紅茶にシュークリーム。ケーキは到来ものだと妻は小さな顔をにこにこさせていた。

「ご勉強ばかりですのね。レコードでもお聞きになりませんか？」

主人がラテン音楽ファンで新曲をよく買ってくる。今度のはキューバ放送協会楽団演奏のものだといった。妻はそれほど趣味はないが、主人に教えられて聞いているうちに賑やかな曲もだんだんよくなったという。

「むこうの人は、お婆さんでもこれを聞いているうちに身体がむずむずしちゃって、夢中でテーブルの上にとび上がったりして踊り出すんですって」

ボリュームを下げて音楽が部屋に流れた。キューバの楽器の音色には心なしか哀調と憤りとがこめられているようである。通子には熱帯植物の森よりも、砂糖キビの畑とカリブ海の濃紺の海が見えてきた。

レコードが終って、いつもの雑談になった。頭が解放されたままの、とりとめのない世間話。家主の妻も、こういう話がいいでしょうといって笑うのだった。

子供のないのは寂しいが、非行少年を持った近所の親ごさんの嘆きを見ていると、いっそ持たないのがいいと思ったりすると妻はいっていた。身体が丈夫でないひとである。

「このごろは高校生の間にシンナー遊びが大はやりですってね。昨日の新聞ごらんになった？」

「いいえ、この二、三日見てないんです」

「あ、ご勉強で？」

「でもないんですが」

「高校生がね、二人でシンナーを吸ってたところ、一人が幻覚を起して、ああ、向うにきれいな町があると突然叫んで、川の中にどんどん入って行っちゃったんですって。そしてその友だちの見ている前で溺《おぼ》れ死んだそうですよ」

家主の妻は話して自分で顔をしかめた。

「シンナーを吸ったら、そんなに変な幻が見えるもんでしょうか。健康な人間には信じられませんわ」

通子の脳裡に、奈良での経験が蘇ったのはむろんだった。

「あれは麻薬と同じように中枢神経を麻痺させて幻覚を起すらしいですね」

「新聞に、羽田空港の税関で見つかって取り上げられたとよく出ている大麻《たいま》というのもそうですか？」

「あれも麻薬ですわ。やはり幻覚症状を起す……」

「大麻というのは麻の一種ですの？」

「インド大麻は、ほかの国でできる麻とは品種が違うらしいです。ほかの麻は麻薬性が少ないそうですけれど」

「日本の麻も少しは麻薬性があるんですか？」

「ほとんどないのじゃないですか。よく知りませんけど。そういう麻薬性があったら、古代から日本人も麻から麻薬をとることをおぼえてたでしょうけれど、中国でも日本でも麻からは植物繊維をとって糸をつくり布を織る技術しか知らなかったようですから」

奈良の幻覚殺傷事件のことは、新聞記事を憶えている家主の妻のほうが先に話題に出した。

「一カ月ほど前に、奈良でシンナー遊びの若い男が幻覚から刃物で無関係な人を殺したり傷を負わせたりしていますね。恐ろしいことですわ」

通子は、彼女にも自分の経験を話してなかった。

「日本では麻が麻糸や麻の着物になって仕合せでしたわ」

奈良の本屋で英語辞書を引いたのが昨日のようだった。

アサシン（英＝暗殺者）↑ハッシーシュ↑ハシン（アラビア語＝インド大麻）

シンナー遊びの若者に刺されて入院した海津信六という人は、病院のベッドで「アサシン」と呟いたという。海津の友人の料理屋の主人から聞いた話であった。海津という人は、むろん「暗殺者」の英語を呟いたのではなく、幻覚による犯行と聞いて、その語源を連想して言ったのであろう。河内の和泉市一条院に住むという生命保険の勧誘員海津信六の几帳面な字体の礼状を通子は浮べて、その呟きと少し合わないような気がした。

家主の妻に客が来たので、通子は二階に上がった。机に載った原稿用紙の半分のところが、

《筆者には一つの仮説がある。》

でとまっている。

机の上にひろげた参考書を置き直し、腹案のメモを一瞥《いちべつ》してペンを握った。

暗い雲の垂れた沖合に向かって小舟を漕ぎ出す思いでつづきを書きはじめた。

《私の仮説は大胆にすぎるかもしれない。しかし、あえて述べることにしたい。

斉明紀によれば、この天皇は土木工事がお好きであった。「時に興事（おこしつくること）を好む」とある。その内容はこうである。
一、是歳《このとし》（斉明二年）に、前年に造営しかけた小墾田宮《おはりだのみや》を放棄して、後飛鳥岡本宮を造って、ここに移り住んだ。
二、田身嶺《たむのみね》の山上に垣をめぐらした。また、嶺《みね》の上の、ふたつの槻《つき》の樹のほとりに、観《たかどの》を建てた。名づけて両槻宮《ふたつきのみや》、または天宮《あまつみや》といった。
三、香具山の西から石上山に至る渠《みぞ》（小運河）を掘らせ、舟二百隻に石上山の石を積んで「流れの順《まま》に控引《ひ》き」、宮の東の山に石をかさねて垣とした。
右の㊁と㊂の土木工事について世間では「狂心の渠をつくるのに人夫三万余人を費やした。垣を造るのに人夫七万余人を費やした。宮の用材は腐って山頂を埋めた」と、その濫費《らんぴ》を呪った（歌謡体）。また、「石の山丘を作るにしても、作るはしから自然とこわれてゆくにちがいない」と嘲笑した。

ここでは、まず㊁のことから考えよう。

田身嶺はいうまでもなく奈良県明日香村の東側にある多武峰《とうのみね》である。標高五九一メートル。東南の中腹には藤原鎌足を祀《まつ》る談山神社があるので有名。斉明天皇はこの多武峰の山頂かその近くにある二本の槻の樹の傍に「観」を建てたというのである。

「観」は、ウテナ（台）、高殿、物見台の意があるから、従来の訓《よ》みの「たかどの」でよいが、問題は、「両《ふたつ》の槻の樹」である。

槻はケヤキの古名だから、幹が高い。目標になるために、その樹の下はよく集会場となった。中大兄《なかのおおえ》が中臣鎌子《なかとみのかまこ》と打毬《だきゆう》して蘇我氏滅亡の謀議の縁をつくったのも法興寺の槻の樹の下だった（皇極紀）。孝徳天皇が群臣に盟約させたのも大槻の樹の下である。いわゆる樹下誓約には、槻の樹が択《えら》ばれたようである。このことから、誓約の「神聖な樹」にも意味が移ったようである。

ところで、ふたつの槻の樹とはどういう意味だろうか。「両」は「二」の聖数と解すれば、必ずしも実際に二つの槻があったということではなかろう。ここで思い出されるのは、『説文』其他の中国古典には「両観」という言葉が出ていて、「周りに両観を置きて以て宮門を表はす」とある。つまり「両観」とはこの「両観」から文字を得て、宮闕《きゆうけつ》をあらわしたのではないか。「両槻宮」は一部でいわれているような外敵に備える目的で山上につくった軍事施設ではなかったろう。

斉明二年（六五六）につくったという両槻宮が一種の山上防城で、外敵が来攻したときの宮廷避難先をかねた軍事施設と解する一部の説には従えない。わが国と新羅の関係は悪化していたが、飛鳥付近に防城を設けるほどには切迫していなかった。白村江の戦いで倭の水軍が敗れた結果、筑紫に大野城などをつくり（六六五年）、讃岐《さぬき》・対馬《つしま》・大和（高安城）に山城を築いた（六六七年）のは、これよりほぼ十年の後である。

それでは一方に後飛鳥岡本宮を造営したばかりなのに、田身嶺の高所にこのような宮をつくったのは、どういう意味なのだろうか。いくら「興事を好む」（以下の記事は『文選』の字句よりとったもの）天皇にしても、少しく異常である。

そもそも斉明天皇というのは、かなり異宗教的な雰囲気のある女帝だったらしい。皇極天皇時代には四方を拝み雨乞いに成功して「至徳の天皇」と尊敬された。が、皇極紀にはとくに天変地異の記事が多い。

重祚《ちようそ》して斉明帝になった夏の五月に、空中に竜に乗った者があらわれた。顔は唐人《もろこしびと》に似て、青い油の笠を着、その姿は葛城山の上を走って生駒山にかくれ、正午ごろには摂津の住吉の上を西にむけて馳《は》せ走った、というふしぎな記事がある。天皇の死は、筑紫の朝倉宮だったが、この宮をつくるときも「神いかりて殿を壊《こぼ》」ち、また宮の中に鬼火が現れた。その葬送に際しては、「朝倉山の上に鬼ありて、大笠を着て、喪の儀をのぞみ視る。ひとびと皆あやしぶ」とある。

このことは、香具山の西から石上山に至る運河をつくったときも、時の人が「狂心の渠」とよんだことにも対応している。「狂心」は無駄な土木工事に多くの人民を使役した怨嗟《えんさ》の声だけではなく、斉明帝に異常な精神状態のあるのを指摘したのであろう。その精神状態は、たぶんに宗教と関係がありそうである。

してみると、田身嶺の山上に両槻宮をつくったのも斉明帝の「狂心《たふれこころ》」と見えなくはない。谷川士清《ことすが》が引いた倭名鈔《わみようしよう》は「狂《たふれ》」を「顛倒」の意だとしてある。精神の正常でないことと、工事の顛倒とにかけた意だとすれば、「石の山丘」が作るはしから壊れたという記事にも合う。

両槻宮は、別称して「天宮《あまつみや》」といった。空に接する高い嶺に造られた姿からの形容だという。だが、この名前からは、離宮というよりも宗教的な印象をうけとる。すでに「槻」の名がそうであるらしい。

ある本の註は右の「観」を「ここでは道観、即ち道教の寺院か」、「天宮」を「道教の思想による命名か」としている。だが、果して日本に入ってきた道教思想によるものかどうかは疑問である。わが国での道教の流行はかなり後で、奈良末期から平安期ごろであろう。しかし、両槻宮を宗教的施設として見た点で、従来の軍事施設説よりはよい。

ここで、再び飛鳥の謎の石にふれなければならない。

結論からいうと、酒船石も、亀石も、二面石も、道祖神像も、猿石も、また須弥山像石も、すべて両槻宮（天宮）に供されるはずの施設物ではなかったかと考える。

以下、その推論の根拠をあげる。

両槻宮が、日本の古代宗教とは違った宗教的色彩を帯びていたであろうことは、斉明天皇の紀に見える叙述の性格からして推察できる。記紀に出ている古代皇居はすべて大和・河内・近江の平野部であって、田身嶺（多武峰）のような険阻な山上に営まれた例は、両槻宮を除いては一つもない。この宮が軍事的施設でないことはすでに言った。別宮（離宮の意）でももちろんない。すでに離宮の吉野宮を作っている（斉明二年・是歳ノ条）のに、どうしてまたその必要があろうか。吉野宮滝のような渓流に面した景勝の地とは違い、険しく高い山頂である。「天つ宮」の名からしても、そこが高所であり、同時に宗教的建築物であったと推測する。

　ところが、この両槻宮は造営ができなかった。斉明天皇がこの宮に赴いた記事がないこともその推測の一つだが、「石の山丘を作る。作る随《まま》に自づから破《こぼ》れなむ。若しくは未だ成らざるによりて、この謗《そしり》をなせるか」と同じ運命で両槻宮も完成しなかったにちがいない。

「謗る」とは、斉明天皇に対する誹謗《ひぼう》のことである。無茶な工事を批判しただけでなく、その背景にある異宗教的なものへの非難である。だから「渠《みぞ》」だけでなく、両槻宮の山上造営意図まで「狂《たふれ》」心と見えたのであろう。わたしは、タフノ峰の名は、右のタフレ（狂）に由来しているように思う。

「石の山丘」については、両槻宮のある田身嶺の周りに垣を作った記事の重出とする説と、宮（後飛鳥岡本宮）の東の山につくった石垣のことだとする説とがある。いずれにしても両槻宮造営は失敗だった。現在までのところ、多武峰には両槻宮や石垣の痕跡もなく、また「宮の東の山」に比定されそうなところにも石垣跡はない。

　もし書紀の言うように両槻宮造営が事実とすれば、それはよほど困難な作業であったにちがいない。難工事は、ただに現場が険阻な山頂というだけでなく、それまでの皇居の建築とは違った風変りな建造物を志したためではなかったろうか。「道観」（道教の寺院）ではなかったとは前にふれたが、それは否定するにしても、これまでとは異質な宗教に関連した建造物をプランしたように思われる。もしそうだとすれば、工法も違ってくることは当然で、その不馴れと未熟が工事の失敗を招いたのではあるまいか。いわば「今までとは勝手が違った」工事だったのである。

飛鳥に散在する謎の石が、この両槻宮の施設物として製作されつつあったとすれば、両槻宮は工事失敗で造営中止になったのであるから、予定の施設物のほうも未完成のままに放棄されたのではなかろうか。このように解釈すれば、いわゆる謎の石が飛鳥に集中している理由も、それらが完成品でない理由も解決できそうである。

しかし、この推定にはたぶん批判を受けるであろういくつかの難点がある。それについて述べる。

問題の謎の石が、もし両槻宮の施設物だとすると、なぜ、それらが多武峰の山上付近に存在せず、飛鳥の現在位置におかれているかという疑問が起ろう。

これはこれらの石の工作場が多武峰山頂付近では不便な理由があって麓に置かれたためと推定したい。山頂よりも麓がより便利であったといい直してもよい。

①材料の花崗岩は他の山から出るので、切り出したものを麓に集めて工作したほうが早い。②険阻な山頂付近だと工人の生活や資材等の補給に困難が生じる。③工人の監督官は宮廷（朝廷）人だから、宮廷に近い平地のほうが監督の眼が届きやすい。

といった理由が考えられる。

つまり、石造物は仕上げした上で、山頂の両槻宮に運び上げるつもりであったと思われる。工作以前の材石よりも、工作完成後の石のほうがずっと小さくなるから、その運搬上の便利さをも考えてのことであろう。ただし、益田岩船のみは除外したい。理由は後述する。

酒船石や亀石のような巨石を（完成後に）どうして険阻な多武峰の山頂に運び上げるかという疑問も起ろう。が、古代の人々は巨石の運搬を現代人が考えるほど苦労には思わなかったらしい。そのことは石舞台古墳の大きな石槨を見れば分る。あの凝灰岩は二上山系のもので、その山から運搬してきたと言われている。牽牛子塚《けんごしづか》、中尾山古墳などの石室は巨石をくり抜いたり組合せたりしたものだが、これらは鬼の俎・鬼の雪隠などの石とともに他から運んできたものだ。

したがって両槻宮に施設すべき石造物の工作場は、飛鳥のどこかに、一、二カ所設置されていたにちがいない。それも多武峰の麓に近いところであったろう。そこでは多数の工人らにより酒船石がつくられ、亀石、猿石、二面石、道祖神石、須弥山像石（後述）のたぐいが彫刻されたに相違ない。

ところが、両槻宮は造営不能で中止になった。当然に、これらの石造物も未完成のままに中止された。そのあとは利用の途もないままにそれらは工作場から四散した。飛鳥のあたりが耕作地や住居地としてひらけるにつれて、邪魔なものは、あるいは地の下に埋め、あるいは隅のほうに遺棄され、または低い丘の上に運びあげられるかしたのであろう。田畑の地下から掘り出されたのは自然の埋没ではなく、人が右の事情で故意に埋めたのである。

路傍に捨てられた二面石や猿石や亀石のようなものは、耕作地の邪魔物扱いにされて転々と移り、遂には現在の橘寺の境内とか、吉備姫王墓の前とか、畑の隅とかに置かれたのであろう。

では、なぜにこれらの石造物に後の利用価値がなかったのか。一つには未完成品ということもあったが、のちになればなるほどそれが時代感覚と合致せず、時人にとっては、なじめない石造物に映ってきたからであろう。

七世紀のわが国の彫刻をみると、顔の大きな、身体のずんぐりしたいわゆる止利《とり》派(北魏様式)と、長身優雅な百済《くだら》観音系(南朝様式?)の仏像とが同時に流入している。未だ仏教をよく解さなかった当時だから、二様式を同時に受容できたのだが、飛鳥の石造物はもちろん仏教とは関係がない。しかし、何か宗教に関連するものではあったらしい。となれば、いきおいそれは異宗教的なものと考えられる。

仏教が貴族や民衆の間に定着興隆してゆくにつれて、その異宗教的なものは消滅したのかもしれない。したがってこれら異宗教的な石造物も廃物となったのだろう。そうして邪魔物扱いにされ、民衆に迷惑がられて、後代にはついにはその意味が分らなくなったのではあるまいか。

これらが工人の悪戯《いたずら》による作だというのは論外として、人像石は新羅の掛陵や金庾信《きんゆしん》墓の参道に立つ石人のあるものと類似しているという。だが、その手法に多少近いところはあっても、面相は似ていない。朝鮮のそれはもっと端正である。飛鳥の人像石の面貌は、日本人でも朝鮮人でも中国人でもない「異種族」の顔を思わせる。二面合体像はここだけである。ほかには一つもない。しかも身体では密着しているのに、二つの顔が互いにそっぽをむいている変った像である。

要するに、紀にみえる斉明天皇の呪術的な性格、両槻宮の奇怪な工事崩壊、飛鳥石造物の異様性と、この三つをつなぐと、そこに「異宗教」的な体質が推定できるのである。

たとえば、難題の酒船石（写真一三頁参照）を復原してみよう。現在残っている彫刻は沈澱所と溝とがシンメトリカル（左右対称的）に配置されているから、欠けた部分の復原はわりと容易であろう。

石が巨大なので、その両側にそれぞれ作業する人が付いていたとする。その人たちが小さい沈澱所で何物かをつくり、これに溝で連絡する半円形からの液体を受け、そこで液体に混じて何かが仕上げられる。一方、半円形の液体は、中央の大きな沈澱所（小判形）を経て、中央の溝を伝い、下に設けた樋のような通路を穿《ほ》った別の石によって（出水発見の同類石のように）、上から伝わってきたものを受けて石樋から流し、外部でそれを採取する。酒船石はそういう機能ではなかったろうか。その「製造されたもの」の実体には、まだ推定がつかないが。

猿石は陰部を露出した変った石像である。現在はその下半身が地中に埋められて分らなくて、吉備姫王墓の柵内に引込められている。これも他に類例はあるまい。この奇妙な形から、工人悪戯説、土俗信仰説が出ているが、いずれも問題とするに足りまい。これも異宗教的な石像物と見たい。

亀石は未完成の作品だが、その胴体の側面下部には、前にもいうように、石矢が入って下部が割り取られたあとがある。これを仮に復原してみると、趺坐《ふざ》の下方がふくれ上がり、亀の首もずいぶん変ったものになってくる。これは「亀」よりも何か他の動物に見えてこないだろうか。亀石石矢のことは、案外、人々が気づいていないのである。もし、これが「亀」のかたちでなく、他の「動物」のかたちを模した石だったとすれば、さらに「異宗教」とかかわりが深くなってきそうである。たとえば宗教崇拝による「犠牲動物」(sacrifice animal) のようなものが連想できそうである。

さらに、筆者は次の点を重要な意味として注目している。

それは、両槻宮が造られた（未完）という多武峰の頂上と、益田岩船のある橿原市南妙法寺の岩船山（一四〇メートル）とが、東西にほぼ一直線にならんでいることである。すなわち両者とも北緯三四度二八分のなかにおさまっている点である（国土地理院発行「畝傍山《うねび》」二万五千分の一の地図による）。

多武峰頂上と岩船山の東西は直線にして約四・五キロの距離があり、この中間地帯、三四度二八分、二九分の線に沿って、東から西に、石舞台、島ノ庄、酒船石、板蓋宮跡、川原寺跡、橘寺跡（二面石）、檜隈《ひのくま》の天武・持統陵、文武陵、高松塚、吉備姫墓（猿石）、

二　面　石

さらには軽の池などがすっぽりと入っている。岩船山の西は貝吹山（二一〇メートル）でふさがれている。

　益田岩船のある丘阜上に立つと、北、東、南の三方が開け、東は右の平野や丘陵を越して、五九一メートルの多武峰頂上と相対する。また、後者も同様で、近くにこれ以上高い山がないから西北、西、西南の展望が開けている。

　両槻宮と益田岩船とが東西一直線にならんだのをあるいは偶然というかもしれない。筆者は、両者の施設が東西相対するよう当初から計画的に設置されたと思う。すでにして両槻宮（天宮）が宗教的な施設であるならば、益田岩船もまた宗教的施設とみられなくはないのである。前者は「観《たかどの》」を有し、後者も藪田氏の占星台説があるように富士山形の高台的石造物である。両者は一対をなし、四・五キロメートルの距離を隔てて相対するように造られていたのではなかろうか。

もし、この推測が容れられるならば、では、その「宗教」とは何か。いまのところ、筆者にはその解答の用意がない。しかし、たいそう日本離れした（朝鮮からも）異質な宗教であることは、たしかである。

須弥山像石なる山形石と俗称道祖神なる石人像とが、斉明紀にある甘檮丘東川上に造った須弥山の施設と推定された従来の説を見ながら、これをも両槻宮の施設物と見なす筆者の理由を書く。

これまで述べてきたように、両槻宮の施設として供せられるはずの石造物は当初の工作場から四散し、あるものは耕地の「邪魔物」として地下に埋められたのであるから、石神の地に山形石と石人像とが埋没していたのは自然である。たまたまその付近の地下に前記「曲溝」の遺蹟が石田茂作博士によって発掘されたために、これと混同され、斉明紀の須弥山「庭園」の施設と誤解されたのであって、たぶん「曲溝」とも関係がなく、「庭園」とも無関係であろう。

さらに言えば、この二つの彫像石の発掘事情もあいまいである。少なくとも客観性を欠いている（前掲矢島恭介氏論文による）。

須弥山というと仏教用語めくが、ここではそれとはあまり関係なく、その原義である「天山」とか「白山」（四時雪をかぶった山の意）の謂《いい》であろう（後漢書および註）。すなわち中国と西域の間にそびえる峨々《がが》たる天山山脈の一高峰がモデルであろう。これを中国や朝鮮から七世紀の宮廷人が伝え聞いて、それを想像で模して築山《つきやま》を土で造ったのであろう（石で造ったとは考えられない）。覩貨邏国人（シャム人）や蝦夷（えみし）や粛慎（中国北方民族）のような異民族をここに饗したのも異国趣味の築山と解すれば、その理由が分らないでもない。

とにかく山形石（須弥山像石）は斉明紀の「須弥山」とは関係のないものであろう。そして、これらは、両槻宮の施設になるべきものであったと考える。道祖神像といわれている人像石も同様なのは、その面相なり製作手法が橘寺の二面石と同じであることでも自明である。

最後に、斉明紀の「狂心の渠」のことにもう一度ふれる。この遺蹟は現在のところ発見されていない。書紀「香山（香久山、香具山）の西より石上山に至る。舟二百隻を以て石上山の石を載せて流れの順《まま》に宮の東の山に控《ひ》き石を累《かさ》ねて垣と為す」。この石上はイソノカミではなくイシカミであり、「狂心の渠」は飛鳥の奥山から香具山南麓に至ったものだという。げんに渠の跡がそこに見られると田村吉永氏は書いておられる（田村吉永『飛鳥京・藤原京の考証』）。

田村氏の「石上」のイシカミ説は興味深いが、「狂心の渠」のあとが現在も残っているとして「疑う人は今でも奥山の人家の北端に行って、北の方を向いて田の中をみるがよい。千三百年前の溝渠のあとが歴歴として現われている」といわれる点はどうであろうか。筆者は指示の場所に立って展望したが、眼の悪いせいか、それを実見できなかった。

宮の東の山に「石を累ねて垣と」したというが、その「宮」とは、どこの宮をさすのであろうか。ある本の註は、「田身嶺に周垣をつくったことの重出か」としているが、石上山が仮に大和盆地の東縁櫻井市から天理市にかけての山塊中にあるとしても、そのへんの石をわざわざ切り出して二百隻の舟に乗せ、渠（小運河）を航して田身嶺の頂上に運ぶという必要はなさそうである。なんとなれば、この吉野山塊から北に伸びた山系の岩質は、御所市と東の高見山を東西に結ぶ断層線を南限として、多武峰を含めて、すべて花崗岩質岩類だからである（古墳の石室や石棺に使われているのは二上山火山系の安山岩類凝灰石）。

これは、この石の無い地域にむけて、他所《よそ》から石を運んだとみなければならない。

以上、予定の枚数をはるかに超過して飛鳥にある謎の石造物について長々と書いたのは、非力ながら少しでも解明に迫りたいためである。先輩諸先生の御叱正を賜われば幸いである。

完》

かくれた波

五月の陽光が外に降りそそいでいる日だけに、荘重な煉瓦造りの建物は内側が暗くてひんやりとしていた。中世の城砦《じょうさい》のように窓がせまく、その窓ぶちまでツタカズラが延び繁っているので、奥まった部屋は昼間でも電灯をつけ放しにしていなければならなかった。

ドアの横に名札が掲げてあるところは病院の病室を思わせたが、「久保能之」の上に「教授」としるしてあるために病室の連想を断ち切らせ、格段の権威を廊下の通行人や訪問者に感じさせる。

高須通子は、そのドアを低めにノックした。どうぞ、とこれも低い声が内から応じた。久保教授の在室は珍しいほうだった。兼任しているよその大学に行っていることが多い。通子も学校に顔を出すのがしばらくぶりだったので、久保教授が来ていると「大部屋」で耳にしたら、知らぬ顔はできなかった。

ドアを開けたとき、教授は上衣をとった背中を正面壁の机にまるめ熱心に書きものをしていた。人が入ってくるのでそういう姿勢をわざと見せていると疑いたくなるくらい、スタンドの下で右肘を動かしつづけていた。横窓からの光線は少ないのである。

机のまわりは本でいっぱいだった。ようやく書くところだけにスペースがつくられている。八畳ぐらいの部屋だが、客のためのイスが三つ置いてあるのと、本棚と、床に積んだ書籍とで、半分も使う余地はなかった。

通子は開けたドアをうしろにして佇んでいた。眼は教授のゴマ塩の後頭とワイシャツの背中からはなさなかった。いつ振りむくか分らないからである。シャツはクリーニング屋から届いたばかりのを着てきたように眩しいくらいに白く、皺《しわ》がなかった。

ノックして、どうぞ、と答えたまま、人が入ってきても教授は見返りもせず、だれかと訊きもしなかった。そういう態度をしても失礼でないことを教授は呑みこんでいた。助教授、講師、助手、学生、そういう連中だと思っている。同僚教授だとドアのたたき方が違う。学長、文学部長だと呼びつけるのに使いをよこすが、使いだとすぐに口上を言う。こっちの手が空くまでじっと待ってはいない。

「どなた?」

教授は相変らず右肘を忙しく動かしながら、まるめた背中ごしに訊いた。おとなしい声だった。二分も経ってからである。

「高須通子でございます」

うむ、と教授は応えたようだった。手が動いているのも、背中を机にかがめているのもそのままだった。

「ちょっとご挨拶に伺いました」

「うむ」

短い声とも息ともつかぬものが向うむきのままに洩れた。教授はようやくペンを措《お》いて、ゆっくりとイスを回した。

久保教授は大柄な体格だった。長い顔で、顴骨《ほおぼね》が出ているし、鼻が大きく、唇の両端が頰の部分まで伸びていた。すべて顔の造作が大きいなかで、眼だけは細く、切れ長であった。一重皮の眼蓋の下にはあまり大きくない瞳が大儀そうに坐っていた。

こういう顔はえてして面白くないものだが、久保教授もまた表情に富んでなく、感情のありかがよく分らないていのものだった。彼はその眼で高須通子をじっと見た。

通子はそれに頭を下げた。

「先生にご挨拶に伺ったのでございます。お忙しいところを申し訳ありません」

言葉のあとからまたおじぎをした。

「あ、そう」

教授はかすかにうなずいた。ネクタイピンに付けた屑ダイヤの飾りが光っていた。それが鈍い眼の色と対照的だった。

「どう、勉強してる？」

ゆっくりした言い方だったが、べつに返事を熱心に求める口調ではなかった。門下生に対して「面倒見の悪い」定評には自分でも反対でない態度だった。

久保教授は、もちろん通子の「勉強」の方向を知っている。彼女の修士論文「記紀に見えたる外来思想」を審査通過させた一人だった。というよりもその強い推薦者であった。そもそも彼女に「学校に残るように」すすめ、自分の研究室に引き入れたのも久保教授だったから、この修士論文を提出するまでの「指導」も教授がおこなった。その限りでは彼女に対して「面倒見」は悪くなかったのである。

修論を出して「助手」となり、六年が経つ。その間に教授と弟子の間は徐々に密着感がうすれ、距離をひろげていった。これは弟子のほうで師弟関係を儀礼的に維持しながら遠ざかっていったのである。こうした場合、弟子の師に対する失望感が原因になることが多い。

通子は、博士の学位に興味を失っていた。博士論文の審査には久保教授が当り、その推挽者《すいばんしゃ》となるだろう。論文作成の過程では、いきおいその通過のために教授の「指導」をうけることになる。「指導」とは彼女にとって拘束であり、自由を奪われることであった。教授の意志に背馳《はいち》することは許されない。尊敬できなくなった学者の意志に忍従するよりは、他に自由を求めたほうがはるかに自己に良心的だと思った。教授の「指導」とは、論文通過のための一種の「根まわし」だといってもよい。といって他の大学に博士論文を提出して純粋に審査してもらうことも許されなかった。ほかの大学に出すことじたいが不道徳であり、背信行為であった。通子もはじめは博士号取得を考えないではなかったが、いまではその情熱がとうにさめてしまっていた。

久保教授と通子の間もまことに微温的になっている。それでも教授が通子の追放を決心しないのは、一人でも多く弟子を確保しておきたいという繁栄の満足感と同時に、「員数観念」が働いていた。後者は官僚制度と相似ている。とくに優秀と思われる弟子の温存は将来の自己勢力のためでもあった。

どう、勉強してる？　と言った久保教授の通子への問いは、その造作の大きい顔にさしたる表情が顕われないと同様に、べつに深い意味があるわけではなく、やあ、どうかね、といった程度の口先だけに聞えた。訊かれたほうがそれを真面目にとって詳しく報告すると、かえって時間の空費に迷惑しそうなのである。

「はい。ぼつぼつでございます」

通子は両手を前に組合せて答えた。

答えになってないが、やあ、どうかね、というのに、まあまあです、と答えるのと同じで、この返事で満足してもらえるはずだった。

しかし、日常的な曖昧《あいまい》な挨拶よりも、勉強しているかね、という教授の言葉には内容性があった。教授はむろん通子の方向を知っている。こまかいことは知らないかもしれないが、だいたいのところは察している。それに、たぶん助教授とか講師とか他の助手とかから話を聞いているにちがいなかった。彼女のその方向は久保教授のそれと背馳とまではいかないにしても逸《そ》れている。それも教授は充分承知の上だった。師弟の間が不即不離なら、その言葉の交換もうわべを軽く撫でていた。

「失礼しました」

通子が頭を下げて退ろうとすると、うなずく前に教授の顔にふいと、波が立ったように表情が出た。

「どこかの雑誌に出ていた君の書いたもの、読んだよ」

何気ない言い方だったが、通子はさすがに、はっとした。

「ありがとうございます」

と、素直に礼を言った。お恥しいものを、とか、未熟な内容で、とかいった謙抑《けんよく》や弁解がましい言葉は咽喉につかえて出なかった。教授は『史脈』という名前を知っているのに、「どこかの雑誌」とそらとぼけていた。そこには大学の発行誌以外には一切の権威を認めないアカデミー意識が露骨に出ていた。教授の意識の中では「在野の」研究誌を「民間の」とか「町の」とかいう蔑視観念に置きかえていた。

教授は読後の感想を言わないものと通子は思っていた。「あれ、読んだよ」と言ったあと、表情がその批評を表わすのが常だった。たいていはうすら笑いである。言葉にすると、それがとりかえしのつかない決定になるかのように教授は思っているらしかった。つまり彼の評言じたいが権威を持つと自身で考え、慎重を極めていた。

が、通子には思いがけないことだったが、そのあと久保教授は低い呟きのように言った。

「どうも君のは少々走りすぎる。論文はもっと慎重に考えて書かんといかんな」

通子は、久保教授のうすら笑いの顔に——たいていの大モノ学者は微笑の中にあらゆる批判と反対意見とを蔵するものだが——叱責と困惑とが混じり合っているのを見てとった。

「気をつけます」

最後の叩頭《こうとう》を済ませ、通子はあとずさってドアを閉めた。

通子が久保教授の部屋を出て廊下に眼をむけたとき、向うの端から忙しそうに歩いてくる板垣助教授の姿が映った。

両側の部屋が廊下をトンネルにしていたが、突き当りの窓の光と、途中階段昇降口の下にある中段踊り場の窓明りとで、歩いてくる人物は逆光を背負って真黒になっていた。が、その長身と、せかせかした歩き方とで、板垣智彦だとはすぐに判別できた。片手にいつも書物だか、手提げカバンを抱えているのも癖だった。

これは正面だから、お互いに避けようはなかった。たとえ途中に階段の降り口はあっても、そこに行くまでに両方で接近する。

うつむいて大股でくる板垣助教授は近くで顔をひょいと上げ、通子を認めると黒ぶちの眼鏡の奥に眼をむいて、はっとしたように瞬間脚を止めた。幽霊が現れたように、というと大げさになるが、うす暗いところから現れたので、それに近い不意打ちくらいはあった。

通子は微笑してお辞儀をした。

「先生。今日は。ご無沙汰をしております」

板垣助教授は、太い眼を通子の顔に走らせ、ああ、とか、いや、とか口の中で発声した。彼は鋭い一瞥《いちべつ》をくれたとき、つづいて何か言いたそうにしていたが、すぐに思い返したように開きかけた口を閉じ、たちまち眼をそらせて、もとのように歩調正しくあるき出した。

板垣助教授が何を言おうとしたか通子には想像できた。たぶん久保教授と同じことを言いたかったにちがいない。どこかの雑誌で君の書いたものを読んだよ。『史脈』の雑誌名は助教授も口がさけても言いたくないにきまっている。君のあの論文はひどいね、臆測ばかりじゃないか、学問はもう少し実証に立たないといけない、堅実に、慎重にだよ、牛歩のように見えるようだが、足場を着実に一歩一歩かためてすすむのが科学的な学問というものだ、勇断は絶対に許されない、それが久保研究室の学風でね、君は突っ走りすぎる、久保学風とは合わない、困ったものを書いてくれた、久保先生は迷惑されていよう、しかもその掲載が「民間の雑誌」だ。板垣助教授の光を帯びた一瞥には、その非難と軽蔑とが含まれているように思われた。

この奈良中期を専門とする助教授は、いつか「大化改新の階位制と八世紀初頭の宮廷風俗」というのを某「学術」雑誌に発表していたが、諸記録と各学説の紹介をならべているだけで、自説は少しも出ていなかった。いわゆる「妄断」や「恣意」にわたることをおそれ、自説の展開を極力つつしむのが、助教授の言う「慎重」であり「実証的」態度であるらしかった。そのことが久保能之に教授の座を譲り渡してもらう確実な早道だと心得ているようだった。

それにしても板垣助教授が行きずりに見せたあの「無視」の表情では、たしかに彼も『史脈』を読んでいる、と通子は思った。

講師や助手の控室、通称「大部屋」に通子が入って行ったとき、七、八人が大きなテーブルをとり巻いて坐っていた。若々しい顔にまじって四十年配、五十年配の顔があるのは、よその大学から出講に来た講師もいるが、この文学部でも各科の講師、助手がここに寄り合っているからである。講座制による肩書と、学問の実力とは無関係だというものの、五十歳近い人が講師や助手のままでいるのは、他の企業社会の人から見ると少しく奇異に感じられるかもしれなかった。

ここでは年功序列はあまり関係がない。そのかわり「正統」と「非正統」が強く影響する。「正統」とは最初から本学の出身であり、主流派の勢力に属してきていることである。政治的または行政的な手腕をもつ有力な教授の下にいれば、その範囲内では年功序列がものをいう。が、それも上のほうの裁量次第で、就職序列が必ずしも階段を上る順序にはならない。それが熾烈《しれつ》な形で現れるのは、後継者争いのときで、有力な二者の一人は他の同系の大学に出されるケースになる。実力のある講師や助手でも、主任教授に睨まれたり煙たがられたりすると、いつまで経っても助教授にもなれず、講師にもなれない。このような立場の人たちは、その実力を執筆活動などに向けるから、世間には存外に教授よりも名前が知られている。

通子が入ると、顔色を変えてイスを起ち、急ぎ足に出て行った講師がいた。度の強い眼鏡の痩せた男で、三十ぐらいなのに年寄りのように猫背だった。

史学科だが近世史の助手砂原恵子が通子を迎え、眼は匆々《そうそう》と部屋を出てゆく猫背の講師に走らせて、声を出さずに笑った。

「村ちゃんは、あんたの顔を見て逃げ出したわよ」

彼女は低い声で言った。村田二郎は久保研究室に居る。

「そう。変ね」

通子は砂原恵子の隣りに腰をおろした。村田二郎の姿は眼に残っていた。

「ちっとも、変じゃないわよ。逃げ出す気持が分るわ」

「どうして？」

あたりの話し声は静かなもので、声が高くなるのを極力自制しているようだった。まるで、ささやきがひっそりした雑音になっているみたいだった。

どうして？　という高須通子に、砂原恵子はノートの端に鉛筆で書いた。

《あいつは、史脈に載ったあんたの〝飛鳥の石造遺物試論〟を読んでショックを受けている。彼から直接聞いたことはないが、あの様子で分る。ジェラシイと、教授・助教授への忠義立てで、あんたとの同席をいさぎよしとしないのさ。これが解答》

通子は読んで苦笑した。

それで彼女は、その傍に、

《信ジラレナイ》

と、書いて恵子に見せた。

この部屋についているおばさんが通子に茶を運んできた。

「高須さん。ここを出ない？」

砂原恵子が睡そうな声を出した。

「ここまでくると、のびのびとするわ」

喫茶店で、砂原恵子は自分の肩を叩いた。彼女は美人ではなかったが愛嬌があった。まるい顔に、眼が下がっていて、小さな鼻をもち、口はいくらか大きかった。

「学校の中では大きな声一つ出せないんだもの。大部屋だって陰々滅々、ヒソヒソの忍び声、毎度のことながらメタンガスが肺や胃の腑の中にいっぱい詰まるようだわ」

恵子はふくれた頰をすぼめ、唇をまるめて深い息を吐いた。

喫茶店は大学の近くだったので、髪の長い学生の客が多かった。教授が隅の席で出版社員らしい男とテーブルの原稿をはさんで打合せしていた。

「史脈の『飛鳥の石造遺物試論』、面白かったわ」

恵子は通子に言った。

「そう。ありがとう。まるきり自信ないけど、そう言ってもらうとうれしいわ」

通子はコーヒーをかきまぜながら答えた。

「わたしは古代史のことはてんで分らないけど、あれ、謎の石に絞ってあるから分りやすかったわ。そこからいろんなことを考えるあんたの発想がたのしかった。これ、お世辞抜きよ。ほかの大学にいる知っている人からも、電話が五つぐらいかかってきたの。わたしがあんたと友だちだということを知ってるもんだから」

砂原恵子は交際が広かった。

彼女に電話をかけてきた人たちは若い学徒だったが、『史脈』の「飛鳥の石造遺物試論」を読んでその発想が独自で豊かだと賞めていた。とくに飛鳥の石造物を田身嶺の謎の両槻宮に結んで、その施設であったろうという推定がユニークで、宮の工事失敗によりそれら石造物が未完成のままに飛鳥での遺棄物となったという推定は、それによってはじめて現況の理由が解ける、少なくとも有力な説明になる、と彼らは言っていたという。また益田岩船と両槻宮とが北緯三四度二八分の線上にあって東西相対しているのは初めての「発見」であって、だれも今まで気がつかなかったことだ、酒船石の復原からその用途を推定したのも非常に興味深い、とにかくあの小論からはインパクトを受けた、と彼らは興奮の気味だった、と砂原恵子は伝えた。

「あんたとこの研究室と関係ない若い連中は素直よ」

と、彼女は言った。

「そう」

「さっきの村ちゃんの態度を見ても分るわ。あいつ、あんたが大部屋に入ってきたのを見て、眼の色を変えて出て行ったじゃないの。それまでは、よそから来ている講師に駄ボラを吹いていたのよ。すぐにでも助教授になれるようなつもりで。だから、おかしかったの。わたしがさっきノートの端に書いたように、あいつ、あんたのあれを読んでショックを受けたのと、久保教授や板垣助教授への気がねから、あんたの顔を見たくなかったのね……。わたしは古代史のことはさっぱり分らないけど、酒船石のあんたの推測は面白かったわね」

と、近世史を専攻する助手・砂原恵子は高須通子に言った。

「そう。まるきりの当て推量よ」

隣りのテーブルに一人ぼんやりと坐っていた学生が、待っていた女子学生が来たので急に顔を輝かし立ち上がって迎えた。女子学生は背中まで垂れた長い髪で、上と下とがちぐはぐな服装だった。

「でも、あの石の彫刻は左右が具合よくシンメトリーになっているから、端が欠けていても容易に復原できるわね。あんたは左右に人々が立っていて、それぞれのくぼみの穴で何かをつくってそれを調合してたんだろうと書いてたけど、その何かというのは、何なの？」

「それはわたしにもまだ分んない」

「あんたは、論文だからそこんとこを慎重に表現を控えてるんじゃないの？　ほんとは見当がついてるんだけど、書かないという。……わたしになら、いいじゃないの。だれにも言わないし、この場限りで消えてしまうんだし、あとで違ってたからといって、しまったと後悔することもないわよ」

恵子は笑った。

「べつにあんたに隠し立てするわけじゃないけど、ほんとに分らないのよ。少しでも見当がつくといいんだけど」

通子も苦笑した。

「でも、飛鳥の石造遺物が両槻宮に供える施設物だとするとよ、両槻宮が異宗教的なら、その酒船石でつくった何かも異宗教的な或る液体ということになるわね」

「そこまではぼんやりと察しがつくけど、その先がてんで駄目なの。第一、書紀の書き方から斉明天皇には異宗教的な性格があったらしいと推測したものの、その異宗教がどんなものやら分らないしね。そうすると酒船石で製造した何かが分らないのも当然だわ」

「つまり、両槻宮の宗教性が分らないと、酒船石の製造物も分らないわけね？」

「そう。問題は斉明天皇と両槻宮の宗教性の究明が先ということなの」

「比較する文献はないの？」

「修辞の上ではあるの。たとえば斉明紀のこういう個所は中国古典のこういう文章から取ってきたというようなことはね。それは研究され尽して分ってるんだけど、叙述に出ている事実関係となると比較対照するような外国文献は非常に少ないの。外国交渉関係はほとんど朝鮮で、たとえば高麗で十二、三世紀ごろにできた『三国史記』とか『三国遺事』とかは参考になるけど、国内事情となると、当時の対応文献は何もないといっていいわ」

「困るわね、なんにもないのも。それじゃ推理を活用するほかはないわね。あとはいかに合理的な推理にするかということね」

「その合理性の解釈が各学者によって違うから困るわ。その点、古代史の解釈は藪の中ね。物的証拠がないんだから」

「物的証拠といえば考古学の援用ね。それはどうなの？　このごろは土地開発がすすんで、地下からいろんなものが出てくるようだけど」

砂原恵子は話題をつづけた。

「出てくるけど、まだ斉明天皇の異宗教的な性格を証明できるような考古学的遺物は発掘されてないわ。わたしの予測だけど、これは不可能な気がするわね」

通子はコーヒーに口をつけた。

「それじゃ考古学者に多武峰の両槻宮趾を掘ってもらったらいいじゃないの？　その遺構が分れば、その宗教の性格がかなり見当つくんじゃないの」

「発掘が成功すればいちばんいいんだけどね」

「古代の皇居趾とか寺院趾とかいうのはずいぶん掘られてるわね。宮滝宮趾とか板蓋宮趾とか、何とか寺趾とか、何とか廃寺趾とか……わたしにはよく分らないけど」

「そういうのは、前からだいたいの見当がついているから掘るのだけど、両槻宮というのは田身嶺に造ったという記事だけで、現在の多武峰のどこに当るのかすら分ってないの。地名や伝説のようなことで言う人はあるけど、あんまり当てにならないしね。石垣を築いたというんだけど、たとえ当時それが崩れて工事が出来なかったにしても、それらしい石ぐらいは遺っててもいいんだけど。といって、あの広い多武峰の全面にトレンチを入れるのは、そう簡単にいかないしね」

「シュリーマンは居ないの？」

「今のところはね」

恵子は、通子の話を聞いて思案していたが、

「あんた、ひょっとすると、その両槻宮というのは、幻の皇居じゃなかったの？」

と、思いついたように言った。

「え、幻？」

通子は恵子の顔を見た。恵子はくすくすと笑いながら言った。

「シュリーマンは伝説だけでトロイの遺蹟を発掘したわね。当てにならない伝承なのにとはじめ世間に嘲笑された。両槻宮は日本書紀にちゃんと出ている。だから事実だとみんな思っている。記事の通りの事実でないにしてもそれに近いことはあったと考えるわね。ところが、その書紀のほうがまるきり嘘を書いているとしたら？……ねえ、石上山

から香久山の西に至る狂心の渠というのも、まだ遺蹟が発見されてないでしょう？」

「それはまだ見つかってないけど」

「書紀にはっきりとどこからどこまでと地点が書いてあるんだから、その通りに香久山の西からトレンチを入れてみたらいいと思うわ。運河の跡だったらその土の状態が違うとか、淡水魚介や水生植物の痕跡が見つかるとか、二百隻の船から運河にこぼれ落ちた物が得られるかするじゃないの。どうしてそれをやらないのかしら？」

「さあ」

「わたしはやっても無駄かもしれないと思うわ。だって、狂心の渠も、幻かもしれないもの」

「両槻宮」も「狂心の渠」も幻ではないかと砂原恵子は言うのである。

通子は、はっとした。近世史専攻の砂原恵子は古代史については専門外である。部外者、いうところのシロウトのほうが無心な直感を働かせて専門学徒の盲点を衝くことがある。

なるほど「両槻宮」も「狂心の渠」も遺蹟はない。将来、土中から発掘されるかもしれないという「期待」はあっても、厳密にいえば学問の世界に、現在に「無いもの」を将来の期待につなぐというのは科学的といえないのではなかろうか。

しかも両槻宮も狂心の渠も書紀によると、大工事であったらしい。とくに後者は人夫延べ三万人を使って掘り、運河完成後は舟二百隻を通した。それほどの大工事が未だに痕跡一つ発見できないということがあろうか。鏡や土器のような、また住居跡や小古墳のような、規模の小さなものとは違うのである。

口碑伝説だから非事実、文献記載だから事実という既成概念がここで書紀に逆手を取られているのではなかろうか、という砂原恵子の呟きは通子に考えさせられるものがあった。書紀でも神代紀のほうは古事記と共に架空的説話としてかたづけられているが、継体紀以降は歴史上のほぼ確実な史料として学界に認められている。だが、この公然の承認にあまりによりかかりすぎていたのではないだろうか。

「あんたも書いていたけど、斉明天皇って、書紀ではどうしてあんな妙な天皇にされてるのかしら？」

砂原恵子は、ちょっと沈黙した通子に問うた。雲が通過しているのか、窓からの日射しがかげって店内の明りがしぼんだ。

「そうね。よく分んないけど、書紀の編纂に関与した藤原氏の意見が斉明天皇観に働いているという説があるわ」

通子はとおりいっぺんなことを答えた。

「藤原氏って、宮廷祭祀を掌《つかさど》ってきた中臣氏の家系でしょう。その説が当っているとしたら、あんたの考え方にも合うじゃないの？」

ああそうか、と通子はまた思った。恵子は、斉明天皇が「異宗教的」だと『史脈』に書いたことを言っているのだ。中臣の古神道的立場から、書紀編集委員藤原不比等《ふひと》の斉明批判があのような妖鬼的な記事で行なわれたとすれば、斉明帝の持っていた信仰はいよいよ異宗教的な色彩の疑いが強くなる。

「古代史は、史料が少ないから困るわ」

通子は溜息をついて言った。

「でも、それだけに夢があるじゃないの？」

恵子はかえって羨《うらや》ましそうな顔をした。

「夢は学界に認められないわ。それにくらべて、あんたのほうはいいわね。史料が豊富だから」

「史料が多すぎるわよ」

と恵子は笑った。

「……だから夢がないの。あんまり決まり過ぎちゃって。ただ、残されている夢は、これまで知られなかった新しい史料を見つけ出すことね」

「それがたいへんね」

「たいへんだけど……」

と言いかけて、恵子はふと妙な表情を見せた。

「……新しい史料がときたま偶然のように出ないこともないの。何といっても近世だから。地方の旧家の土蔵とかお寺とかから古文書が見つかったりするわ。でも、それにも問題があるの」

恵子はいやな気分を顔にみせて言った。

「どういう問題？」

「たとえば、それを学校が買いとるとするわね。地方のお寺とか旧家にかぎって中央の権威ある大学の先生に鑑定を頼むのよ。すると、それが非常に珍しいものだとか、従来の定説や通説の一部を訂正するような貴重な価値あるものだったら、教授が手もとに抑えてしまって、だれにも見せないわ」

「そういう話はよく噂で聞くけど、ほんとなの？」

「ウチの教授がそうなのよ」

恵子は歯の間から舌をのぞかせた。

「そお？」

「つい、この間だけど、九州の旧家の蔵からかなりな量の古文書が出て、それをウチが一括して買いとったの。その旧家は甫庵太閤記《ほあんたいこうき》や大村由己《ゆうこ》の『秀吉事記』なんかにも名が出てくる博多の豪商の子孫なんだけど、その古文書のなかにはずいぶん良い史料があったらしいわね。らしいというのは、教授がそれを一人でとりこんでしまってどこかに隠してしまったから」

「ひどいわ」

「ひどいけど、それがほとんど通例になって、もうだれも怪しみはしないわ。そんな内緒ごとが、どうして分るかというと、史料の整理に当っていた男の助手がこっそり耳打ちしてくれるからだわ。だから教授は近ごろ至極ご機嫌よ。そのうち、召し上げものをタネにした論文がぼつぼつ出るだろうって、みんな袖引き合いながら待ってるの」

恵子は首をすくめた。

史料や資料は研究家共同の公益的なものでなければならない。それをひとりの学者が公費で購入して私的に独占するというのは、道義が問われる前に、その学者の実力が疑われる、といった正論は当り前すぎて、恵子も口にはしなかった。所詮は書生論で片づけられる。

恵子はそのほかいろいろなことを話した。古書店が入手した古記録のことを教授がかぎつけてその店に現れ、その権威で全部の買上げを予約してしまうが、支払いはいつのことか分らないのが常例で古書店は迷惑している話とか、出来のいい学生を自分のもとに取るため卒業論文を愛想よく賞めたまではいいが、あとでそのテーマさえ教授に分らず聞き返して学生を憤然とさせ、他の大学の院生に走らせたという話、別な大物教授の奥さんは門下生を呼び捨てにし、若い弟子は私用に使い、また、だれそれは古文書がろくに読めないからと夫と同じ口吻で弟子の悪口を言い、活版本を軽蔑しながらご本人は新聞記事の理解さえ怪しいといったような噂話まで。――

「ああ、ずいぶんしゃべったわ」

と、砂原恵子は腹を撫でて通子に言った。

「……これで、身体にたまったメタンガスが出て行って、すうっとしちゃった」

通子がアパートに帰ったのは六時だった。途中で市場に寄って買物などしたが、日がよほど長くなって、外はまだ明るかった。

ドアのわきにつけた郵便受けに手紙が入っていた。枯れた筆蹟におぼえがあったが、裏を返すと思った通り大阪府和泉市一条院の海津信六からであった。

この人からは前に奈良の病院で供血した礼状をもらったことがある。叮寧《ていねい》な書状だったので、それに見舞を兼ねたハガキを出しておいた。あれから二カ月ばかり経っている。几帳面にその後の回復経過を報らせてきたのかと思ったが、それにしては封筒は大きいし、それもふくらんでいた。切手も普通の三倍は貼ってある。

海津信六には通子も多少の興味をもっていた。彼が重傷のベッドで呟いたというアサシンの言葉である。普茶料理屋の主人から聞いたのだが、以来、初老の保険勧誘員という新聞に出た職業からの人物想像にズレに似たものがあるのをずっと抱いてきていた。

通子は夕食の支度をあとまわしにして、便箋二十枚をこえている達筆な字を読みはじめた。

《晩春から急速に初夏の季節に移って参りました。河内平野は稲の青さと麦の黄色とだんだらに彩られております。

その後御無音《ごぶいん》に打過ぎましたが、御健勝のことと拝察申し上げます。降って小生ことは、お蔭さまにて予後も順調で、日ましに体力を回復しつつあり、昨今は外出してもさほど疲れを感じない状態になりましたので、他事乍ら御放念を願い上げます。
これも偏《ひとえ》に奈良に入院中、貴女に貴重な供血を頂いたお蔭でございます。その節、とりあえず御礼状をさし上げましたが、その文面中、出京の上お礼を申し上げるように認《したた》めましたところ、その後の雑事に取り紛れ、かつは旅行は未だ無理に思われますことと て、その機会を得ず、まことに不本意ながら打過ぎております。失礼の段幾重にもお詫び申し上げます。》

ここまでがその後の報告を兼ねた重ねての礼状であった。腹部を刺された直後、路上にうずくまってエビのように腰を折っていた海津信六の黒い姿が浮んできた。警察に知らせて、と呻くように言った声も耳に残っているし、その粘い冷たい汗にも、手についた血にもあざやかな記憶があった。病室に見舞うことはできなかったが、あの重傷の身が外出ができるまでによく回復したものだと思う。新聞に出た年齢では、もう六十近い人なのである。

通子は便箋の三枚目に眼を落した。

《さて、過日、堺市の某書店に立ち寄りましたところ、書棚に『史脈』という題の雑誌が一冊あるのを見つけ、何気なく手にとって開いてみましたところ、思いがけなくも貴女のお名前を拝見いたしました。『飛鳥の石造遺物試論』という御論文なので、早速に買い求めたことでございます。……》

海津信六の手紙で、堺市の書店に雑誌『史脈』が一冊あったという個所を読んで通子はひとりでに口もとがゆるんだ。

うすっぺらな学術研究雑誌などは僅かな部数しか発行していないので、取次店からの配本も地方の主だった書店に限られている。海津信六が一冊見つけたという堺市の書店は大きな店だったにちがいない。それも売れ残りではなく、はじめから一冊しか配本されなかったのであろう。

普通の客の眼に止まりそうにない『史脈』を海津信六が〈何気なく手にとって開いてみた〉というだけでも、通子には彼の関心の在りかたがただごとでないように思われた。

《貴女がT大史学科の助手をされておられることは、前の手紙でも申し上げましたように、お名刺で教えられておりましたが、古代史を専攻なさっているとは雑誌を拝見するまでは存じませんでした。それでとくに小生には興味深かったのです。

『飛鳥の石造遺物試論』を拝見して、小生が個人的に感銘したのは、この論文をお書きになるために飛鳥地方にお出かけになり、その際にか奈良にお泊まりになって小生の奇禍を助けていただいたのではないかということであります。そう考えますと、衿を正して拝読せざるを得ませんでした。

拝見したところでは、たいへん示唆に富んだ御意見という感想を持たせていただきました。実は小生も若いころに趣味で飛鳥地方をよく歩き、御論稿にある石造遺物をも見ておりますので、その際、いろいろと考えたりしたこともありますので、往時の想い出を三十年ぶりかに呼び戻したことでした。

御論稿のなかで、いわゆる謎の石造遺物が斉明紀の両槻宮の施設物として飛鳥地方のある場所で製作されたものではないか、その宮の造営が工事中止になったために石造物も未完成のままに放棄されたのではないかとのお説は従来に見られない独自なもので、失礼ながら感心いたしました。

それについて両槻宮の「観《たかどの》」が道観（道教の寺院）ではないかとする日本古典文学大系本の註にふれられて、道教の流行はもっと後代であろうとされるご疑問はごもっともと思います。右の註はおそらく京都大学文学部内史学研究会発行の『史林』第八巻第一号（大正十二年一月）所載の黒板勝美博士『我が上代に於ける道家思想及び道教について』に従って書かれたものと愚考いたします。

古い雑誌なので、あるいはお目にとまっていないかとも存じますが、むかし読んだ小生のうろおぼえでは、黒板先生の右の論考の主旨は、だいたい次のようなものであったと思います。……》

通子は、これは、と思って海津信六の手紙に引き込まれた。

海津信六の手紙はつづけている。大正十二年に発表された黒板勝美の『我が上代に於ける道家思想及び道教について』の〈うろおぼえの内容〉のことだった。

《黒板先生は書いています。……これまで日本に道教そのものが入ってきたという論述がないのは、記紀などをはじめ古典に道教に関する記載がないと速断されていたためで、建国以来の素朴な神祇祭祀が仏教渡来までつづいたという誤解にもとづく。儒教とともにに道家の書が入ってこなかったとはとうてい考えられず、仏教以前の神祇祭祀にすら道教的色彩の混入がある、と先生は例を挙げていました。小生の記憶では、古事記の開巻第一の天地創成のところ、イザナギ・イザナミのところ、垂仁紀に天皇がタジマモリに非時香菓《ときじくのかぐのこのみ》を常世国《とこよのくに》に取りにやらせたくだりなどに、神仙思想が見られ、これらは奈良朝以前に道教思想が日本に流入していたあらわれだ、と述べていたと思います。

その中で先生は、雄略紀にみえる葛城山の一事主神《ひとことぬしのかみ》と、斉明紀の「空中に竜に乗れる者あり」云々の個所を同じく道教思想として例にあげていました。

斉明紀では貴女は「空中に竜に乗った者があらわれた、顔は唐人に似て、青い油の笠を着、その姿は葛城山の上を走って生駒山にかくれ」云々と引用されておられますが、そのところを黒板先生は、

「葛城嶺や生駒山には或いは道教の寺観があったのではあるまいか。今も支那の道教の僧は青油笠のようなものを着けている」

と言っていました。

さらに先生はそれに関連して、役行者《えんのぎょうじゃ》を密教の輸入者のように考えている人もあるが、何らの確証はなく、むしろこれを道教最後の殉教者とするほうがよく、とにかく葛城山から吉野山にかけて往来していた道教家であったらしい、と述べています。

これらは、あとにつづく両槻宮の解釈で道教の寺院とする黒板先生の誤解であります。

……》

海津信六の便箋はまだつづいていた。

《黒板先生は次に、両槻宮に「観を起し」という字句をとらえて、観を起すと明らかに書いてあるのはそれが仏教の寺院でないことが推定せられるから、道教の観は北に生駒山、東に多武峰、南に吉野金剛山、西に葛城山と四方に道教の観が建てられていたことがあったのではないか、と述べていました。

「斉明天皇の御代に実際道教の寺観が建てられたことがやっぱり日本書紀に見えているのは、空谷跫音《くうこくきょうおん》の感なきにしもあらずである」という黒板先生の文章が、小生の印象にまだ残っています。

貴女は斉明天皇に「異宗教的」な雰囲気のあることを指摘されました。黒板博士はそれを道教と解釈されました。これはどのように考えたらよいでしょうか。……》

部屋の窓が急速に暗くなった。通子は海津信六の文字に引き込まれた。表で遊んでいる子供を呼ぶ母親の声が聞えていた。

《……まず黒板先生の右の説から愚考しますに、奈良朝以前に儒教思想が日本に入っていたらしいことは推測できますが、はっきりそう断定できる証明はありません。先生があげられた右の記紀の叙述も、ご存知のようにその後の研究で、当時将来された中国史書や文学書からの援用だったことが分っております。

道教がどのような経路で日本に入ってきたかはまだ充分に知られていません。すでに一部で言われているように、道教といっても組織立った教義をもつ教団道教と、前から民衆の間にひろがっていた迷信的（現世利益《りやく》）な民間道教の二つがありますが、これまで学界でもこの二つが混同して考えられていたようです。教団道教は老荘の思想を理論としたもので、後漢末にインドから仏教が入ったときにこれに刺激されて教団が成立したため、これを「成立道教」という人もありますが、「教団道教」と名づけたほうがいいでしょう。唐のころに官の保護をうけ、中唐期には官立の道教の寺院つまり「道観」が各地につくられています。玄宗は道教を官制化し、官吏の資格試験（科挙）にも道教を一科目としています。

このように中国でも道教の寺観ができたのは唐の中期ですから、七世紀の日本に道観があるわけはなく、両槻宮の観を道観と解したのは黒板先生の誤りということになります。

また、空中に現れた青油笠をきた怪人や鬼を先生は道士と解釈されましたが、道士は成立道教に所属しますから、これも誤解でしょう。このような誤解は、前にも申しましたように、教団道教と民間道教との混同から起っていることです。

しかし、斉明紀を読むと斉明天皇に異宗教的な雰囲気のあることはご指摘の通りであります。

それが日本固有の祭祀的（古神道）なものでもなく、仏教でもなく、道教でもないとすると、いったい何でしょうか。……

ここで連想されるのは、後漢末から三国時代にかけて仏教がインドから中国に入った

際、ほとんど同時に西方から別な宗教が入っていることです。》

と、海津信六は便箋に書いている。

《いうまでもなくそれは景教（キリスト教ネストリウス派）、祆教《けんきょう》、摩《ま》尼教《にきょう》です。祆教はゾロアスター教（拝火教）、摩尼教はマニ教（ゾロアスター教の後に出て、同教を母胎にキリスト教と仏教の要素を加えたもの）で、前者はイラン高原に、後者はバビロニア地方に起ったといわれ、中央アジアの西域地方を経て中国に伝わったものです。

この三つの西方宗教は初唐から中唐にかけて最も栄えましたが、やがて仏教と共に弾圧を受けて衰亡しました（ただし景教は元朝のときに復興して元の滅亡といっしょに衰亡し、仏教は九世紀半ば武宗のとき排仏の難に遇ったが、社会に強く根を張っていたため政府も禁圧を解きました）。景教、祆教、摩尼教はこのように中国で相当期間栄えはしたものの、それは中国までにとどまり、日本には伝来しなかったというのが学界の通説のようです。

景教は別として、祆教や摩尼教が教団宗教として系統的にわが国に来なかったからといって、その伝来がまったくなかったと断定するのはどうでしょうか。道教の場合は教団宗教としてこそ日本にこなかったけれど、民間宗教としての道教は早くから日本に来て民衆の間にひろがっていたのです。それと同じ理屈が西アジアからきた宗教にもいえるのではないでしょうか。

ゾロアスター教は中央アジアのイラン系商人によって中国に持ちこまれ祆教となった

のですが、マギ（漢訳して穆護《ぼくご》または牧護）といわれるこの宗教の呪術者は、幻術といっていろいろと奇術や軽業《かるわざ》のようなことを見せたらしいのです。唐朝が後半で祆教を弾圧したのは、世人を惑わすような幻術を使うのを理由の一つにしました。かれらイラン商人は洛陽や長安に一区画をもらって居住し、一種の自治制度により、その統率官にはやはりイラン人がなって、官名を「薩宝」（サッポー）または「薩保」といいました。

　黒板先生は前記の論文の中で、葛城山に住んでいたという役小角《えんのおづぬ》（続日本紀）を道教の道士のように解していましたが、道士は教団道教のほうですから、前にふれたような理由で誤りです。しかし、中国の民間迷信的な道教のほうでは、方士《ほうじ》などが「神仙術」として怪しげな方術（幻術）をつかっていましたから、祆教の幻人（幻術をつかう人）とよく似ています。ただ、道教の神仙術は現世利益の上からですが、祆教の幻人は超人的なところを見せて人をおどろかし、祆教の宣伝にしたようです。したがって、想像ですが、続日本紀が伝える役小角の超人的行動も祆教の幻人が使った幻術と解釈できないことはありません。

　といって、小生は、六、七世紀ごろから祆教（ゾロアスター教）が日本に入っていたなどとすぐに断言するつもりはありません。道教の方術との連想の上で、思いついたままを言ったまでです。》

　海津信六の便箋も残りがうすくなった。

《酒船石のことでは興味あるご見解を拝見しました。もっとも、これはあくまでもご仮説とのことで、なお後考に俟《ま》つというご趣旨のようですから、いまは愚感を申し上げるのをさし控えさせていただきます。ただ、従来の説も同じ難点ですが、あのくぼみに「液体」（酒、灯油など）を沈澱させるには、底があまりに浅すぎることです。ご高説の「液体」がいかなるものかまだ小生も想像し得ませんが、もしそれが「混合物によって得られる液体」の製造用としても、その液体沈澱所となる円形のくぼみが浅すぎますし、それに比して流通用と思われる中継の他の石の溝が深すぎ、かつ、長すぎるように思われること（二つの石造物を組み合せた出水発掘物の例）がやはり難点のように考えられます。酒船石のくぼみの浅さは、たとえば銅矛《どうぼこ》石型や銅釧《どうくしろ》石型の浅さにも似ているし、各円形くぼみを連絡している枝状のミゾは、古くは中国の銅鏃《どうぞく》の鋳型や、日本の鋳放《いはな》し銭、いわゆる枝銭《えだせん》の形にも似ています。もちろん、こういったからといって酒船石が銅器の石型であったなどと申すのではありません。あのような大きな形の、そして軍扇形や円形の銅器は存在しないからです。ただ、形の上から漫然と連想が浮んだだけです。

　酒船石が現在の位置にあったかどうか疑わしいことはお説の通りです。それに、あの石造物の両端は近世に割りとられているので、その作業の際に石の向きが本来でないほうに変えられたことは十分に考えられます。また、出水出土の二つの石の組合せも写真の通りが原型かどうかは分りません。

　益田岩船は石室ではないと思います。側面からみて、上部がせばまった富士山形であること、上部の平面に四角な穴が二つならんでいることなど、お説の「異宗教」に関連があるかもしれません。斉明紀の須弥山が「造山庭園」だったかどうかは分りません。須弥山は仏教用語ですが、高い霊山の意とすれば漢代に道教思想による「博山」炉の例があり、七、八世紀になっては須弥山の観念に道・仏二教の影響は少なくなったといいますから、「異宗教」が入る余地はあります。日本の仏教にはその源流がインドになく、かえって西アジアに要素が求められるものがあります。小生は斉明紀の「高さ廟塔の如し」に注目しています。東博の須弥山像石は、その「高い廟」の上に乗っていた小塔の如き施設物ではなかったでしょうか。最後に斉明紀の「狂心の渠」にふれます。「香山の西より石上山に」渠を穿ったという記事が、実際の地形に合わないというご疑問はもっともです。が、これは「史記」河渠書の文句を大和の地名に焼き直したために起った矛盾です。河渠書の「中山の西より」が紀の「香山の西より」となり、「瓠口《ここう》に抵《いた》る」が「石上山に至る」になったためです。「瓠口」とは谷口、すなわち水の落ちる水門の地の意味です。高地にある石上山がその地形に合わないことは言うまでもありません。書紀の作者が機械的に焼き直した証拠で、虚妄の文章というほかはありません。

――だいぶん調子に乗っていろいろとつまらないことを書きました。『史脈』を本屋で見つけ、偶然に貴女のお名前にひかれて御説を拝読したため、今はすっかり忘れていた若いころの趣味を思い出させていただきました。老生の愚夢をご失笑下さい。長々しい手紙で御机辺をお妨げしたことをおゆるし願います。

海津信六》

河内の盗掘人

国鉄阪和線の和泉府中《いずみふちゆう》駅に通子が降りたのはひるまえだった。タバコ屋で一条院の場所を訊くと、ここから東へ三キロ足らずだといった。府道にバスの停留所がある。一条院というのはなく、芦部《あしべ》のバス停で降りるとよい。

東に向かう府道は畑の中にできた一本道だった。バスの窓には、小さな工場群と少しずつひらけてゆく住宅群とが新開地らしい風景を見せて移って行った。遠いところに低い山があって、まぶしい陽光の下にかすんでいる。

芦部のバス停で降りると、そこだけは古い家なみがかたまっていた。すぐ近くに「一条院郵便局」というのがあった。この古い集落は府道の両側にわたっているらしかった。反対側に、擬宝珠《ぎぼし》を四注《しちゆう》の屋根にのせた寺が見えた。この屋根も古かった。

通子は手帳に控えた海津信六の住所をたよりに、府道を横切って、その寺の屋根に近づいた。せまい道が奥につづいている。寺の塀は左側で、その先は農家とアパートとが入りまじっていた。右側に武者窓のついた黒い塀と長屋門があって、庄屋らしい屋敷の構えが荒廃の中に残っていた。

寺の塀についで角をまがると、門前が片側町になっている。もとは農家だったのだろうが、格子戸の二階家がならんでいた。通子は標札を見て歩いた。道には人が通っていなかった。

「浜井吉雄」というのが海津信六の住居先の名だった。それよりも格子戸の軒先に「豊明生命保険代理店」の看板があるのが間違いのない目標となった。この家もくすんでいた。

顔を出したのは四十歳くらいで小肥りの主婦だった。

「海津さんは、いまお留守です」

主婦は浜井家の人だった。通子の格好を無遠慮にじろじろと見た。

「お帰りは、いつごろになりましょうか」

「さあ。二十分ぐらい前に人が呼びに来やはっていっしょに出かけはったから、少し遅うなるのんとちがいますか」

海津信六には今日訪ねて行くというのを通子は手紙で出しておいた。時間もだいたいのところを書いたのだが、それには海津信六から承諾のハガキがきていた。だが、人に呼び出されたというから、急な用事でもできたのだろう。彼の帰りがおそいとすれば、どこかで時間を消すほかはなかった。

「あのぅ、保険のご用事でっしゃろか？」

主婦は通子にきいた。

「いいえ、そうではありません。わたくしは東京から参った高須というものですが」

「あ、高須はんでしたか」と主婦はようやく合点した。「そんなら海津はんから聞いてま。あんさんがお見えでしたら、三時ごろまでに戻るさかい、それまで待ってもらうようお伝えしてくれいうことでしたけど。……ま、どうぞ中にお入りやす」


通子はバスで和泉府中駅に戻った。

最初の訪問に本人の居ない四時間近くを待つ気持になれなかった。それまで外で時間をつぶそうと思った。駅のベンチで、小型の旅行鞄から地図をとり出してひろげた。まだこの地方には来たことがなかった。

今朝は七時の「ひかり」に乗ってきた。起きたのが五時半だったが、列車の中で少し睡ったせいで、眼は冴えていた。初めての土地には軽い昂奮がつきまとう。

堺の近くには、仁徳、履中陵などの百舌鳥《もず》古墳群が赤い活字で出ている。東の羽曳野《はびきの》付近には南から、安閑、清寧、仁賢、応神、仲哀、允恭《いんぎょう》、雄略の天皇陵のほか日本武尊《やまとたけるのみこと》、来目皇子《くめのみこ》墓などという字もある。近ごろの地図にはこういうのが大きく出るようになった。

その允恭陵の東側に「玉手山遊園地」と「安福寺」とが赤い字で刷られている。奈良県からきて西に流れている大和川と、南からきている石川とが合流した東側の丘陵地帯だ。通子は安福寺に行くことを思いついた。

天王寺行の電車に乗って九つ目だかの堺市駅で降りた。途中、百舌鳥《もず》駅と次の駅の間は仁徳陵の東側堰堤《えんてい》の外をひと区間完全に走ることになる。陵上の松林には明るすぎるくらいの陽が当っていた。

駅前からはタクシーを拾った。通子が車中で地図をひろげ外と見くらべているのをバックミラーで見た中年の運転手は、気のよさそうな人で、途中の地名案内をしてくれた。

「このへんは御陵がぎょうさんおますよってにな。一ン日じゅう歩いても見きれまへんわ。ほれ、こっちゃの左側にあるのが雄略天皇陵だっせ。もう間もなく允恭天皇陵が近くに見えてきまっさ」

道路にトラックの往来が激しかった。

「この道路は奈良県の王寺《おうじ》方面に行く国道二十五号線につながりよるさかい、トラックが多うおますのや」

橋を渡った。川の土堤に「石川」と標識が立っていた。窓をのぞいたが、水は少なかった。

石川は、あるいは蘇我氏の本貫（根拠地）ではなかったかと通子は思う。生駒山地の南端と金剛山地の北端との間にえぐられた峡《はざま》は、峡底に大和川が流れる亀裂だが、蘇我氏の勢力は大和川の水利と、大和と河内にまたがる峡谷を扼《やく》して次第に飛鳥地方に進出したように思われる。蘇我氏の本貫を飛鳥の檜前《ひのくま》に考える説は強いけれど、のちに出た蘇我石川麻呂の名が示すように、石川沿岸台地が蘇我氏のもとの根拠地帯ではなかったろうか。
「玉手山遊園地が見えてきましたぜ」
運転手が右手の低い丘陵をさした。
運転手は玉手山遊園地は知っていたが、安福寺が分っていなかった。丘陵地の裾には
住宅が群れている。
家の角に子供を三人連れた中年男が立っていた。運転手が車から降りて、寺の場所を
きいた。男は仏頂面をし顎を右側にしゃくっただけだった。
「えらい愛想のない人やなァ」車に戻った運転手はぼやいていた。
そのまま直進する道と、左に折れる坂道とがあった。坂道はまた二つに岐《わか》れていて、
まっすぐに上ると遊園地だが、右に上ると安福寺に向かう。運転手は右の急坂を上った
が、車はそこまでであった。
通子はタクシーを降りた。
「そんなら気ィつけておいでなはれや」
運転手は料金を受けとって愛想を言った。
急な上り坂は、先で曲っている。安福寺の参道で、両側は山の斜面だが、その崖に横
穴があいて三つも四つもつづいていた。北側のは道よりはやや高かった。
考古学者は安福寺古墳群と玉手山東古墳群とに分けているが、ここにみえるのは前者

の一部である。もちろん横穴の中は何もなく、農家が資材を置いて倉庫代りにしているのもあった。参道沿いには堂があって「窟不動尊」の木札が掲げてあったりした。奥にも横穴があって不動尊を安置しているらしく、御詠歌を合誦する声が、香の煙にまじって道に流れていた。

屈折した参道を上り切ると、石段があり、小さな山門になった。そこをくぐると境内で、まっすぐな石だたみの道が途中の低い石段を入れて奥深い遠近法の先細りで見えた。人はだれも居なかった。

門をくぐると、道の左側に寺の正面に当る低い門がある。軒下の「安福寺」という行書体の扁額を眼にしなければ、寺の本堂とは見えず、茶人の別荘か庵《いおり》のように瀟洒《しょうしゃ》だった。

その反対側に眼を遣ると、そこも山の斜面なのだが、石だたみの道からはずれた地面に細長い石が置かれてあった。石は古く、よごれた色をしていたが、側面が四角ではなく、丸みをもって底がすぼんでいた。一目見て、割竹形石棺と分る。古墳の中に入っていた石の棺だが、形が竹を二つに割ったようなので、この名がある。

通子はそれに歩み寄った。石棺のまわりのふちには刻まれた直弧文がある。ところどころうすれてはいるが、よく見えた。直線と半円が組み合わされているので普通は直弧文といっている。その抽象的な図柄から幾何学文様と呼ぶ場合もある。通子が海津信六の帰宅を待つ間の時間消しに、和泉市から此処《ここ》まで来たのは、一つにはこの実物を見たかったからである。

陽光が、崖からつき出た樹の繁みにさえぎられて、石棺の半分を影にしていた。やはり人の足音もなく、境内の静けさを石が吸いこんでいるようだった。

石棺の文様陰刻は、この寺の手水鉢《ちょうずばち》になってから長い間風雨にさらされて半ば磨滅したようにうすれているし、苔のあともあったが、それでも直弧文の線はかなりはっきりと眼に映った。

直弧文はふしぎな意匠である。肥後を中心に九州の装飾古墳や石造物にこの飾り文様が集中しているが、そのほか鹿の骨でできた刀の柄とか土器や埴輪《はにわ》の一部にもある。日本独特のもので、中国や朝鮮にもない。それに、いきなり完成した文様として現れた。考古学界で早くから注目されてきたし、その源流については、いろいろ説があるが、定説になってなく、まだ謎のままである。

この割竹形石棺は玉手山古墳群のなかの勝負山古墳から出たといわれ、これが前期古墳に属するし、石棺のなかでも割竹形は最も古いものとされているので、この直弧文も四世紀の前半に近いという考えもできる。

実物を眼にするのははじめてだった。写真で馴染《なじ》んだものを実物で見るのは、また特別な感興である。通子は身をかがめ、細長い石棺をめぐってふちの幾何学的陰刻を仔細に見ていった。

寺の人も出てこず、参詣者も現れなかった。心細いくらい静かなのである。

浅く彫られた直弧文を見ているうちに、通子は酒船石のくぼみや溝の浅さを思い出した。もちろんこの割竹形石棺とは時代が違うし、文様と実用とでは製作意図が異なっているから同日の比ではないにしても、酒船石の浅い彫り方が気になる。時代の早い九州の横穴古墳岩壁に彫刻された幾何学文様は陽刻だが、かなり彫りが深く鋭いのである。酒船石の浅い彫りが、酒造説にも灯油説にも弱点を与えている。沈澱所がいかにも浅くて、容量が少なすぎる。あれでは液体がいくらも入りはしない。

海津信六の手紙の末尾がこれにふれて、

《その浅い彫りは銅矛や銅釧の石型に似ていませんか。また、各円形を数条の溝で連絡しているのは枝銭の鋳型を連想しませんか》

という意味を書いていた。通子は、あっと思ったのだった。

なるほど枝銭の石型を巨大にすれば、酒船石の円形と溝の型によく似てくる。酒船石はもちろん銅銭の石型ではないが、彫りの形からすると類似している。これまで酒船石を枝銭の鋳型に及んで連想し考えたものはいないのである。

そのほか「飛鳥の石造遺物試論」にふれてさまざまな感想を海津信六は手紙で書いてきた。それがことごとく意表を衝くくらいの示唆に富んでいる。

高須通子がこの河内の田舎にいる保険勧誘員に急に会いに来たのは、そのふしぎな人と話をしたいからであった。

通子は、割竹形石棺の直弧文を見終って、石だたみの道を奥に歩いて行った。右は斜面で、左側に安福寺の垣根がつづいている。寺というよりも大きな庵といった感じだった。中にきれいな築山の付いた庭がある。日ざしは強くとも、空気はひんやりしていた。寺の境内が尽きたところが石だたみ道の終ったところで、その先は松林に蔽われた低い丘陵のゆるやかなうねりだった。草も繁っている。

玉手山古墳群には前方後円墳も少なくないが、横穴古墳群もどこかにあるはずだった。この丘陵をもっと奥に行ったところかもしれない。ここにくるのがはじめから分っていれば参考地図を持ってくるのだったが、詮《せん》ない話だった。案内者もいないのに女ひとりで深い林の奥に入ってゆくこともできなかった。鴉《からす》が啼いていた。

足を返したが、相変らずだれもいなかった。どこから上ってくるのか中型車とライトバンとが垣根に沿って置いてあった。寺の中に人影は動いていたが、声は聞えなかった。向きが変って、今度は左側になっている割竹形石棺の前でちょっと脚をとめた。そこからだと気をつけて見なければ直弧文の陰刻が遠くて分らない。手水鉢にしているらしいのに水は入っていなかった。それだけに、写真や拓本図で知られた装飾石棺が雨ざらしになっている感じだった。

小さな山門をくぐると、往路の道が曲りくねって下に落ちていた。両側の斜面にえぐられた横穴がもう一度見えてきた、崖が凝灰岩でできているので、横穴は洞窟のようだった。不動堂ではまだ御詠歌がつづいていて、女たちの哀調を帯びた声が長く尾を曳いて道に流れている。線香の煙は焚火のように崖の横に上っていた。

タクシーを乗り捨てた道に出た。気がつかなかったが、道の下に平野部の展望があった。工場の屋根が多い。変電所や家庭電器の工場があるが、ほとんど鉄工関係の町工場のようだった。遠くは、陽光の粒子に蔽われたようにかすんでいた。

そこを下ると遊園地の下で、さっきタクシーの運転手が道を聞いたところだった。救急車が停まっていて、まわりに人が集まっていた。救急車の窓には白衣の男が動いていた。

せまい道をその車と二十人ばかりの人が占めているので、通子は立ちどまった。この近所の家に急病人が出て病院に運ばれるらしかった。が、車の白い扉は閉じられていた。病人にしては見送り人が多いのである。事故が起って怪我人が出たという感じだった。人々は白い車を見まもって脚をとめ、硬い表情をしていた。

その人群れの一角が崩れたのは、通子の立っているところからみて左側の道から走ってきた一台のタクシーが停まったときだった。救急車に前をふさがれて動けなくなったのかと思っていると、タクシーから三人の男が降りて、その救急車に近づいた。

タクシーから出た三人の男は、いそぎ足で救急車の運転席の下に行き、運転手を見上げて何か言っていた。そのうち車の中から白い上衣の男が顔を出し、三人づれは忙しくやりとりしはじめた。三人は運ばれて行く人間の身内か知人らしく、これから担ぎ込む先のことで話しているらしかった。救急病院はときによっては患者が混んで、どこもベッドが間に合わないことがある。タクシーで追ってきた三人は、知合いの病院に電話してその結果を救急車に伝えるといった様子であった。が、その問答もすぐに終り、三人の男がタクシーに駆け戻ると、それより先に救急車が走り出した。立っている人々はサイレンの音におどろいたように道を開けた。タクシーも白い車のあとにつづいて狭い街角に消えた。

残った人々はまたまるくかたまってそこに佇み、姿のない救急車のあとを見送るようにして話し合っていた。

三人の男のうち、二人は三十代ぐらいだったが、一人は五十年配に見えた。その横顔と身体に通子はよく似た人物を思い出していた。海津信六の供血に行ったとき、奈良の病院の待合室で見た京都の普茶料理屋の主人である。違うかもしれない。病院ではわずかの間しか見なかったし、いまもその人を傍近くに行ってゆっくりと眺めたわけではなかった。奈良では和服だったが、さっきは洋服だった。感じの違うところもあるが似たところもある。

負傷した海津信六も救急車で病院に運ばれて行ったから、その印象が重なって、他人をそう思ったのかもしれない。ここにカメラマンの坂根要助が居たら、そのへんがもっとはっきりしたかも分らぬと思った。

人々が解散し、通子の行く道を二人の主婦が連れのように歩いた。

「もう死んではるかも分りまへんな」

と、二人の主婦は顔をしかめながら話し合っていた。救急車の中に横たわっている人のことだった。

「崩れた横穴に昨夜から埋まってはったというさかいにな。とても助かるはずはおまへんわな」

「おお、怖《こ》わ。悪いことはできんもんやな。死にはった人には気の毒やけど、天罰かもしれまへんで」

「ほんまや。大きな声では言えへんけどな」

横穴が崩れて人が埋没したという声が通子の耳を捉えた。天罰といった言葉も黙って聞き流せなかった。

彼女は思い切って、主婦二人にその仔細を遠慮しながら訊ねた。鞄を持った旅行者らしい女に主婦二人は顔を見合せたが、もともと人に話したい気持があるのか控え目だったが打明けた。

「この山の東側に横穴古墳がぎょうさんおましてな。その中の宝物を奪りに入りはった人だすがな、穴が崩れ落ちて生埋めになりはったのは。……」

通子は、近鉄の道明寺《どうみょうじ》駅に出て長野線に乗った。地図で見ると、その線の河内長野駅前から府道が西の泉大津市まで伸びている。和泉市一条院のある「芦部」のバス停はその路線上にあった。つまり午前中に和泉府中から芦部まで乗って行ったバスは、実は河内長野通いだったのである。だから、一条院に戻るには同じ道を引返さずに迂回し、半周して帰ることになる。

　道明寺駅から古市駅を過ぎるまで、電車の両窓には人家や工場の建物の間に松林の繁る独立した丘が、なだらかな形でいくつも見えた。ほとんど前方後円墳で、古市古墳群と呼ばれ、応神、仲哀、仁賢、安閑など天皇名でいわれる大きなのが多い。昔、付近に人家が少なく、この辺が原野や田園だったころは、陵墓の遠望は空にそびえる大きさだったにちがいないが、住宅や工場がたてこんだ今は、その頂上部をちらちらと見せているだけだった。

　電車に揺られながら、通子は、安福寺の坂を下りたところで聞いた横穴の崩壊で生埋めされた人の話が妙に頭にこびりつき、窓に移り変ってゆく風景もぼんやりとしか眼に映らなかった。

　救急車で運ばれていった人は、昨夜、横穴古墳に入りこんでいるうちに土の天井が落盤したのだという。夜間にそんなところに入っていたその人の目的は古墳内の副葬品を盗むことにあったのだろう。

　盗掘は昔から行なわれていて、現在の古墳で盗掘の難に遇っていないのは珍しいくらいである。なかには天皇陵（飛鳥の天武・持統合葬陵）に忍びこんだ鎌倉時代の盗掘者の供述記録があるくらいである（『阿不幾乃《あふきの》山陵記』）。だが、未発見の古墳は別として、横穴古墳では存在が知られていても、開口されてない（入口が開けられてない）未調査のもの、確認のできない横穴にはまだ盗掘を受けていない可能性がある。たとえば、通子は知らないが、坂根要助が偶然に望遠レンズをむけて撮った崇神陵や櫛山古墳の東側にある柳本古墳群中の竜王山横穴古墳群などは、尾根の山腹や谷にわたって無数に存在し、全面的な調査がまだ行なわれていず、その正確な数すらつかめない。

これらに調査がすすめられない理由の一つには、横穴が古いために地盤がゆるみ落盤の危険があるからである。すでに自然落盤で潰れた横穴も少なくない。

通子は、安福寺の参道にある横穴とは別に、この玉手山丘陵の東側に横穴古墳群があるのを考古学者から聞いていた。そこにも未調査のものがあるという。

救急車で運ばれた横穴の遭難者は、主婦たちの言葉をかりると「天罰」を受けたという。——鬱陶《うっとう》しい気分だった。

通子は河内長野駅で降りて、駅前から泉大津行のバスに乗った。営業所で聞くと、「芦部」までは四十分くらいだという。駅前は狭く、車やバスやトラックで混雑していた。

バスが出るまで三十分あったので、通子は大衆食堂に入って急いでソバをつくってもらった。時計は二時を回っていた。海津信六が家に戻るまでの三時間が、一時間超過しそうだった。知らない土地を見て通ったことと、安福寺の割竹形石棺に刻まれた直弧文を眼に収めたのは、時間消しにしても収穫だった。が、最後に盗掘者を運ぶ救急車を見たのが暗い印象になった。

あの救急車にタクシーで駆けつけて話をしていた一人が、奈良の病院で遇った普茶料理屋の主人とよく似ていたのをまた思い出した。名刺をもらったが、どこかにやって名前を忘れたが、「大仙洞」という店名だけはおぼえている。あれが「大仙洞」の店主だったかどうかは自信がないが、ちらりと見たところではたしかに似ていた。

もし、あれが大仙洞の主人だったとすると、そして、救急車で運ばれた人が古墳の盗掘者だったとすると、その関係をどう考えたらよいだろうか。——しかし、人間の関係は暗い面だけで結ばれているのではない。友人や知人であっても、明るい面の交際だってある。

げんに大仙洞の主人は海津信六とは俳句の交際というではないか。海津信六が俳句の小さな結社だかグループだかの主宰者で、大仙洞はその弟子筋だというのだった。海津信六という人はふしぎな人物で、生命保険の勧誘員をやりながら俳句の指導もするし、『史脈』に載った論稿には、あれだけの内容の手紙を書いてくる。

バスは山の中を走っていた。深い林の間についた道を曲って大きな寺の見えるところに停まった。「金剛寺」という標識が出ている。天野山《あまのさん》金剛寺の大屋根の背に杉林が山の斜面を暗くしてせり上がっていた。バスに乗っていた信心家が数珠《じゅず》を手にはさんで五、六人そこで降りた。バスはさらに曲った道を上にのぼった。

峠を越して下り坂になると山が次第に低くなって陽の光が溢《あふ》れる平野部に入った。岸和田から佐野にかけて繊維工場が多いのに通子は思い当った。自分にとって、これは一日の休暇であった。

バスが見おぼえの景色の中に連れてきた。擬宝珠の四注屋根がくろずんだ色で近づいてくる。一条院郵便局の小さな建物が映った。

通子は、寺の崩れかけた塀と長屋門のついた黒い塀との間を歩き、寺の塀について左に折れた。「豊明生命保険代理店」の看板の下がった家の前で通子は鞄を持ちかえて格子戸に手をかけた。予定より一時間おくれていた。

四時間前に見たこの家の主婦が四時間前と同じ顔と身なりで格子戸の中から出た。

「海津さんは三十分前にお帰りでした。ちょうどよろしおましたな。さあさあ、どうぞ」

主婦はさきに立って、土間の奥に通子を案内した。障子の閉まった座敷が横手にあって、土間の突き当りには小さな開き戸があった。開けると、暗い壁と壁の間の細長い通路で、台所を抜けて裏口に出た。

明るくなったのは、中庭に出たからで、前に平屋建ての小さな一軒屋があった。中庭といっても草花のようなのが少しある程度で、半分近くは物置代りに不用品のがらくたが積まれ、陽当りのところが物干し場になっていた。両側は隣りの板壁がふさいでいた。

関西によくある間口がせまくて奥の深い家で、その裏に離れがもう一つついているといった構えだった。離れの独立家屋は十五坪ばかりに見えた。その小さな格子戸の横にも生命保険会社の看板がさがっていたが、それにならんで「海津信六」の黒くなった標札が掲げてあった。

背の低い主婦はその格子戸の外から、

「海津はん。お客はんだっせ」

と呼んだ。

横の中庭に面した座敷はガラス戸が閉まっていて中から白いレースのカーテンがひいてあった。

返事の代りに格子戸が内から半分開いた。

粗い髪が半分白くなった男が顔を現わした。濃い眉とその間に刻んだタテ皺と、二重瞼の大きな眼とがまず、通子の印象となった。彼は六十を越してみえた。

地味な色の上衣と鼠色のズボンをはいた彼は、格子戸をいっぱいに開けて、

「海津でございます」

と、両手を腿《もも》のわきにつけて腰を折った。

「はじめまして。東京から参った高須通子でございます」

「さきほどは留守して失礼しました。急に用事ができて、おいでになるのを承知しながら外出しまして」

主婦が中に入って座敷の様子を見た。来客を迎える用意ができていて、応接台をはさんで座布団が一枚ずつきちんと敷かれてあった。主婦は裏にかくれた。

六畳の座敷で、小さな床の間があったが、わきには机と本立てとがあった。そのほかは何も飾りらしいものはなかった。部屋はきれいにかたづいていた。次の間との襖《ふすま》の隅

には座布団が五、六枚積んであった。

お互いが二枚の座布団になおるまでに挨拶を交わした。

「その節は、たいへんありがとうございました。ご親切にしていただいたおかげで、命拾いをいたしました」

海津信六は肘を張ったようにして畳に手を突き、深々と頭を下げた。こういう改まった挨拶は不得手とみえて、言葉はどもりがちだった。その手の甲には筋が浮き上がっていたが、指先は柔らかそうだった。

通子は、海津信六に健康を訊ねた。

「退院してから一カ月あまりになります。だいぶん身体の調子がもとに戻ったような気がします。まだ、脚に力が十分に入りませんが、だんだん馴らしてゆくつもりです」

海津信六は白髪まじりの硬い頭髪を片手で掻きあげて言った。ほほ笑んでいたけれど、広い額の下についた濃い眉の間の皺は消えなかった。頬はいくらかすぼんでいたが、顔は浅黒いほうだった。それは血色がいいというのではなく、どことなく不健康な黒さだった。口もとは苦い感じで締まっていたが、二重瞼の眼には人なつこさがあった。話しているうちに分ったのだが、その眼はときどき憂鬱にかげった。

裏から主婦が茶を入れてきた。通子はすすめられて小さな床の間の前に坐った。懸軸には平安朝のものらしい写経の断片が仕立てられていた。金箔の筋と砂子が一部に光っていた。通子が手紙によって描いていた海津信六のイメージは、その切れ端の写経一枚だけであった。あとは書籍一つ置いてなかった。傍の机の上に乗った本立てには、生命保険の契約簿とか人名簿とか生命保険法規集とかいったものが背を揃えてならんでいた。

前の家の主婦は、湯呑を通子の前におくと匆々《そうそう》に六畳の間から出て行った。

「前の家のおばさんには、いつもこうして手数をかけています」

海津信六は中庭を去る下駄の音に通子へ低い声でいった。彼の頰は半分蔭になっていた。

彼に家族がいないことは、あのとき刑事から聞いて知っていた。どなたもおいでにならないのでございますか、とか、それはご不自由でいらっしゃいましょう、とかいう挨拶は、何か立ち入ったようで通子にいえなかったので、眼を伏せていた。

「坂根さんにもたいへん失礼をしています。じかにお眼にかかってお礼を申し上げるように手紙には書いておきながら、そのままになってしまって、申し訳ありません」

正座している海津信六はまたあらたまっておじぎをした。膝の上に両手を置き、頭を深く下げてのていねいな挨拶だった。

「もう少し身体が回復したら東京に行けると思いますが……。どうか坂根さんにあなたからよろしくお伝えねがいます」

通子が微笑して、

「もし坂根さんとお遇いすることがありましたら、そう申し伝えます」

と言うと、海津は、眼を少し開いた。

「坂根さんは、あなたのお友だちではなかったのですか？」

「あの方はカメラマンで、酒船石のところで偶然に初めてお遇いしただけでございます」

「酒船石のところで？」

海津信六は通子から聞いて、とまどった表情になった。

「それは失礼しました。ぼくは東京の方がごいっしょに供血してくだすったので、お友だちだとばかり思っておりました」

海津から来た礼状にもその意味がみえていた。

「それは、あのとき病院にきてらした京都の普茶料理店のご主人にもご説明したつもりでしたけど……しませんでしたかしら」

「ああ、村岡……」

海津が呟いたので、通子は、そうだ、大仙洞の主人は村岡という名だった、と思い出した。同時に、海津が、村岡と呼び捨てにしたので、彼が俳句の上で村岡とは師弟関係だと聞いたことも記憶に戻った。

――このとき、通子の記憶の舞台をひとりの婦人が横切ったのだった。

「いや、村岡はそういうことは言わない男ですから。お話をうかがっても、彼が勝手にお二人の間をひとりで飲みこんでいたのでしょう」

海津の声が通子の幻影を消した。

「坂根さんはどこかの雑誌社の編集者とごいっしょでした。酒船石の前でお遇いしたあと、またお二人に高畑の骨董屋さんで偶然お遇いしたのです」

通子は、坂根といっしょに供血した理由を海津に言わねばならなかった。酒船石の前で坂根に遇ったというだけでは、その説明にならなかった。

「高畑の骨董屋というと、寧楽堂ですか？」

海津はすぐに訊いた。

「はい。その名前でした。ご存知でいらっしゃいますか？」

「いや、深くは知りませんが、高畑の骨董屋というと、あの家だけですから。……実は、寧楽堂は保険のほうのお得意さんなので」

海津はわざわざのように机のほうに眼をやった。そこには被保険者契約簿などが乗っていた。

「あら、そうなんですか？」

「あの店の中に入ってごらんになりましたか？」

海津は眼を笑わせていた。顧客の名が出たので親しみを感じたようだった。

「ええ。ちょっとお邪魔しましたが、あまりよくは品物を拝見しませんでした」

店の中に誘いこまれたのは、東京美術館員の野村が無理に陳列窓の前から引張りこんだからで、そこに佐田特別研究委員といっしょにカメラマンの坂根とその編集者とがいた——が、通子は佐田や野村の名を口にしたくなかった。

「あの店は表にはろくなものは置いていません。骨董屋というのはどこもそうですが、奥のほうにいいものをしまっているんです」

海津信六は生命保険の仕事で、ここから近い奈良にたびたび行くらしかった。

「三度目に坂根さんに遇ったのがその翌日で、ちょうどわたくしが病院に供血に行くつもりで、奈良県庁前を歩いていたときですの。坂根さんがわたくしの話を聞いて、では自分もいっしょにということになったんです。そんなふうに三度もわたくしに遇うと、坂根さんは義理みたいなものをお感じになったのかもしれません」

通子はほほ笑んで言ったが、これで坂根とのことはすべて説明が済んだ。

前の家からテレビの声が流れてきていた。それほどあたりは静かだった。

「今日お伺いしたのは、わたくしの拙《つた》ない雑誌論文にたいへん有益なお手紙を頂いたお礼を申し上げたかったからでございます。どうもありがとう存じました」

通子は頭を下げた。しぜんと訪問の目的にふれることになった。

「いいえ、かえって妙なことを書き送りまして申し訳ありません。失礼しました」

「お手紙、たいへんわたくしのためになりました。失礼ですけれど、海津さんは前から古代史を研究されておられたのですか？」

「ずっと若いときに少しかじったことがある程度でして、いまはすっかり忘れてしまっていますが」

海津は膝をもじもじさせて言った。

「でも、最近の学説もちゃんとお書き入れになってらっしゃいますわ。たとえば教団道教と民間道教の違いなど」

通子は、混じった白い髪で灰色になっている海津の頭を視線に入れながら言った。

「あれは、本屋に保険料の集金に行って待っている間に立読みしたくらいです。べつに詳しく読んだわけではありませんが、近ごろの若い方はよく勉強されていると思いました」

「黒板先生の両槻宮の観《たかどの》についてのお説を手紙に書いていただきましたけど……」

「あれはうろおぼえです。そういう本はもう一冊も手もとにありませんから」

「わたくし、『史林』でそこのところを対照してみたんです。ほとんどその通りだったので、ご本をお持ちになってるのかと思いました。いま、それをうかがってびっくりしましたわ。よほどそのころのものをお読みになってらしたんですね？」

「いいえ、それほど勉強したわけではありませんが、若いときは興味も新鮮だったせいか、読んだものが妙に頭に残っているものですね。そういう次第で、やはり本屋さんで『史脈』という雑誌を手にとってあなたのお名前が眼に入り、帰宅して拝見したあと、あんな失礼なお手紙をさし上げることになりました。それもあなたがT大学の史学科の助手でいらっしゃることは、病院で村岡が頂いたお名刺で知ってはいましたけれど、古代史をご専攻というのは『史脈』ではじめて知りました。失礼ですが、教授はどなたでいらっしゃいますか？」

世間には大学院生や学生に主任教授の名を訊いてみる人がある。だが、それはたいていマスコミ関係で、その教授が自分の知った名前かどうかを聞いてみる軽い程度であった。海津信六に問われたとき、通子もその経験から、

「わたくしのほうの教授は久保能之先生です」

と、簡単に答えた。

久保能之の名はマスコミにそれほど乗ってないから、世間では有名でなかった。これまで出版されている数少ない著書は専門書ばかりだったし、たまに出版社が企画する歴史講座ものの中にその名前が新聞広告に出るくらいであった。

「久保先生？……ああ、そうですか」

海津信六は常に眉をひそめているような特徴のある顔で呟いた。

その名前を知らない人でも、あいまいに分ったような顔をするのが普通だったから、通子は海津が茫乎とした表情でうなずいたときも、それほど注意しなかった。その眉と眼の間に一種皮肉ともいえる翳《かげ》りが走ったのをこのときは見のがしたのだった。

「あなたのお書きになったものは、ぼくはたいへん面白く拝見したのですが、久保先生とおっしゃる教授は、あなたに嘱目《しょくもく》されておられるのじゃありませんか？」

海津はゆっくりと言った。

「いいえ、そういうことはございません。わたくしなどは久保先生の不肖の弟子でございますから。これは自分が鈍才ですからいたしかたがございません」

通子は微笑した。

「そうですかね。あなたの古代史へのお考えというかその進まれる方向は、今度の『史脈』にお載せになったものに、出ているのでございますか？」

「はい。だいたい……」

「それは久保先生のご指導ですか？」

「久保先生の学問傾向からわたくしは逸脱していると思います。先生は実証面を強調される立派な学者ですが、わたくしはいつも地に足がつかないことばかりに眼が走っております。先生にご迷惑をかけている困った助手でございます」

通子はうつむいたが、自分の額に海津の眼が注がれているのを感じていた。興味的に視ている男のそれではなく、もっと別な、学問的に近いといったら当るかもしれない視線だった。

「若い助手は教授の指導をうけなくてもいいんですか？　その師弟の関係でも？」

海津が言ったので通子は顔をあげた。さっき海津に感じていた視線が変っていて、もとの世間的な表情になっていた。

「そういう助手はもちろん居ります。でも、以前のことは話だけで聞いていますが、近ごろは教授と助手の間がよほど自由な関係になっています。ですから、わたくしのような不肖の弟子も、研究室の隅に籍だけは置かせていただいています」

中庭から下駄の音が近づいてきた。

格子戸が軽くたたかれたので、海津が、

「失礼」

と通子に断わって立ち上がり、土間に降りて格子戸に行った。そのうしろ姿には妙に寂しい感じがあった。さきほどは、その肩に見えたのだが、今度はその背中ぜんたいにその印象があった。

戸が開く音がして、さっきの主婦の声が小さく聞えていた。何かを知らせにきて、海津の都合を訊いているような様子だった。

「……来客中だから、一時間ぐらいあとにしなさいと言ってくれませんか」

海津の少ししゃがれた声がこたえていた。それでいて声は徹《とお》っていた。

格子戸が閉まり、主婦の下駄の音が前の家に帰って行った。

海津が応接台の前に戻ってきた。その肩にはやはり孤独の影が載っていた。

「お忙しいところをお邪魔して申し訳ありません」

と、通子は詫びた。

「いえ、こちらこそ失礼しました。なんでもありませんから、どうぞごゆっくりしていらしてください」

海津は眼を笑わせて言った。

「ありがとうございます」

「今夜は、大阪にでもお泊まりでいらっしゃいますか？」

「いえ、午後八時ごろの新幹線で東京に帰ろうと思っております」

海津はクローム側の腕時計を見た。

「ここから新大阪駅までは一時間半と見れば十分です」

通子の時計は五時近くになっていた。だが、海津は主婦に、一時間あとにしてくれと言っていたから、六時ごろに客がくるらしかった。それまで一時間くらいの余裕しかなかった。

「それで、少し教えていただいてよろしいでしょうか？」

通子は言った。

「お教えするなんて、とんでもありませんよ」

海津は半分白い頭に手をやった。

「そのお願いに上がったんですけれど」

「こちらにお見えになるというお手紙をいただいて、そのご返事のなかで、ぼくの話はいっこうにお役に立たないことを申し上げたはずですが」

「それは拝見しましたけれど、わたくしは海津さんの前のお手紙に書いていただいたことを、もう少し教えていただきたいのです」

「お教えすることはとてもできませんが、ぼくの書いたことだけでなら、それには責任もありますから、なんとかお答えすることにします。けど、何度も申しますように、若いときの生かじりで、それにもうたいてい忘れてしまいましたから、そのおつもりでおねがいします」

「ありがとう存じます」

通子は頭をさげて、言い出した。

「……わたくしは、あの拙ない論文で書きましたように、現在、明日香村にある石造遺物は斉明紀の両槻宮の施設物ではなかったかと推測しています。まったくの臆測ですけれど」

影の暗示

通子と海津信六の話はようやくすすんだ。

「飛鳥の石造遺物が造営失敗に終った斉明天皇の両槻宮の付属施設物ではなかったかというお考えに、ぼくは失礼ですが、感心しました。そういう発想をこれまでだれもしてなかったんですから」

皺にかこまれたその眼には、ガラス障子から入ってくる光線の加減か、鈍い光のようなものが滲《にじ》んでいた。五十八歳というが、彼の顔は六つぐらいはたしかに老けてみえた。

「ありがとうございます。斉明紀を読んで、斉明天皇が妙な天皇にされていることから思いついたのです。わたくしは、宗教的な天皇としては、崇神紀からあとは斉明天皇のような気がします」

「そう。そういう感じですね」

海津は書紀を頭に浮べているような眼で言った。

「……崇神天皇は完全にシャーマニズムの性格で書かれていますが、斉明天皇はそうではありませんね。あれは何か妖怪じみた宗教の天皇になっています。あなたのおっしゃる異宗教という表現はあたっていると思います」

「異宗教というのは、神道シャーマニズムでもなく、仏教でもなく、それ以外の宗教だというところから苦しまぎれに付けたんですけれど」

「それでいいのではありませんか。ぼくもその表現には同感できそうです」

「海津さんは、その異宗教から、ゾロアスター教やマニ教のことを手紙で教えてくださいましたけれど」

「ああ、あれは若いときに思いついたことですが」

「でも、あれはたいへんわたくしには魅力的でした。ゾロアスター教は後漢の末ごろに中国に入って、祆教《けんきょう》になっていますから」

「そうですね」

海津は、ほかのことを考えているようにぼんやりと言った。

通子は、海津の手紙のその個所を浮べていた。

《……祆教はイラン系商人によって中国に持ちこまれたと思うのですが、この宗教の呪術者は幻術といって奇術や軽業のようなことを見せたらしいのです。中国の祆教弾圧は、世人を惑わすような幻術を使ったのを理由の一つにしました。かれらイラン商人は、長安や洛陽に一区画をもらって居住し、一種の自治制度によって統率官にはやはりイラン人がなって、官名を「薩宝」（サッポー）または「薩保」といいました。……中国の民間迷信的な道教のほうでは方士《ほうじ》などが神仙術として怪しげな方術（幻術）をつかっていたから、祆教の幻人（幻術をつかう人）とよく似ています。ただ、道教の神仙術は現世利益の上からですが、祆教の幻人は、超人的なところを見せて人をおどろかし、祆教の宣伝にしたようです。したがって葛城山の行者、役小角の超人的行動も祆教の幻人が使った幻術と解釈できないことはありません。……》

「日本には祆教は入っていないという説になっていますね？」

通子は言った。

「はい。普通にはそう言われています」

海津は重いうなずきかたをした。

「けれど、海津さんは、そう断定するのはどうだろうか、と疑っておられます」

「いや、あれはこういうことなんです。祆教や摩尼教が教団宗教として系統的に日本に来たという痕跡がないからといって、民間にまったく伝わらなかったとはいえない、という一般的な言い方をしたままでです。祆教や摩尼教に限定して事実的に言ったのではありません。手紙にも書きましたように、ぼくは六世紀ないし七世紀の初頭に祆教が日本に入っていたなどとはっきり言うつもりはないのです。思いつきを書いたままでです」

「でも、お手紙のことはたいそう興味がございました。わたくしが考えている斉明紀の異宗教を祆教に連想すると、なんだかそれにぴったりのような気がしますけど」

「そうですね。感じとしては、そういうことですね」

「そのころ、祆教が日本に入ってきたという手がかりが記録の上にあるといいんですが」

「七世紀にはないけれど、八世紀にそれらしいものがありますね」

海津はふいと言った。

「え、それは何でしょうか？」

「続日本紀《しょくにほんぎ》に出ていることですが、たしか聖武《しょうむ》天皇の天平八年だかに、入唐の副使が唐人三人と波斯《ペルシア》人一人とを連れて帰り、天皇に拝謁させたとあります。そのペルシア人は李密翳《りみつえい》という名で天皇から官位をもらったと同じ条に出ていたと思います」

「あら、そうですか。それは存じませんでした」

通子は、続日本紀はひととおり読んでいるつもりだったが、それには気がつかなかったので、眼の上が赧《あか》くなった。

「それから、鑑真《がんじん》が唐から日本に渡ってきたときも、一行の中にペルシア人がいたと推定する学説もあります」

「それは、どういう書物に出ているのでございますか？」

通子は少し勢いこんできいた。

「さあ。どれに載っていましたかね。もう、前に読んだものはすっかり忘れてしまいましたから、ちょっといま想い出せませんが、たしか石田幹之助先生の論文だったと思います」

海津は髪の間に指を入れてごしごしと掻いた。

「ペルシア人が来朝したとすると、それはゾロアスター教が入ったということになりましょうか？」

七世紀の斉明天皇と八世紀の聖武天皇では時代が少し違うが、これは有力な手がかりだと通子は思った。

「いや、ペルシア人が来朝したからといっても、彼らがゾロアスター教を持ってきたとはすぐに考えられないでしょう」

海津信六は通子の言葉を聞き、鈍い眼つきで言った。

「ゾロアスター教でなくても、祆教だとすればどうでしょうか？」

通子は、ガラス戸にそむいた海津の頰が相変らず暗い影になっているのを見ながらきいた。

「それだと考えられますね。彼らは中国の都市に住んでいる商人ですから、当然に中国に適応するように変えられたゾロアスター教、つまり祆教を持ってきたでしょう。李密翳というのは、もちろんペルシア人の名の漢訳ではなく中国人名です。或る学者によると、李というのはペルシア人に与えられた姓だということです。唐の皇帝の姓も李ですから、それと関係があれば、唐朝ではよほど居住のペルシア人を大切にしていたとも考えられます」

「遣唐副使は、なぜペルシア人を日本に連れてきたのでしょうか？」

「ペルシア人が希望したのかもしれません。ペルシア人は冒険好きの商人ですから、日本に渡って貿易でもしようと考えたのかもしれません」

「一人で？」

「いや、一人や二人ではないでしょう。続日本紀に出ているペルシア人は、たまたま官位をもらったから密翳という名前が記録されただけであって、ぼくは、その前からかなりなペルシア人が中国から移って奈良に居住していたと思いますね」

「貿易で？」

「そのへんはよく分りませんが、商人ですからたぶん商売にきていたと思います」

ここで海津は、珍しく軽い表情を浮べた。

「あなたは、正倉院にあるペルシア系統の品が、みんな唐将来の品だと思われますか？」

ああ、そうかと、通子は海津の言う意味が分った。いうまでもなく正倉院の御物は、聖武天皇の死後、光明皇后所蔵の珍宝や内司が奉献した品々を東大寺に捨入（寄付）したものである。

「あれだってペルシア商人の貿易品かも分りませんよ。長安や洛陽の倉庫から出荷すれば、わけなかったことでしょう」

「ペルシア人が奈良にかなりな人数で住んでいたという推定の根拠になりそうな史料がございますか？」

「それは無いでしょう。日本の古い史料では、みんな漢人とか唐人の名でいっしょくたにされていますから。続日本紀が波斯人と書いているのは、遣唐使の連れてきた人間がはっきりしていたからでしょう。しかし、これはぼくの想像ですが、奈良にペルシア人が居住していたとすれば、当然にそのボスに当る者がいたでしょうな。中国の官名でいう薩宝（サッポー）または薩保です。だから日本人は奈良に居住しているペルシア人の親方をサホーと呼んだかも分りません。サッポーは日本語では促音がとれてサホーになります。つまり、佐保山の佐保でしょう」

通子は海津に「佐保」を「薩宝」に結びつけられて、思わず呆れ顔になった。彼女が泊まっていたのも「佐保旅館」だったし、海津の遭難もその佐保の法華寺近くだった。

「佐保は朝鮮語のソウルから来ているという説が有力のようですがね。大和の添《そふ》郡の名はそうだと思いますが、佐保は薩宝かもしれません。佐保山の古い名は蔵宝山と書きましたからね」

と、海津は言った。

「はあ。……」

通子は唾《つば》を呑みこんで、

「古事記の開化記に出てくる沙本毘古《さほひこ》王という名もそうでしょうか？」

と、海津の顔を眺めた。

「そうでしょう。書紀には、たしか狭穂《さほ》彦王とあって、垂仁天皇の時だかに謀反をしておりますね。古事記で武烈天皇の歌とされているのにもその地名が見えています」

「そんな古いころから佐保の地域にペルシア人が居住していたとすれば面白いのですが」

通子は「斉明紀の異宗教的」雰囲気にそれをかけて言った。

「あなたは斉明天皇という諡《おくりな》名を分析してみたことがありますか？」

海津は突然言った。

「いいえ。……」

「斉（あまね）く明（かがや）く、と読めませんか。ひとしく明るい、でもよいです。祆教の教典は中国には残っていませんが、やはりゾロアスター教の教典アヴェスターにあるのと同じように、光明を善とし、暗黒を悪としたのでしょう。ゾロアスター教では光の神アフラ・マズダを最高神にしています」

それは通子も知っていた。

「ぼくは古事記の天照大御神《あまてらすおおみかみ》、書紀の天照大神の名もアフラ・マズダと同じような光明の神にしていると思いますね。そう思ってみると、スサノオノミコトは根の国、底津国、黄泉《よみ》の国、つまり暗黒の世界の支配神ですから、邪悪な神です。ぼくはもしかすると古事記もゾロアスター教的、祆教的な構成で書かれているのではないかとさえ思います。光明のヤマト、暗黒のイヅモと、善悪二元論で書かれていますからね。光明が暗黒を遂に屈服させるところは、むしろ摩尼教に似ています」

「はあ。……」

「書紀の神代紀がところどころに仏典の文句をそのままはめこんでいるのはもう知られていますが、ぼくは祆教の考え方が日本では仏教思想といっしょくたになってしまったと思いますね。そうそう、いま言った光明のことですが、聖武天皇の奥さんが光明皇后です。藤原光明子《こうみようし》、光明皇后の名も、仏教面で見るよりも、聖武天皇のときにペルシア人が奈良に来たことと考え合せたほうが、ちょっと面白い想像になります。法華寺は光明皇后の住居だったといいますから、佐保と薩宝、皇后とペルシア人の関連が空想に上ります」

近くから聞えるテレビはいそがしい歌謡曲に変っていた。

「そんなふうに考えると、日本に入ってきた異教は、ゾロアスター教と仏教とを按配したマニ教、中国の摩尼教かもしれません」

と、海津信六はものうい声でつづけた。

「けれど、ゾロアスター教もインドの原始仏教もアーリア民族の民間信仰としてもとは同じ根から出たと説く学者もあるくらいですから、どちらがどちらともいえないと思います」

「ゾロアスター教は拝火教ともいうくらい火を崇拝しますが、中国に入っての祆教はどうでしょうか？」

通子はきいた。

「そのへんはよく分りませんが、祆の文字が使われたのは、唐の初めだということで、その前は胡天神に事《つか》える宗教だと書かれているそうです。胡というのはご承知のように西域のことですが、この場合は西アジアやイラン地方をさしているのでしょう。胡の天の神ですからゾロアスター教のアフラ・マズダ神のことです。『祆』というのは唐初に入ってから中国でつくった字で、示の字は祭りをする意味ですから、天を祭る宗教という意だそうです。『火祆』という字があるくらいですから、中央アジアを経て中国に近づいてきたゾロアスター教徒が火を崇拝していたことはたしかですが、中国に入ってからも拝火の習慣があったかどうかははっきりしないようです。中国で祆教は亡びてしまったし、その教典も残っていませんから」

「そういうのは、どういう書物を見たらよいのでしょうか？」

「日本では前に石田幹之助博士や神田喜一郎博士、それに羽田亨博士、藤田豊八博士などが熱心に書いておられました。それから陳垣《ちんえん》という中国の学者が書いた祆教や摩尼教の中国伝来研究は短い論文ですが立派なもので、いまでは古典的な権威になっています。それは、石田先生や神田先生の書かれたものにも紹介されてありますし、また両先生の論文はお読みになったほうがいいかもしれません。祆教のことでは桑原隲蔵《じつぞう》博士なども ふれておられます」

「どうも、東洋史のほうはまるきり無知でございますから」

「いや、それは日本の古代史をやっておられる先生方も同じでしょう。第一、近ごろの東洋史の学者は祆教とか摩尼教とかにはそれほどご興味がないとみえて、お書きになったものがあまりないようです。けど、ぼくは、もうずっと以前に石田先生や神田先生のを拝見した程度で、その後はさっぱり離れているので、近ごろのことは分りませんが」

海津信六は、ここで湯呑に眼を落した。いま、熱い湯を持って参ります」

「お茶が冷えましたね。いま、熱い湯を持って参ります」

と膝を起しかけた。通子は眼をあげた。

「あの、わたくしでしたら結構です。それよりも、お話を伺いたいのですけれど」

海津信六に客がくる約束を考えると、時間があまりなかった。通子は、海津が茶をいれかえてくる時間も惜しく、その間も彼の話を聞きたかった。

海津は通子に制《と》められて応接台の前から立つのを諦《あきら》めた。

「両槻宮の別称、天宮……わたくしは『史脈』に書きましたように、天に接する宮殿の形容と思い、それは田身嶺の頂上につくられた観《たかどの》のことと考えました。それが異宗教的に思えたのですが……」

通子はすぐに言った。

「それを祆教に関連させてみるのも面白いでしょうね。天つ宮、天の宮ですか。胡天神を祀るというのは、なるべく天に近くという観念から、高いところに壇を造ったかもしれません。中国の祭天思想では、天郊になりますから」

海津は湯呑の冷えた残りの茶に眼を落して言った。

「あ、天郊ですか」

天壇のことで、もとは南郊とも天郊ともいって、つねに帝都の南にあたる郊外に設けた。文献上は前漢から後漢まで長安または洛陽に南郊を築いたというが、中絶したのち、魏のころに再び興って、隋、唐、清までつづいた。天壇と改名したのは明《みん》のころである。

「それも西アジアの宗教と関係があるのでしょうか？」

「そこまでは、はっきりわかりません。が、西南アジアの原始的なミトラ信仰（太陽神）が東西にひろがって、各地方の風土と民族性に適合するように変化したのでしょうね。旧約聖書にあるバベルの塔は、考古学的にも証明されるバビロニアのジッグラトで、これは『天の丘』という意味です。イランやアフガニスタンの北部に築く拝火神殿や拝火壇も、中国の天郊つまり天壇も同じ『天の丘』の思想です。祭天の壇でもあり、封禅の祭祀壇ですね。仏教でいえば、ジッグラトがインドでスツーパになり、これが中国に入ると卒塔婆《そとば》になり、いろいろな塔に形式変化するわけです。……この『天の丘』を自然界になおすと、西域の祁連山《きれんざん》で、これはティエンの訛《なま》りです。匈奴語《きょうど》で『天の山』つまり天山山脈の天山ですね。天山は雪をかぶっているところから白山となり、朝鮮では建国の始祖檀君神話の長白山となります」

気宇壮大な話になった。

海津信六は、指を頭髪の間に入れて、自分でも照れたように苦っぽく笑った。

「若いときは、こんな夢みたいなことを考えたこともありますが、縁切りになってもう久しいですな」

「そういう学問の方面に興味をお持ちになったのは、どのような機会からでございますか？」

「若いじぶん、地方の中学校の教員をしていましてね。歴史を教えておりました。そういうことから興味をもったわけですが、それきりになりました」

――東京美術館の佐田特別研究委員が海津信六の経歴について『文化領域』の福原副編集長に語ったとき高須通子は居合せてなかった。その話を福原から聞いた坂根要助とも遇っていなかった。

「斉明紀の須弥山《しゅみせん》をわたくしは造山庭園と書きましたが、これはどうお考えでしょうか？」

通子は次に移った。

「ぼくもそうだと思います。東博構内の山形石は、斉明紀にある須弥山の施設物でしょう。それはお書きになった通りだと思います」

海津信六は抑揚のない声で言った。

「その山の形ですが……」

「山形石の中段にあたる石に山ヒダのような模様が刻まれていますね。あなたは山のかたちが雲のかたちか波のかたちかはっきりしないとお書きになりましたが、やはり山ヒダと見たほうが普通のようです。法隆寺初層の塑像群の背景には突兀《とっこつ》とした形の連山がつくられていますが、博山炉の山ヒダも東博の山形石の刻みによく似ています。どちらも高山崇拝思想ですから」

「博山は前漢時代の神山思想で山東省にあった山といわれ、一方、天山は西域に近い山ですが、この二つの山の関連はどうでしょうか？」

「博山と天山のかかわり合いはよく分りませんが、『天の山』、天に近い高い山という意味では一致していると思います。……しかし、斉明紀の須弥山を、博山炉や法隆寺初層のかたちにだけ限定して考えるのはどうでしょうか」

「と、おっしゃいますと？」

「それはインドのトウの基壇です。スツーパが中国で卒塔婆になり略して塔になったのはご存知の通りですが、このスツーパの基壇を垂直に高くするのは、西インドから西域を経て中国に伝わったのだそうです。すると中央アジアでは、もともと高い山を崇拝する考えがあって基壇を垂直形に高くするという形をよろこんだのかもしれません。これをヒナ壇式の基壇だけにしたのが仏教の戒壇でしょう。ぼくは戒壇を授戒の場にした中国の考えには高山の神聖視、つまり固有の祭天思想による天壇との結合があるような気がします」

海津は湯呑の底に残った冷たい茶をすすった。

「……ですから斉明紀の須弥山も、もしかすると方形の基壇で、その上に石造物の塔があったということもできます。中央アジアにはそれに似た例があるそうです。もし、斉明紀の須弥山がそれと同じ形式だったとすれば、石田茂作先生が発掘された飛鳥川畔の曲溝についた広場、栗石を敷きつめた宴会場といわれるものも、その基壇の基礎だったかも分りません。……まあ、いろいろな考え方があるわけです」

海津信六は、長い言葉になっても決して声をはずませることもなく、何か老いの繰りごとを言っているようにも聞えた。

「狂心の渠のご解釈はたいへんありがとうございました。わたくしの友人は、これは古代史を専攻している人ではないのですが、両槻宮跡も狂心の渠跡も見つからないのだから、斉明紀のあの記事は疑わしい、つまりはじめから無かったのではないかと言っていますが、ご教示で、疑問がすっかり解けました」

通子が雑談で聞いた近世史専攻の助手砂原恵子の思いつきの話だった。

海津は微笑した。

「史記の河渠書を読めば分ります。河渠書に『瓠口』つまり谷口の水門のことを書紀の述作者つまり文官が『石上山』などと、いい加減に改竄《かいざん》したので、地形が合わないことになりました。たぶん、文官は『瓠口』の意味が分らず、地名ぐらいに思い違いしたのじゃないでしょうか」

「そうしますと、狂心の渠としたのは？」

「よく分りませんが、書紀の述作者が斉明天皇の異常性格を非難するためにその話を持ってきて、狂心の渠と書いたとも考えられます」

「両槻宮造営の記事もつくりごとですか？」

「いや、あれは嘘を書いたとはいえないと思います。というのは記事に矛盾がありませんから。その遺蹟がないのは、工事中止で、あとがまったく残らなかったからでしょう。その点は、あなたのお説に同感です」

中庭から靴音が近づいてきた。

「先生」

男の声が格子戸の外から急ぐように呼んだ。

海津信六は通子に、失礼、という意味の目礼をして応接台の前から離れて、土間に降りた。彼は下駄をつっかけて格子戸を開けた。

「お客はんでっか？」

格子戸の外で男の声が訊いていた。

「ああ、ちょっと」

海津の低い声が答えた。男の声が急に小さくなったのは土間に女の靴を見たらしかった。

あとはささやくような話し声だったので、通子には分らなかった。

一時間あとに来てくれ、と海津が前の主婦にことづけていた客が訪れた、と通子は思った。これは早く切り上げねば、と考えた。

が、いまの客は「先生」と呼んでいた。すると俳句のほうの弟子であろう。保険の関係で来た客ではないようである。

「とにかく、今夜八時ごろに家のほうに行く」

話の終りがけに言う海津の声が聞えた。

「そうでっか。ほなら、お願いします。お通夜は明日の晩になりますさかい」

男の声も少し大きくなった。会話が切れる前には、最後の声が自然と高くなるものである。

「わかった。君にも頼んでおく」

「へえ。分ってま。そんなら、あとでまた」

「ご苦労でした」

格子戸は海津が閉めたらしかった。靴音はかなり急いだ調子で中庭を去った。

「失礼しました」

海津が座に戻ってきたが、その顔は前よりも翳《かげ》が暗くなっていた。通子の耳には、訪問者の通夜という声が残っていた。

「あの、お忙しいところをいろいろありがとうございました。これで失礼させていただきたいと存じますが」

座布団を滑りかけると、

「まあ、もう少し、よろしいじゃありませんか」

と、海津が制めた。

「はい、でも……」

「ぼくのほうでしたら、まだかまわないのですが」

「はい」

通子は、できればもう少し話をしたかった。あのとき一時間後にしてくれといった訪問者は、いまの訃報《ふほう》を届けた男とは違うようである。これは急な報らせなのである。もしかすると通夜の家は俳句関係の人かもしれないと思った。が、これはもちろん質問できることではなかった。

「それでは、もう少し」

通子は気持を決めた。あと十五分。そうすると海津が約束した客が来る前に辞去できる。

「どうぞ、どうぞ」

「申し訳ありません。長らくお邪魔しまして」

通子は遠慮しながら坐り直した。

海津はなにかに気をとられているような顔だった。

「雑誌で拝見した多武峰と岩船山とが東西一直線に、三十四度二十八分ですか、その線にならんでいるというのは面白かったですね」

海津信六は、ほかに気を取られた自分の表情に気づいたように、急に前からの話題に戻った。が、少しぎごちなくみえないこともなかった。

「そうでございますか。でも、あれは偶然かもしれません。わたくしも二万五千分の一の地図を眺めているうちに気づいただけですから」

通子は正直に言った。

「偶然かもしれませんが、偶然とみえるものでも、一応考えてみる必要はありましょうね。偶然というのは、かくれた理由が第三者に分らないから、そう思っているだけかもしれません。理由が分ってくれば、それが偶然性ではなく、必然性になってきますよ」

「その発見がなかなかむつかしいと思います」

「むつかしいですね。だから、みんな分り切ったところの限界で踏みとどまって発言しているのでしょう。実は、ぼくもずっと昔に、多武峰と岩船山とが東西にほぼ一直線にあるのに気がついたことがあります」

「まあ、そうですか」

「三十四度二十八分までは気がつきませんでしたが、岩船山のほうが多少北にズレていませんか？」

「そうなんです。地図の上で測ったのですが、一直線といっても南北に約二百五十メートルくらいのズレがございます」

「当時正確に測量したのではないから、それくらいは仕方がないでしょう。東西の直線距離四キロ半のうちですからね。多武峰の高所が約六百メートルで、岩船山が百四十メートルくらいでしょうか。多武峰の頂上からみたら、岩船山は西のはるか下に一直線に見えたでしょう」

「わたくしもそう思いますけど」

海津信六はようやく前の気分に戻ったようだった。

「ところが、岩船山にある益田岩船の方向は、両槻宮があった多武峰にむいているのではなく、香久山《かぐやま》のほうに向いているのですよ」

「ああ、そうでした」

通子もそれに気づいた。そうなると両槻宮と一直線に益田岩船があっても意味がなくなる。両者が相対しているところに必然性らしいものがある。

「しかしですね、両槻宮がどの方向にむいていたかはだれにも分りません。もし両槻宮も香久山の方向にむかっていたとすると、香久山を北の頂点にして、両槻宮、益田岩船と、底辺の長い三角形をつくることになります」

通子は頭の中にその三角形を描いた。

「香久山はもともと宗教的な山ですからね。だが、これも偶然といえば偶然です。けど、その偶然にみえることからも、必然があるかどうかを見るのも面白いと思います。……昔はそういうことばかりぼくも考えていました。……ぼくが、あなたのお書きになったもので、なるほどと思ったのは、亀石の側面の下のほうに、石を欠き取るための石矢が入っていると言われたことです」

海津信六は、力ない咳《せき》を二、三度してから言った。

「……あれは誰もちょっと気がつきません。亀石のことを書いたこれまでの考古学者、史学者もふれていません。おそらくみんな亀石の顔のところだけを見て帰ったのだと思います。あんまり知られすぎると、とかく当り前に思って、詳しく見ないものらしいですね。実は、ぼくもうっかり石矢を見落していました。それで、先日、奈良に用事があって行ったとき、明日香村に寄って亀石を見てきました。やはりご指摘の通り、石矢が入っていました」

「それは、どうも、わざわざ」

「石矢のぐあいから想像すると、亀石の下部が欠き取られていますから原形は今の亀石の下にかなりの巨石がつづいていたと思われます。そうすると、いまの亀石の印象がだいぶん変ってきますね。下が平らになっているところは、欠き取られた切断面でしょうから、亀がうずくまった形ではなくなります。もっと巨大な、現在の倍近くもあるような胴体と足を持った形だったかも分りません。もしそうだとすると、顔もいまのが全部でなく、下につづく部分があったことになる。だから亀の顔とはまったく違う顔が原形だったのでしょう。それは巨人の石像ともいえるし、怪獣の石像ともいえます。そうして、それが、あなたの推定されるように、両槻宮の施設物として工人によって彫られていたのだが、宮の造営中止で、その巨石像も未完成のままに終り、捨てられていたものが、のちになって高取城の築城か何だか分りませんが、石矢を入れて欠き取られたのでしょう」

「そういう巨人石像とか怪獣石像とかは、日本の彫刻とは感じが違うようですが」

「日本離れしていますね。これはあなたが考えておられる異宗教という見方には有利になるかもしれません」

「そうしますと、酒船石はどうでしょうか？」

通子は、問題の謎の石に入った。

「酒船石は、ぼくには難問ですが、若いときに考えたのは、あの枝状に分れた先に形付いている格好が、中国の殷《いん》時代につくられた銅鏃《どうぞく》の鋳型に似ていることです。この土鋳型は、溶銅を注ぐ湯口から枝状の湯道《ゆみち》をつけて、五本か七本の銅鏃を同時に鋳造したらしいのです。この鋳造原理と同じなのが、日本の古銭をつくったときの鋳放し銭、一名枝銭《えだせん》です。枝銭の鋳造状態を見ても、湯口と枝状の湯道とがあって、湯道の先に鋳銭がたくさんついています。そういうことから、ぼくは酒船石をもしかすると銅塊、つまり銅のインゴットをつくる石型ではないかと思ったことがあります。銅のインゴットをそこでつくって諸国の鋳銭司に送り、銅銭を造らせたのではないかといったような空想をですね。……若いころは、いろんなことを夢のように考えたものです」

と、海津信六はその瞬間、遠い過去を見るような眼つきをした。

「……諸国の銅山からの産銅がすべてその土地の鋳銭司に送られたとは限りません。銅滓があるところとないところとがあります。また筑前の鋳銭司跡には銅材を溶かして鋳型に流す小型の石製の坩堝《るつぼ》と鞴石《ふいごいし》が出ていますが、銅鉱石を吹分けした溶鉱炉の跡はありません。奈良時代の銅銭は、地方によっては錫の含有分量が少なく、これに代って鉛が多いのですが、銅そのものの分量は変りません。もし、酒船石の沈澱所で溶銅をかためてインゴットにすれば、その形に応じて大小の銅材が出来るわけですから、これがそのまま分量の目安となり、地方に応じてその鋳銭司に送って銅銭を造らせればよいわけです。そうすれば中央政府がしぜんと全国の造幣局を管理できて、財政の統一を図ることができます」

海津信六は若いころの空想に興がっているようだった。

「しかし、そうは考えてもいろいろな難点があります。第一に時代が違います。鋳銭は奈良時代です。酒船石は飛鳥時代の石造物です。これがまず大きな矛盾です。次に、現在の酒船石は他所《よそ》から移してきたので、近所に銅滓がないのは当り前としても、石型に当る沈澱所に溶銅による灼けた跡がないこと、彫刻のあとがきちんとしていて隅が磨滅していないことなどです。だからそのときは考えあぐねたまま放ってしまいました」

か？」

「いや、それよりもあなたの説のほうが面白そうです。液体というのはやはり酒です

「ええ、酒を半円形の沈澱所に入れてミゾを伝わって円形の沈澱所に入ってきたところを、巨石の両側に付いている人たちが薬草をつくって混入し、薬酒を造る、そういうことを考えてみたのですが」

「その着想には興味があります。ぼくの銅インゴット製造想像説よりずっと可能性がありそうです」

「そうでしょうか？」

「いままでの概念に捉われずに、いろいろと仮説を立ててみるのですね。……」

海津信六は、はじめて時計に眼を遣った。

通子があわてて座布団から膝を下ろすと、

「どうも、ごゆっくりお話ができませんで申し訳ありません」

と、海津は肘を応接台の上に張って両手を突き、丁寧に頭を下げた。

「いいえ、とんでもない。わたくしのほうこそ、いろいろと教えていただいてありがとう存じました」

通子が礼を述べると、

「バスの通る道までお送りしましょう」

と、海津は立った。

「どうぞ、おかまいなく」

「いえ、ついでといっては何ですが、ぼくもその辺に用事がありますから」

「言い忘れましたが」

というのが、道に出てから通子とならんで歩く海津信六の言葉だった。

「……さきほど、香久山、書紀でいう香山が宗教的な山だと申しましたね。ぼくは以前に考えたことがありますが、あれも天山《てんざん》から来ている名前ではないかと思うのです」

海津はゆっくりと歩いた。通子もそれに合せた。人通りはなく、犬が一匹うろうろしていた。

「それは、どういうことでしょうか？」

「天山が西域の祁連山《きれんざん》のことだといったのは漢書の註釈をした例の顔師古《がんしこ》ですが、それはともかくとして、天山は山脈のうち東の中国側に近く、それより西の高山を白山といったそうです。トルコ系の匈奴が白山と呼んだのは前に申し上げた通りです。この白山が朝鮮と満洲の境の長白山や白頭山になりました。やはり天山の意です。これも匈奴の影響をうけた蒙古ツングース族である高句麗《こうくり》の命名かも分りません。この白山を朝鮮では古く妙香山といっていたそうです。また長白山の南境を香山ともいっていたそうですよ」

「香山……」

「そうです。大和の香山と同じ文字です。ぼくは京大史学科の『史林』の大正十一年だかの号で、この朝鮮の香山について書いてあったのを読んだことがあります。香山には香木が多く、冬でもみんな青々としている、と朝鮮の古い書物にあるそうです」

「……」

「古事記には、天の香山の朱桜《ははか》、真賢木《まさかき》、小竹葉《ささば》などという植物名が出てきますが、これらに芳香との関係があったかどうかは別として、朝鮮の香山の香木と面白い暗合です。あなたがいま想像されているらしい酒船石と薬酒の関係にも暗示的ですね」

「いえ、まだそこまでは考えがすすんでいないのですが」

「空想の段階でもけっこうですよ。空想といえば、仏教の須弥山のイメージを中国では天山や白山に求めたと思うのですが、須弥山も一名妙高山、妙香山といいますからね。妙という美称をとれば、香山になります」

　寺の塀について曲り、古い屋敷の塀に沿って二人は歩いた。バス通りの側面が二つの塀の間に切れてのぞいていた。

　中年の女がすれ違うとき、海津信六はおじぎをした。海津はていねいに頭を下げたが、近所のその女は興味的な視線を横の通子に走らせた。通りすぎても、ふり返って見ているようだった。

　府道に出た。道をわたって、一条院郵便局前のバス停に二人して佇んだ。しきりとトラックが走るが、バスは見えなかった。

通子は和泉府中駅から乗るので、東からくるバスの方角を見ていたが、海津は逆の和泉府中駅の方角も眺めていた。そっちからのバスの姿も気にしているのである。

誰か知った者がそのバスに乗ってくるのかもしれない。それを迎えに彼は通子を送りがてらにこのバス停に来た様子だった。

通子は、海津が「一時間あとに来るように」と前の家の主婦にことづけていたのを思い出した。もし、その訪問者を彼がバス停で待っているとすれば、その訪問客は一度は海津を訪ねて前の家に行った人である。そのとき通子が来ていたので、海津は一時間後の再来訪を主婦に言わせた。その客はその間どこかに行って時間を消し、バスでまたここに来るのかもしれない。

自分の乗るバスがくれば、通子は海津と別れなければならない。思い切って聞くのはいまだった。

「こんなことをお訊ねするのはどうかと思いますが」

と、通子は海津に言い出した。

「はあ？」

海津がふりむいた。

「ほかでもありませんが、海津さんは病院で、アサシンと呟かれたそうです。大仙洞さんがそう言われましたが、あれは、なにかとくべつの意味があったのでしょうか？」

「そんなことを大仙洞が言ったのですか？」

海津は顔をしかめた。

「いえ、わたくしにはそれがちょっと気になったものですから」

「はあ、それはこうです。ぼくは人から恨みを買うおぼえがないのに刺されました。病院の話で、ぼくを襲ったのはシンナー遊びの若い人だと知りました。あれは幻覚で他人を殺しますから、つい、アサシンと口に出たのでしょう。半分は、うわごとでした。病院に担ぎこまれて間もなかったし、意識がまだもうろうとしていましたからね」

だいたい通子の想像した通りであった。

「わたくし、それが気になったものですから、本屋さんに寄って辞書をのぞいたんです。アサシンの語源はアラビア語だということは分ったのですが」

「そうですね。イスラム教徒が麻薬を飲んで殺人をやっていたことから出てきた言葉ですが、麻薬はその前のペルシアからですね」

バスは府道の西からも東からも姿を現わさなかった。

「ペルシア人がそういう麻薬を飲んでいたのはいつごろですか？」

通子は海津との会話をついだ。

「ペルシアがイスラム教徒に征服される前のササーン朝でも、またその前のアケメネス王朝でも古代ペルシア人は麻や麻の実からとった薬を飲んでいたのです」

「その麻薬というのは？」

「インド大麻だということですがね」

「ペルシア人もその麻薬を飲んで暗殺を行なっていたんですか？」

「そう。ゾロアスター教徒が反対派の暗殺をやったそうです。その次の暗殺者はイスラム教徒です。アラビア人はペルシア人から麻薬の味を伝えられて、陶酔感と幻覚に魅せられ、夢見心地のなかで殺人などをやったらしいです。アラビア語のハーシスというのは本来は草とか乾草の意味ですが、それがインド大麻製の麻薬の名になったのだと、何かの論文で読んだことがあります」

「はあ、そうですか」

インド大麻のハッシーシュからアサシンになり、アサシネーション（暗殺）の英語になっているのは辞書に書いてある通りである。

「古代ペルシアでつくっていた麻酔薬のことは、ゾロアスター教のアヴェスター教典にバンハーという名で出ているそうです。ゾロアスター教が中国に入って祆教になったときも、中国に入っていたペルシア人系の胡人がこの麻酔薬を使っていろいろ奇術を見せたらしいですね。中国ではこういう胡人の連中を幻人といったそうです」

郵便局の横丁から買物袋をさげた女が出てきて海津と顔を合せると、今日は、と挨拶し、通子をじろじろと見ていった。

「海津さんは捨てられた学問にもう一度お戻りになるお気持はないのですか？」

立ち入ったことだが、通子はそう言わずにはいられなかった。惜しいと思った。

「ありませんね、とっくの昔に離れたつもりでいるんですから。久しぶりですよ、あなたに刺戟されて昔のおさらいをしたのは」

海津は翳のある眼で笑った。

「残念に思いますわ。これからまたおやりになったら？」

「年齢《とし》ですよ。それに長いこと放っておいたので忘れてしまいました。今は保険屋のほうが気楽です」

海津は言ってから、ふいと思いついたように通子に顔をむけた。

「高須さん。あなたこそ、いちどイランにお出かけになったらいかがですか？」

「イランに？」

「イランには、まだ地方に旧い宗教の習慣が残っているはずです。イラン高原の中部から南にかけての田舎ですが。何か発見があるかもしれませんよ、あなたの研究に役立つような」

西からバスが来た。

夜・東海道

府道の西からくるバスは通子に用のないものだった。その白い車体はまだ小さく、乗用車やトラックに追い越され、信号に停まったりなどして、来るのが遅かった。

今は保険屋のほうが気楽ですと言った海津信六の言葉は、むろん通子に自嘲的に聞えた。

「俳句の結社を主宰してらっしゃると伺いましたが」

話を明るいほうに通子は変えた。

「いや、大仙洞がどんなことをしゃべったか知りませんが、結社といったものじゃありません。好きな者どうしが小さく寄り集まっているだけです」

海津は、それほど明るい声にもならずまた暗い顔にもならずに言った。

「そのグループの方々を指導してらっしゃるんですね」

先刻、彼の家にいたとき訪ねてきた男が入口の外から「先生」と海津を呼んでいたのを思い出した。

「指導というわけではありませんが、ぼくが年寄りだし、それに皆より早く俳句をやってるものですから、世話を焼いているだけです」

「愉しいお集まりなんですね？」

「ええ。これでもほうぼうに仲間が居ましてね。句会があると呼び出されて京都や奈良の田舎に出かけます。大仙洞もその仲間の一人です」

「けっこうですわ」

通子は言ったが、もの足りなかった。海津には史学のほうに戻ってもらいたかった。が、それを捨ててから長いと彼は言っている。俳句に替えているのかもしれないが、それも気まぐれとしか思えなかった。

なぜ、この人は若いときに学問を捨てたのだろうか。地方の中学校教師をしていたと自分で言っていたが、その経歴が壁になったのだろうか。アカデミーの世界は、そういう学歴の人に戸を閉めたがるところがある。

しかし、旧制の中学校を出ただけで国立大学の教授にもなり、専門分野での権威になっている人もある。また、在野でアカデミーに抵抗するすぐれた学者の例も少なくない。この人にはそれほどの闘志も情熱もなかったのだろうか。

たしかに海津信六の様子にはそうした迫力は見られなかった。何となく薄い印象で、眼にひんやりと冷たい影が漂っているのである。彼の家に居たときも肩のあたりや背中に孤独を感じたが、いまも傍に居て、白い髪毛のまじった頭や皺を刻んだ横顔からそれが伝わってくるのである。

その顔の表情が変ったのは、バスが前に停まって、降りてくる乗客の中に緑色のツバ広の帽子に同じ色のワンピースをきた若い女を見たときだった。海津の眼が急に明るい光を帯びて、そのほうをじっと見ていた。

その若い女は真白なボストンバッグを持って、バスのステップから軽快に脚を地面に着けた。彼女のほうでも海津が視線に入って、棒になって立ちどまった。

「あら」

女はツバ広の帽子の顔を心もち上げるようにして、佇んでいる海津の前に歩み寄った。

「迎えにきてくだすってたの？」

弾みのある、澄んだ声だった。ツバの蔭になって鼻の上が暗いが、その中から大きな黒い眼が開かれていた。陽の当っている白い頤《おとがい》はほっそりとすぼみ、その上の若々しい唇がほころびて健康な歯をのぞかせていた。

「うむ。なんとなくな。この路線のバスだろうと見当つけて来たよ」

海津は、ぼそぼそと低い声で言った。通子の前で、顔がいくらか照れ臭そうだったが、眼は細まっていた。

「一時間あとにという伝言だったから、街でお茶を飲んだりして時間を見はからって来たの」

服は、緑色のなかでもいちばん明るいエメラルド・グリーンで、若葉がそこに萌《も》え立っているようだった。その視線は、海津とならんだ通子に遠慮そうにちらちらと流れた。

「姪《めい》のともこといいます。にんべんに道具の具と書きます」

海津が通子に紹介した。

「倶子。こちらは高須通子さんとおっしゃって、T大の史学科の助手でいらっしゃる」

「あら」

倶子といわれた女が、叫ぶような口もとを見せた。

「そいじゃ、伯父さまのお怪我のときに供血をしてくだすった方……」

帽子の下の眼をまるくして通子を見つめた。

「そう。その方だ」

倶子は帽子のふちに手をかけて通子におじぎをした。

「伯父から伺っております。その節はいろいろとありがとうございました」

礼の言い方も馴れてなく、初々《ういうい》しかった。

「どういたしまして。伯父さまがお元気になられてご安心ですわね」

こんな姪があるとは通子も知らなかった。身体の線にまだ稚《おさな》さがどことなく残っている年ごろだった。

「伯父が乱暴な人に怪我させられて夜の通りにうずくまっているとき、それを見つけて電話で救急車を呼んでくだすったのも高須さんだと伺いました。生命を救ってくださった恩人だと伯父は申しております。ほんとにありがとう存じました」

倶子はぴょこんと頭を下げた。

「お怪我をなすった方を見つけたとき、だれでもそう処置しますわ。そんなにおっしゃられると、わたくし、困ってしまいます」

「でも、あくる日は供血までしてくだすったんですから。なみのご親切ではありませんわ」

「とんでもありません。もう、そんなことおっしゃらないで」

通子はいそいで海津に顔をむけた。

「きれいな姪御さんがおありですのね？」

「いま、R学院大学の仏文科四年生なんです」

海津が通子に言った。この大学は私立だが一流校だった。

「あら、そうですか。そいじゃ、お住居は東京に？」

通子は、海津と倶子の顔を半々に見た。

「はあ、ですが、学校の寮にいるもんですから……」

海津の返事に、気のせいか硬いものが感じられた。たとえば、寮生活だとすると、両親は東京ではなさそうだけれど、その質問がくるのを予防しているといった口吻《くちぶり》なのである。

「せっかく伯父さまのもとにいらしたのに、わたくしが長々とお邪魔してて、いけませんでしたね」

これは倶子に言った。

「いいえ、とんでもありません。わたくしのほうがいけないんです。ここに予告なしに来たんですから」

倶子は頬を両手ではさむようにした。

「この子はいつも不意にやってくるもんですから」

海津が言葉を添えた。悪い気持ではなさそうで、口もとに絶えず曖昧《あいまい》とも見える微笑があった。

それではじめて通子に事情が分った。倶子はいちど海津が借りている家の母屋《おもや》まで来たが、そこで主婦に来客中だと知らされ、では何時ごろに来直せばよいか主婦から海津に聞いてもらったのだろう。

「それでしたら、あのときお宅で倶子さんとごいっしょすれば、わたくしも愉しかったんですが」

通子は海津を見て言った。

「いやいや、この子を入れるとお話ができません。うるさく邪魔するか、話に退屈してこの子があくびするか、どちらかですから」

「そうなんです。俳句のお話でしたら、わたくしには苦手ですわ」

倶子が答えたので、通子は、おやと思った。倶子が勘違いしているというよりも、海津がふだんから歴史学の話をしていないことがその言葉で分った。捨てた学問だといったさっきの海津の言葉がさらに実感となった。倶子の答えに、海津がめずらしく大きく笑った。

「高須さんは、もう、お帰りになるんですか。伯父さま、どうしてもう少しお引止めなさらないの？」

倶子が非難するような眼をむけた。

「うむ、お引止めしたいんだが、伯父さんに今夜急に都合ができてな。おかまいできないもんだからね。申し訳ないことだが」

急に今夜都合ができたというのは、さっき彼のもとに報らせにきた誰かの不幸のことにちがいなかった。

「いいえ、わたくしこそ長い間お邪魔をしてしまって。それに今日じゅうには東京に帰らなければなりませんから」

通子が言うと、倶子は帽子の下に蔭になっている眼をじっと彼女に当てた。

「残念だわ。もう少しごゆっくりしていただけたらうれしいのに」

「いま、何時かな？」

海津が倶子にたずねた。答えを聞いて、

「うむ。もう少し時間があると、堺にでも出て夕食でもごいっしょできるのだが」

と、彼も心残りがありそうだった。

「ねえ。伯父さま。そうしましょうよ。でなかったら高須さんに申し訳ないわ」

倶子が海津に一歩寄って言った。

「うむ。しかしな……」

「倶子さん。わたくしのことに気をつかっていただいてうれしいんですけど、ほんとにわたくしも八時くらいの新大阪発の列車に乗りたいと思ってるもんですから」

通子は海津信六の姪に言った。

「でも、このままお帰ししたくありませんわ」

倶子が伯父にも眼をむけて言った。

「どうもありがとう。でも、それから後だと東京に帰れなくなりますのよ。……わたくし、また、こちらにお伺いいたしますわ」

「いや」と海津が前に出た。「今度はぼくの方から東京に出て高須さんにお礼に伺うことにしている。そのときは、お前も寮から出ておいで」

「そうお？」

倶子もそれで諦めたように、

「きっとよ、伯父さま」

と、念を押して、通子にほほ笑みかけた。

府道の東からようやくバスが見えてきた。

高須さん、とバスの姿を眺めて海津が言った。

「どうも失礼しました。あとで、ぼくも思いつくことがありましたら、また、お手紙にでも書いてお送りすることにします。あまりお役には立たないでしょうが」

「とんでもありません。今日くらい有益なお話を伺ったことはございませんわ。また、お手紙で教えてくださるとどんなにありがたいか分りません」

通子は心から礼を述べた。

「ぼくの話なんか、もう古くてお役に立ちませんが、ぼくはあなたがいちどイランにお出かけになることをおすすめしますよ」

「考えてみます」

通子はうなずいた。

「イラン？」

と、横から倶子がはずんだ声をあげた。

「イランにいらっしゃるんですか？」

「まだ、分りませんの」

通子が微笑すると、倶子は言った。

「わたくし、来年の春にはフランスに留学することになってるんです。そのとき、高須さんとテヘランまででもごいっしょできたら、うれしいんですけれど」

「あら、フランスに留学なさるの？」

「ええ。伯父にねだって、願望成就《じょうじゅ》させてもらったんです」

「長いんですか？」

「三年間」

と、倶子は宣言でもするように言って、伯父にも眼をむけた。困ったような、うれしいような微笑が海津信六の影のような顔ににじんでいた。

バスが三人の前に停まった。


通子は、新大阪発一九時四〇分の新幹線列車に乗った。自由席にわずかな空席がある程度だった。

手帳を出して海津信六の話をメモした。示唆に富んだ内容である。そのまま受け入れるかどうかは別として、触発されるところが多かった。

(若いときは、こんな夢みたいなことを考えたこともありますが、縁切りになってもう久しいですな)

海津信六の声がしている。

(若いじぶん、地方の中学校の教員をしていましてね。歴史を教えておりました。そういうことから興味を持ったわけですが、それきりになりました)

どうして放棄したかは彼は何も説明しなかった。

《書紀の「狂心の渠」は虚構か。書紀の編述者が何らかの理由で斉明天皇を批判するために、当時わが国に伝わっていた隋の煬帝《ようだい》の運河開鑿の話を斉明天皇に当て、もって誇《もん》大妄想の工事狂となしたものか。書紀の「時に興事（おこしつくること）を好む」は文選《ぜん》、西都賦の李善注よりの文句の借用だが、これが斉明帝の工事狂の性格づけになっている。石上は田村説のイシカミではなく、やはりイソノカミ。書紀が当時著名だった石上と香山の『名所』二つを運河で結んだにすぎない。その論証。書紀の「香山の西より石上山に至る」は史記・河渠書「中山の西より瓠口に抵《いた》るを渠となす」の文句そのまま。仮構だと分る。斉明帝批判の理由は、彼女が異宗教（祆教）を信じたためか。》

ここまでメモしたとき、通子の記憶に、

（先生）

という男の声が蘇った。ちょうど海津とこの話をしているときだった。

（先生。お客はんでっか？）（ああ、ちょっと。……とにかく、今夜八時ごろに家のほうに行く）（そうでっか。ほなら、お願いします。お通夜は明日の晩になりますさかい）（わかった。君にも頼んでおく）（へえ。分ってま。そんなら、あとでまた）

——低い会話であった。

安福寺の坂下で見た救急車が見えてくる。横穴古墳に入って落盤で圧死した盗掘者があったという。タクシーを降りて救急車の運転台に何か話しかけていた大仙洞主人に似た姿。彼は海津信六の俳句の弟子格である。

通子は手帳のボールペンをとめて窓を眺めた。山崎あたりの谷あいの灯が暗いガラスに動いていた。

盗掘人の死。大仙洞。海津信六に届けにきた誰かの訃報《ふほう》。

通子は頭を振った。ばかばかしい連想である。あれが大仙洞だったという確信はどこにもない。訃報はまったく偶然な一致で、別人の死にちがいない。

しかし……海津信六を訪ねたとき、彼は留守だった。訪問時間は前もって手紙で報らせてあったのに、彼は「急用」で外出していた。――が、通子はその暗い空想も振るい落した。

京都駅を過ぎて間もなく大津の夜景が流れる。湖畔の船の灯がちらりと写った。

《八世紀前半にペルシア人が奈良に居住。李密翳。鑑真来朝にもペルシア人同行。中国の官名は薩宝または薩保。奈良の佐保は薩保の転化か。光明皇后の住居趾が法華寺。法華寺のある佐保のあたりにペルシア人が居住していたか。斉明と光明の名にともに祆教の影響があれば、ペルシア人奈良居住と何らかの宗教的関係があるかもしれない。……》

低い声で話す海津信六の暗鬱な顔が浮んでくる。

どうしてあの人は、あんな暗い表情をしているのか。彼が立って背中を見せたとき、そこに寒々とした寂寥《せきりょう》が貼りついていた。光線の加減もあったけれど、応接台の前に端座していてもその片頬には絶えず濃い影が溜まっていた。

妻はいない。子供もない人だから、その孤独は当然としても、初老になるまで家庭をもたなかった人らしいから、孤独には馴れているはずだった。田舎で保険の勧誘員をしているしがない生活環境が、海津信六をその暗い性格に育て上げたのだろうか。

どこかの駅を通過して構内の灯が何秒間か光った。光は、通子の脳裡に射し込み海津信六とならんで立っている姪の倶子の姿を照らした。明るいグリーンの帽子とワンピースが若々しく浮ぶのである。バスの窓に手を振り、真白な歯を輝かせて笑っていた。ツバ広の帽子の下で顔の半分が小さく輪廓をくくり、胴も脚も細くてしなやかであった。

海津信六の顔に陽が当っていた。半分白くなった頭髪の下で、その顔は初夏の光にくっきりと陰影をつけていた。彫りの深い顔で、皺が憂鬱な渋味をつけていた。が、手をふる姪とならんだ彼は、それでも仕合せそうに微笑していた。姪だけが彼に明りを点じているようだった。

（来年、フランスに留学に行くんですの。伯父さまにねだりましたのよ。三年間）

と、倶子のはずんだ声が聞える。

留学の費用は伯父が出すらしいのである。生命保険外交員の海津信六にその資力があるらしい。保険の勧誘員は、契約高の歩合によるから成績のいい人だと高収入になると通子も話に聞いていた。それに海津の場合は独身である。それだけの貯えはあるのだろう。

倶子のフランス留学費は伯父だけが負担するのではなく、もちろんその両親も出すにちがいない。彼女の両親、倶子の母とその夫とはどこに住み、夫はどのような職業の人だろうか。倶子は学校の寮にいるというから、両親は東京にいないらしい。海津信六は沈黙していた。

(高須さんがイランにいらっしゃるなら、わたくし、テヘランまででもごいっしょしたいわ)

倶子の元気のいい声が耳に響いた。窓には関ヶ原辺の黒い山影がつづいていた。イラン。——

名古屋駅に着いた。ホームの時計は八時四十六分を指していた。かなりの乗客が降りて、新しい客が乗ってきた。自由席に乗りこむ客はだれもが忙しい。三人がけのうち、通子の通路側にいた一人が降りて行った。窓ぎわには老婆が首を垂れて眠っている。

「ここ、空いてますか?」

と、息をはずませた男の声が通子の頭の上でした。がたがたと荷物の音がする。どうぞ、と挙げた顔が相手のと合ったとき、両方で、あっ、と声を出したものだった。坂根要助が髭面に眼をむいて立ちすくんでいた。

「高須さん」

「まあ、坂根さん」

通子も思わず腰を浮かした。

「こりゃあ、おどろきました」

坂根が次に顔いっぱい笑いをひろげた。肩に革紐で吊ったジュラルミンのカメラ函を下げ、手には三脚を持っていた。

「さあ、どうぞ」

通子は彼がまず坐るのに邪魔な三脚を取ってやった。

「どうも、どうも」

坂根要助は頭をつづけざまに下げて隣席に腰を下ろした。黄色いスェーターに、地の粗い臙脂《えんじ》色のズボンをはいて、眼のさめるような派手さだった。そのズボンの股をひろげて彼はカメラ函を座席の下に押しこんだ。

「どうも、よくお目にかかりますなァ」

坂根はとっさの挨拶に困ったように言ったが、顔の色が褪《さ》めず、まだ、息が整っていなかった。

「ほんとに」

おかしいくらいだった。飛鳥の酒船石からはじまって、奈良の高畑にある骨董屋「寧楽堂」の店内、次は県庁前で、今度は新幹線列車の中だった。隣りの席をさがし当ててくるというのも奇妙すぎる話だった。

「お仕事のお帰りですか？」

列車が動き出して、ホームの明るい灯が流れていた。

「ええ。熊野から南紀一帯を回ってきたのです。三日ばかりかかって」

坂根はポケットの煙草をさぐった。

「それはご苦労さまでした」

「どうも」

「今度は、おひとりで？」

通子が訊いたのは編集者が見えないからだった。

「ええ、出版社のほうで一人で行ってきてくれというもんですから。……しかし、ひとりのほうが自由で、仕事がはかどっていいです」

坂根はマッチをすりかけて急にやめ、

「そうそう。あのときは、どうも」

と気づいたように挨拶した。奈良でのことだった。

「わたくしこそ、失礼しました」

通子が挨拶を返すと、カメラマンがその姿をじっと見た。奈良のときとは髪型も服装も違っていた。

「すぐ眼の前でお遇いしなかったら、うっかり高須さんとは知らないで見過すところでした」

坂根要助が遠慮げに煙を口から出して言った。

「身支度があのときと違うからですか？」

通子は微笑した。

「そうなんです。まるきり……」

「奈良のときは気まぐれにあんな格好をしてみたんです。これがわたくしの普通ですわ。アルバイトでもやはり高校の教師ですから」

「そうですか」

「なんだか詰まらなさそうなお顔をなさいますのね？」

「そうじゃありませんが……」

「熊野では、素敵なモデルさんが見つかりまして？」

「その話はもう勘弁してください。今度はあの強引な編集者がいっしょじゃありませんから」

「あの方、何とおっしゃったかしら、『文化領域』の副編集長さん？」

「福原さんです。いい人なんですが、仕事となるとかなり厚かましくなるんです」

福原の名を出して、坂根は思いついたというように何か言いたそうだったが、それは黙った。

通子のほうに思い出すことがあった。海津信六からの伝言だった。

「そうそう。大事なことをうっかりしてました。海津さんが坂根さんにお会いしたら、よろしく言ってくださいということでしたわ」

「海津さんが？　あの和泉の海津信六さんですか？」

坂根がまた眼をまるくした。

「……高須さんは、海津さんに会われたんですか？」

「ええ。いま、その帰りなんですの。今朝東京を出ての日帰りですけれど」

坂根は眼をみはったまま、すぐには声も出ない様子だった。よほど思いがけなかったようである。

「海津さんはとてもお元気になっておられました。坂根さんに供血していただいたのをとても感謝しておられましたわ」

「海津さんからは、前にそういう礼状をもらいましたが……」

坂根はようやく言った。

その礼状を口実に高須通子と話がしたくてO高校やT大の史学科に電話したものだが、とうとう連絡がつかなかったのを坂根は思い返している。その本人が隣りに坐っているとは、古い言葉だが、まったく夢のようだった。彼女とは奈良の本屋の前で別れたきりである。

「そうですか。海津さんは元気になっていましたか」

と、坂根はぼんやりと繰り返した。

「ええ。お医者さんにとめられて東京には出られないそうですが」

「高須さんは、どうして海津さんのところに行かれたんですか？」

坂根が、ふいに顔をむけて訊いた。

「わたくしが雑誌に書いた論文のようなものを見たといって、その感想のお手紙を海津さんがくだすったの。そのことでお訪ねしたのです」

通子は坂根の問いに答えた。列車は豊橋のあたりを走っていて、蒲郡《がまごおり》付近らしい平坦な黒い野がつづいていた。

「ああ、その雑誌の論文ならぼくも拝見しました。『史脈』という専門誌で、『飛鳥の石造遺物試論』と言う題でしたね？」

坂根が記憶を口に出した。

「よく、あんな雑誌、ごらんいただけましたのね？」

「『文化領域』の福原さんが教えてくれたんですよ。さすが出版社につとめているだけに眼が早いです。ああ、こういう論文を書かれるために高須さんが酒船石を見にいらしたんだな、とぼくもはじめて合点がゆきました」

「お読みになって、いかがでしたか？」

「論文ですか。それが福原さんもぼくもね、チンプンカンプンでよく分らなかったです」

坂根は、長い髪の頭をかいて笑った。通子もいっしょにほほ笑んだ。

「けど、奈良の骨董屋さん、そう、寧楽堂というんでしたね。あそこで高須さんが多武峰に上ったり、益田岩船とかの巨石を見に行ったと東京美術館の佐田さんですか、あの人たちに話しておられたのを、ぼくらは聞いていたものですから、論文を拝見して、やっぱりただのハイキングじゃなかったんだな、と思い当りましたよ」

「半分はハイキングのつもりでしたわ」

「いやいや。あの佐田さんというのは、ぼくはなんだか好きになれないが、やはり専門家だと思いましたよ。高須さんが店を出られたあと、佐田さんはしきりと首をひねっていましてね、彼女はなんでそんなところを回ったのだろう、石について何か書くつもりかな……と言ってね。もう一人の人も、なにしろ彼女は端倪《たんげい》すべからざるところがあるからな、才女だからね、と言ってましたよ」

「才女……ですか」

通子は顔を曇らせた。

「失礼しました。気を悪くなさると困りますが」

坂根があわてて言った。

「才女と言っていただいて光栄ですわ」

「弱りましたな」

坂根は頭をごりごりかいて余計なことを洩らしたと後悔した。思いがけなく彼女に会えて、気分が少々浮わついているな、とも反省した。

「気になんかしてませんわ。蔭ではいろいろ言われてるんですもの」

「済みません」

坂根は佐田から聞いたことがまだある。研究室の教授や助教授は無能で、彼女にはかなわないという批評だった。が、これは慎重に口をつつしんだ。

「海津信六さんのことですが」

　坂根要助は、ややあって言い出した。これは話題を変えるというのではなく、彼が高須通子の口から聞きたいことだった。

「……さっきの、高須さんの論文に感想を寄越されたということでしたが、それは立派な感想でしたか？」

「とても立派でしたわ。正直言って、わたくし、びっくりしましたの。だって、保険の外交員とうかがってましたもの」

　通子は、そのときのおどろきを表情に出していた。

「ああ、そうですか」

　坂根は心で大きくうなずいた。海津信六のことでは東京美術館の佐田の話として福原から聞いているが、さっき「才女」と口をすべらしたのに懲《こ》りて、佐田の言葉としては急に言い出しかねた。

　が、それにしても高須通子が海津の読後感を読んでおどろいたというので、佐田の言葉に嘘がなかったと知って、坂根は急に興味がふくれてきた。海津信六については通子に伝えたいことが多いのである。

「それで、海津さんの話をもっと聞きたくて高須さんはわざわざ大阪に行かれたんですか？」

　坂根はまずいろいろ聞いてみることにした。

「そうなんです。文通だけでは、まどろこしくなったもんですから」

「そりゃ、たいへんな魅力だな。いや、海津さんの感想のことですよ。高須さんを大阪までひきつけるんですから」

「でも、大阪に行っただけの甲斐が、いえ、それ以上の利益がわたくしにありましたわ。海津さんって、たいへんな専門的知識のある方です。お話ししてて、もっとおどろきましたの。だって、まったく思いがけなかったんですもの」

「ほう」

「こちらは保険の外交をしてらっしゃるとばっかり思いこんでたでしょう？　いえ、それもほんとうでした。お宅に伺ったら、お家の前に生命保険の看板が出ていましたから」

「ははあ。で、新聞に出ていた通り、やはり家族のない、独身の方でしたか？」

「そう。お独り暮しでしたわ」

このとき、通子が急に眼を沈めるような表情をした。

「高須さんをそんなにおどろかせたのならば、海津さんの学問というのはたいしたものなんですね？」

「わたくしなんか何も分りませんわ。でも、これまで海津さんのような話をしてくださった専門家がなかったんです。海津さんはわたくしの考えのはるか前を歩んでらっしゃる方です。……あれで、海津さんは学問をずっとむかしに捨てたから、なにもかも忘れたし、いまの研究がどれほど進んでいるか知らないとおっしゃるんです。どういう方なんでしょうね」

坂根はむずむずしてきた。

列車は浜名湖の鉄橋にかかった。湖水に弁天島の料理屋や旅館の灯が映っていた。

「海津信六さんのことでは、ぼくも福原さんから多少は聞いています」

橋を鳴らす騒音がしずまるのを待って坂根は言い出した。彼の出番だった。

「福原さんがどうしてそんなことをご存知なんですか？」

通子は、それも編集者の感覚による情報かと思った。

「いや、福原さんのは、東京美術館の佐田さんの話の受け売りですがね」

佐田は海津についてどう語ったのだろうか。通子も佐田久男をあまり好まなかったが、佐田は年配だし、学界のことやそれに関連した古い話をいろいろと知っていた。彼は舞台の袖にいるような立場なので、当事者に分らないことまでゴシップ的に知っていた。

「海津さんはね、若いころは山崎巌明教授の助手だったそうですよ」

坂根は言い出した。

「えっ、山崎博士の？」

通子は呆然となった。山崎巌明は彼女にとって神話的な大先輩学者だった。十数年前に物故したが、その著書は彼女もほとんど読んでいた。いまでは古典的な著述となっているが、日本古代史の近代的な研究方法の基礎づくりをした一人である。同時にＴ大史学科のボスでもあった。

「そのときの助教授が垂水寛人博士だったそうです」

垂水博士は山崎博士のあとをついで史学科の主任教授となり、文学部長になった。山崎博士ほどには幅はひろくないが、自分で区切った専門分野で研究を深化させて権威となった。今では退官して名誉教授の称号を贈られている。その学問にはむろん通子も批判はあるが、大きな業績を残した学者にはちがいない。その後継者がいまの久保能之教授だった。

これは通子も分っているが、山崎巌明教授、垂水寛人助教授のときに、海津信六が助手をしていたというのは知らなかった。はじめて聞く話である。

「海津助手は素晴らしかったそうですよ。海津さんが居る間は、垂水助教授も、先輩助手の折原さんも冴えなかったそうです」

「折原政雄先生？」

「でしょうね。ぼくはよく知りませんが」

「あとで助教授になられた方です。垂水先生の後継者として最有力の学者だったそうですが、惜しいことに途中で亡くなられました」

「そうですか。とにかく海津さんの前には、そのお二人とも分が悪かったと佐田さんは言ったそうです」

浜松駅の明りが通過した。

「佐田さんから聞いてきた福原さんの話の受け売りをもう少し申しますとね」

と、坂根はつづけた。

「岡山県津山の中学で歴史教師をしていた海津さんが論文や報告をしきりと山崎教授のもとに送ってきていたのを山崎教授がずっと読んでいて、これは見こみがあるということから助手に拾われたのだそうです。これは山崎先生の一存できまったということです。ところが海津助手の書く論文は少々変っていました。変っていたというのは、人の考えつかないことを海津助手は言う、それがたいそう直観的で、しかも真理に迫っていた、というんですな。そのへんは、福原さんもぼくもまるきり知識がありませんから、佐田さんの言葉を信用するしかありませんが」

海津のことはそうだったにちがいないと通子も心でうなずいた。

「詳しいことはわかりませんが、その海津助手が突然に大学を辞めて、どこかに消えてしまったのが、いまから二十何年か前だったそうです。いや三十年近い前だったかな、とにかく古い話です」

「わたくしは、ぜんぜん知りませんでした」

通子は半ば夢見心地で言った。

「いまでは、ほとんどの若い学者が海津信六の名も知らないそうですよ。ひとつには、そういう天才肌の若手学徒だったから周囲の嫉視を買って憎まれていたし、それに、山崎厳明教授に死なれて有力な後援者を失ったことも海津さんの立場を悪くしたのだと思います」

「海津さんは、山崎先生を失って、周囲からの圧力が加わり、それでＴ大学を去られたのですか？」

「福原さんもそう佐田さんに訊いたそうです。ところが、それだけではないという返事だったそうです」

「それはそうでしょう。もし、それが原因でしたら、海津さんはＴ大学でなくても学問をほかの場でつづけられたでしょうから。大学を逐《お》われても、在野で偉くなった学者は少なくないんですから」

「それです」

と、坂根はあごを引いた。

「……しかし、海津さんは大学から身をひいただけでなく、その所在まで不明になったんだそうですからね。完全に学問を捨ててまで、身を隠してしまったんだから、事情が違います。で、それから二十数年だか三十年近く経っているので、今ではその名も忘れられてしまった。そこへ例の奈良のシンナー遊びによる殺傷事件の被害者として新聞に海津信六さんの名前が出たので、昔のことを知っている佐田さんなんかは、あっと思ったんですね」

窓には暗い田野が流れていた。

「あの事件の記事をのせた新聞で、海津さんの消息がはじめて分ったのですが、まさか大阪府下の田舎町で生命保険の勧誘員をしていようとは想像もつかなかったので、佐田さんはたまげるやら呆れるやら、またその久しぶりの名前の活字をなつかしむやら、感慨無量だったそうです。まるで幽霊に出遇ったようなものだと佐田さんは言ったそうですよ」

坂根は、列車の動揺で座席の下からはみ出してくるカメラの器材函を脚で押しこむようにしながら言った。

「それで……」

通子は、咽喉に唾を呑みこむ思いで訊いた。

「海津さんが学問を捨てられた原因は何だったのですか？」

——とうの昔に学問のことは捨てました、今は何もかも忘れてしまいました、と自嘲するように呟いた海津信六の暗い顔が浮んでくるのである。

「それがね、なかなか佐田さんも言わなかったそうですよ。福原さんも興味のあることだから相当しつこく訊いたということですが……」

坂根は眼を逸《そ》らせた。その視線の先に遠い山腹の灯が動いていた。

言いにくい答えだったと聞いて通子も黙ってその灯を見ていた。

「あ、そうだ、高須さん……」

急に思いついたように坂根がかがみこんで、座席の下から器材函をせり出して蓋を開けた。中には三つも四つもカメラが入っていた。付属している道具も乱雑に押し込んである。何をするのかと見ていると、彼は蓋の裏にさしこんであるうすい紙袋をとり出した。

坂根はその紙袋の中からパンフレットをとり出した。写真の入った表紙には「熊野をたずねて」と印刷されてあった。

「熊野本宮にお詣《まい》りした記念ですが……」

坂根はパンフレットをひらいて、そこにはさんであった和紙の木版刷りを通子にさし出した。

黒一色の木版の面は鳥《からす》が無数に群れて、それぞれが文字を形づくっていた。

「熊野の牛王《ごおう》のお札です。一枚、さし上げましょう」

眼だけが白い点になっている何十羽ともしれぬ真黒な鳥が、対《むか》い合い、逆になり、タテやヨコにならび、飛翔したかたちで「熊野山宝印」の字形を組み立てていた。

「ありがとう。鳥文字《からすもじ》ですね」

「ご存知でしたか。あすこのお宮の図案は鳥ばかりですね。熊野牛王は鳥がトーテムですかね？」

坂根はきいた。

「さあ。そうでしょうね、きっと」

「ぼくは仕事で旅することが多いですから、こうしたお宮のお札とか護符とかを集めているんです」

坂根は、通子が熊野本宮の「鳥文字」の札をたたんで本の間に挟むのを見て言い出した。海津信六の話などはまるで忘れた顔つきだった。

「……神社によっては、いろいろな動物がついていますが、鳥というのは変っていますね。たいてい狐とか牛とか馬とか蛇とかが多いですが、ああいうのはみんなトーテムですか？」

「よく分りませんけれど」

と、通子も仕方なしに答えた。

「……狼とか蛇とかは古いと思います」

「そうそう、狼のついたお札がありましたね。武蔵の御嶽《みたけ》神社、秩父《ちちぶ》の三峰《みつみね》神社、甲斐の金桜《かなざくら》神社などがそうだったように思いますよ。狼は大神に通じて古代には神さまにみられたということを聞きましたが、そうですか？」

「風土記に、大口《おおくち》の真神原《まがみがはら》という言葉がありますから、上代ではそうでしょう」

「真神原というのは、飛鳥寺のあたりでしょう？」

「そういわれていますね」

「ぼくは、前に出雲《いずも》の日御碕《ひのみさき》神社に行ってお札をもらいましたけど、あのお宮では竜神といっていますが、かたちは竜ではなく、蛇がトグロをまいている姿の絵がついています。出雲の神さまも、蛇がトーテムですかね。ウサギかワニだと分るんですが」

「三輪山説話というのをご存知でしょう。出雲系の神さまには蛇がトーテムかもしれませんね」

「なるほど。そう聞くと、海岸に祀《まつ》ってある日御碕神社のお札に蛇がついているのも分りますね」

坂根は次第に話をほかのところに持ってゆくように見えた。

「そうすると、この熊野本宮も出雲系の神さまだから蛇がトーテムになっていいんですがね。または熊だと分るんですが」

「熊ですか？」

「耳学問ですが、古事記の序文には神武天皇の軍が熊野に入ったとき、熊が山道を横切ったので、兵隊の気力がぬけて倒れたと書いてあるそうじゃありませんか？」

「化熊《かゆう》、川を出で、という文章ですか。あれは古事記の本文にはなく、太安万侶《おおのやすまろ》の上表文にだけありますね。あそこは難解とされています」

「そうですってね。すると、この熊野本宮の烏は、神武天皇のヤタノカラスの話からきているんでしょうか？」

「逆でしょうね。カラス信仰の話が前からあって、古事記がそれをヤタノカラスにくっつけたのかも分りません」

「なるほどね。しかし、烏のトーテムとは珍しいですな」

海津信六の話がどこかに消えそうであった。

静岡はとうに過ぎていた。乗客の半分は睡っていた。

「それはそうと、高須さん」

坂根はしばらく黙っていたが、通子の表情を窺《うかが》うようにして、また言い出した。

「奈良の病院で、海津さんの俳句の弟子だという京都の普茶料理屋の主人に遇いましたね。あれは大仙洞という屋号で、村岡さんという人でしたが」

坂根は話題をまた変えた。が、今度は海津信六に関係ある話だった。ただ、前の話のつづきは切れたままだった。

「おぼえています」

「それから、もう一人帰りがけに見かけたんですが。ぼくの話を待つようにして大仙洞のうしろに立っていた中年の婦人がいましたね？」

「それも憶えていますわ。わたくしは待合室のイスのほうにいて遠くから拝見してたんですが、きれいなご婦人でしたわ」

その婦人は海津の病室に急いで来た様子で、大仙洞もこの坂根との話を途中で切って、ていねいに彼女に接した。事件を報じた新聞で海津を被害者と知り、婦人はあわてて病院に駆けつけ、ちょうど待合室にいた知合いの大仙洞の村岡をつかまえて海津の容態を聞く、といったことが推測される場面だった。

「中年といっても、もう五十近い婦人でした。あの婦人も、大仙洞と同じように海津さんの俳句の弟子かとぼくらは思っていましたが」

「あんまり想像を働かしてはいけないのですが、海津さんにご家庭がないと聞いたものですから、お弟子さんが心配して来られたと思ってましたけど」

その婦人の姿が、あの一条院の家で海津信六と話しているとき、どういうものか通子の眼に浮んだものである。

が、いまはその想像が違ったかたちをとってきていた。海津の姪の倶子に会ってからは、その婦人を倶子の母、つまり海津の妹かもしれないと思うようになっていた。もっとも、海津の実妹かその弟の妻かはまだはっきり見当がつかなかった。

「高須さん。ぼくはあれから、またあのきれいな婦人に遇いましたよ」

坂根が通子のおどろきを期待する眼で言った。

「え？」

予想通りに、通子が眼をみはった。

「どこで？」

いや、と坂根の表情はにわかに気弱なものになった。

「仕事で鎌倉の画描きさんの家に行ったんです。ご存知でしょうか、鷲見晴二という洋画家？」

「有名な方ですから、お名前だけは存じ上げております」

「その画伯の応接間で、画伯の写真を撮っていると、ふいにあのときの婦人が現れたのですよ。ぼくはびっくりしましたね」

清水付近のコンビナートが下からの照明をうけて闇に白く浮び出ていた。

「その鷲見画伯夫人を見て、ぼくは挨拶が口に出かかったのです」

坂根は言った。

「……ところがですね、画伯夫人のほうは少しもぼくに遇ったような表情をなさらないのですね。ぼくは画伯が同行の編集者、これは福原さんとは違う別の出版社の人ですが、その編集者としゃべっているところをいろいろな角度からシャッターを切っていたのですが、その間も夫人は果物などを配ったりして、当然、ぼくの顔も見ているわけです。それなのにまったく知らない顔をしてらっしゃる。ぼくは人違いかな、と思いました。が、それにしても、あまりにもあのときの婦人に似ている。見れば見るほどよく似ている。ところが画伯夫人はぼくのほうにはいたってよそよそしいのです。それがわざとらしくなく、まったく自然なんですね。ぼくはこういう商売柄、人の顔はわりとおぼえるほうですが、夫人のその様子で半信半疑になりました」

坂根の眼の記憶が正しければ、いま抱いている自分の推測も違うらしいと通子はそう思った。彼の言葉通りだとすると、病院で見た五十近い婦人は、倶子の母ではなさそうである。海津信六の妹が鷲見画伯の妻であろうはずはない。むろん画伯が海津の弟とは思えない。

が、坂根の話には何か興味的なつづきがありそうなので、通子はあとを促す眼になった。

「ぼくは、自分では失礼にならない程度で、それとなくなおも夫人の顔を見ていたようです。すると、夫人が画伯に急にこう言い出したものです。……姉は昨日の朝、イスタンブールにむけて羽田を発ちました」

坂根が、そのときのニュアンスを伝えるようにぽつんと言った。

「……………」

「それも二度、同じことを夫人は言いました。画伯はきょとんとしていましたがね。二度目に、夫人がそう言ったときは、画伯が呆れたように、そりゃ聞かんでも分ってる、羽田にはおれも見送りに行ったからな、と答えていましたよ。なんでそんな分り切ったことを、わざわざ言い出すのか、という顔で」

坂根は、ここで通子のほうに少し顔を寄せた。

「高須さん、画伯夫人が二度もそう言った意味が分りますか？」

「さあ」

「ぼくもはじめは何のことだか分りませんでしたがね。そのうち、はっとしましたよ。画伯夫人は、ぼくにあんまりじろじろ見られるもんだから、これは姉と自分とが間違えられていると気がついたのでしょう。しかし、まさか初対面のぼくに、錯覚を訂正するわけにもいかないので、とっさに姉さんがイスタンブールに行ったことを思い出して、姉はイスタンブールに発ちました、と言って、暗にぼくに間違いを気づかせようとしたのだと思います」

列車がトンネルに入った。音響は長くつづいた。

通子は坂根の話を聞いて、鷲見画伯夫人はなるほど利口なひとだと思った。姉妹で顔が似ているためよく人に間違えられるのであろう。夫人は、坂根からじろじろと顔を見られ、その視線にもの言いたげな色があったので、また間違えられたと感じ、とっさの機転で画伯にむかい、姉はイスタンブールに出発した、と言った。これだと初対面の人の錯覚を間接的に訂正することになる。

ここで、考えかたが三つある。

鷲見画伯夫人の姉が奈良の病院に来ていた五十年配のうつくしい女性に似ていたとしても、それは他人の空似で、まるきり縁もゆかりもないひとの場合だ。これだと問題外になる。

だが、あのひとが画伯夫人の姉だったとするとどうだろうか。

たしかにあのときの様子は、海津信六の負傷を新聞で知って病院に駆けつけた感じだった。それも普通の見舞いではなく、まるで親戚のように心配した顔だった。手に見舞品らしいものを持っていなかったことも、その感じを強くした。

その婦人が海津信六の俳句の弟子に当るひとかもしれないとは、あのときも坂根と話し合ったことである。事件を報じた新聞は朝刊だった。その日の昼に病院に駆けつけられるのだったら、あの婦人は朝刊を見てあの時間に奈良に着ける範囲、関西に住んでいるひとらしいとも坂根と想像したのをおぼえている。それだと、海津の俳句の弟子として考えられる。今日、海津は、同人の句会によくほうぼうにひっぱり出されると話していた。俳句の弟子が、師匠の遭難に息せき切って病室にはせつけたとすれば、あの際の彼女の様子も不自然ではない。とくに女弟子の場合は情緒的である。

鷲見夫人の姉が海津の俳句の女弟子としても、それはべつだんふしぎなことではない。だが、彼女が俱子の母で海津の妹だったとすると、これは見方がかなり違ってくる。事実、病院で見たあの婦人の様子には親戚のひとらしい真剣なものがあった。海津の妹だとすればそれが納得できる。

けれども、それだと、鷲見画伯夫人が海津の二番目の妹ということになって、すこし突飛すぎるようである。世の中にはあまり知られてない縁戚関係というのがないでもないが、それにしてもこの考え方は落ちつかなかった。

俱子はパリに行くのに伯父の海津に「ねだった」と言っていた。それは旅費や留学費のことにちがいない。それだと、流行画家で、金持の鷲見画伯が俱子の叔父に当るわけだから、生命保険勧誘員で貧乏な海津に「ねだる」わけはないと思われる。

病院にかけつけた婦人が関西に住んでいるとすれば、俱子が東京の寮に入っている理由が分るけれど、俱子の言葉は関西弁ではなく、生粋《きっすい》の東京言葉だった。関西の人が標準語をつかってもアクセントで分る。……

長いトンネルが終ると、熱海の賑《にぎ》やかな灯の集まりがいちどきに右に現れた。

騒音の間、黙っていた坂根は、

「海津さんという方は、感じとしてはどういう印象ですか？」

と、ぽつりと通子に訊いた。

彼もトンネルの間は何か考えているように、ぼんやりと煙草を喫っていたのだった。

「静かな方です。やはり学者肌という感じですね。年齢よりは少しふけて見えましたけれど」

いままで話の核心を避けて神社のお札のことなどを口にして紛らわしていた坂根も、いよいよ海津信六の学者放棄の理由にふれてきそうだった。

「ははあ。海津さんはあの新聞記事だと、たしか五十八歳でしたね。五十八歳といえばまだ若いんですがね」

坂根は彼なりに海津の老《ふ》けかたを想像しているようだったが、

「……静かで、ふけて見えるとすると、その、明るい感じのする人ではないのでしょうね？」

と、遠慮げに聞いた。

「そうですね。どちらかといえば」

それは否定できなかった。むしろ暗い影のある人だと答えたかった。が、決して陰気というのではなかった。海津と学問の話をしたせいかもしれない。今から考えると海津の様子にはどこかうす明りのようなものもあった。それが通子には救いだった。薄明のなかに孤独がひろがっている。それを人に話すのにすぐ理解してもらえる言葉はなかった。

「何となくわかるような気がします」

「はあ？」

「いや、思い切って福原さんが佐田さんから聞いた話をしましょう」

坂根は、暗い蜜柑《みかん》畑の中の寂しい灯にちらりと眼を走らせて言った。

「海津信六さんが大学の助手を退いて消息を絶ったのは、恋愛問題からだそうです」

「恋愛問題……」

「どういう内容か分りません。それは佐田さんも福原さんにははっきりと言わなかったそうです。……しかし、恋愛問題というのはぼくが言い直した言葉です。佐田さんが福原さんに言ったのは、海津信六は女のことで転落した、という言葉だったそうです」

「………」

「惜しい男だった、あのまま大成していたら、久保教授や板垣助教授などの凡庸な手合いはもちろんのこと、垂水名誉教授なども顔色がなかったろう、という言葉を佐田さんは添えましてね」

通子に、白髪の多い、皺を刻んだ海津信六の顔が浮んでいた。眉にも口もとにも苦い陰影がかすかにあった。

「ぼくは福原さんからそう聞いても、女のことで転落した、という意味がよくわからないのですが……」

小田原の町の明りがすぎた。

東京駅に着くと、坂根は重いジュラルミンの写真器材函を肩にかけ、三脚をたたんで手に抱え、通子とホームを歩いた。階段から新幹線の改札口までは同じ列車から降りた人群れに揉まれたが、そこを出ると構内は閑散としていた。壁の時計は十一時すぎになっている。遅い夜行列車に乗る団体客が長くならんで、立ったり坐ったりしていた。

「高須さんは、これから？」

「下北沢ですから、中央線の電車で帰ります」

「そいじゃ中央線のホームまでお送りしましょう。ぼくは駅の前からタクシーでも拾います」

「けっこうですわ。そんな重い荷物を持ってらっしゃるんですもの」

「これですか、これはいつものことで、馴れていますよ」

坂根は、通子ともっと伴《つ》れになっていたそうだった。

一、二番線ホームの昇り口にむかって長い構内を歩いた。

「こういう想像をしてはいけないのですが」

と、坂根の話はまた海津信六のことになった。もっとも、彼が通子と伴れを望むからにはそれよりほかに必然性のある話題はなかった。

「……女のことで、というのは佐田さんの昔ふうな言い方でしょうが、それが原因で転落した、という言葉がどうもひっかかりますね。普通の恋愛でなかったような言い方ですね」

「佐田先生はああいう方ですから、少し話を面白くしておっしゃったんじゃないでしょうか」

通子はおだやかに受けたが、海津の「学問を捨てた」原因が実際に恋愛だったとすると、その恋愛は深刻だったようである。事実、海津は学問からも絶縁し、消息をくらましてしまったのだ。その状態は佐田の言葉どおり「転落」というのに当っている。佐田は学界の古い出来事を知っている「事情通」だった。

「もし、海津さんがその恋愛のために後半生を失意の中に埋められたとすれば、お気の毒ですね」

坂根は、通子が海津と会って来ているだけに、言葉も同情をこめていた。

「しかし、どうもぼくには分りませんね。その恋愛で海津さんは学界から追放されたという感じですからね。つまり周囲の袋叩きに遭ってね。そうでなければ、佐田さんは転落という言葉を使わないはずです」

階段を一、二番線ホームに上って坂根は言った。

「……どういう恋愛だったんでしょうね。軽薄なようですが、その相手の女性にぼくは興味をひかれますよ。そして、その女性はどこかに健在なんでしょうがね」

中央線の電車に乗る前、通子はその話にはふれずに、坂根に言った。

「思いがけず名古屋からごいっしょになれて、ほんとうに愉しかったですわ。ここまで送っていただいて、どうもありがとう」

電車が動き出しても、坂根要助は寂しいホームに立っていた。

西教の火

通子は、古代イランのゾロアスター教がどういう経路で東方に移ってきたかを知ろうとした。この西方の宗教が中国に入って祆教《けんきょう》となり、それが日本に影響していたと仮定すれば、どうしてもゾロアスター教から祆教への道筋を見なければならない。

六月も後半に入ると、急に暑くなった。通子はアルバイトの高校講師の出講のない日とか、その務めの日でも時間の都合を見ては国会図書館に通った。

まだ決心したわけではないが、イランへの旅行がぼんやりと眼の先に見えていた。

祆教のことを書いている若い学者はあまりなかった。昭和十年代までに発表された論文や著書では、祆教史研究の主体となっているのは、ほとんど大家の学者ばかりだし、その多くは物故者だった。

イランのゾロアスター教が中央アジアを経て後漢末ごろの中国に入ったのは、通子の読んだ書物や論文などによると、だいたい次のようなことであった。

——古代イランのペルシアの文明が陸路東方の中国や東南部のインドに向かうとき、かならず通らなければならないのが、アフガニスタン北部からシル河・アム河上流の中間地帯パミール高原の北西、ソグド地域である。これを南すればインドに入り、東すれば天山山脈とヒンズークシ山脈とのせまい渓谷を通りぬけて広大なタクラマカン砂漠のタリム盆地、いわゆる東トルキスタンに入って、中国に通じる。ソグド地域は、イラン、中国、インドの三叉路に当る。

この三叉路——フェルガナ、サマルカンド、メルフなどの地域をもっと古いアーリア人の歴史に見ればその事情がさらによく分る。

アーリア人の原住地については、あるいは中央アジア、パミール高原、カスピ海方面といい、あるいはバルト海沿岸、または南ロシアといい、各国の学者の長い論争がつづいているが、まだ解決されてないようである。しかし、ともかくいわゆるアジア・アーリア族が紀元前二千年ないし千五百年ごろ、西は肥沃なオリエント地域、南はインドの西北部インダス方面に侵入してきて、それらの湿潤地帯の征服者となったことには異論がない。その征服にはアジア・アーリア族が弓矢にすぐれ騎馬をよくする軍事力が要素になっているといわれている。アフガニスタンとイランの高地を占領したのがいわゆるペルシア・アーリア族となり、一方、西北インドのインダス河中流域に侵入して、そこに居ついたのがインド・アーリア族となった。また北シリアのミタニ人、小アジア（トルコ）のハッティ人（ヒッタイト）も西遷したアーリア族である。

アジア・アーリア族はこのように中央アジアの高原から三方に発展したが、やがて各地域の土着的な文化や宗教に影響をうけて同化され、それぞれ地方的に変容した民族となる。――

いったいアジア・アーリア人の共通した信仰は天地自然の崇拝である。この段階では原始アニミズムの域を脱していなかったと思われる。

しかし、彼らのうちオリエント地方に向かったものはオリエント民族と化し、イラン高原に入ったものはペルシア民族化し、インドに移ったものはインド民族となった。それぞれ移住地の環境に適応し、また先住民の影響を多分にうけて、言語系統を同じくする以外には、ほとんど直接的関係のない別個の民族に分れてしまった。

こうして先住民の信仰を他の文化とともにとり入れた結果、オリエントに入ったアーリア族は土着信仰であるバビロニアの神々を信奉した。イラン高原に入ったアーリア族はその固有の太陽崇拝から発展させたゾロアスター教を持った。インドに移住したアーリア族は肥沃な農耕地帯に入って農民化し、原住民の間に行なわれていた牛の尊崇をとり入れ、また雷雨神インドラの崇拝を加え、やがて古代カースト（階級制度）の婆羅門（バラモン）至上主義の打破を目的とする新興宗教の仏教を信奉するようになった。このように、オリエント、イラン、インドに移り住んだアーリア族は、長い定住の結果、完全に別個の民族と見なされるようになり、その言語が親戚関係にあると知りつつも、彼ら自身がその民族の祖先を同一とは知らなかったのである。たとえばイランに定住してペルシア民族となったアーリア族は、同族の北方のスキタイ遊牧民をまったく異民族視し、蛮族視するような状態であった。彼らが同じ民族に起源すると推定されるようになったのは、東洋学がようやく発達した十九世紀のことで、それまでは約三、四千年の間、イラン人とインド人とが同一祖先に出ているなどとは、彼らの間でも、また他からも、決して思われていなかった。

アーリア族の分布はそれだけにとどまらない。さらに西に向かってヨーロッパに侵入し、今日のヨーロッパ民族の根幹を構成したヨーロッパ・アーリア族となった。ヨーロッパ・アーリア族はロシアあるいは北欧に原住したというのが現在の学説である。

また彼らは東に向かってパミール高原を越え、中国西方の砂漠盆地のオアシスである東トルキスタン地方に定住し、いわゆる西域の都市国家を形成した。かれらは遊牧・農耕に従うとともに、黄河流域の中原と、オリエントとインドとの中間に位する地理的な好条件を利用して、東西交易の中継貿易業に従事して繁昌する一方、武力でもって中国の中原をうかがった。

アーリア人はどうしてこのように強かったのか。その出身が弓矢をよくし、騎馬戦に長ずる遊牧民族のためでもあったが、オリエント地方に発生した青銅器文化を武器化し、青銅器の鏃《やじり》、槍、刀、剣、矛《ほこ》等の新鋭武器をつくり、戦車を駆って四隣の先住民族を屈服させたからである。かくて西方の青銅器文化は遠く東アジアの黄河流域、蒙古にまでも到達するようになった。——これはのちの西方宗教の中国流入路でもある。

西方の青銅器文化が東アジアに入ったその新石器時代の終りには、彩文土器がオリエント地域から中国に入っている。

赤・白・黒などの絵具で美しい模様を彩色したこの壺のような土器は、西アジアにその技術の起源があることはすでに定説となっている。西アジアでは彩文土器がすでに青銅器と併用されていた。

この彩陶は中央アジア、インド、中国では西北の甘粛省、河南省、山西省から東北部（満洲）に延び、遼東半島の先端までつづいている。

こうしてみると、西アジア、中央アジア・中国を結ぶ交易路は、「絹の道」よりはずっと早く「青銅器の道」「彩陶の道」が開かれていたわけである。

古代のこうした東西交易路の中継に当ったのは、中央アジアのソグド地方に居住していたイラン・アーリア族である。西・東・南の三叉路に当るこの地方の住人は、西方の青銅器文明を東の中国に中継して殷・周の青銅器文明を開花させ、南の西北インドに運んでモヘンジョダロのような青銅器文化の遺蹟を残させ、また中国西境の甘粛省から南の四川省・雲南省を経てインドシナ半島に特殊な青銅器文明を咲かせた。

かれらはこの地域、いまのサマルカンドやブハラなどを含める肥沃な地方にソグディアナ国家をつくったから、ソグド人と呼ばれた。イラン・アーリア系の一支族というよりもイラン人が中央アジアにおいた根拠地の集団であった。古代から東西交易の中継に従事しただけにかれらは商売がうまく、広大な通商圏を示した。ソグド人の隊商は天山南路や北路を通ってタクラマカン砂漠を越え、中国に入って蒙古にまで往来した。ラクダを連ねてどこにでも出かけるソグド人の商業は、あたかも地中海や紅海やインド洋を船で交易してまわった古代近東のフェニキア人の商才に匹敵する。

ソグド人の商業的活動は他の民族の追随を許さなかったが、政治的にはたびたび異民族の支配をうけた。が、おおまかにいってペルシアが栄えれば彼らも栄え、ペルシアが衰えればかれらの活気も落ちたのは、本国と出先根拠地との紐帯《ちゅうたい》を思わせる。

ソグド人のことは、古代ペルシアのダレイオス大王（アケメネス王朝）の石刻文にもみえ、中国の古い史書にはソグドを音訳して「粟特」と書かれた（のちには「大月氏国」）。彼らは中国や蒙古に往来するだけでなく、その通商先に居留したり、移住するものが多かった。ブハラは「安国」、サマルカンドは「康国」と漢訳され、これらから来たソグド人を中国では「胡賈《こか》」（外国商人）と呼んだが、「胡」はだいたいイラン系統のものをさした。

こうして中央アジアの三叉路に位置するソグド人は商業とともに西の文化を東に中継輸送したが、同時に西の宗教であるゾロアスター教やマニ教やキリスト教（ネストリアン）を、南のインドからは仏教を中継して中国に伝達した。

——通子は、書物でこういうところから読んでいる。

『後漢書《ごかんじょ》』には、後漢の霊帝（在位一六八—一八八）が「胡服、胡帳、胡牀《こしょう》、胡坐、胡飯、胡箜篌、胡笛、胡舞を好んだので、都の貴族たちがみなこれにならった」と出ている。「胡」は中央アジア以西のイラン族をさす。

胡の風俗は後漢以来、中国では一種の先進文化として受けとられていた。その西域趣味はちょうど明治時代の西洋趣味、ハイカラ趣味のように三世紀以来中国の貴族にもてはやされたのである。胡桃《くるみ》、胡麻《ごま》、葫《にんにく》、胡豆《そらまめ》、胡葱《あさつき》など胡のつく植物や野菜はたいていイランを原産地とするものの名である（ラウファー「シノ・イラニカ」）。中国の胡風の愛好はこのように食生活にまで入った。安石榴《ざくろ》や葡萄《ぶどう》もイランからの輸入であった。獅子や駝鳥《だちょう》の動物名もある。

これらイラン輸出品の中継に当ったのもサマルカンドやブハラ地域のイラン人すなわちソグド人である。したがって「胡」がつくといってもすべてがイラン本国のものではなく、なかには中継地を原産地とするものもあった。

すでにこうした「胡」の文化が中国に珍重される以上、西や南の異宗教が入るのはきわめて当然である。仏教もイラン系ソグド人が中継した。これは胡賈と呼ばれる彼らソグド人の商人がまず仏教の信者であって、中国に商売のために逗留したり、居住したりするうちに、しぜんとその信奉する仏教が貴族の間に西域趣味としてもてはやされたこともあったろうし、情勢がそうなれば、僧侶も入ってきてすすんで教宣活動をした。古代から死後のことには関心がうすく、不老長寿の現世生活しか念願しない現実的な中国人が、因果応報・転生輪廻《てんしょうりんね》の宗教観に動かされる。

仏教が中国に入ったのは伝説では紀元後一世紀といわれているが、証明できるものは三世紀以後である。中継地のパミール高原には、乏しいながら仏教用語の痕跡がある。はじめは西域趣味の一つとして、いわばもの珍しげに貴族の間に流行した仏教が、なぜ急速に民衆の間にひろまったかといえば、後漢末から三国時代にかけての社会不安が強い要因になっている。人々は宗教による、またはその教団による自己の救済を切望した。

だが、伝来初期の中国仏教はインド僧よりも胡僧が多く、訳経もインドのサンスクリット語の原典（梵本）からしたのよりも、ソグド人の胡本にもとづいていた。仏教も中継地の中央アジア的な枠の中に入っていたのである。中国人僧侶がインドに行ってサンスクリット語の原典から直接漢訳するのは五世紀以後に俟《ま》たねばならなかった。（江上波夫、宮崎市定、羽田明氏らの諸論文参照）

——通子は、いよいよ祆教関係の諸書や論文読みにとりかかる。

古代ペルシアのゾロアスター教が後漢の末から三国時代にかけて中国に入り「祆教」と名づけられて流行したいきさつを研究した日本の学者には石田幹之助、神田喜一郎、藤田豊八、羽田亨、桑原隲蔵《じつぞう》氏らがある。東洋史学者でも最近の学者はふしぎとこの中国の西教のことを研究課題からはずしている。

高須通子は諸論文の通読に入った。

祆教のことでまとまった論文は、何といっても石田幹之助博士（当時文学士）が大正十二年の『史学雑誌』（第三四巻第四号）に発表した「支那に於けるザラトゥーシトラ教に就いて」である（ザラトゥーシトラ教とはゾロアスター教のこと）。これは比較的小論だが学界に大きな反響をよんだ。

その要旨はこうである。

ゾロアスター教（石田氏のザラトゥーシトラ教）が中国に入ったのはほぼ南北朝の初期からで、それも主として黄河流域の北シナ地方と考えられる。その根拠は『魏書』の皇后列伝に霊太后が孝明帝の神亀二年（五一九年）に嵩山《すうざん》（洛陽の近く）に登っていろいろの淫祀《いんし》の禁制を宣言したが、そのなかに「胡天神」だけは別だと伝えられているところにもとづいている。

この「胡天神」の祭祀をゾロアスター教の信奉と解釈すれば、このペルシアの国教が北魏の上下の間に行なわれていたとみられる。胡（ペルシア＝イラン）の天神とは、ゾ教の絶対神アフラ・マズダで、この光明の神がまた天の神と信じられていたからである。北魏は当時すでに西域諸国との間に大いに交通を開き、中央アジア、イラン方面から国内に入ってきたものが甚《はなは》だ多く、『洛陽伽藍記《がらんき》』という古書を見ても、北魏の首都洛陽に集まっていた西域地方の商人はおびただしい数に上っていることが知られる。たとえそのころ仏教が流行していても、あれだけのイラン系西域人の間にゾ教の信奉が行なわれていなかったはずはなく、霊太后が諸種の淫祀を廃してもゾ教だけは存続を許したというのも、むしろこれを許さなければならなかった、といったほうが当っている。

そう考える他の論拠の一つはソグディアナのブハラ（安国）地方から涼州に移住して

きていた漢名安難陀と称するものが、ゾ教徒の集団長である薩宝の任にあったことである。これを記した唐の『元和姓纂《げんなせいさん》』には、安国出身者が安姓を称する実例として「後魏ノ安難陀、孫ノ盤婆羅ニ至ルマデ、代々涼州ニ居リ薩宝ト為ル」と言っていることである。薩宝とは、唐代にその領内に在ったゾ教徒を管理統轄する官職名で、ここでは遡《さかのぼ》ってこの語を使い、その職掌を示したものであるから、これこそ北魏の域内に当時ゾ教が行なわれ、信奉者のいたことの何よりの証拠である。すでに涼州方面にゾ教信奉者の集団があったとすれば、西魏や北周の都である長安や鄴《ぎょう》の地方にもゾ教の信奉は行なわれていたとみなければならない。

北斉の官制の中に「京邑《けいゆう》ニ薩甫二人、諸州ニ薩甫一人有リ」とみえているのは、周や隋の薩保、唐の薩宝の同名異字の称号で、ゾロアスター教徒の集団長の意である。

北周の後主（君主の嗣子）は胡天神に事《つか》えたため、その都の鄴市内には淫祀が多くなったこと、また北周の皇帝は西域人を招来し、胡天神を拝するの制有り、皇帝親《みずか》らその儀を夷俗に従ったため、その淫僻《いんぺき》を記すことができない、などの『隋書』の記事を見れば、この皇帝の西教とり入れがイラン諸族の招撫政策である以上、これはゾ教の信奉を意味する。

ただ、ここに「淫祀」とか「淫僻」とかの文字がみえるのは、ゾ教がペルシアから中国に流入の途中で不純なものが混入したため、中国人には淫猥なものに見られたかもしれないし、また、ゾ教の信仰に付帯してイラン古来の風習である Incest（近親相姦）の俗などが流入して、東方の諸民族をして淫猥言うにたえざるものと考えさせたかもしれない。Incest の風はゾ教徒の間には上古以来血液の純潔を保持する必要から起ったといわれる社会の常習であって、その徒の間ではなんら特異な現象とは思われなかったのだろうが、中国人やアルタイ民族などにとっては、この父母と子女、兄弟と姉妹の相婚は驚異に値する奇習ないし卑俗と見られたことであろう。

これを要するにゾロアスター教は少なくとも北魏の中頃にシナに流入し、ついで北斉・北周の世に行なわれ、その宮廷にも信奉者を見出したのだが、その風はひいては隋におよび、さらに唐初まで及んだ。『隋書』が先に引いた北斉の後主のことを記した文につづけて「コノ風、今ニ至ルモ絶エズ」とあるのは、『隋書』が編纂された唐初のころの実情を述べたものと解せられる。

南北朝時代、ゾロアスター教が北朝に多くひろまったのは、北朝諸国が西域地方と密接な関係をもっており、西域人（イラン系）の来往する者が多かったからであるが、南朝とても西域地方と関係がなかったわけではない。たとえば中央アジアの一国である滑国などは南梁の都である建康（南京）に三回も朝貢している。この滑国の支配階級はトカラ地方に拠ったトルコ系統の遊牧民かと思われるが、国民の大多数はゾ教を信奉するイラン民族であったから、この国と梁との通交関係によって、イラン系商人などが相当江南地方にまで来往したものと考えられる。したがって金陵方面にもアフラ・マズダの神につかえるものを見なかったとはいえない。イラン商人の東来には青海・四川の地を経由して吐谷渾（トヨクコン＝東部チベット）の通訳の嚮導《きょうどう》を介したもののようであるが、同じく梁との通交のあった亀茲（クチャ）・干闐（ホータン＝いずれもタリム盆地のオアシス国家）のようなゾ教信奉者の多い国々との往来もこの道によったものであろうから、当時揚子江沿岸にもゾ教はひろがっていたと思われる。

石田幹之助文学士（当時）の「支那に於けるザラトゥーシトラ教に就いて」の内容の要旨は以上のようなものであった。

ところが、その前、一九二三年（大正十二年）一月に中国の学術雑誌『国学季刊』に陳垣という中国学者の「火祆教入中国考」という論文が発表されていた。これも小文だが、祆教に関しては名論文で、現在でも祆教の基本的論文の価値を失っていない。

その内容は「火祆の起源」から「唐代の衰亡」までの十二項目から成っている（原文は漢文）。

その概要。

紀元前五、六世紀ごろ、ペルシアにゾロアスターという聖人があった。ペルシアには拝火の旧俗があったので、彼はとくに善悪二元説を唱え、善神は清浄・光明をいい、悪神は汚濁・暗黒なるをいった。人はよろしく悪を棄て善に就くべきで、暗黒を棄て光明に趨《おもむ》かなければならないとして、火や光をもって至善の神を表わし、これを崇拝したので拝火教と名づけた。光を拝し、また日月星辰《せいしん》を拝んだので中国人はその拝天の故に火祆と名づけた。祆は天神の省文だが、天神といわずに祆というのは、それが外国の天神だからである。『四裔編年表』周霊王二十一年の条に「是の時、瑣羅阿司得（ゾロアスター）は経立教を著した。彼は波斯（ペルシア）の聖人となった」とあるのがこれを指す。

紀元二二六年、波斯にササン王朝が興って火祆を国教と定めたため、一時この教えは中央アジアに盛行した。中国では南梁・北魏の間にはじめてこの名が聞え、北朝帝后のなかにはこれを信奉するものもあり、これを胡天といった。六五一年、大食国（アラビア）が波斯を滅ぼし、中央アジアの祆教徒で東方に移住するものが多くなった。唐初には祆教徒を頗《すこぶ》る優遇したので両京（長安・洛陽）および諸州にはみな祆祠があった。祆の文字の由来したのは、この時期である。八四五年、唐の武宗が仏をこわし、外来の諸教を排斥したので火祆も大秦（マニ教）と共にその累を蒙った。武宗が没してその禁がようやくゆるみ、宋のころまで祆祠がなお残存していた。（火祆の起原）

火祆の名を中国で聞くのは北魏から南梁の始めで、そのはじめは天神といった。天を拝するので天神とはいったものの、実は天を拝するのではなく天に向かい日と月と星を礼拝するにすぎなかった。日・月・星が天に輝いているからである。日・月・星を拝するのは天を拝するのと異ならなかったから、中国では天神と名づけたのである。次に拝火をも兼ねたからまた火神天神ともいった。かく中国で胡天、または胡天神といったのは、中国固有の伝統観念の「天」、もしくは天神地祇の天神と、これとを区別するためである。（火祆の中国への始通および其の名称）

陳垣の「火祆教入中国考」は、つづいて「祆」の字が唐初にはじめて創られたこと、字書に「祆」字が増入（作字）したこと、唐代の典籍に「祆」の略例があること、春秋時代の書物に祆神の字があるというのは誤りであること、唐代には火祆が尊崇されたこと、火祆と大秦摩尼（マニ教）とは別個で混同してはならないことなどを述べているが、博引旁証《はくいんぼうしょう》を尽している。

さて、前記石田幹之助文学士の論文が出ると、神田喜一郎文学士（当時）は「祆教雑考」を『史学雑誌』（第三九巻第四号＝昭和三年）に発表した。

《支那の文献に見えた祆教関係の記事は、民国十一年に始めて世に公にされた陳垣氏の「火祆教入中国考」と、それに尋《つ》いで発表された我が石田幹之助学士の「支那に於けるザラトゥーシトラ教に就いて」との二論文によつて、殆ど摭拾《せきしゅう》し尽くされたといつて差支ない。両氏の博捜旁引の功は実に没すべからざるものがある。然るに支那の文献は流石に浩として煙海の如しと称されるだけあつて、私の最近渉猟した所に、偶々《たまたま》両氏の遺漏を補ふに足ると思はれるものが二三見当たつた》

このような書出しで神田学士は多少の中国古文献をあげているが、そのなかで、宋の「広川画跋」に祆教徒が奇怪な幻術（魔術）を使うことを出している。

「河南立徳坊と南市西坊には胡祆神祠がある。そこに祆主がいる。一刀を取って腹を刺し、刃先が背中につき出る。腹を刀で攪乱し、流血する。そのあと、噴水に祈ると、身体は元のようになる。また涼州の祆主は利鉄をもって額を釘づけし、さらに釘は腋下を穿《うが》って、外に出る。しかし、その人の身は軽く飛ぶがごとくでたちまちにして数百里はなれた西祆祠の神前に至り、一曲を舞い、再びもとの祆所に戻り、額の釘を抜き取るが、少しも損傷がない（ここまで原資料の漢文）。……この記事は、だいたい唐の『朝野僉《せん》載《さい》』巻三にみえるところと一致するから、おそらくそれを引用したのであろう」

『朝野僉載』は、唐代の一文筆家の手に成る随筆集だが、この記事を見ても、いかに当時祆教が流行し、その宗教集団に属する奇術師すなわち幻人が横行していたかが分る。

神田氏とは別に祆教の奇術師のことを詳しく書いたのに藤田豊八博士がある。「黎軒と大秦」という論文がそれで、その関係箇所だけを要約すると次のようになる。

——眩人または幻人とは、マギ（Magi）もしくはその術を学んだ者である。後漢の張衡の西京賦に、奇幻たちまちにして貌《かたち》を変え、刀を呑み、火を吐き、雲霧を起す、という術は西方伝来のものである。これを行なうのは巫覡《ふげき》のたぐいらしい。また唐の書物には、天竺《てんじく》に胡人あり、江南を渡り来る、その人、幻術を有し、よく舌を断ち、火を吐く。舌を切断するに当り、前もって観客に舌を見せてからこれを刀で斬る。流血地に溢《あふ》れる。切りとった半分の舌をあとでつなげば舌は前の如くに一枚となり、その痕跡も分らない。

幻人の奇術は、たとえば一枚の絹布の両端を他の二人に持たせ、中央を切断したのち呪文を唱えると、もとの一枚につながる。また、紙や縄紐などを火中に投じて焼き尽したあと、灰の中からもとの形で取り出す。これは現在の手品と似ている。

藤田豊八「黎軒と大泰」には、つづいて北魏書西域伝の悦般国（天山以北のイリ地方にあったトルコ系の遊牧国という）の記事を出す。

《幻人は能《よ》く人の喉脈を割《さ》くと称する。撃ちて人の頭を断ち、骨を陥れる。出血は数升あるいは一斗にも満つ。薬草を口中に入れて嚙み飲ましめれば、たちまちにして血止る。休養一月にしてもとの身体に復し、傷痕をとどめず、魏帝、その偽を疑ひ、死罪囚に試すに、皆験あり。中国の諸名山みなこの薬草あり、と言ふ。この術を受けさせた人は、これを厚遇した。また言ふ、その国（悦般）に大術者あり、蠕蠕《ぜんぜん》（柔然とも書く。蒙古系遊牧民）の攻掠《こうりやく》し来たつたとき、術者よく霖《りん》雨、狂風、大雪および行潦《こうろう》（路上の洪水）を作り、ために蠕蠕の凍死、漂亡する者十二、三と》

西域より中国に貢した幻人には「刀を呑み、火を噴く秘幻奇伎」があったが、右はそれよりもいっそう危険な幻術であったろうと藤田氏はいう。

藤田氏は、さらに悦般国の幻人を、突厥《とつけつ》（トルコ）人のいう Magi であり、悦般という国名もペルシア語の僧侶の音訳であろうといい、

《中国名山みな此の草ありといへる所謂薬草は殆ど彼等が神秘の力を有すると信ずる Haoma（原註。印度人の Soma）ではないかと想はるるのである》

と書いている。

マギは、ゾロアスター教が行なわれる前、古代ペルシア地方の土俗信仰であった。

「さればかかる幻術は古来マギの慣行したところに相違なく、従って予輩は史記・漢書

に見ゆる所の黎軒の善眩人もしくは眩人はマギもしくはマギの術を学んだものと解すべきであろうと思うのである。マギの本拠はメディア（イラン西北部にあった古王国）に在ったのであるが、ゾロアスター教を保護し、その宣伝に務めたのはアケメネス朝であって、この朝の根本は Persis（パーシス）である。ゾロアスター教の本土中にはインドの西北地方一帯が含まれているのであって、この教の行なわれた痕迹《こんせき》はガンジス流域にも見出すことができる。後漢および晋の時にシナに来たった幻人はインドからで、幻人を天竺胡人といったことでもそれは疑いない」（取意）

なお、黎軒の名については、白鳥庫吉《しらとりくらきち》博士はエジプトのアレキサンドリア市に擬したが、藤田氏はそれをイランの首府テヘランの南三マイルにあるレイの町に比定している。

――高須通子は、こういった論文などを読んでいる。

幻人が使う薬草がハオマ（Haoma）だという記述にも彼女は惹かれた。もちろんこれは中枢神経を麻痺させて幻覚を起すインド大麻のことである。

通子に、海津信六から手紙がきた。――

《先日は遠路わざわざお越しいただきありがとう存じました。本来なら、私のほうからお礼に参上しなければならないのに、恐れ入りました。その際は何のお構いもできず、まことに失礼しました。

短い時間でしたが、愉しくお話ができて、私もすっかりいい気になって詰まらないおしゃべりをいたしました。とっくにはなれていた学問の世界なので、ずいぶんトンチンカンなことをお話ししたと思い、あとで後悔しております。老生の思いつきというよりも年寄りの世迷《よま》いごとと適当にお聞き流しおきのほどをお願い申します。

『史脈』誌上の高説を拝見し、忘れた昔の世界を想い出したまま、つい前後の弁《わきま》えもなくあのようなお手紙をさし上げたことから、はるばる和泉の茅屋《ぼうおく》に来ていただくことになったと思うと、慚愧《ざんき》に堪えない次第でございます。

そのあと、古代イランの文化が直接に日本に影響を与えたものはないかと考えていたところ、ふと石田幹之助先生の論文を思い出しましたので一筆申上げる次第です。

すでにお読みになったかもわかりませんが、それは『我が上代文化に於けるイラン要素の一例』他一篇です。

念のためにその要旨を申しますと、石田氏は、仏像の宝冠に付けられた新月形、つまり三日月形の飾りが、ササン朝ペルシアの図文から来ていることを指摘されておられるのです。

ササン朝では、新月は王威王権の象徴として王冠の頂上や前立《まえだて》や、或いはその左右両側の飾りとして使われていることは通例であって、当時宮廷や貴族の使用したと思われる銀皿などに彫刻された王者の像などには常に見られる、といって世界各地の博物館所蔵の銀皿、銀貨、青銅製器具、絹織物の文様等の例を出し、これらはイランから隣接地方に伝わり、近隣の民族に流伝し、これが東漸《とうぜん》して、飛鳥朝以降、わが日本にも及んでいる、というのであります。

ササン朝の王威王権の象徴である新月の形は、神々とか神々の乗馬というような神聖視されたものに付与せられ、これが仏教国に伝わると、諸仏・菩薩《ぼさつ》にもその宝冠の飾りとして取りつけられるようになった、と石田氏は書き、バーミヤンの壁画や于闐（ホータン）の絵画など、インドや西域の古美術の実例を出し、ついで日本の物としては、法隆寺東院夢殿にある救世《ぐぜ》観音《かんのん》の宝冠、金堂にある橘夫人の念持仏の厨子《ずし》扉絵、正倉院の麻布菩薩像、平安初期から輸入された真言密教の仏や菩薩の図像集などに見られる新月の例をあげています。

また、石田氏は奈良県長谷寺の千仏多宝仏塔銅板、つまり押出千体仏の金剛力士像の一体にイラン的要素を認めています。それは像の頭部のうしろに翻っている飾り布が、ササン朝ペルシアの人物彫刻像がつけている頭のリボンと相通じている点です。

ナクシェ・イ・ルスタムの磨崖彫刻に見えるササン朝諸王の像や、ササン朝中期から、ササン朝は亡んでもなおこの王朝の文化の栄えていた八世紀にかけてのころにつくられたペルシアの銀皿に見える王侯の彫像などには、頭髪を束ねたと思われるリボンのような布が二すじ頭のうしろに垂れて風に翻っている風情を現わしたのが数多く見られる。

これは当時実際に行なわれていた頭飾りを表現したと思われるが、この頭飾りのリボンのような布は人物や神像だけでなく、さらに鳥獣の頸や脚のところにも装飾として付けられていることは、ササン朝の意匠を受けている八、九世紀ごろの絹織物の文様や塑《そ》像《ぞう》の器物などに現れ、そうして、それが長谷寺にある押出千体仏のうち金剛力士像の頭のうしろになびいているリボンようの飾り布になっている、と石田氏は言います。

もちろんそれはイランの意匠そのままではなく、中央アジアのバーミヤン、東トルキスタン、中国、日本と東方への旅をつづけているうちに多少変化が加えられたことは怪しむに足りないとし、各地の出土図像例をあげたなかにイギリスの東洋探検家スタインが敦煌《とんこう》千仏洞で得た唐画の毘《び》沙門天《しゃもんてん》渡海の図のなかに毘沙門天の頭にも同様なリボンがなびいていると石田氏は指摘します。

また、日本での例は長谷寺のものだけでなく、奈良時代後期と思われる唐招提寺の押出吉祥天の像、東大寺大仏殿の前にある鋳銅灯籠火袋の音声菩薩《おんじょうぼさつ》、法隆寺金堂の橘夫人念持仏厨子の正面右方の扉（現在は寺になく、近年藤田旧男爵の所有になったもの）の仁王像、平安朝初期に伝えられたと思われる密教の諸尊図のうち多くの類例を挙げることができる、と石田氏は述べておられます。……

石田幹之助先生の以上二つの論文は、小生が以前に眼にしたもので、その発表雑誌が手もとにないため、記憶のままに要約を書きましたが、細部はともかく、大筋において間違いないと信じます。

このような古代イランと日本の文化関係の論文をことさらにご紹介したのは（すでにお読みかもしれませんが）、貴女が同様な発想をもたれ、また先学とは違った視点からこれを構成されようとお見受けするからであります。微意をおくみとり下されば幸いです。

この前にちょっと思いつきのまま申しましたが、小生は貴女がイランに一度お出かけになることをおすすめします。いまはそれが思いつきではなく、本気になっています。

もちろんイランにはこれまで日本からも多数の学者が行っており、詳細に現地を調査したり観察してまわっていますから、いわゆる「残滓《ざんし》」は無いようにも思われます。けれども、学者はその目的とするところによって調査方法も違うし、主目的からはずれたものには眼が届かないと思います。見れども見えず、ということにもなりましょう。また、いくら視察してもその学者の思念にないものは無視されてしまいます。さらに敢えて言えば、学者に慧眼《けいがん》がなかったら、これまたモノが見えないのと同様です。また、たとえそのモノが眼に入ったとしても、間違った解釈をされると実態からはずれることになります。

そのようなわけで、貴女がイランにお出かけになれば、「残滓」どころか、新しい収穫を必ず得られるように思います。お考えを願いたいと存じます。

この前、ちょっとお目にかからせていただいた小生の姪の倶子は、お話し申し上げたように来年にはだいたいパリに留学することになりそうです。仏文学専攻ですが、当人はすっかりパリに行くつもりでおります。

その気になっているといえば、倶子は、そのとき貴女とイラン各地を見てまわりたいらしいのです。そのためにはパリには予定より三週間ほど早く出発したいなどと勝手なことを申しております。あのときも、貴女と小生と立話したのを耳にして、貴女とテヘランまで飛行機で同行したいなどとすぐ言葉にしていましたが、あのあとでそれだけでは済まず、イランの国内旅行にまでエスカレートしたわけです。いつも夢のようなことを口にするやつですが、倶子は貴女がすっかり気に入ったらしいです。『憧憬の年齢』のようです。

倶子の話は、むろんナンセンスですが、小生は貴女がなるべく早い時期にイラン行を実行されるように希望したい気持であります。――長々ととりとめのないことを書いて失礼しました。》

海津信六の手紙に、倶子のことが書かれている。その文章には姪に対しての愛情が滲《にじ》んでいた。

通子は、グリーンのツバ広の帽子のかげからのぞいている好奇に満ちた若い瞳を想い出していた。初めて路上で会ったのに、伯父の家でもう少しゆっくりしてくれとねだるように言った。通りいっぺんの挨拶でも世辞でもないことは、その純な表情からも分った。

《いつも夢のようなことを口にするやつですが、倶子は貴女がすっかり気に入ったらしいです。『憧憬の年齢』のようです》

伯父の海津もそう書いている。

そういう年ごろでは、通子にもおぼえはある。年長の同性に惹かれる時期だった。夢のようなことをいつも口にするという批評も、フランス文学を専攻しているという倶子の性格を彷彿《ほうふつ》させるようだった。

倶子の横に立っている海津信六は、姪のわがままを他人の前では迷惑そうに、だが実際にはうれしげに、なんとも複雑な微笑に終始していた。口もとは苦笑しているが、眼は姪をとろけるようにくるんでいるのである。

この情景に、坂根要助の車中の言葉が耳から重なってくる。

――海津信六が大学の助手を突然に辞めて学界から消えたのは恋愛問題からである。美術館の佐田久男は、海津信六が女のことで転落したと話した。

（惜しい男だった。あのまま大成していたら、久保教授や板垣助教授などの凡庸な手合いはもちろんのこと、垂水名誉教授なども顔色がなかったろう、という言葉を佐田さんは添えて福原さんに言ったそうです。ぼくは、福原さんからそう聞いても、海津さんが女のことで転落したという意味がよく分らないのです）

坂根はそう語った。その真相を知っているらしい佐田も遂に明かさなかったという。しかし、坂根はそれとはまったく別な話をした。

奈良の病院で通子も眼にした中年の婦人のことである。大仙洞と話をしていたから、その婦人が海津信六の見舞いに来たことはたしかなのだが、それとよく似た顔の婦人に坂根は鷲見晴二画伯の鎌倉の家で遇った。はじめは同じ人だと坂根が錯覚したくらいである。

（姉は昨日の朝、イスタンブールに発ちました。鷲見夫人は、二度も画伯にそう言ったのです。ぼくの前で夫人がそう言った意味が分りますか？　夫人はぼくの錯覚を察して、わざと画伯にそう言って、ぼくに間違いを自覚させようとしたのだと思います）

つまり、夫人は常から姉さんと間違えられることが多かったようだ。よく似た姉妹らしい。

通子は、想像の上で倶子の母を鷲見画伯夫人の姉に置いてみた――。

倶子の母が、鷲見画伯夫人の姉だとすれば、海津信六は鷲見夫人の長兄という関係になる。……

通子が、和泉一条院のバス停で倶子に遇ったとき、海津信六は姪だと紹介しただけで詳しい続柄は言わなかった。倶子もまた「おじさま」と呼んでいるだけだった。伯父なのか叔父なのか明瞭でないが、通子は漠然と「伯父」と解釈していた。海津信六の年齢からの想像だった。

それに海津信六と倶子の母とが実際の兄妹なのか、または弟の妻なのかはっきりしないのである。

いずれにしても、これはまだ仮定の問題だった。鷲見夫人の姉が倶子の母で海津信六の妹という想像は、カメラマン坂根要助の推量話から発している。

だが、一方には福原が東京美術館の佐田から聞いた話として、

（海津信六が、若くして大学助手を辞めて学界から消息を絶ったのは、女の問題で転落したからだ）

と、坂根が教えてくれた。

佐田もその内容については沈黙しているという。『文化領域』の福原副編集長もかなり執拗に訊いたらしいが、佐田は答えていない。

「女の問題」にもいろいろある。佐田の沈黙といい、その後に海津信六が学問を放棄して消えたことといい、通りいっぺんの恋愛ではなかったと思われる。それは相手の女性に問題があったのではないか。

当時、戦前からの学者が多かった大学のことで、恋愛に対して見る眼が儒教的な道徳律を帯びていたとしても、普通の場合、海津信六に学問まで捨てさせるまでにはいたらなかったと思う。たとえば、その女性が世間的にいかがわしくとられる世界に生きていたとしてもである。倫理性の強いT大から忌避はされても、意志の強い人間だったら、決して学問は捨てなかったろう。むしろ在野の学徒として実力を発揮し、アカデミズムの批判に回ったにちがいない。げんにそういう戦闘的な在野の学者も少なくないのである。

海津信六は岡山県の中学教師から山崎厳明博士に認められてT大の助手になった。学問には燃えるような情熱を抱いていた若い学徒だったのだ。彼に対する当時の評価も佐田の言葉通りであったろう。そう考えるなら、T大を追放された後の海津信六は、戦闘的な在野学者として生き残っていていいはずである。

ところが、以後の海津信六の姿は、大学だけでなく、学界そのものから追放された感じだった。佐田は「転落」という言葉を使っている。

その「事件」の内容を語りたがらない佐田である。ふだんは饒舌で、皮肉な諷刺を弄する彼が、海津信六の「転落」の原因について黙っているのは、よほどの事情が伏在しているからだろう。その沈黙は海津信六の個人的名誉を庇護するというだけでなく、事件の影響するところが現在にもあるからではあるまいか。——

学界を追放される原因としては、きわめて不道徳的な行為、たとえば破廉恥的な行動があげられる。これだと学界から葬り去られよう。

しかし、海津信六にそのような行為があったとは思えない。

そうすると、彼の「女の問題」は現在でも尾を引いていて、それを明かすとだれかが迷惑するといった種類のものではあるまいか。

だれかが——といっても、それは学界内部の人のようである。外部の、無関係な人間とのかかわり合いだったら、多少暴露癖のある佐田のことだから、海津信六の個人的名誉を考慮しながらも、かなりなことを福原に打ち明けたにちがいない。

佐田がそうはしないで口を閉じているのは、海津信六の「女の問題」が学界の現存者に関連しているからではあるまいか。

それも当時から学界に相当な影響力をもっていた人であろう。そうでなければ、海津信六が学界から「追放」されることはないし、彼自身が学問を棄てることもない。彼の学問の放棄は、他からの圧力だけでなく、自発性にもとづいているようである。そこに彼の引け目に似たものがあるように思われる。

暗い想像だった。

海津信六がまだ独身でいることも、この想像を助けそうである。生命保険の外交員をしながら自活している。一条院の住居は、農家の裏にある離れの部屋借りであった。若い学徒として将来を嘱目《しよくもく》されていたという人としては、急激な後半生の変りようだった。彼の俳句がどの程度の才能かは知るよしもないが、近辺の同好者を集めて句作することがせめてもの慰めなのであろう。

海津信六のそうした生活を見るにつけても、彼が鷲見晴二画伯夫人の長兄——間に倶子の母が同夫人の姉として存在しているにしても——とは考えられない。今をときめく鷲見画伯が義兄の「うらぶれた生活」に黙っているわけはなさそうだからである。鷲見氏は義侠心に富んだ人で、収入の多いせいもあって、後輩の経済的面倒をよくみている点では画壇有数の大家だと通子も聞いていた。ましてや義兄にそれが及ばないはずはない。

海津訪問からの帰り、夜の新幹線の中で聞いた坂根カメラマンの話から一度はつくった通子の推測も、この点で崩れてしまうのである。

では、海津信六の姪にあたる倶子の母は、どういうひとなのだろうか。通子は、初対面から自分にすぐに好意をよせた倶子にやはり関心をもたないわけにはゆかなかった。

それに、奈良の病院にかけつけた中年婦人の姿が印象に残っている。

（姉はイスタンブールに発ちました）

カメラマン坂根の前で言ったという鷲見画伯夫人の言葉も妙に通子の頭から離れないのである。

準備

「ほう。海外旅行ですか？」

届書を見てＯ高校の教務主任は傍に立っている通子を見上げた。額がうすく禿げ上がって頬のすぼんだ人である。

「まあ、おかけください」

と、横の空いているイスをすすめた。

通子が腰を下ろす間、教務主任は彼女の申し出をもう一度考えているふうだったが、

「暑中休暇ですから、どこにおいでになっても本校としてはさしつかえありませんが、帰国が九月に食いこむことがありそうですか？」

と、顔をむけた。笑うと眼がよけいにくぼむのである。

「そういうことはないつもりですが、もしかすると休暇あけの第一週くらいは休ませていただくようになるかも存じません」

七月二十八日より八月二十五日まで中近東旅行の予定、というのが口頭の連絡だった。

「ああそうですか。それは中村先生と打ち合せていただいてますね？」

「はい。中村先生にはご了解をいただいています」

「けっこうです。どうぞおいでになってください」

教務主任は通子がきちんとそういう連絡をしたのに満足そうだった。非常勤講師はこうした場合でも黙って休むのが多い。暑中休暇だから外国でも何処でも行くのは勝手だが、海外となるとやはり事前に言ったほうが通子にも気が済んだ。他に出講しているもう一つの高校にもそうしている。T大の史学科のほうは先方から文書による届けの提出を要求された。

「中近東は、どちらのほうですか？」

教務主任は笑顔で訊いた。

(中近東は、どの方面に行くのかね？)

久保教授の低い声が通子の耳に重なった。書籍と資料ばかり詰まって、人の気配のない教授室のうす暗いなかだった。

「イラン、イラク、シリア、レバノンといったところを気儘《きまま》に回ってきたいと思っています」

教務主任がそれに言った。

「けっこうですね。近ごろはロンドン、パリ、ローマといった当り前の観光ルートがだんだん敬遠されて、そういった横道や裏街道的な観光になってゆくようですね」

（観光かね？　それとも何か目的をもった見学かね？）

机に肘を突いて届書を横眼で見ている久保教授が言っている。耳を澄まさないと分らないほどの低声だった。同僚教授との会話には高い声で笑ったりする人なのである。

何か目的をもった見学かね、というさり気ない質問に或る種の探りのようなものが感じられた。

教授によっては、一部の助手に対しても競争意識を抱き、その動静を警戒するものである。

「しかし、真夏の中近東というのは猛烈な暑さでしょうな。何度ぐらいあるんですか？」

教務主任が通子に訊いた。

「よく分りませんが、案内書ではイラン北部の八月の平均気温が二十九度、南部で三十三度だそうです」

「ほう、それは思ったより暑くないんですね。日本とあまり変りませんね」

高校の教務主任だからイランという目的地を通子ははっきり言った。が、久保教授の前ではイランを主体に歩くとは言えなかった。教授の周囲には、教授よりももっと警戒心——というよりも猜疑心《さいぎしん》の強い学徒が少なくなかった。高須通子は何のためにイランに行くのだろう、と格好な話題を彼らに提供することになる。

——暑いさなかに中近東に遊びに行こうというんだから、ご苦労なことだね。

久保教授は鼻の先で言った。

若い助手たちで夏休みを海外で送る者がふえてきたが、そのたいていが余暇的な観光だった。教授は、通子もその中に入れたようである。

「ぼくも十年ぐらい前に団体旅行で東南アジアを回ったことがありますがね。三月半ばでしたが、カンボジアのプノンペン空港に降りたときは、気温がいきなり三十五度だったので、たまげましたよ」

教務主任は自分にも海外旅行の経験のあるのを暗に通子に教えた。

「まあ、しかし暑いときですし、なにかにつけて不自由な国もあるでしょうから、気をつけて行ってください」

(事故を起さないように注意して行って来なさい)

久保教授のほうはそう言った。

「ありがとうございます」

通子は、教務主任にも教授にも同じ言葉で礼を述べた。

だが、二人の言葉のニュアンスはまるで違っていた。教務主任は親切な挨拶だが、教授のほうは、海外旅行先で事故を起されたら自分らが迷惑する、といった戒めの意味があった。

事故のないように、と教授はいうのではなく、事故を起すな、と言うのである。意味する事故の性格も一は受動的であり、一は能動的だった。事故のないように、というのは他の原因による事故にまきこまれないように、という意だが、事故を起すな、という言葉には本人自身にその原因する主体性があるのをいっている。

（T大文学部史学科助手が海外旅行先で事故を起して、それが日本の新聞に出た場合、指導の地位にある教授が責任を問われ、批判の対象になる。また史学科ぜんたいの名誉にもかかわり、助教授も講師もたいへん困惑する。いや、学長や学部長にも大きな迷惑をかけることになる）

久保教授の言葉には、その責任を恐れる口吻《くちぶり》が強かった。

夕方六時近くでも昼間の明るさだった。吉祥寺のスシ屋では、ニギリより冷えた刺身でビールを飲む客が多かった。

高校教諭の糸原二郎は通子との間にビールを二本置いて、彼女が教務主任に海外旅行の諒解を求めたときの話を聞いていた。

「教務主任がご機嫌になるのは当り前ですよ。いまどき、非常勤講師で、そんな良心的な人はありませんからね」

糸原は太い黒ぶちの眼鏡を指でずり上げていたが、眼はビール一本で赤くなっていた。

「そうでしょうか。でも、九月の新学期にわたくしのお休みが割りこむと悪いと思って、一応届けたんです。中村先生にももちろん許可をいただいたわけですが」

通子は言った。糸原から目の前のコップにビールを注がれていた。

「だいたい非常勤講師は時間制のアルバイトのつもりですから、アルバイト先の学校に出てもよし休んでもよしという気まぐれの人が多いですからね。勤務に拘束されているという観念は全然なくて、自分勝手なものですよ」

「その代り、講師の時間給は安いんです」

「それはそうです。そう言われると一言もありませんがね。ですから、ぼくは非常勤の講師をもっと優遇すべきだと思うんですよ。そうすれば、優秀な講師に来てもらえるし、いまのような無責任な勤めぶりにもならないと思うんです。予算予算といって金を出し渋って、教育程度を自分から落しているようなものですからね。現在のような状態じゃ、非常勤講師も本気にならなくて、いつまでもアルバイト意識がつづくと思うんです」

「おっしゃる通りです。わたくしもご多分に洩れませんわ」

通子は眼もとを笑わせてコップに口をつけた。

「いや、高須さんは立派ですよ。真面目ですよ。そう言ってはなんですが、非常勤講師というと生徒も軽く見る傾向がありますが、高須さんだけは生徒も尊敬していますよ。われわれと学問の違いもあるけれど、やはり人柄が生徒にも分るんだなァ」

「糸原先生は、すぐお酔いになりますのね」

「いや、酔って言ってるんじゃありません。困るな、そうとられては……」

糸原は首を振って、

「ま、それはともかくとして、高須さんの今回のイラン旅行は、この前『史脈』に発表された論文と関係があるんですか？」

と、眼を向け直した。

「とくに、そういうわけではありませんが、なんとなく見に行きたくなったんです」

「あの論文では、飛鳥の石造物と異宗教との関連を暗示されていましたね」

「まだ感じだけで、想像というところまでもかたまってないんです。ですから、ああいうものはまだ書かなかったほうがよかったと後悔しています」

「しかし、面白かったですな。斉明紀の記事や石造物をああいう着想で見たものは今までありませんからね。けど、異教というのは、もちろん仏教以外の外来の宗教のことでしょうね」

糸原は近眼をむいて訊いた。

「ぼんやりとそういうことを考えているのです」

通子は控え目に言った。

「あなたがイランに行くのは、その地域の古代宗教が東に伝播《でんぱ》して飛鳥時代の日本に来ているという想像から、その確認のためですか？」

「そのへんはまだわたくしにもはっきり分ってないのです。七世紀から八世紀にかけて日本には仏教が入っているけれど、それとは別な種類の外来宗教もあるような気がするんです。いまのところ、それを異教というよりほかに言いようがないんですよ」

「その異教が古事記や書紀に影響して古代史の説話になっているんですか？」

「ほかのところは分りませんが、斉明紀のあの部分にはそれらしいものがあるように思います」

「斉明紀にあるなら、他の箇所にもあるわけでしょう？」

「さあ。そのへんは、まだ……」

「ユダヤ教だ！」

突然、糸原が叫んだので、通子はおどろいて彼の顔を見た。

「失礼。酔ってるわけじゃないのです。いや、ぼくは高須さんの異教というのが西方の古代宗教なら、それはユダヤ教じゃないかとすぐ思ったんです」

「どうしてですの？」

「ぼくが考えたことじゃありません。以前に読んだ『世界的研究に基《もと》ける日本太古史』という本を思い出したんです。奇想天外な書き方で、その意味では面白かったんですな。日本民族はギリシャ・ラテン系で、もとは小アジアのアーメニアすなわち耶蘇《ヤソ》教のいうところのエデンの地に起った、日本古代史でアメ（天）とあるのはアーメニアのことだといった調子の本です」

「ああ、それは木村さんのでしょう？　よくそんな本がごらんになれましたのね」

「たまたま古本屋でみつけて買ったんです」

通子には読んだ記憶がある。

著者は木村鷹太郎という。本は明治四十五年、博文館の発行だった。上下二巻、各八百頁近い厚いものであった。

『世界的研究に基ける日本太古史』上巻のはじめは、こういう書きぶりであった。

《ギリシャの天地開闢《かいびやく》説に三つある。一はホメーロス、二はヘシオドス、三はオルフェウス。このオルフェウスの開闢説は日本書紀のそれとまったく同じである。書紀の開闢説はシナの三五略記や淮南子《えなんじ》などから取ったという学説は誤りで、実はギリシャ系人種の古伝説で、シナ人がそれから取って歴史の始としたものである。》

木村鷹太郎の『世界的研究に基ける日本太古史』は、当時（大正初期）の学界から笑殺された。現在でも顧みる者はいない。誇大妄想狂の著書視されている。

木村は記・紀に出る神名と、ギリシャ神話のラテン語名とを対照して、たとえば天之《あめの》御中主《みなかぬし》はラテン語のアメノ・ムネニコス（記憶の意）であり、高御産巣日《たかみむすび》はサガミ・ムスイ（歴史の意）であり、神産巣日《かみむすび》はコメ・ムスイ（歓喜の意）に当るという。

木村は、日本神話でイザナミが生んだ火神カグツチを、インドの火神アグニと対応する一部の学説を否定し、これもギリシャ語の「悪」を意味するカコス＝カコテスから起り、これが訛《なま》ってカクツスとなったという。

カコス神話では、英雄神ヘラクレスが父神ゼウスの正妻に憎まれ、その命令によって困難に向かうが、かえって十二の手柄を立てる。獅子退治、九頭の竜退治、野《や》猪《ちょ》退治、怪鹿捕獲、怪鳥《けちょう》退治、猛牛の捕獲、食人馬の捕獲、玉帯の奪取、赤牛奪取（赤牛とは燃える火の意味）などである。この話は須佐男命《すさのおのみこと》にためされる大国主命《おおくにぬしのみこと》の試錬に似ている。

イザナギが筑紫の日向の阿波岐原《あわきはら》で禊《みそぎ》して生れた三貴子のうち、彼が天照大神に高天《たかまが》原《はら》を知らせといった高天原はアーメニアのことであり、月読命《つくよみのみこと》に統治を命じた夜の食《おす》国《くに》とはエジプトであり、須佐男命に統治を命じた海原《うなばら》とはイタリアのことである。

ギリシャ神話では、ゼウス神はその額からアテーナを生んだが、このアテーナは生れながらにして甲冑《かっちゅう》を着し、槍をとり、楯をたずさえ、多くの神々の前で大地を踏み、槍を揮い、叫び声をあげたので、神の山オリンポスはために震動し、海水は山上に上ったとある。

この話は、古事記で須佐男命を高天原にむかえたときの天照大神が男子の武装をして「背には千入《ちのり》の靫《ゆぎ》を負い、ひらには五百入《いほのり》の靫を附け、また稜威《いつ》の高鞆《たかとも》を取り佩《お》ばして、弓腹《ゆはら》振り立てて、堅庭は向股《むかもも》に踏みなづみ、沫雪如《あわゆきな》す蹶散《くゑはらら》かして、稜威《いつ》の男建《をたけび》踏み建びて」や、須佐男命の天界参上に「山川悉く動《とよ》み、国土《くにつち》皆震《ゆ》りき」の文章に当る。

木村は、なおも日本神話とギリシャ神話の内容を詳細に比較してその類似性をいちいち指摘した上、記・紀に出てくる地名を次のように比定した。

アーメニア（高天原と近江）、ペルシャ（須佐）、アリアナ（美濃）、インド（常陸）、チベット（日高見国）、イセドネス（伊勢）、ソグヂアナ（尾張）、オーマン（相模）、ヤイジハラ（焼津）、セイロン（大隅）、サウジ・アラビアのサバ（狭穂・娑姿）、インド洋（常《とこ》世《よ》の海）、サルマチア（猿女国《さるめのくに》）、エチオピア（越の国）など。

しかし、木村はギリシャ神話が日本に来たのではなく、日本の固有神話が逆にギリシャに行ったのだと主張した。彼は外国語にかなり通じた「町の史学者」であった。

木村鷹太郎はまた『世界的研究に基ける日本太古史』の序言で述べる。

≪日本民族の歴史は、従来史家の思へるよりも遼遠にして世界最古のものなり。又日本民族祖先の事業や偉大にして、世界の善美は尽《ことごと》く日本民族に起源を有す。世界の諸王侯は皆わが皇室を「スペラノミコト」（Supera Nomikos 至尊の意。スメラミコト）と仰ぐべき関係なることは余の新研究にして始めてこれを言ひ得るなり。何となれば若しこの遼遠なる歴史と世界的統治なかりしならんには、日本は何等特にスペラ御国（最高至高）の称ある可《べ》からざればなり。

新研究はまた吾人に教ふるに、釈迦は天忍穂耳命《あめのおしほみみのみこと》の権化なり。耶蘇《ヤソ》また然り、猶太《ユダヤ》教は日本国典よりその善美の部分を取りてその経典を作製し、マホメットは垂仁天皇の御子本牟《ほむ》知別命《ちわけのみこと》にその起始を有し、かくて世界の諸大教理は尽く日本民族に出でたること、一母の出なる兄弟たることを以つてす。

新研究を以つてせる所の日本古典地理たるや、西は西班牙《スペイン》、モロッコより、中は希臘《ギリシャ》、伊太利、小亜細亜、シリヤ、埃及《エジプト》、亜拉比亜《アラビア》より、東は波斯、印度、西蔵《チベット》、ツルキスタン、暹羅《シャム》、安南《ベトナム》等の欧亜大陸を蔽ひて、之をその舞台となせるものなれば、世界人類に関せる一切のものを包含し居るべきは理の当然たればなり。》

——では、日本の学界はどうしてこのことに気づかなかったのか。木村はそれに答えていう。

《日本に於ける言語学者は、多くは頭脳不良の輩にして、研究法を心得ず。その学、狭隘浅露。また現時の史学界は全然高等批評を欠損す。故に只だ「信仰」と「牽強附会」とあるのみにして、その為すところ尽く児戯に類す。帝国大学の斯学界の如きは殊に然り。

帝国大学は学問知識の淵叢《えんそう》なりと自称せりといへども、その実これに反して何ら深玄なるものあるなく、頭脳不良なる史学家、言語学者輩が、徒らに教授、博士等の美名を盗みて、その無知無学に鍍金《メッキ》し、以って俗人を欺けるのみ。ああ、是れ学問知識の淵叢か、ああ沼沢か——然り、是れ沼沢なり。彼等はそれに任せる魑魅魍魎《ちみもうりょう》たるのみ。》

——木村のこの著書は、日露戦争後の民族主義というよりも皇室中心思想の高揚を受けている。その点では、彼が攻撃する「帝国大学の教授、博士等」の本質と変りはない。彼が「現時の史学界」を非難攻撃するのは、彼の著述をこれら学者らが嘲笑黙殺し去ってきたからである。

しかし、木村が学者の攻撃に用いた「牽強附会」の語はほとんど彼自身の上に返る。神名や地名で日本語とギリシャ語の「比定」などは、単なる語呂合せ以上に出ないのである。

現在は、木村鷹太郎の名も、彼にその大著があることも、知る人が少ない。

O高校の糸原教諭が木村鷹太郎の本を話題にしたのは、通子が飛鳥時代に流入した「異教」を西方の宗教と想像しているとみてとったからであった。黙殺された木村の『太古史』は、日本の神話が西に遷《うつ》ってギリシャやユダヤ神話になったと考える。

これを逆にしたのが石川三四郎の『古事記神話の新研究』である。石川は人も知る明治の社会主義・無政府主義運動の先駆者で、幸徳秋水らの「大逆事件」のあとヨーロッパに渡り、昭和八年に中国に行ってから東洋史に興味を持った。ほかに『東洋古代文化史談』などの著書がある。

糸原が、木村鷹太郎にふれて石川三四郎の『古事記神話の新研究』を口にしないのは、たぶんこの本を読んでいないからだろう。通子もだいぶん前に大学の図書館にあったのを手にしたことがあり、記憶はうすれているが、要旨は古事記に書かれている「天孫民族」と古代小アジアにいたヒッタイト族（ヒッティ）のことで、日本神話はこの族の説話からきているというのである。

ヒッタイト族は前二千年から前千二百年ごろに活躍し、旧約聖書では「ヘテ人」の名で出てくる。石川は、ヒッタイト古王国の説話がカルデヤ神話やヘブリウ神話となり、またその説話は東に来て古事記神話になったのだという。通子の記憶にあるのは、高天原とはユーフラテス河の上流にあたる高原地域で、高千穂はシナイ半島、筑紫は紅海の両岸すなわちエジプトとサウジアラビア、葦原中国《あしはらのなかつくに》はチグリス、ユーフラテス両河の中央デルタ地帯、根之堅洲国《ねのかたすくに》はカスピ海の東になるのだという——。

石川三四郎の本でいま通子がおぼえているのはこのくらいのことである。

いずれにしても糸原が木村の『太古史』を思い出して持ちだした気持には、通子のイラン行の話がショックだったようである。

「イランですか。……イランとは遠いですなァ」

糸原はビールのコップを手に握ったまま、宙を見るような眼つきで吐息をついた。

その独り言には、夏休みの間の通子との遠い距離を測っているような響きがあった。

「いえ、いまは近いんですよ。羽田を朝発ったら、その日の夜にはテヘランに着くんですもの」

通子は糸原の瞳をはぐらかすように言った。

「……でも、専任の先生方はお気の毒ですわね。暑中休暇でも、日直だとか生徒のクラブ活動の付合いとかで、自由が拘束されるんでしょう？」

「そうなんです」

「糸原先生は、どのクラブですか？」

「サイクリングですよ。自転車乗りは生徒の馬力にかないません。それに一週間は山の中で合宿ですよ」

糸原は憂鬱そうだった。

「糸原先生が、暑中休暇中に学校に日直勤務なさったり、生徒のサイクリングに付き合って汗を流していらっしゃる間、わたくしが外国をふらふら歩いてるなんて、申し訳ないみたいですわね」

通子は笑って糸原に軽く頭を下げた。

「いや、高須さんの場合は有益な旅行ですから、それはいいんですよ」

教諭は憂鬱を払い除《の》けるように言った。自分でも無意味と気がついたらしかった。

「有益な旅行になるかどうか分りませんわ。そう願ってますけれど」

「イランではだいぶん奥地のほうに入られるんですか？」

「中部から南部のほうに」

「ガイドはイラン人？」

「旅行社に聞いたんですが、日本人のガイドは居ないそうです。イラン人が英語やフランス語で案内するんですが、中部のイスファハンやシラーズは観光地で、欧米人がたくさん行くので、そういうガイドには不自由しないそうです」

「有名なペルセポリスの遺蹟というのは、どこにあるんですか？」

「シラーズの近くでしょう」

「ぼくもペルセポリスにはいっぺん行ってみたいですな」

「あら、来年でもいらしたら？」

「思い切って計画を立てますかね」

「ぜひ、そうなさったら？」

「高須さんの歩いたあとを想い出にひとつ歩いてみますかね」

ビールを飲んでいる仲で、通子といっしょに旅するような空想がその冗談めいた語調にこもっていた。

「いや、駄目ですな。いまの身分じゃ夢ですよ」

糸原はビールを干して頭を振った。

彼は独身だが、老いた両親と弟妹とを扶養していると通子は他の教師から聞いたことがある。洋服も着古したものばかりをつけていた。独身のせいもあるが、他の教師の日直を代ってよく引きうけるのも糸原であった。日直者には勤務手当がつく。彼の愉しみはたまにビールを飲むだけのようだった。

いまの身分では外国旅行など夢だと糸原が言ったのは、そうした彼の境遇からきているようだった。通子は軽口でも答えようがなかった。高須さんの歩いたあとを想い出に歩いてみますかねと冗談だが、空想的に洩らした彼の呟きもこちらからはぐらかしようのない気の重さを持っていた。

「さっきのガイドの話ですが」

糸原は、うつむいてコップに口をつけている通子に言った。

「できたら、現地にいる日本婦人がいいんじゃありませんか？」

「もちろん、それに越したことはありませんわ。どなたか適当な方がいらっしゃいますか？」

「心当りがないでもありませんが」

糸原は眼を浮かせた。

英語を話すイラン人のガイドといっても、女性だといいのだが、男性しかいないとなると通子は困惑する。旅行社の話では、現地で女性通訳が雇える保証はないということだった。テヘランのホテルで編成する観光団体に参加してはどうかというのだが、それでは自分の行く先と違うし、目的も異なる。

観光団体は、テヘラン、イスファハン、シラーズの間を飛行機で往復するだけだという。イスファハンは日本でいえば京都のような古都だし、シラーズはアケメネス王朝時代の首都だったペルセポリスの遺蹟のある近くで、それぞれ一泊か二泊する純然たる観光であった。

それで、通子は糸原が言い出した現地の日本女性ガイドの話に惹かれたのだった。

「ぼくが直接にその女性を知っているわけじゃありませんが、そのひとはテヘラン大学の留学生だそうです。なんでも農業経済の勉強に行っているというんですが、ペルシア語を相当に話すらしいです」

糸原は言った。

「そういう方がいらしたら何よりありがたいですわ。紹介していただけるかしら？」

「いまも言う通り、ぼくがじかにその女性を知らないのが残念です。けど、彼女はぼくの大先輩の教え子ですから、その人に紹介を頼んでみます。ぼくがその話を前にちらりと聞いたのもその大先輩からで、それをいま思い出したんです。その人は、ぼくと郷里が同じですが、年齢がかなり違います。杉原といってフランス語の達人で、私大の助教授をしています」

と、糸原は、その学校の名を言った。R学院大学というのである。通子は聞いて光線が頭に射したような気がした。たしかにその大学の名を耳にしたことがある。和泉一条院のバス停で海津がそう洩らしていた。そのときはそれほどその学校の名を心にかけていなかったが、いま、糸原の言葉が軽い記憶の蓋をふいと開けてくれたのだった。

「その杉原先生にテヘランの方を紹介していただけるようにお願いできますかしら？」

通子は遠方を見つめるような眼で言った。

「いいです。気やすい人ですから、ぼくから頼めばやってくれると思います」

糸原は受け合って、

「これは、われながらいいところに気がつきましたよ。そういうガイドさんがいれば高須先生も安心ですからね。なんといっても、言葉も通じないイランの田舎を女性がひとり歩きするのは物騒ですよ」

と、彼のほうが安心した顔をした。が、すぐに少し不安げな眉をつくった。

「ただ、そのテヘランの留学生がこちらの頼みを承諾してくれるかどうかですが。……農業経済というのは、どういう研究だか知りませんが、暇はあると思いますけどね」

テヘラン大学の日本人女子留学生にガイドを頼む話が一段落ついたところで、通子は糸原に言い出した。

「もう一つ、杉原先生にお願いしてみたいことがあります。それも糸原先生からたのんでいただけますかしら？」

「何ですか？」

横を通る女中が卓の皿をのぞいて行った。向うでは三人づれの勤め人が上役の批判を酔った声で言っていた。

「そのR学院大の四年生に倶子という名の学生がいるはずですが、分りませんかしら？」

「トモコ？」

通子はボールペンを出して箸袋の裏にその漢字を書いて示した。糸原は、はあ、といった顔つきで眺めていたが、

「姓は何というんですか？」

と、通子に眼をあげた。

「わかりません」

海津姓ではないかもしれない。鷲見画伯夫人の実家の姓は分っていなかった。

「倶子、という名だけですね？」

「そうです。少ない名と思いますから、四年生で判るんじゃありませんか。本人はフラ

ンス文学の専攻だそうですから、杉原先生の教え子の一人かも知れませんわ」

「フランス文学をやっているのだったら、多分そうでしょうね」

「そうそう。その倶子さんというのは卒業後にフランスに留学する希望でいます」

「それなら教師も知っているにちがいないから、なおさら知りやすいでしょう」

それで？　という眼つきを糸原はした。

「少しわけがあって事情は打ち明けられませんが、わたくしはその倶子さんの家庭のことが知りたいんです」

「はあ？」

「家庭といっても立ち入ったことじゃなくて、ご両親のお名前を知るだけでいいんです。あ、忘れていましたが、倶子さんは寮にいるそうです」

「寮の四年生で倶子さんというのでしたら、よけいに見当がつきますね。両親の名前ぐらいだったら、学生課にある名簿をのぞけばいいのですから、杉原さんに頼んでみます」

「済みません」

「寮に居るくらいだから、地方から来ている学生でしょうね？」

「そうだと思いますけど、それもよく分りません」

「では、ついでに本籍地だとかそういうものを見てもらっておきましょう」

「妙なことを杉原先生にお願いして申し訳ありません。それと、少し事情があって、わたくしがこういうお願いをしたことは当人には教えないでいただきたいんですけど」

「わかりました」

糸原はうなずいたが、あとを問いたそうな表情であった。


——通子は、ゾロアスター教についての概説書を読んでいる。

日本ではゾロアスター教を正面から研究した学術書がほとんどない。参考書としては足利惇《あつうじ》氏氏の『ペルシャ宗教思想』『印度パルシー族とその習俗』、伊藤義教氏の『アヴェスター』（同氏訳）の「解説」などが眼にふれるくらいである。が、その概観を知るには、たとえば『東洋歴史事典』『アジア歴史事典』などに執筆した足利氏の「解説」によるほかはない。

それらの解説をまとめると、だいたい次のようなことになる。

《古代イランの民族的宗教で、主神はアフラ・マズダなのでマズダ教ともいい、この宗教の拝火儀礼から拝火教ともよばれる。教祖ゾロアスターの名称は「アヴェスター」ではザラトゥシュトラといい、その生存年代は前七世紀〜前六世紀が妥当と考えられる。その名の原語は「黄金色の駱駝《らくだ》」または「老駱駝」の意味をもっている。

彼は二十歳で隠遁生活に入り、三十歳のときにサバランの山頂で天啓を受け、四十二歳のとき東部イランのヴィシュタースパ王の帰依《きえ》を得て、この王の保護と援助によって彼の教説が大いに流布された。教祖七十七歳のとき、バルクでトゥラーン王アルジャスプの軍隊に襲われて殉難し一生を終ったことになっている。

ゾロアスターの教説は、宇宙における二個の対立する本体である。光明と暗黒、善と悪との上に立ったものである。この二元的な本体は、互いに勝敗を決すべき戦いをしている。光明にして善の神であるアフラ・マズダは一切の善なるものを創造し、暗黒にして悪の神であるアンラ・マイニュは多くの悪なるものを創造して、相互に闘争している。この世の昼夜の交替、生死の現象も、この善と悪の両霊の所作にすぎない。

善神と悪神とは相反して闘争すべきものではあるが、それだけでの戦いは不可能で、各自に直属する軍隊、すなわち天上の軍隊と地獄の軍隊とが存在する。
天上の軍隊の総指揮者は、アフラ・マズダで、彼の下に命令を奉ずる六人の大臣に相当する天使長が仕え、それらは下位の善霊を統御する役目をもっている。この一群を「不死の聖者」といい、「善心」「最善の正義」「望ましき王国」「信仰心」「完全」「不死」より成り、神と共に天国を構成している。

これらの下に一段と低位の多数の神または精霊があり、ヤザタという。ヤザタには天上のもの地上のものがあるが、それには太陽、月、星辰《せいしん》、空、風、火、水、地、または抽象観念を神格化した勝利、真実、平和などが含まれている。

なかでも火（アタル）はアフラ・マズダの子として知られ、「輝ける太陽」は神の目と認められている。「スラオシャ（従順なるもの）」は後代で重要なヤザタになったが、ミスラ、ラシュヌとともに来世における審判者であり、また世界の監視者である。

ハオマ（Haoma）は神に擬せられた植物で、人間に不死を与えるが、その搾取には、聖職者によって儀式的準備が規定され、インドのソーマ（Soma）とともにその祭儀がインド・イラン未分の言語的集団時代のものであることを示している。

ゾ教の基本聖典「アヴェスター」によると、善神の軍隊に対して悪霊の軍隊は、悪神（暗黒の神）アンラ・マイニュに統率される。この地獄の構造は、天国の構造ほど整然とはしていない。善霊ヤザタに対するものはダエーヴァ（悪霊）である。地獄にはアフラ・マズダとの戦いのためにつくられたダエーヴァとして虚妄、竜、怪物が増殖している。地獄の門は、エルブルズ山脈（イランの北部、カスピ海の南を東西に走る高い山脈）のアレズラ山で、マーザンデラーン地方は悪魔の住みかとして知られている。

サンスクリット語で書かれたインドのバラモンの基本聖典「ヴェーダ」では、ダエーヴァは善神である。ラテン語のデウス（天帝）はダエーヴァに対応するという。アフラ・マズダのアフラも「ヴェーダ」では悪神である。これが仏教でいう阿修羅（アシュラ）となる。阿修羅は荒々しい性格となっている。イランとインドでは神の名が共通しながら、反対の性格となっている。

「アヴェスター」では、このダエーヴァのほかに、ドルジュ（虚偽）があって、邪なるもの、不信仰者を示す。死体の腐敗はナスという魔女のしわざである。また、三つの頭と三つの眼と六つの口をもつ怪竜アジ・ダハーカがいる。

この地獄と、善神の住む天上との間には、チンヴァト橋がかかっている。人は死んでも三日間は霊魂が死体の傍にあり、そのあと、風に運ばれてチンヴァト橋の前で、三人の裁判官すなわちミスラ、スラオシャ、ラシュヌの裁判がはじめられ、生前の行為が秤《はかり》にかけられる。この橋の下は、地獄がひろがる深淵だが、善霊には橋は幅広く容易に渡り得るけれど、悪霊には橋がせまく、薄いので、ついに踏みはずして地獄に落ちる。善霊のほうは、「善意・善言・善行」の住居を順次に通ったのち、永遠の光明であり、歌の家である「最上の世界」(ガローンマーナ)に到達する。

また天上と地獄との間は、善行と悪行の平均したものの魂がとどまるところの「浄罪界」(ハメースタカーン)があり、復活の日まで待たなければならない。

ゾロアスター教によれば、現世界の存続期間は一万二千年で、それはさらに三千年ずつの四期に分れる。最初の三千年は精霊が創造される時期である。善神アフラ・マズダは悪神アンラ・マイニュに平和を申し出るがその拒絶に遇い、ここに九千年におよぶ戦いが行なわれる。人間社会における善悪の闘争は、その第三期に当る。第四の期間は、ゾロアスターの出生から最後の審判の日までにわたるもので、そこでは死者の復活が説かれる。結局、アフラ・マズダはアンラ・マイニュに勝ち、善の勝利を告げている。

この宗教的終末論は、人間の死と審判と死後の個人的終末とともに、世界終焉《しゅうえん》の日と、復活の世界再建を示す世界的臨終をさしている。

現在もゾロアスター教徒によって行なわれている宗教儀式は、以下の通りである。

ゾロアスター教の寺院は、いわゆる拝火の殿堂で、そこでは不断の聖火が焚かれ、祭官がこれを護持している。

後期のアヴェスターは彼らを「アースラヴァン（火の護持者）」と呼び、またマゴパット Magopat, マグパット Magpat またはモーベッド Mobed といっているが、この語はギリシャ語形のマギ Magi に相応している。

正教徒の宗教生活は、アヴェスター経典中ヴィデーヴダート章におごそかに規定されているが、その一貫した重要な主張は清浄思想である。自己の心身の清浄を保持し、地、水、火の三大の汚濁をおそれ、したがって以上のものの不浄物の接触による汚染と、その汚染を除去する宗教的式法が日常の行事として述べられている。

事物または場所を清めるために、彼らはガオメーザ（牛の尿）を用いる。教徒は一生を通じて誕生式、入門式、結婚式、葬式のいわゆる冠婚葬祭を行なわなければならない。そのほか、日常行なう清身の式である清祓式や月次祭《つきなみ》および季節祭がある。

子孫の誕生は、彼らには祖霊の祭事の義務的継続を希望するような家族制度護持の思想を含むものではなく、アフラ・マズダの宗教的教勢を担うものの出生を意味する。

入門式はゾロアスター教徒としての資格を与えられる儀式で、その象徴であるコスティ（聖紐）とサドラ（単衣の白襦袢）を以後一生の間身体に直接に着けなければならない。結婚式について、古代ペルシアでは近親結婚法であるフヴァエートヴァダサが行なわれたが、今日のパルシー族間では忘れられている。

葬式はダフマー Dahma という墓地で、死体はその円形の塔の中で空気中に曝《さら》される。

イスラム教徒の侵入によりササン朝が滅亡するとともにペルシア人はゾロアスター教の改宗を余儀なくされたが、その教徒の一部は七八五年インド西海岸にのがれて、のちにボンベイに移った。今日同地を中心とする約十万のパルシー族はその子孫であり、俗に拝火教徒として知られ、この宗教の伝統を維持している。

中国へは五世紀ごろ華北につたわり、その在留教徒取締官として薩保がおかれた。唐の初めから祆教とよばれ、長安にその寺院がたてられた。また洛陽、涼州、敦煌などに新しく寺院ができた。玄宗のときの祆教禁止は一時的であったが、武宗の会昌五年（八四五）の廃仏と同時に禁止されてからは教勢が下火となった。だが、宋元時代にも開封や鎮江などに、寺院があったらしい。

イランの故地に残存する教徒は、主としてイェズド Yazd やケルマン Karman の中部都市に住み、その数一万にすぎず、みずから「ダーリー」Dari と称しているが、イスラム教徒は彼らを「ガブリー」Gabri（異教徒の意）と呼んでいる。》

——通子が読んだゾロアスター教についての概説（主として足利惇氏氏による）は以上のようなものであった。

通子に、糸原二郎から速達の手紙が来た。

《先日の御依頼のことで、とりあえずご返事します。

Ｒ学院大学仏文科四年生の「倶子さん」は、稲富倶子さんでした。保護者は父の稲富庄一郎氏で、現在四十九歳、倶子さんはその長女です。中学生の弟が一人居ます。本籍地および現住所は兵庫県佐用郡上月町、職業は農業です。倶子さんは小・中学校と高校を同地の学校で卒《お》えています。いまは大学の寮です。これはお話しした杉原助教授が学生課に聞いたことでした。

なお、杉原氏の話では、稲富倶子さんはフランス語の教え子なのでよく知っているとのことです。成績もよく、三、四番のところだといっていました。明るい性格の、素直ないいお嬢さんだとほめておりました。卒業と同時にフランス留学の希望のあることも知っていましたから間違いないと思います。あなたの名前はもちろん出しませんでした。杉原さんは、ぼくの問合せに、まだ縁談には早すぎるが、それともだれかに見そめられたのかね、と訊きましたから、適当に逃げておきました。ぼくにも理由が分らないのですから。

次に、イランのガイドのことでは、テヘラン大学の留学生がまだそこに居るかどうかを彼女の親友にすぐに問い合せてみて、現在も彼《か》の地に居るようだったら早速に手紙であなたのことを頼んでみると杉原さんは言っていました。このほうは高須通子さんという名前を出しました。イランは観光だと杉原さんには言っておきました。大げさに取られなくていいと思ったからです。あとはそのガイドさんとあなたが直接に打合せされたほうがよいと考えます。

これらの返事は、あなたがO高校に出講されたときにお伝えしてもよかったのですが、職員室では遠慮があるし、そうそういっしょに外に出られないのと、お急ぎのことでしょうから手紙にしました。

こう書いてゆくと、あなたのイラン出発がだんだん現実に切迫してくるような気がしますね。》

——倶子は、稲富倶子。兵庫県佐用郡上月町の農家の長女であった。

稲富という姓が海津とは違うが、海津信六の妹が稲富庄一郎という人に嫁していれば、ふしぎではない。庄一郎は信六より年齢が少ない。信六は倶子の伯父に当るわけである。

通子は地図帳を開いた。佐用郡上月町は「こうづき」と読み、兵庫県でも岡山県境に近く、山の中らしい。しかし、姫路から姫《き》新《しん》線というのが通っていて、岡山県の津山市に遠くなかった。津山は海津信六が旧制中学の教師をしていたところという。

稲富庄一郎という人の妻が海津信六の妹という可能性はこれだけでも強く思われた。

通子は、倶子が伯父と呼ぶ海津信六にフランス留学をねだったという言葉をここでもう一度思い出した。

稲富倶子の父親が兵庫県上月町の農家で、娘をフランス留学にやるだけの経済的余裕がないということは想像され得る。それで倶子が母の兄で伯父に当る信六にその援助を頼んだとすれば、あの言葉の解釈はつくのである。

信六には妻も子もない。彼は姪を可愛がっていた。それは一条院前のバス停で見た信六と倶子の様子からでも察しがつく。子をもたない男が甥や姪をわが子のように愛するのは世間に多く、ふしぎではない。学費その他を負担している例も少なくない。

だが、フランスに三年間の留学となると多額な費用である。海津信六が金持なら話は別だが、彼は保険の勧誘員である。そういう余裕があるのだろうか。ここで通子は試算してみた。

たとえばパリで女ひとりが暮らすには月に五万円はかかるだろう。これに学費、本代、小遣いといったものが三万円ぐらいとして八万円、三年間でざっと三百万円である。往復の交通費が約六十万円として、だいたい三百六十万円は要る。

月に十万円の負担である。——決して小さな額ではない。三年間の留学を二年間に縮めたところで、月十万円の費用には変りない。

しかし、もう一つの考え方もある。前にも想像したことだが、保険の勧誘員は歩合制度だから、成績のいいものは収入が多い。雑誌などで見かけることだが、勧誘員といっても成績優秀者は本社の部長の給料よりも上だということだった。

かりに海津信六に月平均二十万円の収入があれば、十万円の負担は不可能でない。彼は独身だし、あのような田舎住まいで、しかも農家裏の部屋借りである。暮しも質素のようで、生活費は切り詰められているようだった。

俳句の指導をしているらしいが、これは趣味としても同人たちからの謝礼も少しはあるかもしれない。もっとも、これは仕事の上の交通費の足し程度であろうが、それでも出費をいくらかでも省くことにはなる。

このように推測してみると、海津信六が姪の留学のために月十万円を負担するのは、それほど無理でもないように思われる。もし彼が月収二十万円以上とすればさらに楽なはずである。

といっても、この負担は彼にも容易なことではあるまい。倶子が「ねだった」のは、伯父が簡単には承知しなかったからであろう。あの日も、倶子が東京から来たのは、ねだったあげくにその頼みを手紙で承諾してくれた伯父に礼を言うためではなかったろうか。

（伯父にねだって、願望成就させてもらったんです）

と昂然と言う倶子の横に、やさしい眼で苦笑していた海津信六の顔が浮ぶのである。

星夜

通子は、午後三時半に松本駅に着いた。タクシーで家の近くに降りたのが一時間後だった。三年前までは県境までしかこなかった車が、舗装の村道に入るようになった。前には畔道と違わなかったものが幅をひろげたのは、車を持つ農家が多くなったのと夏場の民宿がふえたからである。村は尾根道伝いに常念岳に向かう鍋冠山《なべかんむりやま》の登り口に当る。普通の登山コースは梓川《あずさがわ》沿いに入る。列車の中でも、バスを待つ駅前でもリュックとピッケルの若い男女が群れていた。

家のほうに歩いていると、うしろから地面を響かせてカルチベーターが来た。運転している男が除けて立っている通子を麦ワラ帽の下からのぞいた。

「おう」

小さく叫んだ男は機械をとめた。

「通《み》っちゃんか」

暗いかげの中で白い歯がひろがった。

「お帰り」

「今日は」

近所の太田正太だった。汗まみれの黒い頸と腕が土によごれたシャツから露《あら》われていた。

「いつ？」

正太は通子のスーツケースに眼を落した。

「今です」

立話になった。

「達者なようで」

正太は通子の姿を眩しそうな眼つきで見た。

「正太さんも相変らず元気ね」

「百姓だでな。変りようはねえ」

「けっこうじゃないの。奥さんはお元気？」

「ふむ。まあな」

「で、いま、お子さんは？」

「三人になったわい。去年の暮れに一人生れたで」

正太はてれた口もとを見せ、急いで通子にきいた。

「そういえば、通っちゃん、一年ぐれえ帰ってこなかったずら？」

「そうね。ご無沙汰して」

「学問ばっかりして？」

「でもないわ。うろうろしてるのよ」

「ふうん」

正太はもう一度通子の姿を眺め直した。

「今度、伸ちゃんにおめでたがあるっていうが、それで帰って来ただかい？」

「それだけでもないけれど」

弟の伸一の縁談は村じゅうに知れ渡っているらしかった。

「おめでとう」

正太は祝って、

「上諏訪のほうから来なさるそうじゃなァ」

と頬の汗を手拭いでふいた。

「そういうことね。わたしも詳しくは知らないの。これから帰って母に聞くとこよ」

「何日ぐれえ泊まって行くだね？」

「明日東京に戻るわ」

「ひと晩きりけえ？　じゃあ今晩あたりちょっとお邪魔してもいいかね？　同級生を集めるだで」

正太は麦ワラ帽の下から眼を輝かせた。

石を置いた屋根の上に山が蒼かった。

家の前で母が草をむしっていた。しゃがんでいる身体が一年見ない間に小さくなっていた。足音を聞いて顔を上げ、眼をすぼめて近づく通子を凝視していた。

「あれ、何時に着いたねえ？」

母は腰を伸ばして立ち上がった。

「三時半よ」

急行が松本駅に到着する時刻をこのへんではそらんじていた。母はむしった長い草をわきに集めた。

「報らせてくれたら迎えにやるのに」

伸一は車を持っていた。

「伸一は家に居るの？」

「あれは留守してるけど、正太にでも頼めばよろこんで車で駅に行ってくれたずらに」

「正太さんには、いま道ばたで遇ったわ。カルチベーターを運転してたわよ」

「そうかえ？　だったら、ほかの若い者にでも頼めたのに」

小川のある道が分れて小橋を渡るとそのまま家の前庭になった。秋には籾《もみ》の干場でもある。鶏が暑そうに歩いていた。

「正太もな、もう子供が三人になったで」

母は玄関のほうに歩きながら言った。

「そうだってね。さっき立話で聞いたわ」

「正太がそんなことをもう話したかえ？」

母はちょっと意外そうな顔をし、開いた格子戸の玄関を先に入った。正太が嫁を貰う前に、通子を欲しがっていた様子は母も知っている。結局、彼は黙っていまの妻をもらった。

「正太さんは同級生に呼びかけて今夜遊びにくると言ってたわ」

「そうか。そりゃ賑やかでえぇが。お前はいつ東京に戻るの？」

「明日」

母は不服そうな顔をした。

座敷に上がる前に通子は裏に通り抜けて井戸水で口をすすぎ、汗ばんだ顔と手とを洗った。正面に鍋冠山がある。常念岳はそれに妨げられて見えない。

座敷に入ると母が仏壇の扉を開けて灯明をあげていた。二年前に死んだ祖母の写真が位牌とならんでいた。

通子は線香を供えた。終ってから家の中を見回した。

「伸一は？」

「今朝から上諏訪に車で出かけただよ」

「上諏訪？　ああ、今度お嫁さんになるひとのところ？」

通子は母の手紙を思い出した。上諏訪の造り酒屋という。

「向うの親御さんが遊びに来いというてきたとかで出かけたけど、お前が帰ると分っていたら、かえって向うをこっちに呼んでおくんだったなあ。お前もその娘さんを見てくれや」

「そうね。それで、式はいつになったの？」

「この秋ということにしたで、そのときはお前もぜひ帰るようにな。たのむわな、なにしろ惣領娘だでな」

母が結婚の話を持ち出すのはいつものことだった。通子が帰ってくるたびに言い、手紙でもたいていどこかにそれを書いている。ひところは、というのは、五、六年前の

「適齢期」にはそれがもっと強かったのだが、近ごろはかなり遠慮した言い方になっていた。

田舎のことで、母は娘の「嫁《ゆ》き遅れ」を心配している。通子さんはどうしているずら、と人に消息を聞かれるたびに母は身が縮まる思いがするとこぼしていた。地方も現代ふうになってきたとはいえ、まだ昔の気風は残っていた。それに村で通子の同級生だったのはもちろん、七、八年下の者もみんな結婚している。

通子が大学の助手になって勉強にうちこんでいるとは分っていても、若い女が東京で独り暮しをしていることに母は気を揉んでいた。

好きな人がいたら打ちあけてくれ、と母は言うこともあった。田舎では、東京に居ていつまでも結婚しない通子に推量をめぐらしているらしく、それが母の耳に入ってくる。

東京からきて民宿の家に逗留《とうりゅう》する男女客の状態も母の懸念をたかめていた。民宿は開いたものの、その家では子供の眼をふさぐのに困っているという話が多い。若い恋人どうしよりも、妻子のある男が独身の三十女を連れてきた場合のほうが厚顔だった。じだらくな行動が民宿の家族の顔をしかめさせている。「商売」だと思って我慢しているだけに、客の帰ったあとの暴露話がすさまじい。東京の男女関係はみんな同じような乱れかたのように思われている。

通子が会社勤めなどでなく、大学の研究室に通って高校講師のアルバイトをしているのが母の安心だったし、通子を信じてはいたが、動揺は起きる。田舎では、まだ惣領娘に結婚の責任を負わせていた。次女や三女となるとその負担がやや軽かった。

「イランというのは、遠い国かえ？」

母は通子の話を聞いて不安な顔をした。

「それほどでもないわ。朝十時ごろに羽田を発ったら、その日の夜にはもう向うに着くのよ」

通子は母が出してくれた冷やし麦茶を飲みながら言った。

「アフリカのほうけ？」

「そんな南の方じゃないわ。もっと北のほうで、こっちに近いのよ。どういったら、いいかしらね、インドの向う隣りがアフガニスタンで、その次よ」

小学校の教師から、名前はイランだが世界の石油の産出国で、どうしてイランどころでない要《い》る国だと習ったことを通子は思い出した。遠い地理の時間が十日ぐらいあとに現実になってくる。

「そんなところに、二週間も三週間もひとりで行くのかえ？」

「その国の首府でテヘランというところにいる日本女性の案内人を頼んでいるの」

あの話はどうなったのだろう、と通子は思った。R学院大の杉原助教授の返事は糸原がまだ運んでこなかった。

一時間ばかりして父が戻ってきた。農作物の出荷のことで組合の寄合いに行ったということだった。母の世話で裏の井戸で身体を拭き、浴衣にきがえて通子の前に坐った。

「お父さん。伸一の縁談がきまったそうで、何よりね」

父は六十になる。短い頭髪が半分以上白くなり、尖った顎の下に剃り残した鬚《ひげ》は真白だった。

「うむ。どうやらな」

大きな煙草盆をひきよせて煙草を手にとりあげた。眼のふちが前よりはまた落ちくぼんでいた。日に焦《や》けているので丈夫そうには見えるが、皺が深くなり、頬がすぼんでいた。自慢だった歯も去年半分が義歯になった。

父は、あんまりものを言わない。他人に訥弁《とつべん》だから、子供たちにはなおさらである。

「外国に行くというだが、そうけえ？」

父は煙をしょぼしょぼと吐きながら言った。眼は娘の顔をまっすぐに見るのではなく、少しはなれたところにむいていた。久しぶりに見る長女が父には煙たそうだった。

「ええ。イランという国。たった二、三週間だけです」

通子の傍に母が坐った。

「ま、学問するためには、しかたがあるまいな」

父は、通子よりも母に納得を与えた。母は下をむいていた。

「金が要るじゃろう？　母さんにそう言って持って行くがええ」

毎月の送金には母が手紙を書いているが、その増額も父の意図だった。

「いえ、いいんです。いままで送ってもらったお金やアルバイトでもらったお金を貯金してるから、それで間に合いそうなの。今度、帰ったのはイランに行くことをお話ししたかっただけです」

短い期間でも外国旅行だから諒解は必要だと思ったのだった。

「そうけ」

父はそれ以上金のことにはふれず、

「こんな暑いときに、そんな暑い国に出かけて大事ないかえ？」

と、健康を気づかった。

「日本の真夏とそれほど変りないということだから、大丈夫よ」

「お前、一人で行くのけえ？」

「向うの国にいる日本人が通子を案内するというだどもなァえ」

母が父にとりついだ。

「ふうむ」

父は煙草をくわえて考えるようにしていたが、

「なあ、山尾の忠夫さんは、どうしていなさるずら？」

と、煙管《きせる》を口からはなして母に質問した。

通子は、心臓がふいに騒ぎ立って、思わず眼を伏せた。

「さあ、和子さんとも長いこと手紙のやりとりをしてねえだで、忠夫の様子もよく分らんだでなえ。こっちとはなれていたんでは、そう往き来もできねえし……」

母は言って父の顔を見た。

「お父さんは、なんで忠夫のことをいま言いなさるのかえ？」

「うむ。忠夫さんの会社はアジアの暑い国で仕事をしているというだでなえ。そうすると、通子の行くイランにも支店だか出張所があって、そこに日本人の社員が詰めているかしれねえだでな。そういう先に通子のことを頼むよう忠夫さんに言ってみてはどうだえ？　外国人に案内をたのむよりは日本人のほうがやっぱり安心だでなえ」

「だども、忠夫は工場で働く技術屋だで、外国の支店に手をまわすようなことはできないと思うけど、どうだなえ？」

「そんなことはねえだろ。工場でも同じ会社の人間だで。それに忠夫さんはヒラの工員と違うて、技師さんじゃねえか。技師というたら偉いだで、会社には顔がきくずら」

母の従姉《いとこ》が和子で、忠夫はその長男だった。通子の八つ上である。T工業大学を出て東邦電機という業界では一流の会社に入り、いまは茨城県の沿岸地の工場にいる。妻と子供が一人あった。

「そんなら、忠夫に手紙出して頼んでみるかなえ」

母が言った。

「そんなこと、やめて」

通子は急いでとめた。

「どうして？　よくねえかえ？」

「そんな大げさな。人に迷惑をかけるようなことはいやだわ。外国を二、三週間ぐらいひとり歩きするくらい、だれでもやってるわ」

「そうかなえ。便宜のあったほうがいいと思うけどなえ」

「いいわ。自分でやったほうが気が楽よ」

「そんなら、そうするがええ」

父は通子の語気が強かったのでそれ以上は言わなかった。

が、忠夫の話が出たので思い出したのだろう、煙管に煙草を詰めかえる手を動かしながら天井に眼をやるようにして、

「和子さんにも忠夫さんにも三年ぐれえ会わねえが、元気で居るずらなえ」

と呟いた。

「便りのねえのが息災というだで」

母が言った。

「忠夫さんの嫁は何とかいったな？」

「利枝だなえ」

「そうそう。忠夫さんといっしょになった当座、何やらごたごたしたようだったども、おさまってるずらなえ」

「お父さん、何を言いなさるかえ。いっしょになって七年近うも経って、子供もできているだで。おさまるもおさまらねえもねえだえ」

暑いなァえ、と声をかけて人が表から入ってきたので、通子は立ち上がった。

夜は、通子が帰ったと聞いて家に同級生など幼友だちが集まった。近所には正太など七、八人が残っている。長男が多いのは農業をつがせられているからで、二、三男はたいてい村から出て行っていた。女たちは子づれで来た。大きいのは小学校三年生のがいる。

茶と菓子を出して両親は奥に引っこんだ。こちらが女なのを考えて、酒は出さなかった。上諏訪から戻った伸一も、はじめにちょっと顔を出しただけで、年上の客にひやかされて早く消えた。

久しぶりに気のおけない雑談だった。通子もそれに融けこんだが、胸の奥に溶解しないものが残っていた。雑談に興じていても、ふいにその塊にさわって気持がさめるのである。耳に入る話が遠くなって、瞬間の放心があった。両親の口から出た忠夫の名が気持の底に脂肪のように凝固していた。

雑談では、通子が未だに結婚しないことを問題にした。幼友だちだから遠慮がなかった。興味と好奇心が集まる話題なのである。

気に入った相手が見つかったら、いつでも結婚するわ、と通子は言ったが、皆は疑っていた。とくに正太の眼がこっそり光っていた。

通っちゃんは学問に一生をうちこむのだろうというのが皆の一致した推量になった。

名前の知れている独身の婦人学者や評論家や、宗教家まで例として出た。なかには通っちゃんは眼が高くなっているから、その眼識に及第する男は容易にはあるまい、という話もあって、皆から笑いながらの同感を得た。それは東京でも聞かされないではないのだが、そのたびに憂鬱になって神経だけが尖る。が、幼友だちの前では不愉快な顔も見せられなかった。

通っちゃんはいつまでも若い、と友だちは言った。実際、通子の眼からも、同級生の女は五つも六つも年上に見えた。彼女らは都会風な化粧でこの集まりにきていたが、皮膚の疲れはかくせなかった。田や畑の仕事が農機具の機械化や肥料の化学化で楽になったとはいえ、まだ女たちには労働が残されていた。夫が現金収入のために工場の工員になったり、日雇労務者に出て行ったりするだけに、そのぶん農作の労働を押しつけられている。ことに養蚕の仕事は昔通りだった。

通子は、そういう同性の友だちを見ていると気がひけるし、農村に境遇のきまった彼女らの羨望めいた視線をうけると身の置き場のないような気持になる。

だが、皆が心やすさから言う独身への言葉は、さすがに当人の前だから冗談めかしてはいるが、村ではもっと露骨に語られているにちがいないと通子は思った。陰口だから、いろいろな想像が加えられているだろう。

——あの年齢で、ひとりで東京で暮らしていて、男がいないはずはない。……

この批評は民宿の客が見せる風紀の影響もあろうが、陰口は何もこの田舎だけではなかった。東京でも、それが耳に入ってくる。

客たちが帰ったのは九時前だった。

母も入って座敷のあと片づけをしていると、半袖の丸首シャツに、腿《もも》に喰いこんだパンツで伸一が出てきた。前から丈が高かったが、頸のあたりや胴に肉がついて、見るからに男臭くなっていた。

「伸ちゃん、おめでとう。決まったんだってね」

通子は弟の前に寄った。縁談が整ってから話すのは初めてだった。

「うん、まあね」

長い髪を額に垂らして伸一はニヤニヤしていた。

「今日は、先方のご両親にお呼ばれだったの？」

「いや、相手とデートしたんだよ。上諏訪駅前で待合せしてな。甲府までドライブのつもりだったけど、山中湖まで突走って来ただ。茅野《ちの》と韮崎《にらさき》の間は百十キロ出して、ほかの車をぐんぐん追い抜いてやったよ」

伸一は爽快そうに顔を仰向けて言った。

「そんな乱暴なことをして、万一、その娘さんに怪我でもさせたら、どうするの？」

通子は強い語気で言った。

「なに、おれの運転は大丈夫だよ。妙子はよろこんでいたよ」

通子は、伸一がもう妙子と呼び捨てにするのが不愉快だった。恋愛だというが、何かうすぎたないものを感じさせた。

「ほんとだなえ、この子は。今からそんな無茶をして、事故から妙子さんの顔に傷でも負わせたら、どうするだえ？」

母も叱った。そのあとで不審な顔をしてきいた。

「あれ、お前、今日は上諏訪の親御さんに呼ばれたんじゃないのかえ？」

伸一はまたニヤニヤした。母はそれを見て黙って眼を後片づけの道具に落した。父は睡っているらしかった。

「姉さん。ちょっと」

伸一は、てれかくしのつもりか通子を母の前からはなれさせて納戸《なんど》部屋の前に連れてきた。

「姉さんは、まだ結婚しねえのかえ？」

伸一はうす暗いところで通子の顔をのぞきこむようにしてきいた。

「何よ、急に？」

通子は弟を見返した。男臭さがにおった。

「妙子の両親がな、姉さんはどうして結婚なさらねえのか、とおれに聞いていただで」

通子は、どきりとした。姉が東京で独り暮しをしているのを先方の両親は怪訝《けげん》に思っているらしかった。村と同じような想像が先方にも働いているようである。嫁にやる先が不安になっているのかも分らなかった。

「そのうちに、かたづくようです、とお伝えしてちょうだい」

通子は、曖昧《あいまい》な笑いを浮べている弟の前からはなれ、下駄をはいて裏に出た。

星空が通子の頭上にあった。高い山が近く、星の撒《ま》かれた部分が西に少ない。が、東と南北は、広闊《こうかつ》な安曇平野の上にひろがっていた。銀河が斜めに黒い山の稜線にかかっていた。

山麓の闇の中に小さな火が三カ所で燃えていた。キャンプの篝火《かがりび》であった。かなしいくらい真赤な色だった。小さいので、よけいにそう眼にうつる。若者の唄声が弱い風に運ばれていた。

客の同級生たちと話している間じゅう通子の胸におさえられていた凝固物が、ここでひとりになって自由を得たように拡がり、動いてきた。両親の言葉が落したものである。苦いが、古い色彩のような光沢をもっていた。

山の火の色にも記憶のつながりがあった。お堂の中のうす暗いところにつるされた紅色の提灯《ちょうちん》が一点を真赤に輝かせていた。小さな堂の前を何度も通りすぎ、周囲をめぐって歩いた。欄干があって、横側の水には芦が青く繁っていた。裏側は琵琶湖が強い陽をうけて光っている。対岸に低い丘と町とが眩しげに流れていた。

傍に山尾忠夫がいた。忠夫はうつむき、はなれて先を歩いている。通子は、多量の睡眠薬を手に入れたいと忠夫に要求していた。

どうして、そんな場所に行ったのか。前夜の泊まりが京都の宿だった。

——通子が大学院に入って二年目のときであった。

忠夫は母の従姉の子だから、もちろん小さいときから両方で親しくしていた。が、そのころ忠夫の父は勤務先の関係で大阪、福岡、名古屋、札幌というふうに三年おきぐらいに各地を転々としていたので、通子が中学校に入ってから彼と始終会うということもなかった。夏休みに、忠夫が友人と山登りにくるとき一晩か二晩、泊まってゆくくらいだった。八歳上だから忠夫はいつも通子とは学校でも距離が開いていた。通子が中学生のときは、忠夫はもう工大生であり、通子が大学に入ったとき、彼はすでに現在の東邦電機に入社していた。この距離は、忠夫がはるかなる「おとな」として通子の心理の上にも占めていた。

忠夫の結婚式は東京だったので、通子も招かれて長野の両親といっしょに披露の席に出ている。新婦の利枝をそのときはじめて見たのだが、目鼻立ちの派手な、大柄な女だった。北海道の新婚旅行先からの絵ハガキも通子はもらわなかった。そこにも忠夫から子供扱いされているような距離を感じた。

それから二カ月ぐらい経って、突然忠夫から電話がかかってきた。大学院の研究室に電話がつながれて、助手の村田が通子をさがしてくれたのだった。

学生たちが出入りしている穹窿《きゆうりゆう》形の玄関前に忠夫は手提鞄を持って立っていた。彼は通子を見て間《ま》の悪そうな顔をした。

校門を出て、近くの喫茶店に行った。通子が案内役だった。二階の窓ぎわのテーブルについた。通りの前には古書店がならんでいた。

忠夫は茨城県の工場に勤めていたから、出京の機会に、それもこの近くに来たついでに自分にちょっと会いに来たのだろうと通子は考えていた。珍しいことだとは思った。

忠夫はテーブルで対《むか》い合っても煙草ばかり吸っていた。切れ長な眼だったが、瞳がろくに通子の上に止まらなかった。彼の広い額と濃い眉を通子は近々と見たが、常よりはやや蒼白な顔だった。むろん上気した結婚式のときよりも。——

が、通子は、忠夫がいつものように口重な上に、新婚匆々《そうそう》でもあるのでいくぶん照れていると思った。

「兄さん、その後、いかが?」

又従兄《またいとこ》に当るが、通子は忠夫を「兄さん」と呼んでいた。忠夫は、通子のこの揶揄《やゆ》を含んだ問いを受けて、もう一度煙を、今度は勢いよく吐いた。その煙がうすれたあとに見せた彼の顔には何か都合の悪そうな曖昧な微笑が浮んでいた。

「通っちゃん。ぼくはね、利枝とは、いま、一緒に居ないんだよ」

「あら、そう」

この返事に、忠夫のほうが変な顔をした。通子は、新婚の妻が用事で実家に帰っているか、社宅の都合で同居が遅れているかしていると思ったのだった。

忠夫も彼女の思い違いに気がついて、

「そうじゃないよ。利枝とは別居しているのさ」

と言った。

「え？」

通子に見つめられて忠夫は前のマッチを取り上げて両の指先で回していた。

「それ、いつからですか？」

「北海道の新婚旅行の戻りに水戸駅に着いて、それきりでね。ぼくはそこで降りるし、あれはそのまま列車に残り、乗りついで彦根の実家に帰ったのさ」

利枝の実家は滋賀県彦根市の旧家だった。見合いだったが、結婚がきまるまで半年ぐらい交際している。母親つき添いで両方が東京で落ち合ったり、文通などもしていたように通子は聞いている。

通子は息を詰めたが、すぐにはどう言っていいか分らなかった。八歳の違いがここでも彼女の気持を支配していた。忠夫は依然として彼女からみて「おとな」の世界にいる人間だった。その原因を訊きたかったが、「ずっと年下」の意識がそれを妨げた。

「通っちゃんなんか、変に思うだろうがね」

忠夫は、通子が何も言わないので、声を引き出すようにいって、少し笑った。

「どうして、そんなことになったの？」

通子は誘いこまれたように訊いた。ひとりでに口から出た。

「性格が合わない、と分ったからさ」

忠夫はまだマッチをひねっていた。

通子が忠夫といっしょに東京駅に行ったのは、彼がふいに大学に面会に来た翌日だった。大阪までの新幹線ができて一、二年目ぐらいのときである。京都で降りて普通列車で彦根に引き返す予定だった。

どうしてそういうことになったのか。……

――喫茶店での話のはずみというほかはなかった。忠夫が新婚旅行の帰りにすぐに新妻と別居したというのが、通子の心を昂《たか》ぶらせた。忠夫が性格の不一致と言ったありふれた言葉の表現も、通子にその原因の浅さを思わせた。新婚旅行先でのちょっとしたことがその場での感情の行き違いになり、お互いが意地を張って心にもない別居となった、と通子は解釈した。

わたしが彦根に兄さんを連れて行く、と通子は言ったものである。そんなこと、と忠夫はおどろいて断わったが、通子のほうで、ぜひ、と主張した。言葉も強かった。自分で昂奮したといえる。

忠夫夫婦の和解をとりもつという行動が、通子には、忠夫との長い間の年齢上の距離を、したがって精神的な距離をはじめて縮めたように思われた。忠夫は三十一歳、通子は二十三歳だったが、自分のほうが急に三十歳近い意識になった。

夫婦仲の不和を仲介するというのは意義のあることだった。別居して二カ月経っているというから離婚の寸前とも思えた。忠夫によると、媒酌人も説得にきているし、両方の親も心配して相談し合っている。それらを彼がすべて拒否しているということだった。

そのような状態なら、仲介はよけいにやり甲斐があると通子は思った。心に勢いづくものがあった。

「婚約するまで交際してたんでしょう。そのときに性格の不一致なんていうの、兄さんに分らなかったのかしら？」

通子が首を傾《かし》げると、忠夫は答えた。

「交際というのは、結局はよそゆきのつき合いだからね。ほんとうのところは分らないよ。いや、どうもうまくいかないのじゃないかとうすうすは予感しないでもなかったがね。まわりからどんどん固められていったような具合だったから、結婚式が済んだ瞬間に、しまった、と思った。……」

忠夫の答えはつづいた。

「……やっぱり結婚式のときのぼくの予感が当ったんだね。新婚旅行に出た二日目、三日目となると、もう我慢ができなくなった。これはたいへんなことになった、ぼくの人生が駄目になる、と思ったね。そういう後悔が顔色や動作に出るから、あの人もそれを感じるし、お互い、だんだん気まずくなったのさ。むろん、こういうことになったのは、ぼくの責任だ。はじめにもっと慎重に考えればよかった。あの人には済まないと思っている」

忠夫は離婚を決めているようだった。新婚すぐの手前、いきなりそうするのも世間体があるので、しばらく別居のかたちをとるといったふうだった。

「いったい、利枝さんのどこがお気に入らないの？」

通子はきいた。

「どこといって……まあ、あの人の悪口になるから言うのはよすがね」

忠夫は口をつぐみ、通子の顔に強い視線を走らせた。その眼の意味があとで判った。

——彦根という町に通子は興味があった。城下町の名残《なご》りがあると聞いている。荒廃した武家屋敷や城の庭園を見たかった。武者窓を両側につけた古い門、低い石垣の上に崩れかかった土塀、その上に生えた雑草、曲りくねった道、傍らの小川。近くの安土《あづち》にも行きたかった。

だが、そうした風景の中にいる自分も忠夫とならんでの想像だった。気づいてみると、そのようなことになっていた。

京都駅に着くと、忠夫は乗換えのホームには歩かないで、出口のほうに向かった。

「あら、彦根行はこっちでしょう？」

跨線橋の階段を彼が間違えたと思って通子が途中で注意すると、

「いや、あとでそっちのほうに行こう。ちょっと京都を歩いてみようよ」

と、忠夫はかまわずに先を進んだ。

通子は、忠夫が彦根の利枝の実家にまっすぐに向かうのを躊躇《ちゅうちょ》しているのだと思った。新婚旅行の帰途に別れたまま別居している妻の家に入るのは、それだけの心の準備が必要なのだ。先方の両親に会うのに相当な勇気も必要であろう。利枝には言葉の用意ができていなければならなかった。彼にはそれらがまだ充分でないように見えた。

京都市内を見て歩こうというのは、忠夫のそれまでの時間かせぎだと通子は思った。ぶらぶらと散策しながら考えようというのであろう。もともと忠夫をここまで引っ張ってきたのは通子のほうであった。

別居した忠夫夫婦を正規に同居させるという自分の努力に、通子は充実と心の昂奮をおぼえていた。それには好奇心と興味もあった。考えてみると、相手が忠夫だからその役を買って出たのである。

東京に戻る忠夫夫婦を京都駅に見送って、あとはひとりで気儘《きまま》な場所を歩くというのが通子の空想したプランだった。

今から思うと、稚《おさな》い気持だったとしか考えられない。忠夫について、うかうかと京都の諸方を見て歩いた、というよりも遊び歩いたのである。

京都駅に着いたのがすでに午後一時だったので、東山裾の清水寺、円山《まるやま》公園、南禅寺、平安神宮とタクシーを乗りついでは見て回ると、急いでもそれだけで三時をすぎた。忠夫はときどき各所の歴史を通子に質問し、その答えを愉しそうに聞いて、いっこうに彦根に行こうとする気配がなかった。

「兄さん、もう三時半ですよ」

通子が注意すると、彼も腕時計は見るが、

「うん、分っている。いま、考えているところだよ」

と答えるだけだった。

忠夫も利枝やその両親に会う心の準備をこうしてつくりつつあるのだ、それをあまり深刻に考えるのがうっとうしく、見物に気を紛らわせながら用意を固めてゆこうとしているのだ、と通子は思った。忠夫の気の弱さをはじめて見たような気がした。

平安神宮の庭園を出て、これから銀閣寺や詩仙堂のほうに回ろうと忠夫が言ったときも、通子がおどろいて、

「それじゃ、日が暮れますよ」

と言うと、

「彦根には夜のほうがいい。明るいうちは、近所の人に見られそうで、いやなんだ。それに、おやじさんもまだ帰ってないし」

と、忠夫は答えた。利枝の父は信用金庫の理事長をしていた。

詩仙堂の前に来たときは門が閉まっていた。それほど時間が遅くなっていた。十一月の末であった。引き返して坂道を降るころには、あたりはうす暗くなって両側の木立は黒く閉じ、家の灯が強くなっていた。

狭い道幅は、向うからくる人のためによけいに狭くなっていた。暗いうえに、下り坂が急なので、忠夫が通子を護るように寄り添った。手が触れそうなくらいだった。

「通っちゃん」

忠夫が、それまでとはちょっと変った感じの声で言った。

「……通っちゃんは、これまで恋愛したことある？」

「変ね、だしぬけに。どうして？」

「どうしてって……、ちょっと聞いてみただけさ。もう、おとなだもの」

自分ら夫婦の別居にとりなしをしようというのだから、「おとな」に成長した意味に忠夫は言っていると通子は取った。が、その言葉にはまだ子供扱いにされている皮肉が感じられたので通子は軽い反発を起した。

「恋愛なんかしませんよ」

その声は少し強かった。

「そう」

忠夫は、ちょっとあわてた様子で空を見た。繁った黒い梢の間から光った星が一つのぞいていた。

「腹が減ったな。街に出てご飯を食べよう」

二人は、三条河原町裏の小さな料理店で食事をとった。とうとう七時になった。通子は気を揉んだ。京都から彦根まで急行でも一時間はかかる。ここから京都駅に行く時間や列車の待合せ時間を考えると、利枝の家に入るのは九時ごろになるだろう。地方の家は夜が早い。閉めた表戸を叩くことになって、奥からごそごそと起きてくる利枝の両親が眼に見えるようであった。訪問の予告はしてない。

それから話をはじめるとして、早く終っても十時半にはなるだろう。その間には先方の律義《りちぎ》なもてなし。わずらわしい挨拶。話がうまく運んで忠夫がその家に泊まるとして、自分はどうなるのか。初めての家に泊まる気はしなかった。といってそんな遅い時間から旅館をとるのはいやだった。

新幹線で京都駅に着いたとき、そのまま彦根行に乗りかえればよかったと通子は思い、東山辺をいい気で遊んで回ったのが悔やまれた。東京を出るときの予定が、忠夫とは別になって、帰りのひとり旅をたのしむにあった。

その時間的な計算が見物の間じゅうも働かなかったわけではない。平安神宮の庭を歩いているころには気がせいていた。彦根の妻の実家に入りにくい忠夫の気持を察してなまじっか同情したのがいけなかった。もっと強く彼を説得して彦根に急行させればよかったのだ。駅に引き返すこともせず忠夫のあとから銀閣寺や詩仙堂へ行ったのが間違いであった。

弱い理性であった。あのときは通子にも忠夫に流されたい心理があった。それでなくて、どうしてうかうかと彼について行けたろうか。彼女は忠夫の横に十分でも二十分でも居たい気持が底に動いていた。

食事が終ったあと事態が一変したのも、その心理の延長であった。今日はもう遅くなったから彦根行は明日にしようと忠夫は言い出した。

「今夜は此処に泊まり、明日の朝、嵯峨野《さがの》あたりを歩いて、それから列車に乗ろうよ」

夜ふけの彦根入りは通子にも厭《いと》わしかった折だし、五、六年ぶりかの嵯峨野の竹藪道にも誘われるものがあった。今日の時間が遅くなったことが決定的だった。もはや、忠夫にどう抗しようもなかった。ホテルでは、もちろん別々の部屋をとるというのが通子の条件だった。

忠夫はその通りにホテルのフロントに申込んだ。部屋はたしかに別だったが、隣り合せであった。

ボーイが部屋にいるとき、忠夫は通子の部屋の様子を見に来た。窓の下には御池通りに流れる車の灯の群れがあった。二人は窓際にならんで立ち、うすい、白い紗《しゃ》のカーテンを透かして夜景を眺めていた。通子は動悸が鳴っていた。

ボーイがドアから消えると、不安な予感が当って、忠夫に手を握られた。

あくる日から通子に煉獄がはじまった。

タクシーの中で忠夫に手をとられていても握り返す気力もなく、窓の外を見ていた。街の薬局の看板ばかりが眼についた。睡眠薬は何錠で致死量になるだろうかと考えていた。女子学生で睡眠薬を飲み、ガス栓を開け放して自殺したのがいた。

睡眠薬は、薬局ではいちどきにたくさんは売らないと聞いていた。各店を回って買い集めればいいだろう。それには忠夫にも協力してもらおうと思った。

野宮《ののみや》に行っても落柿舎《らくししゃ》に回っても何も映らなかった。陽を通さない竹藪の垣根と垣根の間のうす暗い長い径《みち》を歩いた。下に落葉が厚かった。通子の肩に忠夫の手がおかれていた。アベックが多く、だれも注目はしなかった。

前から通っちゃんを愛していた、と忠夫は歩きながらささやいた。昨夜の言葉と変らなかったし、熱っぽい調子も同じであった。決して誘惑するつもりでおそくまで京都を歩いたのではない、泊まる意志ははじめからまったくなかった、と彼は何度も言った。彦根に直行する勇気がなかったためにこういう結果になった。

「だが、いま、ぼくに分ったのは、ぼくが利枝を少しも愛してなかったということだよ。彦根にすぐ行きたくなかったのも、やはりそこからきている。それなのに昨日の新幹線に乗ったのは、君といっしょに行きたかったからだ。ぼくは利枝とはっきり離婚するよ。君と結婚する。帰ったら、長野に行って、おじさんやおばさんに事情をうちあけて、おねがいするよ。ぼくにはその責任があるからね」

「責任からなの？」

「いや、そういう意味ではない」

忠夫はあわてたように言った。

「君を愛しているからだよ。結婚したいからだ。君もそれに同意してくれるだろう？今朝までとうとう返事をくれなかったが」

化野《あだしの》の念仏寺の境内にいっぱいならんだ石地蔵を見ているうちに、自分もこのまま石になってしまいたいと通子は思った。昨夜のベッドに横たわった醜悪な姿態が頭から消えなかった。愛の昇華とは思えなかった。忠夫の言葉が虚《うつ》ろに耳に響いた。

忠夫への思慕があったことは事実だった。が、恋愛のかたちというのはこんなにも急激な運びになるものだろうか。それははじめに言葉の交換から愛情のはぐくみに移り、徐々に成長して枝を伸ばしてゆく。長い期間を要すると思うのである。果実は自然のままに枝をはなれて落ちなければならない。忠夫との間はそうではなかった。彼は前に何一つ愛情めいた言葉を吐露しなかった。急に言い出したのはホテルの窓際であった。あとは降りそそぐ言葉になって、ベッドに運ばれた。あれが恋愛か。

逃げなかった自分に通子は怒っていた。世にも最も汚穢《おわい》な心と身体をもった女にみえた。自分で自分に矢を無数に射立てて仆《たお》れたかった。

二人は比叡山に登って、琵琶湖側の坂本に降りた。通子は暗い逃避行をつづけているような気がした。

比叡山の登り口は静かな町なみである。通子は薬屋を見つけて勝手に車を停めさせ、ひとりで降りた。白い上っ張りをきた五十ぐらいの店主が出てきた。

「睡眠薬は法律で自由には売られまへんでな。あんさんに住所氏名を帳面に書いてもろて、印鑑が要りますのや。印鑑をお持ちですやろか？」

長い頭の店主は通子をじろじろと見た。女ひとりが睡眠薬を買いに来たのでよけいに警戒されたのかもしれない。無害な鎮静剤程度なら別だが、アドルムとかベロナールとかいった催眠剤はそうした手続きが必要だと言った。それも一人には二十錠入り以上は売れないという。自殺した女子学生は催眠剤を百五十錠飲んで、しかもガスを部屋に放っていたのを通子は知っている。

心配した忠夫があとから店に入ってきた。うなずき顔の店主が、再びタクシーに乗る二人を見送っていた。

坂本から堅田の浮御《うきみ》堂《どう》へ。空疎な名所見物だった。忠夫は通子の気分を晴らすのに骨折っていた。

絵ハガキでよく見る水上の小さな堂が短い桟橋の正面にあった。背景の湖には、秋には珍しく強い陽が光りすぎて、お堂の中は暗かった。仏壇の上に、紅い提灯が下がっている。蠟燭《ろうそく》の燃えている部分が真っ赤に映えていた。

対岸に低い山が流れ、左手が淡くかすんでいた。あの山の流れこんだ端が彦根あたりだなと通子は思った。湖水がそのへんで大きくひろがっていた。

別居とはいうものの、そこで忠夫の迎えを待っているかもしれない利枝の姿を考えた。結婚式で見た顔が浮んだ。新婚旅行先での仲違いは重要な原因からではあるまい。ちょっとした意地の衝突だったかもしれないのである。

通子はお堂の下の芦を見下ろして立っていた。芦はまだ青かった。群生する水草の間には近所の家からの廃棄物が濁ったなかに漂っていた。ふいに泪《なみだ》が溢《あふ》れてきた。

忠夫が寄ってきて肩を抱いた。

「兄さん、印鑑をそこに持ってるでしょう？」

顔からハンカチをはなして通子は言った。

「どうするんだ？」

「印鑑があればいいのよ。住所と名前は嘘でもかまわないでしょう、印鑑の姓さえ合っていれば。……それで睡眠薬を買ってね。薬屋さんを十軒ぐらい歩いて買い集めてよ」

「ばか言っちゃいけない」

忠夫は叱った。

近くの男がこっちに来た。忠夫は通子をひき立てるようにして桟橋を歩いて引返した。すれ違った若い男はお堂のほうに行ったが、そこから縺《もつ》れるようにして歩く二人をじっと見送っていた。

京都では、もう一晩泊まった。忠夫に要求されたとはいえ、どういう自分の心理だったのか。忠夫にひきずられたとはいえ、強い抵抗がなかったのもたしかだった。睡眠薬も買わず、彦根にも寄らず、二人は東京に戻った。


一カ月に三度くらい、忠夫は土曜日に茨城県から出てきて通子のアパートに泊まった。そのころ彼女は千住《せんじゅ》のほうにいたのだった。そういうことが三カ月ぐらいつづいたあと、忠夫は来なくなった。

忠夫から手紙がきた。

――利枝との離婚がはっきり決まってから通子との結婚を自分の親にも、おじさんやおばさん（通子の両親）にも切り出すつもりでいたが、離婚の話が容易にかたづかない。

両親が反対するだけでなく、利枝の両親が娘のわがままをひたすらに謝っている。仲人が、彦根と横浜（忠夫の両親）と茨城の間を何回も往復している。周囲がそのように自分の決断を防いでいるときに、思いがけないことを知らされた。利枝が妊娠五カ月だというのである。愕然《がくぜん》とした。重大なことになった。

——ぼくは身動きできない状態になった。利枝との同居がやむを得ない成り行きとなった。利枝との結婚生活がぼくの一生を索莫としたものにすることは分りきっているが、この荒涼とした不幸をぼくは甘受するつもりでいる。すべてはぼくの軽率から発している。

——通子は、ぼくが許せないだろう。ぼくは謝罪のしようがない。一時は、通子を連れてどこかに脱《のが》れようかとさえ思った。だが、それでは将来お互いが不幸になることは眼に見えている。生活の破壊は貧困につながる。どのように愛し合った仲でも、経済力が伴わないとさまざまな亀裂が生じる。それが原因で恋愛結婚の夫婦が別れた例は多い。ぼくは通子をそんな境遇に陥れたくない。いま、ぼくは通子をたしかに不幸な目に遇わせているけれど、先での、長い長い不幸をここで一時的なものにしたいのだ。通子は学問を志しているようだ。かりにぼくと駈落ちのようなことをしても、いまいった生活の破壊から君の好きな学問もぼくが挫折させることになる。これは忍びないことだ。こういうことを考えて、ぼくの身勝手な頼みを許してほしい。

——ぼくの君に対する愛情は一生変りはない。これは誓ってそういえる。ぼくはもう二度と君のような素晴しい女性とはめぐり遇えないだろう。自分の又従妹《またいとこ》にそんな女性がいたとは、ぼくが大学生になるころまで分らなかった。あんまり身近すぎたのだ。君は小さいときから、ぼくを「兄さん」と呼んでいた。それもぼくの眼を塞いでしまっていたのだ。君という存在が分ったのは、大学に入って山登りに君の家に行くようになってからだ。しかし、又従妹という間柄から、ぼくは君に愛情が打ちあけられず、また、両親に言う決断がつかなかった。ぼくの勇気のなさが結局はこんどのような過失を起した。……

忠夫からの手紙はすぐに燃してしまった。通子は、いまもその文章のところどころをうすく記憶している。一つの字句がぼんやりと出ると、ほかの字も断片的に見えてこないことはない。崩れきれない黒い紙灰の中に文字が何カ所か白く浮んでいるようなものである。すでに意味も内容ももたない死文字であった。

忠夫は利枝を迎え、海の見える茨城県の町で暮らしている。工場があるので、いまもそこからはなれていない。子供が一人いる。夫婦仲はあまりよくないということを聞いた。両方の母親が従姉妹どうしだから、そんな消息を母が東京の娘に書いてきた。双方の両親とも通子と忠夫の間にどういう出来事があったかはまったく知っていなかった。誰にも知られずに起り、誰にも知られずに終った。睡眠剤のこともである。——

忠夫といっしょになってからも利枝は三度ぐらい実家に戻って短い別居をした。通子は、性格が合わないといった忠夫の言葉を思い出した。結婚式のときに、しまったと思ったと彼は言っている。あれは平安神宮の庭を歩いているときだったろうか。それとも詩仙堂の急な坂道を歩いているときだったか。

忠夫が利枝と別居したと最初に報らされたときも、通子は忠夫から手紙がくるとは期待していなかった。再び彼が大学構内のアーチ形入口に突然立っているような想像も抱いていなかった。あのことは一度きりで終ったのである。だれにも気づかれずに埋没された過去だった。利枝の数度の別居は自分とは無関係だった。

通子は学問をつづけているが、学問を一生の事業とするような気持はなかった。それほどの研究心もないし、燃える情熱もないと思っている。ほかの職業に興味がないから、仕方なしにこれにしがみついているのだと自分で考えている。だが、惰性というには、少しばかり熱が入りすぎている。あらゆる職種を浮べたとき、やはりいま携わっているものが自分には向いていると思っている。少なくとも他よりは多少とも充実感があった。恋愛に破れて学問に一生を捧げるという話は、ばかげた通俗小説の筋立てで、いまどきそんな空疎なものは誰も書きはしないだろう。

忠夫からは一年一回、印刷された年賀状がくる程度であった。あれから顔を合せるような機会もなかった。親戚で祝儀や不祝儀の集まりがあっても、遠いことと忙しいのを理由に通子は出席しなかった。そこに顔を出すかもしれない忠夫を避けている意識は、彼からの最後の手紙は空虚な灰になったとしても、七年前の、なま乾きの部分がまだ心にあったといえる。

イラン行について忠夫の名が両親の口から出たとき、通子は本能的に激しい言葉でそれを拒絶した。
そうして、いま、山の近い星空を眺めて立ちつくしている。

（下巻につづく）

初出「朝日新聞 朝刊」（一九七三年六月十六日〜一九七四年十月十三日）＊原題「火の回路」。単行本刊行時に『火の路』と改題した。

本書は、『松本清張全集50』（一九八三年三月第一刷、二〇〇八年十月第四刷 文藝春秋刊）を底本とした。

文春文庫

火《ひ》の路《みち》上
長篇《ちようへん》ミステリー傑作選《けつさくせん》

定価はカバーに
表示してあります

2009年7月10日　新装版第1刷
2017年5月5日　第2刷

著　者　松《まつ》本《もと》清張《せいちよう》
発行者　飯窪成幸
発行所　株式会社　文藝春秋

東京都千代田区紀尾井町3-23　〒102-8008
TEL　03・3265・1211
文藝春秋ホームページ　http://www.bunshun.co.jp
落丁、乱丁本は、お手数ですが小社製作部宛お送り下さい。送料小社負担でお取替致します。

印刷・凸版印刷　製本・加藤製本
Printed in Japan
ISBN978-4-16-769718-1

（　）内は解説者。品切の節はご容赦下さい。

松本清張
日本の黒い霧（上下）
占領下の日本で次々に起きた怪事件。権力による圧迫で真相は封印されたが、その裏には米国・GHQによる恐るべき謀略があった。一大論議を呼んだ衝撃のノンフィクション。（半藤一利）
ま-1-97

松本清張
昭和史発掘　全九巻
厖大な未発表資料と綿密な取材で、昭和の日本を揺るがした諸事件の真相を明らかにした記念碑的作品。「芥川龍之介の死」「五・一五事件」「天皇機関説」から、「二・二六事件」の全貌まで。
ま-1-99

松本清張
虚線の下絵
名声を得た友人と対照的に肖像画家として生計をたてる男。会社の重役相手に注文取りに奔走する妻。妻の色香に疑念を抱いた夫は……。男女の業を炙り出す短篇集。（岩井志麻子）
ま-1-108

松本清張
事故　別冊黒い画集(1)
村の断崖で発見された血まみれの死体。五日前の東京のトラック事故。事件と事故をつなぐものは？　併録の「熱い空気」はTVドラマ「家政婦は見た！」第一回の原作。（酒井順子）
ま-1-109

松本清張
陸行水行　別冊黒い画集(2)
あの男の正体が分らなくなりました――。古代史のロマンと推理の面白さが結晶した名作「陸行水行」。清張古代史の原点である。他に「形」「寝敷き」「断線」全四篇を収録。（郷原　宏）
ま-1-110

松本清張
危険な斜面
男というものは絶えず急な斜面に立っている。爪を立てて上に登っていくか、下に転落するかだ――。「危険な斜面」「二階」「巻頭句の女」「失敗」「拐帯行」「投影」収録。（永瀬隼介）
ま-1-111

松本清張
風間　完　画
点と線　長篇ミステリー傑作選
〈東京駅ホームの空白の四分間〉が謎を呼ぶ鉄道ミステリの金字塔を、風間完のカラー挿絵を多数入れた決定版で刊行。清張生誕百年を記念する長篇ミステリー傑作選第一弾。（有栖川有栖）
ま-1-113

（　）内は解説者。品切の節はご容赦下さい。

松本清張
馬を売る女
高速道路の非常駐車帯で独身ＯＬが殺された。彼女が競馬情報で得た金を狙う男の完全犯罪は成功したかに見えたが。妙味のある表題作ほか「駆ける男」「山峡の湯村」収録。（中西　進）
ま-1-129

松本清張
火神被殺《かしんひさつ》
古代史の造詣を駆使した表題作のほか、男女の機微を描く「葡萄唐草文様の刺繡」、幼少期の忘れ得ぬ想い出をこめた「恩誼の紐」など五篇を収録した珠玉の推理短編集。（真山　仁）
ま-1-130

松本清張
不安な演奏
心ときめかせて聞いたエロテープは死の演奏の序曲だった！　意外な事件へ発展し、柏崎、甲府、尾鷲、九州……日本全国にわたって謎を追う、社会派推理傑作長篇。（みうらじゅん）
ま-1-131

松本清張
強き蟻
三十歳年上の夫の遺産を狙う沢田伊佐子のまわりには、欲望にとりつかれ蟻のようにうごめきまわる人物たちがいる。男女入り乱れ欲望が犯罪を生み出すスリラー長篇。（似鳥　鶏）
ま-1-132

松本清張
疑惑
海中に転落した車から妻は脱出し、夫は死んだ。妻・鬼塚球磨子が殺ったと事件を扇情的に書き立てる記者と、国選弁護人の闘いをスリリングに描く。「不運な名前」収録。（白井佳夫）
ま-1-133

松本清張
証明
作品が認められない小説家志望の夫は、雑誌記者の妻の行動を執拗に追及する。妻のささいな嘘が、二人の運命を変えていく。狂気の行く末は？　男と女の愛憎劇全四篇。（阿刀田　高）
ま-1-134

松本清張
遠い接近
赤紙一枚で家族と自分の人生を狂わされた山尾信治。その裏に隠されたカラクリを知った彼は、復員後、召集令状を作成した兵事係を見つけ出し、ある計画に着手した。（藤井康榮）
ま-1-135

（　）内は解説者。品切の節はご容赦下さい。

赤川次郎
幽霊晩餐会
殺人予告を受けたシェフが催す豪華晩餐会の招待を受けた宇野警部と夕子。フルコースに隠された味な仕掛けから犯人を暴く表題作他、ユーモアあふれる全七編。シリーズ第二十二弾。
あ-1-36

赤川次郎
マリオネットの罠
私はガラスの人形と呼ばれていた——。森の館に幽閉された美少女、都会の空白に起こる連続殺人。複雑に絡み合った人間の欲望を鮮やかに描いた、赤川次郎の処女長篇。（権田萬治）
あ-1-27

赤川次郎
充ち足りた悪漢たち
つぶらな瞳、あどけない顔、可愛くて無邪気な子供たち。しかし彼らには大人に見せないコワイ素顔があるのです。屈託なき悪辣ぶりを描くチビッ子版ピカレスク、全6篇。（権田萬治）
あ-1-37

明野照葉
輪（RINKAI）廻
義母との確執で離婚した香苗は、娘とともに実母のもとに帰る。やがて愛娘の体には痣や瘤ができ始める。「累《かさね》」の恐怖を織り込んだ明野ホラーの原点。第七回松本清張賞受賞作。（髙山文彦）
あ-42-1

明野照葉
愛しいひと
一流企業勤務の夫が失踪した。事件に巻き込まれたのか？　他に女がいるのか？　苦悩する妻は家庭を守るために立ち上がる。心理サスペンスの気鋭が〝家族の病魔〟を抉る。（大矢博子）
あ-42-5

我孫子武丸
弥勒《みろく》の掌《て》
妻を殺され汚職の疑いをかけられた刑事と、失踪した妻を捜し宗教団体に接触する高校教師。二つの事件は錯綜し、やがて驚愕の真相が明らかになる！　これぞ新本格の進化型。（巽　昌章）
あ-46-1

愛川　晶《あきら》
六月六日生まれの天使
記憶喪失の女と前向性健忘の男が、ベッドの中で出会った。二人の奇妙な同居生活の行方は？　究極の恋愛と究極のミステリが合体。あなたはこの仕掛けを見抜けますか？（大矢博子）
あ-47-1

（　）内は解説者。品切の節はご容赦下さい。

愛川　晶
神楽坂謎ばなし
出版社勤務の希美子は仕事で大失敗、同時に恋人も失う。どん底の彼女がひょんなことから寄席の席亭代理に。お仕事小説兼本格ミステリのハイブリッド新シリーズ。（柳家小せん）
あ-47-3

愛川　晶
高座の上の密室
華麗な手妻を披露する美貌の母娘の悩み。超難度の技を繰り出す太神楽界の御曹司の不可解な行動。寄席「神楽坂倶楽部」で出来する怪事件に新米席亭代理・希美子が挑む。（杉江松恋）
あ-47-4

有栖川有栖
火村英生に捧げる犯罪
臨床犯罪学者・火村英生のもとに送られてきた犯罪予告めいたファックス。術策の小さな綻びから犯罪が露呈する表題作他、哀切でエレガントな珠玉の作品が並ぶ人気シリーズ。（柄刀　一）
あ-59-1

有栖川有栖
菩提樹荘の殺人
少年犯罪、お笑い芸人の野望、学生時代の火村英生の名推理、アンチエイジングのカリスマの怪事件とアリスの悲恋。「若さ」をモチーフにした人気シリーズ作品集。（円堂都司昭）
あ-59-2

青柳碧人
西川麻子は地理が好き。
「世界一長い駅名とは」『世界初の国旗は？』などなど、世界地理のトリビアで難事件を見事解決。地理マニア西川麻子の事件簿。読めば地理の楽しさを学べる勉強系ユーモアミステリー。
あ-67-1

石田衣良
ブルータワー
悪性脳腫瘍で死を宣告された男が二百年後の世界に意識だけスリップ。そこは殺人ウイルスが蔓延し、人々はタワーに閉じ込められた世界。明日をつかむため男の闘いが始まる。（香山二三郎）
い-47-16

池井戸　潤
株価暴落
連続爆破事件に襲われた巨大スーパーの緊急追加支援要請を巡って白水銀行審査部の板東は企画部の二戸と対立する。日本経済の闇と向き合うバンカー達を描く傑作金融ミステリー。
い-64-1

（　）内は解説者。品切の節はご容赦下さい。

乾《いぬい》くるみ
イニシエーション・ラブ
甘美で、ときにほろ苦い青春のひとときを瑞々しい筆致で描いた青春小説――と思いきや、最後の二行で全く違った物語に！「必ず二回読みたくなる」と絶賛の傑作ミステリ。（大矢博子）
い-66-1

乾　くるみ
セカンド・ラブ
一九八三年元旦、春香と出会った。僕たちは幸せだった。春香とそっくりな美奈子が現れるまでは。『イニシエーション・ラブ』の衝撃、ふたたび。究極の恋愛ミステリ第二弾。（円堂都司昭）
い-66-5

乾　くるみ
リピート
今の記憶を持ったまま昔の自分に戻る「リピート」。人生のやり直しに臨んだ十人の男女が次々に不審な死を遂げて……。『イニシエーション・ラブ』の著者が放つ傑作ミステリ。（大森　望）
い-66-2

乾　くるみ
Jの神話
全寮制の名門女子高で生徒が塔から墜死し、生徒会長が「胎児なき流産」で失血死をとげる。背後に暗躍する「ジャック」とは何者なのか？　衝撃のデビュー作。（円堂都司昭）
い-66-3

乾　くるみ
嫉妬事件
ある日、大学の部室にきたら、本の上に○○が！　ミステリ研で起きた実話を元にした問題作が、いきなりの文庫化。作中作となる書き下ろし短編「三つの質疑」も収録。（我孫子武丸）
い-66-4

乾　ルカ
プロメテウスの涙
激しい発作に襲われる少女と不死の死刑囚。時空を超えて二人をつなぐものとは？　巧みなストーリーテリングと独特のグロテスクな美意識で異彩を放つ乾ルカの話題作。（大槻ケンヂ）
い-78-2

石持浅海
ブック・ジャングル
閉鎖された市立図書館に忍び込んだ昆虫学者の卵と友人、そして高校を卒業したばかりの女子三人。思い出に浸りたいだけだった罪なき不法侵入者達を猛烈な悪意が襲う。（円堂都司昭）
い-89-1

（　）内は解説者。品切の節はご容赦下さい。

歌野晶午
葉桜の季節に君を想うということ
元私立探偵・成瀬将虎は、同じフィットネスクラブに通う愛子から霊感商法の調査を依頼された。その意外な顚末とは？　あらゆる賞を総なめにした現代ミステリーの最高傑作。
う-20-1

歌野晶午
春から夏、やがて冬
スーパーの保安責任者・平田は万引き犯の末永ますみを捕まえた。偶然の出会いは神の導きか、悪魔の罠か？　動き始めた運命の歯車が二人を究極の結末へと導いていく。（榎本正樹）
う-20-2

江戸川乱歩・桜庭一樹 編
江戸川乱歩傑作選　獣
日本推理小説界のレジェンド・江戸川乱歩が没して50年。名作に光を当てるアンソロジー企画第1弾は「パノラマ島綺譚」「陰獣」など七編と随筆二編を収録。（解題／新保博久・解説／桜庭一樹）
え-15-1

江戸川乱歩・湊かなえ 編
江戸川乱歩傑作選　鏡
湊かなえ編の傑作選は、謎めくパズラー「湖畔亭事件」、ドンデン返し冴える「赤い部屋」他、挑戦的なミステリ作家・乱歩に焦点を当てる。（解題／新保博久・解説／湊かなえ）
え-15-2

奥泉　光
桑潟幸一准教授のスタイリッシュな生活
やる気もなければ志も低い大学教員・クワコーを次々に襲うキャンパスの怪事件。奇人ぞろいの文芸部員女子とともにクワコーが謎に挑む。ユーモア・ミステリー3編収録。（辻村深月）
お-23-3

奥泉　光
黄色い水着の謎
桑潟幸一准教授のスタイリッシュな生活2
史上もっとも情けない准教授クワコーと食えない女子大生たちが帰ってきた！　答案用紙と女子部員の水着はなぜ消失したか？　脱力＆抱腹のユーモアミステリシリーズ。（有栖川有栖）
お-23-4

折原　一
漂流者
荒れ狂う洋上のヨットという密室。航海日誌、口述テープ、新聞記事などに仕組まれた恐るべき騙しのプロットをあなたは見抜くことができるか。海洋サバイバルミステリの傑作。（吉野　仁）
お-26-11

（　）内は解説者。品切の節はご容赦下さい。

折原　一
逃亡者
殺人を犯し、DVの夫と警察に追われる友竹智恵子。彼女は顔を造り変え、身分を偽り、東へ西へ逃亡を続ける。時効の壁は十五年——。サスペンスの末に驚愕の結末が待つ！（江上　剛）
お-26-12

折原　一
追悼者
浅草の古びたアパートで見つかった丸の内OLの遺体。「昼はOL、夜は娼婦」とマスコミをにぎわしたが、ノンフィクション作家の取材は意外な真犯人へ辿りつく。（河合香織）
お-26-13

折原　一
遭難者
春山で滑落死を遂げた青年のために編まれた2冊組み追悼文集。そこにこめられていた、おぞましき真実とは？　鬼才の手腕が冴える傑作ミステリーを、1巻本にて復刊する！（神長幹雄）
お-26-14

折原　一
毒殺者
Mの妻に対する保険金殺人は完璧なはずだった。しかしある日、脅迫電話がかかってきた。実在の事件をモチーフにする鬼才の「——者」シリーズの原点『仮面劇』を改題改訂。
お-26-15

大沢在昌
心では重すぎる（上下）
失踪した人気漫画家の行方を追う探偵・佐久間公の前に立ちはだかる謎の女子高生。背後には新興宗教や暴力団の影が……。渋谷を舞台に現代の闇を描き切った渾身の長篇。（福井晴敏）
お-32-1

大沢在昌
闇先案内人（上下）
「逃がし屋」葛原に下った指令は、「日本に潜入した隣国の重要人物を生きて故国へ帰せ」。工作員、公安が入り乱れ、陰謀と裏切りが渦巻く中、壮絶な死闘が始まった。（吉田伸子）
お-32-3

恩田　陸
まひるの月を追いかけて
異母兄の恋人から兄の失踪を告げられた私は、彼女と共に兄を捜す旅に出る。次々と明らかになる事実は、真実なのか——。恩田ワールド全開のミステリー・ロードノベル。（佐野史郎）
お-42-1

（　）内は解説者。品切の節はご容赦下さい。

恩田　陸
夏の名残りの薔薇
沢渡三姉妹が山奥のホテルで毎秋、開催する豪華なパーティ。不穏な雰囲気の中、関係者の変死事件が起きる。犯人は誰なのか、そもそもこの事件は真実なのか幻なのか——。（杉江松恋）
お-42-2

恩田　陸
木洩れ日に泳ぐ魚
アパートの一室で語り合う男女。過去を懐かしむ二人の言葉に、意外な真実が混じり始める。初夏の風、大きな柱時計、あの男の背中。心理戦が冴える舞台型ミステリー。（鴻上尚史）
お-42-3

恩田　陸
夜の底は柔らかな幻（上下）
国家権力の及ばぬ〈途鎖国〉。特殊能力を持つ在色者たちがこの地の山深く集う時、創造と破壊、歓喜と惨劇の幕が切って落とされる！　恩田ワールド全開のスペクタクル巨編。（大森　望）
お-42-4

太田忠司
月読《つくよみ》
「月読」——それは死者の最期の思い「月導《つきしるべ》」を読みとる能力者。異能の青年が自らの過去を求めて地方都市を訪れたとき、次々と不可解な事件が……。慟哭の青春ミステリー。（真中耕平）
お-45-1

大山誠一郎
密室蒐集家
消え失せた射殺犯、密室から落ちてきた死体、警察監視下で起きた二重殺人。密室の謎を解く名探偵・密室蒐集家。これぞ究極の密室ミステリ。本格ミステリ大賞受賞作。（千街晶之）
お-68-1

香納諒一
贄《にえ》**の夜会**（上下）
《犯罪被害者家族の集い》に参加した女性二人が惨殺された。容疑者は少年時代に同級生を殺害した弁護士！　サイコサスペンス＋警察小説＋犯人探しの傑作ミステリー。（吉野　仁）
か-41-1

門井慶喜
天才までの距離　美術探偵・神永美有
黎明期の日本美術界に君臨した岡倉天心が、自ら描いたという仏像画は果たして本物なのか？　神永美有と佐々木昭友のコンビが東西の逸品と対峙する、人気シリーズ第二弾。（福井健太）
か-48-2